BASTEI LÜBBE

Taschenbücher von LINDA LAEL MILLER
im BASTEI-LÜBBE-Programm:

18 100 Wer das Paradies nur finden will
18 101 Wer ein Lächeln des Glücks einfängt
18 102 Wer dem Zauber der Liebe verfällt
18 103 Wer dem Weg des Herzens folgt . . .
18 104 Wie der Glanz des silbernen Mondes . . .
18 105 Wie das helle Feuer der Sterne
18 106 Lily und der Major
18 108 Emma und der Rebell
18 110 Caroline und der Bandit
18 112 Bis ans Ende meines Lebens
18 113 Bis die Liebe dich bezwingt . . .
18 114 Bis du deinem Herzen glaubst
18 115 Eine widerspenstige Geliebte
18 116 Ein sündiger Engel

LINDA LAEL MILLER

# EINE UNGEZÄHMTE BRAUT

Roman

Ins Deutsche übertragen
von Katharina Braun

BASTEI
LÜBBE

BASTEI-LÜBBE-TASCHENBUCH
Band 18 117

Erste Auflage:
Oktober 1993


This edition is published
by arrangements with the
original publisher, Pocket Books,
New York.
Deutsche Lizenzausgabe 1993
by Bastei-Verlag Gustav H. Lübbe
GmbH & Co., Bergisch Gladbach

Originaltitel: Daniels Bride
Lektorat: Katharina Woicke
Titelillustration: Pino Daeni/
Agentur Schlück
Umschlaggestaltung:
Quadro Grafik, Bensberg
Satz: KCS GmbH,
Buchholz/Hamburg
Druck und Verarbeitung:
Brodard & Taupin, La Flêche,
Frankreich
Printed in France

ISBN 3-404-18117-4

Der Preis dieses Bandes
versteht sich einschließlich der
gesetzlichen Mehrwertsteuer.

# 1

*Prosperity, Staat Washington – 2. August 1877*

Die schwere Schlinge, die um Jolie McKibbens Hals lag, roch nach Schweiß und Pferdefleisch und Hanf. Ihre verzweifelten Unschuldsbeteuerungen hatten ihre Kehle längst so rauh werden lassen, daß sie kein Wort mehr hervorbrachte: Jolie spürte nichts mehr außer einer Art von Trotz, als sie die Blicke jener erwiderte, die sich versammelt hatten, um sie hängen zu sehen. Ihre blaugrünen Augen brannten, waren trocken, zwischen ihren Brüsten lief ein dünnes Rinnsal von Schweiß hinab. Wie eine verirrte Träne.

Sie stand auf der Ladefläche von Hobb Jacksons Heuwagen, das blonde Haar unter den schwarzen Hut gesteckt, die Handgelenke fest auf dem Rücken zusammengebunden, das Kinn vorgeschoben. Hinter sich hörte sie die beiden Pferde ungeduldig in der Sommerhitze schnauben. In wenigen Augenblicken würde der Marshal das Zeichen geben, die Pferde würden den Wagen unter ihren Füßen wegziehen, und sie würde am Ende des schmutzigen Seils baumeln, um qualvoll zu ersticken.

Und alles nur, weil sie so unklug gewesen war, sich mit Blake Kingston zusammenzutun. Es erschien ihr ungerecht, daß sie für seine Missetaten sterben sollte, aber andererseits war Jolie vom Leben noch nie gerecht behandelt worden. Für sie war es immer nur ein Kampf gewesen, von Anfang an.

Der Leichenbestatter, ein untersetzter, schwitzender Mann in einem schwarzen Anzug, wischte mit einem Tuch über seine Augenbrauen. »Bringen wir es endlich hinter uns«, sagte er. »Miss McKibben ist verhört und verurteilt worden, und ich sehe keinen Sinn darin, die Dinge noch länger hinzuziehen.«

Jolie spürte, wie ihre Knie nachgaben. »Ich habe die Bank nicht ausgeraubt«, krächzte sie, aus dem verzweifelten Bedürfnis heraus, es noch ein letztes Mal zu sagen, obwohl sie mit ihren Beteuerungen seit über einem Monat schon auf taube Ohren stieß. »Und ich habe auch niemanden erschossen.«

»Hängt sie auf!« schrie jemand aus der Menge.

In diesem Augenblick kam ein großer Mann aus dem Warenhaus, einen Sack Mehl auf der breiten Schulter und das Gesicht unter dem Rand seines fleckigen Huts verborgen. Er trug schlichte braune Hosen, ein gelbes Hemd aus grobgewebtem Stoff und eine alte Hirschlederweste. Mit einem einzigen Blick brachte er die Schaulustigen zum Schweigen, setzte den Sack auf dem Bürgersteig ab und ging die zwei Stufen zur Straße hinunter. Hinter dem Pferdewagen blieb er stehen.

»Mischen Sie sich bloß nicht ein, Daniel!« warnte der alte Marshal schroff. »Wir haben dieser Frau einen fairen Prozeß gemacht und sie für schuldig befunden.« *Daniel.* Jolies Herz machte einen Sprung, doch sie wagte nicht, im letzten Augenblick noch auf Rettung zu hoffen. Die Enttäuschung wäre unerträglich gewesen.

Der Farmer nahm den Hut ab. Weizenblondes Haar kam zum Vorschein, die blauen Augen waren prüfend auf Jolie gerichtet. Er war kein besonders gutaussehender Mann, dieser Farmer, und doch zog sich bei seinem Anblick etwas in Jolie schmerzhaft zusammen.

»Das ist die Bankräuberin?« fragte er mit leiser Stimme, die nichts von der Erregung verriet, die Jolie an den anderen Männern wahrgenommen hatte, die zu ihrer Hinrichtung gekommen waren.

Sie befeuchtete ihre trockenen, aufgesprungenen Lippen. Aus Gründen, die ihr selbst unverständlich waren, bedeutete es ihr plötzlich sehr viel, ausgerechnet diesen Mann von ihrer Unschuld zu überzeugen. Sie trat einen Schritt vor, und das Seil schnitt in die zarte Haut an ihrer Kehle.

»Sie sieht mir gar nicht danach aus«, erklärte Daniel und rieb sich nachdenklich das glattrasierte Kinn.

Der korpulente Totengräber – sein Wagen mit der Aufschrift *Philias Pribbenow, Bestattungsunternehmer* stand schon bereit – trat schwitzend vor. »Sie hätten sich vorher für die Vorgänge interessieren sollen, Daniel«, sagte er. »Die Zeit für Einwände ist vorbei.«

Richter Chilver, ein Mann mit rotunterlaufenen Augen und einer Haut, die wie eine zu weite Maske sein Gesicht umgab, trat grinsend vor. »Da wäre natürlich noch die Heiratsklausel!« meinte er und vergrub die Hände in den Täschchen seiner mit Essensresten bekleckerten Brokatweste. Nach einem Blick auf die ungeduldigen Zuschauer wandte er sich erneut an Daniel. »Wenn Sie die Lady heiraten, wird die Hinrichtung abgebrochen. Aber falls sie sich danach etwas zuschulden kommen läßt, bleibt uns keine andere Wahl, als sie doch noch aufzuknüpfen.«

Ein anderer Mann, noch sehr jung und auf düstere Weise anziehend in den schwarzen Hosen, der schwarzen Weste und dem gerüschten weißen Hemd des professionellen Spielers, meldete sich von der Veranda des Lone Wolf Saloons zu Wort. »Ich finde, Beckham sollte der Bank ersetzen, was Jolie McKibben dort geraubt hat, wenn er sie wirklich heiratet!«

Zustimmendes Gemurmel erklang aus der Menge, und Jolie hielt den Atem an, als sie den harten Zug bemerkte, der um Daniels Kinn erschien. Mit einem unterdrückten Fluch klatschte er den Hut gegen seinen kräftigen Oberschenkel. »Es wäre nicht richtig, eine Frau zu hängen«, sagte er nach einem weiteren prüfenden Blick auf Jolie. »Laßt sie nach Spokane bringen und ihr dort den Prozeß machen!«

Bis vor wenigen Sekunden hatte Jolie noch geglaubt, keine Tränen mehr zu haben. Doch nun sammelten sie sich in ihren Wimpern und trübten ihren Blick. Sie war erst zwanzig Jahre alt und hatte noch nie einen Mann gehabt oder ein eigenes Kind im Arm gehalten. Sie wollte noch nicht sterben.

Chilver zog seine Taschenuhr und blickte stirnrunzelnd auf ihr Zifferblatt. »Wir verschwenden unsere Zeit, Daniel.«

»Ich werde sie heiraten«, sagte der große Mann, aber es klang zögernd und erzwungen. Mit einer für jemanden von seiner Körpergröße erstaunlichen Geschicklichkeit sprang er auf den Wagen und löste die Schlinge um Jolies Hals. Ihre Erleichterung war so groß, daß sie fast an seine Brust gesunken wäre. Aber im letzten Augenblick nahm sie sich zusammen.

Er löste die Lederriemen, die in ihre Handgelenke schnitten, legte die Hände unter ihre Arme und hob Jolie vom Wagen. Dann stand er neben ihr, groß und solide wie eine Eiche.

Als Jolie schwankte, zog er sie flüchtig an sich. Sie war recht groß für eine Frau, fast ein Meter fünfundsiebzig, und doch reichte ihr Kinn nur bis an Daniels Hemdtasche. Das Murmeln der Umstehenden hörte Jolie wie aus weiter Ferne, und merkwürdig unbeteiligt schaute sie zu, wie Hobb Jackson auf den Wagen kletterte und das Seil abnahm, das er zuvor um den Ast geschlungen hatte.

Der Richter stand so nah vor ihr, daß sie seinen Atem spürte, der nach Whiskey und ungeputzten Zähnen roch. »Und was sagen Sie, Lady? Wollen Sie Dan Beckham heiraten?«

Jolie schluckte. Sie kannte Mister Beckham nicht, vielleicht war er Republikaner, trank und schlug Frauen . . . Aber welche andere Wahl blieb ihr schon, als ihn zu heiraten? »Ja«, krächzte sie. Jetzt, da sie fast sicher war, nicht gehängt zu werden, stieg bittere Galle in ihrer Kehle auf. Ihr Magen revoltierte.

»Bist du ganz sicher, Dan?« fragte der Richter noch einmal.

An Daniels Kinn zuckte ein Muskel. »Ja«, bestätigte er, ohne Jolie dabei anzusehen. »Wir sollten jetzt die Trauung vollziehen. Den Scheck über das geraubte Geld stelle ich später aus.«

Alles drehte sich um Jolie, als sie versuchte, den Schock über ihre unerwartete Rettung zu verarbeiten. Hoffentlich mußte sie sich nicht übergeben und beschmutzte Daniels Schuhe – dann würde er sein Angebot vielleicht zurückziehen. Die Menge umringte sie, war ebenso begierig, einer Trauung beizuwohnen wie einer Hinrichtung. Jolie zwang sich, einem nach dem anderen in die Augen zu sehen.

*Ich lebe noch*, forderte sie die Menge stumm heraus, *und ihr werdet in der Hölle schmoren, weil ihr mich sterben sehen wolltet!*

»Ich habe eine Lizenz auf meinem Schreibtisch«, stellte Mister Chilver heiter fest. »Sie brauchen nur noch die entscheidenden Worte zu sagen.«

Die Ironie, vom selben Richter getraut zu werden, der sie zum Tod durch Erhängen verurteilt hatte, entging Jolie nicht, aber sie war noch zu erschüttert, um sich über alle Einzelheiten ihrer Lage klarzuwerden. Sie wußte nur, daß sie einen weiteren Sonnenaufgang erleben würde, und das genügte ihr im Augenblick.

Unter der alten Eiche, die fast zu Jolies Galgen geworden wäre, wurden sie und Daniel getraut. Jolie gab die Antworten, die von ihr erwartet wurden, und spürte nicht die Tränen, die über ihre staubverschmierten Wangen liefen. Als es vorbei war, nahm ihr frischgebackener Ehemann ihren Arm und schob sie auf einen Wagen zu, der in einer Gasse stand.

Nachdem Mister Beckham sie auf den Bock gehoben hatte, holte er den Sack Mehl, den er auf dem Bürgersteig zurückgelassen hatte. Dann setzte Daniel sich neben Jolie, griff nach den Zügeln und löste mit dem Stiefelabsatz die Wagenbremse.

Nach einem kühlen Gruß in Richtung der Stadtbewohner setzte er die beiden kräftigen braunen Maulesel in Bewegung.

Jolie biß sich auf die Lippen, als sie die verwitterten Fassaden der Häuser von Prosperity hinter sich zurückbleiben sah. »Warum haben Sie das getan?« fragte sie Daniel leise. »Warum haben Sie eine Frau geheiratet, die Sie gar nicht kennen?«

Daniel wartete so lange mit seiner Antwort, bis Jolie schon glaubte, er würde nichts erwidern. Doch dann wandte er den Kopf, schaute sie an und sagte schlicht: »Weil sie Sie sonst aufgehängt hätten.«

Das hätte ihr als Erklärung genügen müssen. Aber Jolie war enttäuscht, obwohl sie selbst nicht recht wußte, was sie von ihm erwartet hatte. »Angenommen, ich wäre wirklich eine Verbrecherin?«

»Sind Sie es?«

Jolie errötete. »Nein«, erwiderte sie entrüstet. »Ich war nur zufällig bei Blake und Rowdy. Aber ich wußte nicht, daß sie die Bank ausrauben würden.« Obwohl sie sich schon tausendmal den Kopf über diese Frage zerbrochen hatte, begriff sie einfach nicht, wie Blake und Rowdy diese schreckliche Tat hatten ausführen können und sie darüber hinaus auch noch im Stich gelassen hatten, damit sie allein die Konsequenzen trug.

Daniel schob den Hut in die Stirn und kratzte sich am Nacken. »Und was haben Sie in der Gesellschaft von solchen Kerlen gemacht?«

Wieder errötete Jolie. Es war eine lange, komplizierte Geschichte, und niemand würde ihr glauben, daß sie nie intim mit Blake oder Rowdy gewesen war, obwohl sie fast zwei Wochen mit ihnen gereist war. »Ich habe in Seattle als Hausmädchen gearbeitet, im gleichen Haus wie Blakes Mutter. Sie war die Köchin.«

Die Maulesel trabten eine Anhöhe hinauf, und Jolie erblickte ein großes weißes Haus, das von zwei sauberen Anbauten flankiert wurde. Es gab auch ein Kühlhäuschen mit einem ziegelgedeckten Dach, und als sie vor der Scheune hielten, entdeckte Jolie eine Eisenpumpe, nur wenige Meter von der Küchentür entfernt, die von einem Teppich blauer Kornblumen gesäumt war.

Eine Reihe Pappeln schützte das Haus vor Wind, wogende Kornfelder umgaben es wie ein goldener Ozean unter dem tiefblauen Himmel, von dem Jolie schon geglaubt hatte, ihn nie wieder zu sehen.

Daniel band die Zügel an einen Pfosten und stieg vom Wagen. Dann streckte er seine großen Hände nach Jolie aus.

Sie zog so etwas Trost aus seiner Kraft, als er sie vom Wagen hob.

»Waschen Sie sich, und schauen Sie, was Sie zum Abendbrot vorbereiten können«, sagte er knapp.

Da Jolie nie Güte von einem Mann gekannt hatte, empfand sie Daniels Anweisung gar nicht als besonders brüsk. Außerdem war sie ihm viel zu dankbar, um Anstoß daran zu nehmen, wie ein Mann seine Worte wählte. So nickte sie nur, doch als er sich abwenden wollte, streckte sie ganz impulsiv die Hand aus und hielt ihn am Ärmel fest.

Er schaute fragend über die Schulter.

Jolie zog die Hand zurück und senkte den Blick. »Danke, Mister Beckham.«

»In der Speisekammer sind Lebensmittel«, erwiderte er nur. »Deuter und ich werden hungrig sein, also sorgen Sie dafür, daß genug auf den Tisch kommt.«

Damit wandte sich ihr rettender Engel ab und ging in Richtung Scheune. Jolie sah ihm nach und fragte sich, wer Deuter sein mochte. Dann betrat sie die Küche.

Sie war erstaunlich sauber, mit weißgetünchten Wänden, einem soliden Holzfußboden und einem großen Herd aus Eisen und Chrom, der im hellen Sonnenlicht schimmerte, das durch die blitzblanken Fenster fiel.

Jolie nahm den Hut ab und hängte ihn an einen Haken bei der Tür. Neben dem Herd hing ein Rasierspiegel an der Wand, und als sie hineinschaute, runzelte sie ganz unbewußt die Stirn. Ihr blondes Haar hatte sich aus den Nadeln gelöst und klebte an ihrem schmutzigen Hals, ihr Gesicht war dick mit Staub bedeckt.

In der Speisekammer, die mit eingemachtem Obst, Gemüse und Fleisch gefüllt war, fand Jolie eine Waschschüssel, und als erstes wusch sie ihre Hände, ihr Gesicht und den Hals. Als sie sich wieder etwas präsentabler fühlte, legte sie zwei Gedecke auf, holte eine Wurstkonserve aus der Speisekammer und stellte die Dose in einen Topf mit Wasser auf den Herd, um das Fett um die eingemachte Wurst zu schmelzen. Draußen im Kühlhaus fand sie Milch, Butter und Käse, in einem Metallkasten in der Küche fand sie einen Laib Brot.

Das Aroma frischaufgebrühten Kaffees erfüllte den Raum, als Daniel hereinkam. Ein hochaufgeschossener junger Bursche mit rotem Haar, braunen Augen und ungewöhnlich breiten Schultern folgte ihm.

»Das ist Deuter«, sagte Daniel. »Mrs. Beckham, Deuter.«

Jolie freute sich über die förmliche Anrede, sie nahm ihr ein wenig das Gefühl, wie ein streunender Hund aufgenommen worden zu sein. Denn trotz aller Schläge, die sie im Leben hatte einstecken müssen, besaß sie noch so etwas wie Stolz. »Hallo, Deuter«, antwortete sie mit einem freundlichen Nicken. Inzwischen war das Fett um die Wurst geschmolzen. Jolie goß es in eine leere Dose und gab das Fleisch in eine gußeiserne Pfanne.

»Zum Küssen hübsch«, sagte Deuter, worauf Jolie sich entrüstet zu ihm umschaute. Aus den Augenwinkeln sah sie, daß Daniel sich abwandte, um ein Grinsen zu verbergen.

Heiße Röte stieg ihr in die Wangen. »Ich wäre Ihnen dankbar, wenn Sie derartige Bemerkungen für sich behalten würden, Mister Deuter«, sagte sie steif.

»Nur Deuter«, entgegnete der junge Farmarbeiter. »Und was ich denke, das spreche ich auch aus. Das war schon immer so.«

»Komm, wir wollen uns vor dem Essen waschen«, forderte Daniel ihn auf, während er heißes Wasser aus dem Herd in eine Schüssel gab. Zusammen mit einem Stück gelber Seife trug er sie hinaus, und Deuter folgte ihm.

Jolie hörte es planschen, dann kehrte Deuter zurück, um die Schüssel mit frischem Wasser für sich zu füllen. Daniel, der schon sauber war, setzte sich an den Tisch und betrachtete stirnrunzelnd die beiden Gedecke.

»Werden Sie nicht essen?«

Jolie mied seinen Blick. »Nein, Mister Beckham, noch nicht. Mein Magen ist nicht in Ordnung.«

Daniel seufzte und griff nach der Platte mit heißer Wurst. »Kein Wunder«, entgegnete er und ließ es damit auf sich beruhen.

Deuter kam herein, hängte die blaue Schüssel an ihren Platz beim Herd und setzte sich zu Daniel. Der Junge wirkte seltsam unschuldig mit seinem glatten nassen Haar, den sauberen Händen und seinem vor Reinheit glänzenden Gesicht. Fast wie ein Schuljunge, der begierig war, seinem Lehrer zu gefallen.

»Ich ... ich würde mich gern ein wenig umsehen, falls Sie nichts dagegen haben«, sagte Jolie schüchtern.

»Sie könnten auch ein Bad gebrauchen«, bemerkte Deuter frech, während er sich ein Stück Wurst abschnitt.

Wieder sah Jolie den Anflug eines Lächelns um Daniels Mund, aber auch diesmal enthielt er sich einer Bemerkung.

»Und Sie eine Lektion in Anstand!« entgegnete Jolie scharf.

Doch so leicht war Deuter nicht einzuschüchtern. »Sinnlos. Meine Mama und meine Lehrer haben es auch schon versucht. Hat alles nichts genutzt.«

»Sehen Sie sich um, soviel Sie wollen«, sagte Daniel förmlich, obwohl seine Belustigung sich jetzt auch in seinem Blick verriet.

Froh über die Gelegenheit, ihnen zu entkommen, durchquerte Jolie das angrenzende Eßzimmer und entdeckte zu ihrer Überraschung einen richtigen Salon, der für eine Dame eingerichtet schien mit seinen rüschenbesetzten Kissen, Nippesfiguren, Zimmerpalmen und Fotografien in zierlichen Silberrahmen. Vor einem großen Fenster, dessen feine Spitzengardinen sich in der leichten Sommerbrise blähten, stand eine Orgel.

Jolie trat vor den Kamin, der aus weißen und grauen Feldsteinen gemauert war, um die Daguerrotypie zu betrachten, die einen Ehrenplatz auf dem Sims einnahm. Es schien ein Hochzeitsfoto zu sein, und Daniel war der Bräutigam. Die junge Frau an seiner Seite, in einem wunderschönen weißen Spitzenkleid, war klein und zierlich wie eine Kamee. Volles dunkles Haar umrahmte ihr zartes Gesicht mit den großen, ausdrucksvollen Augen.

Jolie kam sich unscheinbar und unbedeutend vor angesichts dieser Schönheit auf dem Foto und fragte sich, wer die Frau sein mochte und was aus ihr geworden war. Doch da sie sich nicht das Recht anmaßte, danach zu fragen, verließ sie den Salon und betrat das kleine, schlicht eingerichtete Arbeitszimmer auf der anderen Seite des Korridors. Hier bewahrte Daniel Akten und Bücher auf.

Das Lesen war Jolie nie leichtgefallen, und sie schämte sich ein wenig, als sie das Zimmer verließ. Wie würde Daniel reagieren, wenn er erfuhr, daß er eine Frau geheiratet hatte, die kaum des Lesens und Schreibens mächtig war?

Jolies Gesicht glühte vor Verlegenheit, als sie ihren Reifrock raffte und die Treppe hinaufstieg.

Oben gab es drei geräumige Schlafzimmer, von denen jedoch nur zwei eingerichtet waren. Zum ersten Mal, seit die Schlinge von ihrem Hals entfernt worden war, verspürte Jolie so etwas wie Alarm. Sie war jetzt Daniel Beckhams rechtmäßig angetraute Frau, und obwohl sie sich völlig fremd waren, zweifelte sie nicht daran, daß er nach Sonnenuntergang seine ehelichen Rechte fordern würde.

Falls er überhaupt so lange wartete.

Bei dem Gedanken, sich zum ersten Mal in ihrem Leben einem Mann hinzugeben, wich die Kraft aus ihren Knien. Nur deshalb ließ sie sich auf der Kante von Daniels breitem Bett nieder.

Das leise Ächzen der Türangeln erschreckte sie, ihre Augen weiteten sich, als sie Daniel auf der Schwelle sah. Sein Blick verriet Belustigung, aber auch Verlangen – das war selbst für Jolie trotz ihrer Unschuld nicht schwer zu erkennen.

»Warum nennen Sie den Jungen ›Deuter‹?« fragte sie, um

Daniel abzulenken und das Unvermeidliche noch etwas hinauszuschieben.

Daniel lehnte sich an den Türrahmen, seine Haltung bewies, daß er Jolies Manöver durchschaute. »Es ist die Abkürzung für Deuteronomie. Der Junge hat sich die größte Mühe gegeben, das Wort auszusprechen, ist jedoch nie weiter als Deuter gekommen, und so hat er dort schließlich aufgehört.«

Unter anderen Umständen hätte Jolie vielleicht gelacht, doch dazu war sie jetzt zu verängstigt. »Er hätte es weiter versuchen sollen«, sagte sie, um die Unterhaltung fortzusetzen.

Daniel zuckte die Schultern. »Das sehe ich anders«, entgegnete er. »Wenn er nicht solch ein hartnäckiger Bursche wäre, hätte er vermutlich schon bei ›Deut‹ aufgegeben.«

Jolie schluckte. »Sie haben sicher viel Arbeit auf der Farm.«

Zu ihrer unendlichen Erleichterung setzte er wieder seinen Hut auf. »Ja, Madam, so ist es. Wir sehen uns beim Abendessen.«

Jolie wurde ganz schwindlig vor Erleichterung, und sie schloß für einen Moment die Augen. »Haben Sie keine Angst, ich könnte fliehen?« fragte sie schließlich leise.

»Ich glaube nicht, daß es viele Orte gibt, an denen Sie unterkommen würden«, erwiderte Daniel gelassen, bevor er ging. Jolie stand auf und öffnete den schweren Eichenschrank. Ordentlich aufgehängte Hemden und Hosen befanden sich darin, doch nichts, was ihr als Kleidung hätte dienen können.

Das zweite Schlafzimmer war kleiner, seine Einrichtung beschränkte sich auf eine Waschkommode, eine Truhe und ein schmales Eisenbett. Doch in der Truhe fand Jolie ein blaues Kattunkleid, und obwohl es ihr zu kurz und sicher auch zu eng war, konnte sie es vielleicht so lange tragen, bis sie ihre eigenen Kleider gewaschen hatte.

Jolie ging hinunter und überquerte den Hof, um den großen Waschzuber zu holen, den sie draußen im Kühlhaus gesehen hatte. Als sie aus dem dunklen Raum wieder ins helle Sonnenlicht hinaustrat, verfing ihr Fuß sich an einer lockeren Diele, und fast wäre sie gestürzt. Der Waschzuber glitt ihr aus den Händen und schlug scheppernd auf dem Boden auf, als sie den Türrahmen umklammerte, um nicht zu fallen. Ein Holzsplitter bohrte sich in ihre Hand.

Sie zuckte vor Schmerz zusammen und kehrte dann zurück, um das lose Brett mit mehr Heftigkeit als nötig an seinen Platz zurückzubefördern. Draußen im Hellen entfernte sie vorsichtig den Splitter und preßte ihre Lippen auf die kleine Wunde.

Alles in allem war es ein schrecklicher Tag gewesen.

Während Daniel das Feuerholz hackte, das er und Deuter am Vortag aus den Bergen heruntergebracht hatten, dachte er an jenen Tag, an dem er beobachtet hatte, wie Hobb Jackson einen gefüllten Sack in den Caldron Creek warf.

Daniel, der auf Jagd gewesen war und einige Schneehühner erlegt hatte, war sofort klar, daß es sich nur um einen weiteren Wurf Katzen handeln konnte, die Jackson ertränken wollte. Von einem wilden Zorn erfüllt, der ihm die Kehle zuschnürte, ließ Daniel achtlos Beute und Gewehr fallen und rannte los.

Hobb war längst fort, als Daniel den Bach erreichte und sich mit Todesverachtung in das eiskalte, knietiefe Wasser stürzte, um die Tierchen zu retten. Doch als er den Sack am Ufer öffnete, waren vier der kleinen Katzen schon tot, und das einzige Tier, das überlebt hatte, ein Kater, fauchte und biß Daniel in den Finger.

Er lächelte ganz unbewußt, als er die Axt von neuem schwang. Seine junge Braut hatte mit diesem frechen kleinen Kater viel mehr gemeinsam als das Glück, überlebt zu haben. Der gleiche Ausdruck entsetzter Auflehnung hatte auch ihren Blick geprägt, als sie unter dem Galgen stand, und deshalb vermutete Daniel, daß auch der Biß nicht lange auf sich warten lassen würde.

Er unterbrach die Arbeit, um sich den Schweiß von der Stirn zu wischen, und legte dann ein neues Stück Holz auf den Block.

Doch da sah er Jolie aus dem Kühlhaus kommen und den Waschzuber zum Haus hinübertragen.

Die Schlußfolgerung, die Daniel daraus zog, war an sich nichts Ungewöhnliches – Jolie wollte ein Bad nehmen, was die meisten Menschen einmal in der Woche taten. Aber diese Erkenntnis ließ das Blut in seinen Adern sieden wie heißes Wachs. Ein schmerzhaftes Ziehen erfaßte seine Lenden, als er sich vorstellte, wie sie ihre schäbigen alten Kleider auszog und splitternackt in das saubere heiße Wasser stieg.

Die Vorstellung ließ Daniel so unaufmerksam werden, daß die Axt beim nächsten Schlag an einem Knoten im Holz abrutschte und ihm fast ins Schienbein gedrungen wäre. Mit einem verhaltenen Fluch schlug er sie in den Hackklotz und nahm den Hut ab.

»Du kannst ihr beim Baden zuschauen«, bemerkte Deuter von der Tür des Schuppens her. »Sie ist jetzt schließlich deine Frau.«

Es gab Momente, in denen Deuter Daniel gewaltig auf die Nerven ging. Obwohl er keine zärtlichen Gefühle für Jolie hegte, störte ihn der Gedanke, ein anderer Mann könne sich mit derart privaten Überlegungen befassen. »Ich möchte, daß das Holz bis Sonnenuntergang gestapelt ist«, sagte er zu Deuter. »Also mach dich an die Arbeit.«

Dann sammelte er seine Kräfte und zwang sich, die Axt wieder aufzunehmen. Und tatsächlich ging ihm das Bild von Jolie in der Badewanne innerhalb der nächsten halben Stunde nicht öfter durch den Kopf als vier- oder fünfhundertmal.

# 2

Jolie fühlte sich wie ein neuer Mensch, nachdem sie gebadet und ihr Haar gewaschen hatte. Selbst das blaue Kattunkleid, das ihr viel zu eng und zu kurz war, fühlte sich ganz wunderbar an auf ihrer sauberen Haut. Sie kämmte gerade ihr langes blondes Haar, als der Fremde, der jetzt ihr Mann war, von draußen hereinkam.

Sein schmales Gesicht war tief gebräunt vom ständigen Aufenthalt im Freien, und Jolie hatte das Gefühl, daß es noch dunkler wurde, als er sie nachdenklich musterte. »Morgen werden wir dir ein paar anständige Sachen kaufen«, sagte er beinahe schroff.

Jolie ließ den Kamm sinken. »Ich brauche nicht viel, Mister Beckham.«

Er nahm einen blauen Emaillebecher aus dem Regal und schenkte sich Kaffee ein, der noch vom Mittag übrig war. »Daniel«, berichtigte er, ohne Jolie dabei anzusehen. »Du wirst mich in Zukunft Daniel nennen.«

Jolie nickte und kam sich vor wie ein Soldat, der einen Befehl ausführte. »Ja . . . Daniel.«

»Deuter ist angeln gegangen. Ich schätze, daß wir heute abend Forellen essen werden.«

Noch nie war Jolie sich der Gegenwart eines Mannes so bewußt gewesen wie in diesem Augenblick – Daniel schien die ganze Küche auszufüllen mit seinen breiten Schultern, seinem harten, muskulösen Körper und seiner so unglaublich männlichen Ausstrahlung. Jolie hätte ihn gern gefragt, wie die Frau auf dem Hochzeitsfoto hieß und ob er sie geliebt hatte. Aber das wagte sie nicht. Dieser Fremde, der nun *ihr* Mann war, hatte sie vor dem sicheren Tod bewahrt und schuldete ihr daher keinerlei Erklärungen.

Noch immer ihren Blick vermeidend, öffnete Daniel die Klappe über dem Wasserdepot im Ofen. Jolie hatte vergessen, es nach dem Bad zu füllen, und erwartete nun Vorwürfe dafür. So groß war ihre Hast, ihren Fehler zu berichtigen, daß sie aufsprang und die Tür im gleichen Augenblick wie Daniel erreichte.

Sie stieß hart mit ihm zusammen, und er packte sie an den Schultern, um sie zu stützen.

»Schon gut«, sagte er ruhig und führte sie zu ihrem Stuhl zurück. »Ich kann mir selbst mein Wasser pumpen, Jolie.«

Errötend und beschämt über ihren nur allzu offensichtlichen Eifer, ihm alles recht zu machen, wandte sie den Kopf ab.

Sie spürte, daß er sie jetzt ansah, aber er sagte nichts mehr, holte nur zwei Eimer unter dem Spülbecken hervor und öffnete die Tür, um hinauszugehen. Jolie hatte ihr Haar zusammengebunden und Holz im Ofen nachgelegt, als er zurückkam. Während er das Depot mit frischem Wasser füllte, beschäftigte sie sich auf der anderen Seite des Raums und öffnete eine Dose mit eingelegten Karotten.

»Es muß eine Frau in diesem Haus gewesen sein, und das vor nicht allzu langer Zeit«, bemerkte sie, weil alles so aufgeräumt und sauber war, doch kaum hatte sie die Worte ausgesprochen, hätte sie sie am liebsten zurückgeholt. Ihre Wangen brannten, als sie verlegen auf die Dose in ihren Händen starrte.

»Meine Nachbarin, Mrs. Dailey, kommt ab und zu, um hier nach dem Rechten zu sehen«, erwiderte Daniel brüsk. Dann verschwand er wieder nach draußen.

Durchs Küchenfenster beobachtete Jolie, wie er die Pumpe bediente und die Eimer füllte. Deuter kam um die Scheunenecke, eine Angel in der einen Hand, einen Zweig mit schimmernden Forellen in der anderen. Der Junge wartete, bis Daniel in die Küche zurückging, und folgte ihm.

»Ich habe sie schon ausgenommen«, verkündete er stolz, als er Jolie den Fisch überreichte.

Sie nickte ihm dankbar zu, obwohl es ihr nichts ausgemacht hätte, die Forellen selbst auszunehmen. Sie legte sie ins Spülbecken, stellte eine Pfanne auf den Herd und gab eine großzügige Portion Schweineschmalz hinein. Dabei stieß sie erneut mit Daniel zusammen, der Wasser in das Herddepot füllte.

»Deuter und ich waschen uns draußen an der Pumpe«, sagte er, und sein Ton ließ nicht erkennen, was er dachte.

Während ihr Mann und der Junge draußen waren, holte Jolie weitere Vorräte aus der Speisekammer. Deuters Fisch brutzelte munter in der Pfanne, und der Duft warmer Kekse drang aus dem Ofen, als die Männer in die Küche zurückkehrten.

Deuter schnüffelte anerkennend und stieß Daniel in die Rippen. »Mrs. Beckham hat sehr ordentlich aufgeräumt, nicht wahr, Daniel?« sagte er so stolz, als wäre es zum Teil auch sein Verdienst.

Als die Männer Platz genommen hatten, holte Jolie die Kekse aus dem Backofen, tischte die Karotten und den knusprig gebratenen Fisch auf und setzte sich an ihren Platz. Nach dem Bad war ihr Appetit zurückgekehrt, sie war jetzt hungrig wie ein Wolf.

Dennoch aß sie so langsam und manierlich, wie es ihr möglich war, hielt den Blick gesenkt und beteiligte sich nicht an der Unterhaltung, die um die Anschaffung einer neuen Düngemaschine kreiste. Obwohl sie immer noch nicht wußte, was sie von Deuter halten sollte, war sie froh, daß er da war, um Daniel zu beschäftigen.

Nach dem Essen räumte sie den Tisch ab und spülte das Geschirr, während die Männer ihrer Arbeit in der Scheune nachgingen. Sie waren noch nicht zurückgekehrt, als Jolie fertig war, und allmählich kam ihr zu Bewußtsein, daß sie todmüde war.

Sie stieg die Treppe hinauf und zwang sich, das eheliche Schlafzimmer zu betreten. Seufzend setzte sie sich auf die Bettkante, um ihre Schuhe auszuziehen, dann streckte sie sich angezogen auf der breiten Matratze aus und schloß erschöpft die Augen.

Jolie lag auf seinem Bett.

Daniel blieb in der offenen Tür stehen und betrachtete bewundernd Jolies honigblondes Haar, das wie ein seidener Schleier sein Kissen bedeckte. Dann riß er sich von dem Anblick los, trat leise ein und holte eine Decke aus dem Schrank, um sie behutsam über Jolie auszubreiten.

Während er ihr Gesicht betrachtete, fragte er sich, aus welcher Art Familie sie stammte und wie es dazu gekommen sein mochte, daß sie auf Hobb Jacksons Wagen endete, um gehängt zu werden.

Sie bewegte sich, wachte jedoch nicht auf, und Daniel zog den Schaukelstuhl ans Bett und setzte sich hinein.

Seufzend schüttelte er den Kopf, als ihm zu Bewußtsein kam, welche Veränderung sein Leben erfahren hatte. Heute morgen beim Aufstehen war ihm das Haus noch einsamer als sonst erschienen, und nun lag eine hübsche Frau in seinem Bett, deren zarter Duft verlockender war als frische Erdbeeren in Sahne. Zögernd berührte er Jolies Haar.

Sie wirkte so unschuldig, wie sie dort lag, vertrauensvoll wie ein Kind. Schwer zu glauben, daß sie wissentlich an einem Bankraub teilgenommen und etwas mit einem Mord zu tun haben sollte . . .

Daniel zog die Hand zurück und runzelte die Stirn, als er sich die Gerüchte ins Gedächtnis rief, die Prosperity im vergangenen Monat beschäftigt hatten. Danach war Jolie angeblich mit Blake Kingston, einem in dieser Gegend berüchtigten Banditen, und seinem Freund Rowdy Fleet in die Stadt geritten. An jenem frühen Junitag hatte sie die Pferde gehütet, während Kingston und Fleet sich in der Fidelity Bank aufhielten. Als der alte Hamish Frazer, Präsident und Begründer der Bank schreiend und nach dem Marshal rufend herausgelaufen war, hatte einer der drei ihn niedergeschossen.

Die Augenzeugen hatten sich nicht darauf einigen können, *wer* den Schuß abgegeben hatte, doch Richter und Jury hatten Jolie für schuldig befunden – weil sie einen Revolver besessen hatte wie die anderen – und sie zum Tod durch Erhängen verurteilt. Daniel vermutete, daß man ihr hauptsächlich deshalb die Schuld an der Tat gegeben hatte, weil sie die einzige war, die sich erwischen ließ – ihre Freunde waren geflohen, ohne auch nur einen Gedanken an sie zu verschwenden.

Als sie sich bewegte, verspürte Daniel wieder ein Ziehen in seinen Lenden. Sie ist jetzt deine Frau, dachte er; du hast ein Recht, vor Gott und den Menschen, zu genießen, was ihr weicher, warmer Körper dir bieten kann.

Jolie seufzte im Schlaf und hob die Arme über den Kopf, was die Decke bis unter ihre Brust verrutschen ließ. Das Oberteil des blauen Kleides spannte sich über ihren vollen Brüsten, und in der abendlichen Brise, die durch das offene Fenster drang, richteten sich ihre Brustspitzen deutlich sichtbar auf.

Daniel begann sich unbehaglich zu fühlen und stand auf. Doch selbst dann schaute er noch einige quälende Minuten lang auf Jolie herab und begehrte sie, wie er nicht einmal Ilse, seine schöne erste Frau, begehrt hatte. Oder Michi, die Japanerin, die er vor langer Zeit in San Francisco gekannt und die ihn gelehrt hatte, was er tun mußte, um einer Frau Vergnügen zu schenken.

Er rieb sich nachdenklich das Kinn, um sich dann doch entschieden umzudrehen und hinauszugehen. Die Tür zum Schlafzimmer ließ er angelehnt. Jolie hatte an diesem Tag schon genug durchgemacht. Und doch ging sie Daniel nicht aus dem Kopf, und er dachte noch an sie, als er in der Küche stand, Kaffee trank und Deuter zuschaute, wie er die Kuh von der Weide hereinbrachte.

Daniel wußte, daß er Jolie nie lieben würde; alle zärtlichen Gefühle, die er hätte empfinden können, waren mit Ilse begraben worden. Aber seine zweite Frau war stark, zäh und in nichts mit seiner blumenhaften zarten Ilse zu vergleichen. Jolie war wie geschaffen dazu, kräftige, gesunde Kinder zu gebären und die harte Arbeit zu ertragen, die mit dem Leben auf einer Farm verbunden war. Sie war sogar eine recht anständige Köchin, obwohl ihre Portionen ein wenig zu knapp bemessen waren . . .

Daniel setzte den Becher in das Becken und ergriff seinen Hut. Als er hinausging, um die letzten Tagesarbeiten zu erledigen, ermahnte er sich, über all diesen Überlegungen nicht zu vergessen, daß Jolie auch eine Bankräuberin war. Und vielleicht sogar eine Mörderin.

Als Jolie erwachte, war es dunkel im Zimmer, und Panik erfaßte sie wie eine Hand, die sich um ihre Kehle schloß. Mit wild klopfendem Herzen richtete sie sich auf und berührte die andere Seite des breiten Betts.

Sie war allein, und das Wissen beruhigte sie ein wenig. Als ihre Augen sich an die Dunkelheit gewöhnt hatten, zündete sie die Petroleumlampe auf dem Nachttisch an, in der Erwartung, ihren Mann irgendwo in der Finsternis lauern zu sehen.

Aber er war nicht da, und während Jolie einerseits sehr froh darüber war, streifte doch ein Gefühl der Einsamkeit ihr Herz. Ob Daniel sie nicht anziehend genug fand oder für gefährlich hielt? Vielleicht hatte er sie sogar eingeschlossen – und das Zimmer war zu ihrer Gefängniszelle geworden?

Von neuem Entsetzen erfaßt, stand sie auf und lief zur Tür. Als sie sich mühelos öffnen ließ, trat Jolie auf den Korridor hinaus und blieb dort eine Weile stehen – eigentlich nur, weil sie die Freiheit besaß, es zu tun. Dann ging sie langsam die Treppe hinunter, um sich in der Küche Milch zu wärmen. Das würde ihr vielleicht helfen, wieder einzuschlafen.

Zu ihrer Überraschung – denn irgendwo hatte eine Uhr schon drei geschlagen – sah Jolie eine Lampe in der Küche brennen. »Daniel?« fragte sie verwundert.

Als keine Antwort kam, ging Jolie zum Herd, schürte das Feuer und stattete dann dem Klosetthäuschen einen Besuch ab. Sie war schon auf dem Weg ins Kühlhaus, um die Milch zu holen, als ihr Blick auf einen einsamen Ahorn fiel, der in einiger Entfernung vom Haus aufragte. Im hellen Mondschein zeichnete sich die Silhouette eines Mannes ab, der mit gesenktem Kopf unter dem Baum stand. Jolie war sofort klar, daß es Daniel war.

Wie fast immer fiel es ihr auch diesmal schwer, ihre Neugierde zu bezwingen, und so begann sie auf Daniel zuzuschleichen. Als sie sich ihm auf etwa zehn Meter genähert hatte, sah sie, daß der große Baum von einem niedrigen Zaun umgeben war, der zwei gepflegte Gräber schützte. Den Hut in der Hand, stand Daniel dort und starrte auf die Grabsteine. Nicht ein einziges Mal wandte er den Kopf in Jolies Richtung.

Sie schluckte und preßte beide Hände auf den Magen. Die stille Qual, die sich an Daniels gebeugtem Rücken ablesen ließ, schmerzte Jolie auf eine Weise, für die sie keine Erklärung fand. Schließlich war er ein Fremder, dieser Mann, der sie aus reiner Gutmütigkeit geheiratet hatte, um sie vor dem Galgen zu bewahren . . .

Was immer auch geschehen mochte, dies durfte sie nie vergessen. Daniel konnte jederzeit beschließen, sich von ihr zu befreien – der liebe Himmel wußte, wie viele andere Leute das vor ihm getan hatten! – und wenn es soweit war, würde er sie vielleicht wieder den Vertretern des Gesetzes übergeben. Eine eisige Kälte drang durch Jolies dünnes Kleid, sie schlang die Arme um den Oberkörper, wandte sich ab und floh zum Haus zurück.

Jetzt bestand noch viel weniger Aussicht, Schlaf zu finden als zuvor. Nachdem sie einen Becher Milch aus dem Kühlhaus geholt hatte und in die Küche zurückgekehrt war, traf sie dort auf Daniel.

»Erzähl mir, warum du bei diesen Männern warst«, sagte er, und obwohl seine Worte nicht unfreundlich klangen, wußte Jolie, daß sie keine Bitte, sondern einen Befehl enthielten.

Sie strich sich das Haar aus der Stirn und beschäftigte sich damit, die Milch zu erwärmen. »Blake Kingston war ein Freund von mir«, antwortete sie. »Oder zumindest dachte ich, er wäre es.«

Sie vernahm ein scharrendes Geräusch und sah, daß Daniel sich rittlings auf einen Stuhl gesetzt hatte. Mit seinen hellen blauen Augen schaute er sie offen an.

»Was ist mit deiner Familie? Hast du überhaupt noch eine?«

Jolie zögerte einen Moment – nach all der Zeit war die Erinnerung noch immer äußerst schmerzlich – und schüttelte dann den Kopf. »Nein«, erwiderte sie mit abgewandtem Blick. An ihre Mutter erinnerte sie sich nicht mehr, höchstens noch an deren Begräbnis, und Tante Nissa und Onkel Franklin – mochten sie in Frieden ruhen! – waren vor einigen Jahren einer Choleraepidemie in Nebraska zum Opfer gefallen. Auch Jolies Vater war tot, obwohl er nicht einmal zu seinen Lebzeiten ›Familie‹ für sie gewesen war, und Garnet, Jolies Stiefmutter, erst recht nicht. »Hast du Familie, Daniel?«

»Fünf Brüder und zwei Schwestern, alle in Nordkarolina«, erwiderte er kurz. »Aber wir sprechen nicht über mich. Ich fragte, wie du in solch schlechte Gesellschaft geraten bist, Jolie. Und ich will eine Antwort auf diese Frage haben.«

Jolie krümmte sich vor Verlegenheit, ihre Hände zitterten, als sie die heiße Milch in einen Becher goß.

Da sie im Moment jedoch keine andere Waffe zur Verfügung hatte als ihren Mut, straffte sie die Schultern und hob das Kinn. »Blake und ich sind uns begegnet, weil ich im gleichen Haus wie seine Mutter gearbeitet habe. Aber das habe ich dir bereits gesagt.«

Daniel verzichtete auf eine Entgegnung und zog nur vielsagend die Brauen hoch.

Jolie setzte sich zu ihm an den Tisch. »In dem Haus, in dem ich arbeitete, wurde ein Diebstahl begangen . . .« Sie brach ab, weil die Erinnerung sie erröten ließ. »Es handelte sich um einen Teil von Mrs. Bonfields Schmuck, und ihr Neffe Gerard behauptete, er hätte gesehen, wie ich eine Diamantbrosche und eine Perlenkette an einen Händler am Hafen verkaufte. Die Bonfields entließen mich, und ich war gezwungen, mir eine neue Stellung zu suchen. Aber natürlich hatte die Sache sich herumgesprochen, und niemand wollte eine Frau einstellen, die unter dem Verdacht stand, eine Diebin zu sein. Als Blake behauptete, Leute in Spokane zu kennen, die ein Kindermädchen suchten, ging ich mit ihm aus Seattle fort.«

Daniel strich sich nachdenklich über das Haar. »Hattest du den Schmuck gestohlen?«

Jolie war so entrüstet über diese Frage, daß sie zu zittern begann. »Nein! Es war Gerard, der den Schmuck genommen hatte, um eine Spielschuld zu begleichen. Die Polizei fand es heraus, bevor ich abreiste, und natürlich erfuhren es auch die Bonfields.«

»Boten sie dir da nicht an, zurückzukommen?«

Jolie trank einen Schluck Milch und setzte den Becher scheppernd ab. »Natürlich. Aber wie hätte ich weiter für sie arbeiten können, als wäre nichts geschehen? Außerdem war Gerard noch da.«

»Du hättest woanders eine Stellung finden können, nachdem deine Unschuld bewiesen war.«

»So einfach ist das nicht.« Jolie schluckte. »Niemand glaubt einem, daß man unschuldig ist, nachdem man eines Verbrechens bezichtigt worden ist. Und wenn sie herausfinden, daß sie sich geirrt haben, ändert das nicht viel.«

»Hat Kingston dich nach Spokane gebracht?«

Jolie senkte den Blick und schüttelte den Kopf. »Heute weiß ich, daß er nie die Absicht hatte.« Sie holte tief Atem und zwang sich, Daniel anzusehen. »Das einzige, was ihn interessierte, war, daß die Leute glaubten, ich wäre seine Frau. Vielleicht wollte er es sogar selber glauben.«

Daniel räusperte sich und wandte den Blick ab – für Jolie ein Beweis, daß er ihr nicht glaubte. »Du sagtest, du hättest nicht ... keine intime Beziehung zu ihm gehabt?«

»Nie!« entgegnete Jolie fest, aber ihre Hände zitterten.

»Du brauchst mich nicht zu belügen«, entgegnete er ruhig.

Jolie war es leid, für Dinge beschuldigt zu werden, die sie nie getan hatte. Ihr ganzes Leben lang hatte jemand anklagend den Finger auf sie gerichtet. »Ich lüge nicht, Dan ... Mister Beckham.«

Er zuckte die Schultern und stand auf. »Wir sollten schlafen gehen. Es wird bald Tag.«

Jolie umklammerte ihren Becher, als könnte sie sich daran festhalten. Sie war zornig, weil Daniel ihr nicht glaubte, und sie hatte Angst, daß er schließlich doch von ihr verlangen würde, sein Bett mit ihm zu teilen. »Ich bin ... unpäßlich«, sagte sie, was eine Lüge war, denn sie hatte schon vor einer Woche aufgehört zu bluten.

Daniel runzelte die Stirn und deutete auf die Küchentür. Ergeben folgte Jolie ihm.

Eine Mischung aus Angst und Erregung beherrschte sie auf dem Weg nach oben. Einerseits fürchtete sie Daniels Größe und seine Kraft, andererseits sehnte sie sich danach, aus eben diesen Eigenschaften Trost und Schutz zu beziehen.

Zögernd trat sie in sein Zimmer. »Du willst jetzt sicher mit mir ... schlafen«, flüsterte sie scheu.

Sie glaubte, Daniel lächeln zu sehen, konnte jedoch im flackernden Schein der Petroleumlampe nicht sicher sein. Ohne etwas auf ihre Bemerkung zu erwidern, streifte er die langen Stiefel ab, zog seine Weste aus und begann sein Hemd aufzuknöpfen.

Jolie wandte sich gedemütigt ab und preßte eine Hand an ihre Kehle. »I-ich könnte auch in dem kleinen Zimmer schlafen«, schlug sie tapfer vor.

Diesmal war sie ganz sicher, daß er leise lachte. »Sehr großzügig von dir, Jolie, aber ich möchte, daß du bei mir bleibst.«

Jolies Herz machte einen Sprung und setzte sich in ihrer Kehle fester. Aus Angst, Daniel anzusehen, hielt sie die Augen abgewandt, bis er die Lampe löschte. Dann legte sie sich angezogen auf den äußersten Rand der Matratze.

Doch unter Daniels Gewicht sackte sie leicht ein, und Jolie rutschte auf die Bettmitte zu. Verzweifelt, als befände sie sich am Rand eines Abgrunds, klammerte sie sich am Rand der Matratze fest. Doch trotz ihrer Bemühungen um Abstand prickelte ihre Haut und schien Daniels Körperwärme mit jeder Pore aufzunehmen. Als er ihr die Hand sanft auf die Hüfte legte, ging ein wohliges Erschauern durch ihren Körper, und sie schloß die Augen, um sich gegen den Aufruhr der Empfindungen zu wappnen, die die schlichte Berührung in ihr wachgerufen hatte.

»Deine Frau«, wisperte sie, als sie ihrer Stimme endlich wieder traute. »Wie war ihr Name, Daniel?«

Er zog die Hand zurück, und Jolie war erleichtert und zugleich enttäuscht. »Ilse«, antwortete er nach langem Schweigen.

»Sie war sehr schön«, fuhr Jolie fort, die seine stumme Qual spürte und gern gelindert hätte. Sie schuldete diesem Mann jeden Sonnenaufgang, den sie je sehen würde, und hätte deshalb gern etwas getan, um ihre Schuld bei Daniel abzutragen. »Ich habe ihr Foto im Wohnzimmer gesehen.«

Schweigen. Dann sagte er: »Ich möchte Kinder haben.«

Jolies Augen wurden feucht, und sie lächelte wehmütig. Mehr als alles andere auf der Welt wünschte sie sich ein Baby! Sie vergaß ihre Furcht und drehte sich zu Daniel um. »Von mir?«

»Du bist jetzt meine Frau«, erinnerte er sie belustigt.

»Aber ich . . . Sie wollten mich hängen, Daniel!«

Er zog sie an sich, und sie nahm begierig seine tröstende Körperwärme in sich auf, obwohl ihre Furcht vor ihm noch nicht ganz verflogen war. Ihre Wange ruhte an seiner beharrten Brust, sie konnte seinen gleichmäßigen Herzschlag hören. »Du hast niemanden getötet«, sagte er mit einer Überzeugung, die Balsam für Jolies verletzte Seele war. Und dann schlief Daniel ein.

Jolie lag neben diesem Mann, der ihr noch so fremd war, und fühlte sich zum erstenmal, seit ihr Vater sie nach seiner Heirat mit Garnet von Tante Nissa und Onkel Franklins Farm fortgeholt hatte, auf wunderbare Weise sicher.

Sie hatte das Gefühl, eben erst eingeschlafen zu sein, als Daniel sie sanft anstubste und das Bett verließ. Irgendwo hinter dem dunklen Fenster krähte ein Hahn.

Kaum wurde Jolie bewußt, wo sie sich befand, zog sie die Decke über ihren Kopf.

»Wir fahren später in die Stadt«, bestimmte er, als er sich angekleidet hatte, dann zog er die Decke von Jolies Gesicht, um sie ansehen zu können. Ein belustigtes Funkeln stand in seinen Augen. »Sorg dafür, daß das Frühstück in einer halben Stunde fertig ist!«

Dann ging er hinaus, und Jolie sprang auf, zog hastig ihre Schuhe an und eilte hinunter, um das Feuer im Küchenherd zu schüren und Holz nachzulegen. Bei Sonnenaufgang war sie bereits draußen und pumpte Wasser. Aber die Schönheit dieses grandiosen Naturschauspiels ließ sie einen Moment innehalten und ehrfürchtig zuschauen, wie der feuerrote Ball hinter den Bergen aufstieg und die wogenden Kornfelder in einen rosa Schimmer tauchte.

Danke, lieber Gott, dachte sie im vollen Bewußtsein der Tatsache, daß sie die Nacht auch in einem Sarg hätte verbringen können statt in Daniel Beckhams Bett. Nur seiner Güte war es zu verdanken, daß sie jetzt die frische Morgenluft einatmete, die Sonne aufgehen sah und einen neuen Tag beginnen durfte.

Aus einem kleinen Anbau neben der Scheune kam Deuter und schwenkte grüßend seinen Hut. Ihm folgte die häßlichste

Katze, die Jolie je gesehen hatte – ein riesiger gefleckter Kater, dem ein Ohr fehlte und dessen Fell eine Menge kahler Stellen aufwies. Sein rechtes Auge war nur noch ein gezackter Schlitz, sein linkes funkelte wie kalter, harter Bernstein.

»Na so was«, sagte Jolie verwundert. »Wer ist das denn?«

»Leviticus«, erwiderte Deuter, der sich über ihr Interesse zu freuen schien. »Dan hat ihn so genannt, weil er wußte, daß der Kater und ich Freunde werden würden.«

Jolie hob die Eimer, um sie über die hohe Schwelle der Küchentür zu tragen, aber Deuter hielt sie auf. »Einen Moment, Mrs. Beckham.« Er holte eine Apfelkiste und stellte sie als Stufe vor die Tür. »Eine Dame wie Sie sollte es bequemer haben.«

»Danke, Deuter.« Jolie war gerührt über seine Geste und freute sich, daß er sie ›Mrs. Beckham‹ nannte, was ihr irgendwie den Status einer echten Ehefrau zu verleihen schien. Und die Holzkiste erleichterte ihr tatsächlich sehr den Zugang zu der Küche.

Als die Männer zum Frühstück kamen, starrte Daniel ungläubig auf das einzelne Ei auf seinem Teller und die zwei dünnen Scheiben Speck, die Jolie ihm serviert hatte.

»Das würde nicht einmal Verena Daileys Schoßhündchen am Leben erhalten«, knurrte er, und Jolies glückliche Stimmung war wie ausgelöscht.

# 3

Mit brüsken, ärgerlichen Bewegungen holte sie noch mehr Eier und geräucherten Speck aus der Vorratskammer und begann beides zu braten. Daniel mochte ihr das Leben gerettet haben, aber das gab ihm noch lange nicht das Recht, sie wie eine Sklavin zu behandeln!

»Das Kleid sieht aus, als hätten Sie darin geschlafen«, stellte Deuter munter fest, als sie die Teller auffüllte und klappernd auf den Tisch zurückstellte. »Außerdem ist es Ihnen viel zu klein. Vielleicht werden Sie fett, wie Mrs. Anstruthers im Grundbuchamt. Man könnte einen beladenen Karren hinter ihr verstecken.«

»Deuter«, unterbrach Daniel ihn schroff. »Iß dein Frühstück und mach dich dann an deine Arbeit.«

Deuter war kein sonderlich geschickter Unterhalter, aber er war gehorsam. Er senkte den Blick und begann, Eier und Speck in seinen Mund zu schaufeln.

Jolie floh in den Hof, wo sie abends zuvor ihre gewaschenen Kleider aufgehängt hatte. Sie waren steif und noch feucht vom morgendlichen Tau, aber sauber.

Um Daniel nicht eher zu begegnen, als unbedingt nötig war, zog Jolie sich im Kühlhaus um, und als sie herauskam, war ihr Mann schon auf dem Weg in die Scheune.

Als sie den Tisch abgeräumt hatte und das Geschirr abwaschen wollte, kam Daniel in die Küche. »Laß das liegen!« befahl er schroff. »Wir fahren jetzt in die Stadt.«

Empört fuhr Jolie zu ihm herum. »Du könntest ruhig etwas höflicher zu mir sein!« meinte sie.

»Und du«, entgegnete Daniel ungerührt, »solltest lieber tun, was ich dir sage und den Mund halten.«

Das war zuviel für Jolie; ihre Wangen brannten, und sie kam sich unglaublich gedemütigt vor. Sie trocknete sich ihre Hände, setzte ihren Hut auf und ging hoch erhobenen Kopfes zur Tür.

Daniel erreichte die Tür jedoch zuerst und streckte von draußen die Arme nach ihr aus. Als Jolie seine großen Hände um ihre Taille spürte, schloß sie die Augen. Da war es wieder, dieses seltsame Gefühl, das mitten in ihrem Körper begann und sich wie Feuer in ihren Gliedern ausbreitete . . .

Als sie vor ihm stand, noch ganz außer Atem und erschrocken über ihre Reaktion auf den Kontakt mit ihm, nahm Daniel ihr wortlos den Hut ab und setzte ihn der alten Vogelscheuche im Gemüsegarten auf.

Wieder fühlte Jolie sich zutiefst gedemütigt, aber sie war klug genug zu schweigen. Viel wußte sie noch nicht über Daniel Beckham, doch eins hatte sie schon gelernt: Wenn er erst einmal etwas entschieden hatte, war es sinnlos, ihm zu widersprechen.

Sie bestieg den Wagen, ohne seine Hilfe abzuwarten. Ihr Stolz war das einzige, was ihr geblieben war, und den würde sie sich so leicht nicht nehmen lassen!

»Es war kein schlechter Hut«, sagte sie, als Daniel neben ihr auf den Bock stieg. »Er hat mein Gesicht vor der Sonne geschützt.«

»Er ist gut genug, um die Krähen zu verscheuchen«, erwiderte Daniel. »Du brauchst ein paar Hauben und einen Hut für sonntags.«

Jolie versteifte sich bei dem Wort *Sonntag*. »Ich bin keine Kirchgängerin«, meinte sie spitz.

Daniel lenkte den Wagen aus dem großen Tor auf den Weg, der auf die Straße führte. »Mag sein. Aber du wirst es werden.«

In Gedanken an die dreistündigen Predigten, die sie über sich hatte ergehen lassen müssen, stöhnte Jolie. Indem ihr Vater sie in die Kirche schickte, hatte er sich wohl anscheinend die Verzeihung seiner eigenen Sünden erhofft ... »Wenn du das vorhast, hättest du mich auch unter dem Galgen stehen lassen können.«

Daniel lachte. »Reverend Blackborrow wird deine Begeisterung zu schätzen wissen.«

Jolie seufzte. »Ich nehme an, er ist genauso langatmig wie alle Prediger«, sagte sie resigniert und schwieg für den Rest des Wegs.

Als sie Prosperity erreichten, hielt Daniel vor der Bank. »Ich muß den Scheck ausstellen«, sagte er, und Jolie stieg so rasch vom Wagen, daß er keine Gelegenheit bekam, ihr zu helfen. »Geh schon zum Laden hinüber und such dir ein Kleid und einige Bahnen Stoff aus.« Sein Blick glitt kritisch über ihren schäbigen Reitrock und die Bluse, beides Erbstücke von ihrer früheren Arbeitgeberin. »Du solltest dir auch einen Kamm, eine Bürste und ein paar Hauben kaufen.«

Jolie preßte die Lippen zusammen. Jeder andere hätte Daniels Geste als großzügig bezeichnet, aber irgend etwas an der Art, wie er es sagte, erfüllte Jolie mit Entrüstung.

»Und daß du dich nicht schon wieder in Schwierigkeiten bringst!« fügte er mit warnend erhobenem Zeigefinger hinzu.

Jolie drehte sich auf dem Absatz um und stürmte über die staubige Straße in den Laden, in dem es nach Tabak, Teeblättern, Vanille, Sägemehl, Kaffeebohnen und Käse roch.

»Brauchen Sie etwas?« fragte Mrs. Craybrook – Jolie erinnerte sich nur zu gut an die kleine grauhaarige Frau, die zu ihrem Prozeß und der geplanten Hinrichtung erschienen war.

»Mister Beckham möchte, daß ich ein Kleid kaufe, Hauben

und Stoff zum Nähen«, erwiderte Jolie und zwang sich, Mrs. Craybrooks boshaften Blicken standzuhalten. Es war nicht zu sagen, wie lange sie in dieser Stadt bleiben würde, und da konnte sie nicht mit jeder alten Krähe, die ihren Weg kreuzte, einen Streit anfangen.

Die Ladeninhaberin musterte Jolie von Kopf bis Fuß. »*Sie* nähen?« bemerkte sie herablassend.

Nachdem Jolie McKribben dem Tod ins Auge geblickt hatte, ließ sie sich nicht mehr so leicht einschüchtern. Schon gar nicht von einer alten Krähe wie Mrs. Craybrook. »Wenn Sie das Geld meines Mannes lieber nicht nehmen, Mrs. Craybrook, kann ich die Sachen auch über ein Versandgeschäft bestellen.«

Einen langen Moment standen die beiden Frauen sich stumm gegenüber und starrten sich an wie zwei Pistolenhelden auf einer staubigen Straße. Mrs. Craybrook gab sich schließlich als erste geschlagen. »Unsinn. Man kann nie wissen, was diese Leute einem schicken oder *wann* die Sachen kommen. Wie viele Kleider wollte Daniel haben?«

»Kein einziges«, entgegnete Jolie schmunzelnd. »Ich glaube nicht, daß er dazu neigt, Frauenkleider zu tragen. Was mich jedoch betrifft, so brauche ich mindestens drei.«

Zwei rote Flecken bildeten sich unter dem hellen Reispuder auf Mrs. Craybrooks Wangen, ihre Lippen verzogen sich zu einem schmalen Strich. Aber bevor sie etwas entgegnen konnte, bimmelte die Ladenglocke, und Daniel kam herein. Er nahm seinen Hut ab und hängte ihn an einen Haken an der Wand, bevor er kritisch die zum Verkauf ausliegenden Stoffballen musterte.

»Sieh zu, daß du mindestens ein fertiges Kleid kaufst, und vergiß auch nicht den Stoff für Nachthemden«, sagte er, und wieder war Jolie erstaunt, wie mühelos es ihm gelang, sie in Verlegenheit zu bringen. »Du kannst schließlich nicht dein Leben lang in deinen Kleidern schlafen!«

Mrs. Craybrook räusperte sich umständlich und tat, als ordnete sie die bunten Seidenbänder auf der Ladentheke.

Jolies Wangen brannten. Um es zu verbergen, ließ sie die Hand über einen Ballen gelb und weiß gestreiften Baumwollstoff gleiten und stellte sich dabei ein hübsches Sommerkleid mit vielen Rüschen vor. »Diesen bitte«, sagte sie schüchtern, um dann cremefarbenen Musselin für Unterwäsche und Unterröcke auszusuchen sowie mehrere Meter feingesponnene weiße Baumwolle für Nachthemden.

Sie hätte sich damit zufriedengegeben, weil ihr Reichtum sie jetzt schon sehr beeindruckte, aber Daniel bestand darauf, daß sie genügend Stoff für sechs weitere Kleider und dazu passende Hauben auswählte. Er kaufte ihr Schuhe, Strümpfe, parfümierte Seife und sogar eine Stange Zuckerwerk aus weißem und grünem Pfefferminz. Nicht lange danach schleppte Mrs. Craybrooks Sohn ein riesiges Paket zum Wagen hinaus, während die alte Dame mit Daniel über die bevorstehende Ernte plauderte. Jolie gewann den Eindruck, als hinge jeder einzelner Farmer dieser Gegend von Daniel und dessen modernen Maschinen ab, um seine Ernte einbringen zu können.

Als er fand, daß es Zeit zum Aufbruch war, legte er die Hand auf Jolies Po und schob sie zur Tür. So intensiv waren die Empfindungen, die er damit in Jolie auslöste, daß sie kaum wahrnahm, wie Daniel seinen Hut von der Wand nahm und ihn aufsetzte, bevor sie auf die Straße traten.

Selbst draußen bemerkte sie kaum den regen Verkehr der aufstrebenden kleinen Stadt. Sie konnte nur noch daran denken, wie es sein mochte, wenn Daniel ihr nacktes Fleisch berührte, und hoffte, daß er das Erschauern, das sie erfaßte, nicht bemerkte.

Er hob sie auf den Wagen und kletterte dann neben sie.

»Danke«, sagte Jolie, als er die Pferde in Bewegung setzte.

Daniel zuckte mit den Schultern, doch Jolie schaute zum tiefblauen Himmel auf, dachte, daß sie heute tot sein könnte, wenn dieser Mann nicht gewesen wäre. Vor lauter Lebensfreude begann sie zu lachen, sagte noch einmal: »*Danke*, Daniel«, und lehnte für einen Moment den Kopf an seine Schulter.

Er roch nach Seife und Straßenstaub, eine Mischung, die Jolie als unwiderstehlich empfand. Er schaute auf sie herab, und sie spürte, wie sein großer Körper sich versteifte, als sie ihre Zungenspitze über die Pfefferminzstange, die er ihr geschenkt hatte, gleiten ließ. Sofort wandte er den Kopf und starrte wieder auf die Straße, aber Jolie hätte schwören können, daß er sich von ihr zurückzog.

»Ist etwas?« fragte sie.

»Nein«, antwortete er, und sie wußte, daß er log, aber daran war nichts zu ändern. Dann sah sie aus den Augenwinkeln, daß Daniel ihr des öfteren einen verstohlenen Blick zuwarf.

Auf der Farm hockte Deuter vor der Küchentür und sägte Holzlatten zurecht. Sein nackter Rücken glänzte vor Schweiß. Als er den Wagen halten sah, hob Deuter lächelnd den Kopf.

Aber dann verblaßte sein Lächeln, und Jolie sah, warum – Daniel starrte wütend auf den jungen Mann herab.

»Zieh dein Hemd an!« befahl er schroff.

Deuter gehorchte widerspruchslos, aber Jolie, die das Verhalten ihres Mannes unangebracht grob fand, ging lächelnd auf Deuter zu.

Als sie erkannte, daß er damit beschäftigt war, Stufen zu bauen, die ihr den Zugang zur Küche erleichtern sollten, war sie so gerührt, daß ihre Kehle sich fast schmerzhaft zusammenzog. »Wie lieb von Ihnen, Deuter!« sagte sie leise.

Deuter nickte nur stumm und wandte die Augen ab, was Daniel einen gereizten Blick von Jolie eintrug. Sie ging verärgert um das Haus herum und betrat es durch die vordere Eingangstür.

In der Küche stand Daniel am Tisch und löste den Bindfaden um das Paket.

Im Spülstein lag ein Huhn, schon gerupft und ausgenommen. Jolie krempelte die Ärmel auf und nahm die Waschschüssel vom Haken an der Wand. Als sie sie mit heißem Wasser gefüllt hatte, stellte sie überrascht fest, daß Daniel sich nicht vom Fleck gerührt hatte. Jolie war in ihrem Leben viel von Schweigen umgeben gewesen, und es hatte sie stets mit Unbehagen erfüllt. Irgend etwas in ihr drängte sie, die Stille mit Plaudern auszufüllen. »Ich glaube, wir wissen jetzt, was Deuter gern essen würde«, sagte sie heiter und deutete auf das Huhn, bevor sie ihre Hände wusch.

Daniel schaute sie eine Weile nachdenklich an, um dann die Arme über der Brust zu verschränken. »Näh dir ein anständiges Kleid für den Kirchgang am Sonntag«, sagte er knapp. »Am besten aus dem glänzenden, braunen Stoff.«

Jolie sagte sich, daß Bettler nicht wählerisch sein dürfen, trocknete die Hände und hob das Huhn auf, um es in Stücke zu zerlegen. »Du meinst den Satin«, erwiderte sie seufzend. Der triste dunkle Stoff gefiel ihr nicht, aber Daniel hatte darauf bestanden, daß sie ihn kaufte. »Ich werde wie eine alte Henne darin aussehen.«

»Ilse hat immer ein anständiges Kleid zur Kirche angezogen«, erklärte Daniel kühl. »Ich möchte Kartoffeln mit Sauce zu dem Huhn essen – und grüne Bohnen mit Speck und Zwiebeln.«

»Näh dir ein anständiges Kleid«, äffte Jolie ihn nach, als er hinausgegangen war. »Steig auf den Wagen, steig wieder ab, tu dies und laß jenes; sieh zu, daß du nicht in Schwierigkeiten gerätst und brate mir zum Frühstück einen Büffel . . .«

Jolie brauchte eine Stunde, um die Mahlzeit zuzubereiten und frische Kekse zu backen. Als endlich alles fertig war, stand die Luft in der Küche vor Hitze, und Jolie war der Appetit vergangen. So deckte sie nur den Tisch, servierte das Essen und ging hinaus, um ein bißchen frische Luft zu schnappen.

Erst als sie den kleinen Friedhof unter dem alten Ahorn erreichte, merkte sie, daß sie ganz unbewußt diese Richtung eingeschlagen hatte. Froh über den Schatten, den die ausladenden Äste boten, öffnete sie das kleine Tor im Zaun und trat hindurch.

Eine schwarzweiße Marmorplatte bildete ihren Grabstein, auf einer kleineren Bronzeplatte waren ihr Name, ihr Geburtsdatum und ihr Todestag eingraviert. Jolie schlang die Arme um den Oberkörper, obwohl es noch sehr heiß war, als sie sah, daß die erste Mrs. Beckham erst vor knapp sechzehn Monaten verstorben war.

Von einem Gefühl überwältigender Trauer erfaßt, ging Jolie weiter zu dem zweiten, kleineren Grab, von dem sich die Statue eines trompetenblasenden Engels erhob. Jolie kamen die Tränen, als sie die Inschrift auf dem Grabstein las. Nur zwei Worte ... *Unser Kind.*

Sie holte tief Atem und schloß die Augen, um ihre Niedergeschlagenheit zu bezwingen. Kinder starben jeden Tag, es war eine grimmige Realität des Lebens, und wenn sie sich jedesmal von Trauer überwältigen ließ, sobald sie solch ein kleines Grab erblickte, würde sie bald nichts anderes mehr tun, als Tränen zu vergießen.

»Wenn Sie nicht zum Essen kommen, wird nicht viel für Sie übrigbleiben«, erklang eine Stimme hinter ihr, und Jolie erschrak. Sie hatte Deuter nicht kommen hören.

In der Hoffnung, daß ihre Tränen keine Spuren hinterlassen hatten, drehte Jolie sich zu dem jungen Burschen um. »Wie ist Daniels und Ilses Kind gestorben?« fragte sie.

Deuter öffnete ihr das Tor und schloß es sorgfältig hinter Jolie. »Am Keuchhusten, kurz nach Weihnachten«, antwortete er leise. »Mrs. Beckham hat es nie überwunden. Sie weinte nur noch und lief klagend und händeringend über die Farm. Es war ihr kein Trost, daß sie wieder ein Baby unter dem Herzen trug. Sie war sehr klein und zierlich, und diese neue Schwangerschaft war vielleicht zuviel für sie – sie war so schwer geworden, daß man befürchten mußte, das Gewicht würde ihr den Rücken brechen.«

Jolie, die immer mehr Zutrauen zu Deuter faßte, schob ihre Hand unter seinen Arm. »Und?« drängte sie sanft.

»Irgend etwas ging schief, als Mrs. Beckham das Baby zur Welt brachte.« Deuter schwieg einen Moment und preßte die Lippen zusammen. »Sie starb, und der Arzt kam nicht schnell genug an das Kind heran. Dan begrub seinen Sohn und seine Frau im selben Grab.«

»Erzählen Sie mir von dem ersten Kind«, forderte Jolie ihn auf, als sie ihre eigenen Gefühle wieder unter Kontrolle hatte.

Deuter seufzte. »Sie hieß Eugenia und war erst zwei, als sie am Keuchhusten erkrankte.« Jolie hatte genug eigene Tragödien erlebt, um das Ausmaß von Daniels Qual ermessen zu können. Trauer erfaßte sie, als ihr klar wurde, warum Daniel bereit gewesen war, eine Frau zu heiraten, die in den Augen der Welt als Verbrecherin galt. Er hatte sich einfach jemanden ausgesucht, den er nicht zu lieben brauchte und um dessentwillen er nie leiden würde . . .

Später, als die Hausarbeit erledigt war, setzte Jolie sich auf die Veranda und begann, aus dem weißen Baumwollstoff ein Nachthemd zu nähen. Am späten Nachmittag, als es Zeit wurde, das Abendessen vorzubereiten, stand sie mit einem bedauernden Seufzen auf und ging in die Küche.

Sie war erstaunt, dort Daniel zu begegnen, der Brot mit Speck und großen saftigen Tomaten belegte.

»Das hätte ich doch tun können«, sagte Jolie.

Daniel zuckte mit den Schultern. »Du warst beschäftigt.«

Jolie schaute durch die offene Küchentür. »Wo ist Deuter?«

»Er ist zu seiner Schwester gefahren und wird dort die Nacht verbringen.« Daniel klappte das letzte Sandwich zu und legte es zu den anderen auf den Teller. »Setz dich und iß etwas«, forderte er sie auf.

Tatsächlich war Jolie so hungrig, daß ihr Magen knurrte. Sie setzte sich und nahm sich eins der Sandwiches. Sie waren köstlich.

»Erzähl mir von deiner Familie«, forderte sie Daniel auf, als sie sein Schweigen nicht mehr ertrug.

Er schaute sie an, und ein Frösteln erfaßte Jolie, obwohl eine warme Brise durch die offene Tür wehte. »Sie braucht dich nicht zu interessieren«, antwortete er kalt.

Jolie legte das angebissene Sandwich auf den Teller zurück, ihr Hunger war verflogen. »Das war eine *sehr* unfreundliche Bemerkung!« fuhr sie auf.

»Ich habe es dir schon einmal gesagt: Ilse ist tot.«

»Ich hatte nicht nach Ilse gefragt. Ich wollte etwas über deine Eltern und über deine Geschwister erfahren!«

Daniel biß in sein Sandwich. »Sie sind Tabakpflanzer«, sagte er dann.

»Warum bist du nicht in Nordkarolina geblieben und hast mit ihnen Tabak angepflanzt?«

»Weil ich eine eigene Farm besitzen wollte.«

Seine Farm schien sehr groß und ertragreich zu sein, was Jolie beträchtlichen Respekt einflößte. Aber sie begriff trotzdem nicht, wie jemand, der eine Familie hatte, auf die andere Seite des Landes ziehen konnte. »Vermißt du sie denn nicht?« fragte sie. »All die anderen Beckhams, meine ich?«

»Sie schreiben mir ab und zu.«

Jolie war entschlossen, mehr zu erfahren. »Wer von ihnen fehlt dir am meisten?«

Daniel trank einen Schluck Milch, bevor er antwortete. »Ich glaube, Enoch, mein jüngster Bruder. Ich habe ihm schon des öfteren vorgeschlagen herzukommen, um mir auf der Farm zu helfen, aber er hat eine Frau und zwei kleine Kinder zu ernähren, und deshalb wird es ihm wohl nicht möglich sein.«

Jolies Hunger war zurückgekehrt, sie nahm ihr Sandwich wieder auf. Daniel füllte ihr Milchglas nach und erhob sich. »Ich fahre Anfang der Woche nach Spokane, um Erntearbeiter anzuheuern«, verkündete er ganz überraschend. »Deuter wird mich begleiten.«

Jolie schaute lächelnd zu ihm auf. »Hast du keine Angst, daß ich dir weglaufen könnte?«

Daniels gelassene Stimmung änderte sich von einer Sekunde auf die andere, er beugte sich mit schmalen Augen vor und sagte mit unverkennbarer Schärfe in der Stimme: »Ich bin ziemlich sicher, daß du gar nicht weißt, wohin du dich wenden könntest. Aber solltest du es trotzdem versuchen, werde ich dich finden, meine fünfhundert Dollar aus dir herausprügeln und dich dem Marshal in Spokane übergeben.«

»Fünfhundert Dollar?« Jolie erstickte fast an dem Wort, so hoch erschien ihr diese Summe. »Blake und Rowdy haben *fünfhundert* Dollar aus der Bank geraubt?«

Daniel nickte und trug seinen Teller zum Spülbecken. »Ich dachte, du wüßtest das. Es muß während des Prozesses darüber gesprochen worden sein.«

Jolies Augen waren noch immer ganz groß vor Erstaunen. »Kann sein, aber ehrlich gesagt, habe ich kaum auf Einzelheiten geachtet. Ich wollte bloß so schnell wie möglich von hier verschwinden.«

Daniel hatte begonnen, das Geschirr zu spülen, und schüttelte den Kopf, als Jolie sich anbot, ihm zu helfen. Wieder erfüllte ein beunruhigendes Schweigen den Raum.

»Dann wirst du dir die neue Düngemaschine jetzt sicher nicht mehr leisten können«, sagte sie von der Tür, wo sie das beeindruckende Schauspiel des Sonnenuntergangs beobachtete.

Sie spürte, daß Daniel dicht hinter sie getreten war. Als seine Hände sich sanft auf ihre Schultern legten, schloß sie die Augen und überließ sich der furchtsamen Erwartung, die sie überfiel.

Die Düngemaschine erwähnte Daniel nicht, als er Jolie zu sich herumdrehte, eine Hand unter ihr Kinn legte und ihren Kopf hob, um sie zu küssen. Jolies Zehen krümmten sich in ihren Schuhen, als sie vergeblich versuchte, mit den Füßen auf der Erde zu bleiben. Und als Daniels Mund ihre Lippen berührte und seine Zungenspitze sie teilte, schmiegte sie sich sehnsüchtig in seine Arme. Ein verwirrend süßes Feuer brach in ihr aus und verzehrte sie, aber Jolie empfand sich nicht als Märtyrerin, sondern als Königin. Obwohl ihr Herz so heftig klopfte, daß es zu zerspringen drohte, und ihr so schwindlig war, daß sie schwankte, traf es sie wie ein Schock, als Daniel sie aus seinen Armen entließ.

»Ich glaube, ich fahre für ein paar Stunden in die Stadt«, erklärte er schroff.

Jolie hüllte sich in ihre Würde wie in einen warmen Umhang an einem eiskalten Januartag. Sie hatte nie ein behütetes Leben geführt, und daher wußte sie, welche Art von Gesellschaft Daniel in Prosperity suchte. Aber sie war entsetzt über die heftige Eifersucht, die in ihr erwachte.

»Gute Nacht dann, Mister Beckham«, sagte sie mit erzwungener Ruhe. Und erst als sie sich gewaschen hatte und in ihrem neuen Nachthemd auf Daniels breitem Bett lag, ließ sie ihren Tränen freien Lauf.

# 4

Pilar beobachtete Daniel in dem Spiegel über ihrer Frisierkommode, als sie mit geschickten Fingern ihr glänzendes schwarzes Haar zu einem langen Zopf flocht. Das tiefausgeschnittene Tanzkleid, das sie vorher getragen hatte, war längst einem Morgenmantel aus weißem Samt gewichen. »Warum hast du das getan, Daniel?« fragte sie in ihrem sorgfältig akzentuierten Englisch. »Warum hast du diese Frau geheiratet?«

Daniel seufzte. Er war in die *Ivory Rose* gekommen, um sich ein, zwei Whiskeys zu genehmigen und dann bei Pilar Entspannung zu suchen. Aber von dem Augenblick an, als er durch die Schwingtüren des Saloons getreten war, hatte er an nichts anderes als an Jolie denken können. Sogar Ilses Bild war in seiner Erinnerung verblaßt, was ihn noch mehr beunruhigte als alles andere. »Du weißt, warum ich sie geheiratet habe«, antwortete er schlicht. »Chilver und January und all die anderen hätten sie aufgehängt – und nur, weil sie zufällig verfügbar war.«

Pilar schlang ein blaßrosa Seidenband um das Ende ihres Zopfs und drehte sich zu Daniel um. »Liebst du sie?« fragte sie, ohne ihre eigenen Ansichten über Jolies Schuld oder Unschuld preiszugeben.

Daniel wurde ärgerlich. »Verdammt, was soll denn diese dumme Frage? Ich kenne sie doch erst knapp zwei Tage!«

»Und doch willst du mich nicht mehr«, entgegnete Pilar schmollend. Er fuhr sich mit einer Hand durchs Haar und seufzte wieder. »Es wäre nicht richtig«, sagte er schließlich leise. »Als verheirateter Mann . . .«

»Die meisten Männer, die herkommen, sind verheiratet«, wandte Pilar ein. »Außerdem ist das nicht zu vergleichen. Jedenfalls nicht, wenn du sie nicht liebst.«

Daniel war ganz sicher, keine zarten Gefühle für Jolie zu hegen, aber er begehrte sie, das war nicht abzustreiten, und deshalb beschloß er, die Frage lieber nicht zu diskutieren. »Ich fahre jetzt nach Hause«, sagte er, wandte sich ab und verließ den Raum, in dem er so oft seinem Vergnügen nachgegangen war, ohne je etwas anderes dafür geben zu müssen als Geld. Niemand hatte hier je von ihm verlangt, daß er sein Herz öffnete oder gar Gefühle zeigte.

Auf der Treppe begegnete Daniel Ira January, dem schlanken jungen Spieler, der ein Sägewerk am Fuß der Berge errichtet hatte und gute Geschäfte zu machen schien. Die Leute behaupteten, das notwendige Kapital dafür habe Ira bei einem Pokerspiel in San Francisco gewonnen. Daniel mochte den Mann nicht, ohne sich allerdings je Gedanken darüber gemacht zu haben, warum – er mied Ira einfach, so gut er konnte. Doch jetzt blieb Ira stehen und legte eine beringte Hand auf seinen Arm. »Die Flitterwochen scheinen also schon vorbei zu sein. Hat Mrs. Beckham sich außer als Bankräuberin und Mörderin auch als unbefriedigende Ehefrau erwiesen?«

Daniel hätte January am liebsten rückwärts durch das Geländer gestoßen, aber er verzichtete darauf, weil er dann den Schaden hätte bezahlen müssen. Und dank Jolies Kaution und all der Sachen, die er ihr zum Anziehen gekauft hatte, konnte er sich das jetzt nicht mehr leisten. Er ließ den Spieler jedoch seine ganze Verachtung spüren und maß ihn mit einem Blick, der Ira veranlaßte, sich einige Stufen zurückzuziehen.

Obwohl er nervös wirkte, lachte Ira. »Pilar ist eine temperamentvolle, attraktive Frau. Ich kann es Ihnen nicht verdenken, daß Sie sie nicht aufgeben wollen.«

Daniels rechte Hand ballte sich zur Faust, aber er zwang sich, stumm an Ira vorbeizugehen. Er hatte schon vor langer Zeit gelernt, seine Impulse zu beherrschen.

Als er zwanzig Minuten später die Farm erreichte, sah er zu seinem Erstaunen ein Licht im ersten Stock brennen – in seinem Zimmer. Stirnrunzelnd saß er ab und führte sein Pferd in die Scheune, wo ebenfalls eine Lampe brannte und Deuter auf einem kleinen Nagelfaß hockte und Öl in ein abgenutztes Lederhalfter rieb. Er nickte Daniel kameradschaftlich zu, und Daniel war froh, daß er nichts sagte. Als er das Pferd versorgt hatte, ging er zögernden Schritts zum Haus hinüber.

Als Jolie die Küchentür hörte, stand sie hastig auf und wischte ihre Tränen ab. Wo immer Daniel auch gewesen sein mochte, was immer er auch getan hatte, er durfte nie erfahren, daß er der Anlaß für ihre Tränen war! Sie strich ihr neues Nachthemd glatt und ging zum Treppenabsatz, um dort zu warten.

Daniel erschien im Lichtschein einer Petroleumlampe, die er in der Hand hielt, und sie sah, wie es um seinen Mund zuckte, als er zu ihr aufschaute.

»Ich habe . . . gelesen«, log Jolie, bemüht, einen leichten Ton anzuschlagen. »Hattest du einen schönen Abend?«

Ihr Mann runzelte die Stirn und begann die Treppe hinaufzugehen. »Du wirst heute nacht im Gästezimmer schlafen, Jolie. Ich brauche meine Ruhe und kann mich nicht entspannen, wenn du dich die ganze Nacht neben mir herumwälzt.«

Trotz Jolies Erleichterung darüber, daß Daniel nicht die Erfüllung *ehelicher Pflichten* von ihr erwartete, war sie beleidigt. Ganz offensichtlich fand er sie nicht attraktiv. Sie biß sich auf die Lippen, um nicht zu fragen, wo er gewesen war, und trat zurück, um ihn vorbeizulassen.

Wortlos reichte Daniel ihr die Lampe, verschwand in seinem Zimmer und schloß die Tür hinter sich.

Einen langen Augenblick blieb Jolie stehen, als wäre sie geohrfeigt worden. Dann kam ihr die Erkenntnis, daß Daniel sie als Frau nicht wollte, weil er sie für eine Kriminelle hielt, was noch viel mehr schmerzte als die Vorstellung, sie könne ihm nicht hübsch genug sein. Aber es löste auch Zorn in ihr aus und eine Empörung, die sich nur schwer beherrschen ließ.

Sie straffte die Schultern, marschierte in den leeren Raum und schlug die Tür heftig genug zu, um Daniel wissen zu lassen, daß die Tatsache, daß er ihr das Leben gerettet hatte, ihm nicht das Recht verlieh, sie wie einen aufgelesenen streunenden Hund zu behandeln. Aber ihre Wut hielt sie fast die ganze Nacht wach, und als Jolie aufstand, lagen tiefe Schatten unter ihren Augen.

Barfuß schlich sie in Daniels Zimmer, um einige ihrer Sachen zu holen. Aber sie hätte sich ihre Vorsicht sparen können, denn ihr Mann war längst aufgestanden.

Jolie wusch sich und zog sich hastig an, um rechtzeitig das Frühstück auf dem Tisch zu haben, wenn die beiden Männer vom Melken zurückkamen. Aber während sie ihr Haar zu zwei Zöpfen flocht, die sie auf ihrem Hinterkopf zu einer Krone zusammensteckte, lächelte sie sich im Spiegel an. Sie würde schon dafür sorgen, daß Daniel sie begehrte, und wenn es das letzte war, was sie auf Erden tat! Und dann, wenn es soweit war, würde sie sich einen Spaß daraus machen, ihn aufzufordern, die Hände von ihr zu lassen . . .

Das Feuer im Küchenherd brannte schon, als Jolie hinunterkam, und Kaffee war auch schon aufgebrüht. Ein großer geräucherter Schinken lag neben dem Spülbecken.

Rasch schälte Jolie Kartoffeln und briet sie in dicken Scheiben, um später Eier und Schinken dazuzugeben. Sie gab Brot in den Ofen, um es aufzubacken, und beeilte sich, den Tisch zu decken. Als Daniel und Deuter schließlich hereinkamen, war das Essen fertig.

Jolie richtete kein einziges Wort an Daniel, als sie ihm Kaffee einschenkte und seinen Teller füllte, aber Deuter gegenüber hätte sie sich nicht fürsorglicher zeigen können.

»Ich kann Ihnen gar nicht sagen, wie dankbar ich bin, daß Sie die Stufen an der Küchentür angebracht haben«, sagte sie strahlend, als sie das Glas mit Erdbeermarmelade direkt vor Deuters Teller stellte.

Aus den Augenwinkeln sah sie Daniel die Stirn runzeln. Anscheinend hatte er nicht viel mehr Schlaf gefunden als sie selbst. Dieses Wissen stimmte sie fröhlich.

»Vielleicht sollte ich auch heiraten«, meinte Deuter, während er Jolies neues Kleid und ihre gepflegte Frisur mit unverhohlener Bewunderung betrachtete. »Was meinst du, Daniel?«

»Ich glaube, du solltest lieber essen und die Maulesel anschirren«, entgegnete Daniel knapp. »Die Ernte muß vor dem Regen eingebracht werden, und die Tiere haben in diesem langen Sommer vergessen, wie es ist, im Geschirr zu stehen.« Deuter schien Daniel den brüsken Kommentar nicht zu verübeln, aber er aß tatsächlich etwas schneller. »Man sollte meinen, du wärst besser gelaunt«, bemerkte er dann kauend. »Du warst doch gestern abend bei Pilar, oder nicht?«

Daniel bedachte den Jungen mit einem vernichtenden Blick, schob seinen Stuhl zurück und verließ die Küche.

Jolie hob die eiserne Pfanne auf und ließ sie hart auf den Herd zurückprallen, nur um etwas Dampf abzulassen. »Wer ist Pilar?« fragte sie Deuter, als sie ihrer Stimme wieder traute.

Deuter kaute ein Stück Schinken und spülte mit einem Viertelliter Milch nach. »Eine Hure«, antwortete er gelassen, als sprächen sie von einer Lehrerin, einem Hausmädchen oder der Leiterin des Kirchenchors.

Obwohl Jolie sich immer wieder sagte, *gewußt* zu haben, daß Daniel in die Stadt gefahren war, um sein Vergnügen bei einer anderen Frau zu suchen, schmerzte die Bestätigung ihres

Verdachts. Sie hielt Deuter den Rücken zugewandt, während sie aufräumte, um ihn nicht ihre flammenden Wangen sehen zu lassen.

Als er endlich fort war, fegte sie den Fußboden und ging hinauf, um die Betten zu machen. Später sammelte sie Eier und jätete den Garten. Sie hatte sich gerade die Hände gewaschen und im Eßzimmer den braunen Satin zum Schneiden ausgebreitet, als ein eleganter kleiner Einspänner vorfuhr.

Die Aussicht auf Besuch ließ ihr Herz schneller klopfen, sie legte die Schere weg und eilte in die Küche. Obwohl Jolie sich nach Freunden sehnte, bereitete sie sich doch innerlich auf eine Enttäuschung vor, weil sie sich nicht vorstellen konnte, daß die angesehenen Frauen von Prosperity sich mit jemandem wie ihr abgeben würden.

Eine ganz in Schwarz gekleidete Frau stieg aus dem Buggy und näherte sich Jolie lächelnd. Ihr eisengraues Haar war zum Teil mit einem gehäkelten schwarzen Netz bedeckt, aus den Falten ihres gestärkten Rocks stieg ein angenehmer Duft nach Rosenwasser auf.

»Sie müssen Daniels Braut sein«, sagte sie und reichte Jolie die Hand.

Jolie konnte sich beim besten Willen nicht entsinnen, diese Frau bei ihrem Prozeß gesehen zu haben oder in der Menge der Geier, die zu ihrer Hinrichtung erschienen waren. Ihre eigene Hand zitterte ein wenig, als sie die Hand der Frau ergriff, und sie mußte sich sehr zusammennehmen, um sie nicht augenblicklich wieder zurückzuziehen.

»Nun«, sagte die Frau heiter, »*sind* sie es?«

*Bin ich das?* hätte Jolie in ihrer Verwirrung fast entgegnet, aber dann nickte sie und antwortete. »Ja, ich bin Mrs. Beckham.«

»Und ich bin Verena Dailey – ich lebe ein Stückchen weiter unten an der Straße. Bis Sie herkamen, habe ich das Haus in Ordnung gehalten.«

Jolie wußte nicht recht, was sie darauf erwidern sollte. Vielleicht war Mrs. Daily verärgert, weil sie jetzt auf den Lohn verzichten mußte, den Daniel ihr bisher gezahlt hatte.

»Es wird mir allerdings nicht fehlen«, fuhr Verena lächelnd fort und tätschelte freundlich Jolies Wange. »Daniel ist zwar ein guter Freund von mir, aber auch ein so komischer Kauz, wie sich bestimmt kein zweiter finden läßt.«

Nun lächelte auch Jolie. »Möchten Sie nicht auf eine Tasse Kaffee hereinkommen, Mrs. Dailey?« schlug sie vor und trat beiseite, um die alte Dame einzulassen.

»Verena«, sagte diese. »Ich habe noch nie etwas für Förmlichkeiten übrig gehabt – sie nehmen zuviel Zeit in Anspruch.« Sie fächelte sich mit einer Hand Luft zu, als sie eintrat. »Gott, ist das heiß hier drinnen, Kind! Sie sollten die Tür offenlassen, damit ein bißchen frische Luft hereinkommt.«

Jolie warf einen nervösen Blick auf die Küchenuhr. Über dem Nähen des verhaßten Kleides hatte sie ganz die Zeit vergessen. »O du liebe Güte«, murmelte sie und stürzte zur Speisekammertür.

Als sie mit dem Schinken kam, den die Männer an diesem Morgen aus der Räucherkammer geholt hatten, schnitt Verena bereits Brot für Sandwiches auf. »Wie soll ich Sie nennen?« erkundigte Verena sich fröhlich.

»Jolie«, antwortete ihre Gastgeberin atemlos, überprüfte die Kaffeekanne und stellte zu ihrem Entsetzen fest, daß sie leer war. Als sie hinausging, um den Kaffeesatz auszuschütten, hatte Verena bereits begonnen, den Tisch zu decken und Schinkensandwiches zuzubereiten. Doch als sie Jolies Nervosität bemerkte, ergriff sie das junge Mädchen an der Schulter und drückte sie zu ihrer Überraschung auf einen Stuhl. »Setzen sie sich und beruhigen Sie sich, Kind. Wenn Sie diesen Mann merken lassen, daß Sie auf jedes Fingerschnippen von ihm springen, werden Sie es bis zum jüngsten Tag bereuen!«

Es fiel Jolie schwer, nicht aufzuspringen, aber sie hörte auf Verena und blieb sitzen. Selbst wenn ihre Vergangenheit nicht gerade die rühmlichste war, würde sie sich nicht von Daniel wie ein Kuli herumkommandieren lassen. Sie hatte es nur für einen

Moment vergessen, das war alles. »Sie waren nicht beim Prozeß und auch nicht bei der Hinrichtung«, sagte sie zu Verena.

Die alte Dame schüttelte den Kopf. »Ich bin wie Dan. Ich kann keinen Gefallen an solchen Vorgängen finden. Herumzustehen und zu gaffen ist etwas für Klatschtanten. Ich bin zu Hause geblieben und habe mich um mein Obst und mein Gemüse gekümmert und versucht, dieses Haus hier einigermaßen sauberzuhalten.«

»Ich wundere mich, daß Sie so freundlich zu mir sind«, entgegnete Jolie leise.

»Sie haben mir keinen Grund gegeben, es nicht zu sein«, erwiderte Verena schlicht. »Außerdem braucht Daniel eine Frau. Er ist schon viel zu lange allein und grämt sich über seine liebe kleine Ilse und seine beiden toten Kinder.«

Jolie senkte den Blick und biß sich auf die Lippen. Bald würde Daniel hereinkommen, schmutzig und verschwitzt, und trotz allem fragte sie sich, wie sie ihm gegenübertreten konnte, ohne ihn spüren zu lassen, wie sehr sie ihn brauchte. »Er muß sie sehr geliebt haben«, sagte sie unnötigerweise, denn sie würde nie vergessen, wie Daniel ausgesehen hatte, als er neben den beiden Gräbern stand.

»Zu sehr«, meinte Verena kurz, nahm ihre Schürze ab und füllte zwei Becher mit frischem Kaffee für sich und Jolie. »Lassen Sie uns auf die Veranda gehen und ein bißchen frische Luft schnappen«, sagte sie in verschwörerischem Ton.

Jolie war froh, eine Entschuldigung zu haben, um Daniel nicht gegenübertreten zu müssen, und ging eifrig voran. »Ich sehe, daß Sie genäht haben«, bemerkte Verena, als sie in den bequemen Schaukelstühlen auf der vorderen Veranda saßen.

In der Annahme, Verena müsse den Stoff im Eßzimmer gesehen haben, lächelte Jolie und rümpfte dann die Nase. *»Brauner Satin«*, gestand sie mit unverhohlenem Abscheu. Im selben Augenblick jedoch errötete sie bis unter die Haarwurzeln, weil ihr zu Bewußtsein kam, daß ihre Nachbarin den gleichen Stoff trug, nur in Schwarz.

Verena lachte. »Wenn Sie das Kleid mit ein wenig Spitze und Seidenbändern verzieren, könnte es ganz hübsch aussehen.«

»Ich glaube, Daniel will gar nicht, daß ich *hübsch* aussehe«, entgegnete Jolie unglücklich. »Gestern nacht ließ er mich im Gästezimmer schlafen und heute morgen sagte Deuter, er hätte eine . . . eine Prostituierte aufgesucht.«

Verena musterte Jolie mit einem nicht zu deutenden Blick. »Sie sind eine sehr scharfsichtige Frau, falls Sie sich in Dan Beckham verliebt haben. Gott ist mein Zeuge, daß es keinen zweiten Mann wie ihn gibt und vermutlich nie wieder geben wird.«

»Er ist stur wie ein Maulesel!« erwiderte Jolie heftig.

»Er ist nur loyal«, widersprach Verena gutmütig.

»Er haßt mich!«

»Ich glaube nicht, daß er Sie geheiratet hätte, wenn das der Fall gewesen wäre, meine Liebe. Ich kenne Dan so gut, als wäre er mein Sohn, und daher weiß ich, daß er nie tatenlos zusehen würde, wie eine Frau aus einer Kleinstadtlaune heraus gehängt wird. Aber er brauchte Sie nicht zu *heiraten*, um Ihre Haut zu retten, Jolie. Er hätte die Hinrichtung auch so aufhalten und Sie nach Spokane bringen können, damit sich dort der Marshal Ihrer annimmt.«

Eine wilde Freude begann in Jolie aufzukeimen, aber dann welkte sie wieder. Da war immer noch Pilar. »Er hat eine Frau. Er braucht mich nicht.«

»O doch«, widersprach Verena entschieden. »Obwohl ich zugebe, daß er es vielleicht noch nicht erkannt hat. Aber machen Sie nicht den Fehler, ihn seiner Größe wegen falsch einzuschätzen, wie es so viele Leute tun. Daniel ist sehr intelligent, und tief in seinem Innersten muß er längst wissen, daß Sie ihm geben können, wonach er sich sehnt.«

Jolie trank einen Schluck Kaffee. »Und was ist das?«

»Kinder«, sagte Verena lächelnd. »Söhne, die sein Erbe antreten werden, und Töchter, die er mit Zuckerwerk und Puppen verwöhnen kann.«

Es war offensichtlich, daß Verena ein ganz anderes Bild von Daniel hatte als Jolie selbst. Denn sie war überzeugt, daß Daniel sie die fünfhundert Dollar abarbeiten lassen würde, die sie ihn gekostet hatte, um sie dann nach Spokane zu bringen, und eine stille Scheidung zu arrangieren. Wie ironisch es doch war, daß das Jolie in den Augen der Gesellschaft noch viel mehr schaden würde als eine Verurteilung wegen Raub und Mord.

Verena stellte ihre Kaffeetasse auf das Geländer und berührte Jolies Arm. »Lassen Sie ihm Zeit« riet sie. »Daniel ist Farmer und versteht nur Dinge, die langsam heranwachsen.« Damit erhob sie sich und erklärte, lange genug geblieben zu sein, nahm die Tasse und ging in die Küche, um sich von Daniel zu verabschieden.

Jolie blieb noch eine Weile auf der Veranda sitzen und kehrte dann ins Eßzimmer zu ihrer Näharbeit zurück. Als sie sicher sein konnte, daß Daniel nicht mehr in der Küche war, begann sie mit den Vorbereitungen für das Abendessen, einem Eintopf aus weißen Bohnen, Kartoffeln und Schinken.

Als die Männer ihre Tagesarbeit beendet hatten, saß Jolie im Gästezimmer und brachte die letzten Stiche an ihrem neuen Kleid an. In einer Truhe hatte sie Spitze und Seidenbänder gefunden, und wie Verena prophezeit hatte, wirkte das Kleid mit diesen Verzierungen nun nicht mehr ganz so düster wie zuvor.

Jolie hielt den Atem an, als Schritte auf der Treppe erklangen und dann die Tür zu ihrem Zimmer aufging. Ihr Mann stand auf der Schwelle, von oben bis unten mit Straßenstaub bedeckt. Seine Bemühungen, den Schmutz abzuwaschen, hatten nur dazu geführt, daß er sich in streifigen Schlamm verwandelte.

»Wirst du nichts essen?« fragte er spürbar ungeduldig.

Jolie hob den Kopf und maß Daniel mit einem strengen Blick. »Du bist schmutzig. Ich möchte dich bitten, nicht in diesem Zustand durch das Haus zu laufen.«

Erstaunlicherweise zog Daniel sich ohne ein weiteres Wort

zurück, und Jolie war entzückt, weil sie das Gefühl hatte, zum ersten Mal einen kleinen Sieg über ihn errungen zu haben.

Sie war sich dessen allerdings nicht mehr so sicher, als sie eine halbe Stunde später in die Küche kam, um einen Teller Suppe zu essen und das Geschirr zu spülen. Denn da saß Daniel mitten in der Küche in der großen Wanne und nahm ein Bad.

Jolie erstarrte, war plötzlich unfähig, sich zu bewegen oder den Blick von Daniel abzuwenden. Natürlich hatte sie schon Männer mit nacktem Oberkörper gesehen, als sie mit ihrem Vater nach Westen gereist war oder in einem Haushalt gearbeitet hatte, dem zwei Männer angehörten, aber es hatte noch nie eine ähnlich verblüffende Wirkung auf sie gehabt wie an diesem Abend. Sie hatte plötzlich das Gefühl, als hätte ihr jemand den Boden unter den Füßen weggezogen und sie in einen tiefen Abgrund stürzen lassen.

Daniel hingegen schien völlig ungerührt. Er legte den Kopf an den Rand der Wanne und seufzte. »Paß auf, daß du nicht ausrutschst«, warnte er. »Es ist ein bißchen Wasser auf dem Boden.« Seine Worte weckten sie endlich aus ihrer Erstarrung. Sie löste den Blick von dem feuchten Haar auf Daniels Brust und ging in die Speisekammer, um den Aufnehmer zu holen.

»Du hättest mich warnen können, daß du ein Bad nehmen würdest«, sagte sie errötend und bemüht, Daniel nicht anzuschauen, als sie das Wasser um die Wanne aufwischte.

»Es ist Samstag«, erwiderte er, als sei damit alles erklärt. »Könntest du mir noch etwas heißes Wasser bringen?«

Jolie seufzte und schleppte den schweren Wasserkessel vom Herd zur Wanne. Mit abgewandtem Blick schüttete sie seinen kochenden Inhalt in die Wanne.

Daniel stieß einen ärgerlichen Schrei aus und richtete sich abrupt auf. »Verdammt, Frau«, brüllte er, »ich habe dich nicht gebeten, mir das Wasser auf den Bauch zu schütten und mich zu verbrühen wie eine Henne vor dem Rupfen!«

Jolie ließ den Kessel fallen und floh in die Nacht hinaus. Immer wenn ihr Vater sie früher auf diese Weise angeschrien hatte, waren Prügel darauf gefolgt, bis sie grün und blau am Körper war. Um dem zu entgehen, versteckte sie sich im Kühlhaus. Daß sie weinte, merkte sie erst, als ihr Rock sich wieder in dem losen Fußbodenbrett verfing. Ihre Schultern zuckten, als sie den Stoff endlich von dem Holz gelöst hatte, ohne ihn zu zerreißen.

Nach einer Weile hörte sie Daniel rufen. Ihre Furcht war verstocktem Zorn gewichen, und deshalb antwortete sie nicht.Sie blieb einfach in einer Ecke des Kühlhauses hocken, auf einem Faß, das mit Wasserglas und Eiern gefüllt war, und dachte, wie gern sie ein anderes Leben geführt hätte.

Sie stellte sich vor, mit einem gutaussehenden, reichen, *freundlichen* Mann verheiratet zu sein, der sie liebte und ihr jeden ihrer Wünsche von den Augen ablas. Sie würde Seidenkleider und funkelnde Juwelen besitzen, elegante Kutschen und Häuser mit Säulen vor dem Eingang wie auf den Zeichnungen griechischer Gebäude, die sie in Büchern gesehen hatte. Sie würde ein Dutzend Kinder haben, und alle würden in Samt und Seide gekleidet sein und nur Französisch mit ihr sprechen . . .

»Jolie!« Daniel war jetzt ganz in der Nähe, und seine Stimme verriet, daß ihm allmählich die Geduld ausging.

Jolie hielt den Atem an, als er die Tür aufriß und das helle Mondlicht auf ihre kauernde Gestalt fiel. »Nein«, flüsterte sie und bedeckte ihr Gesicht mit beiden Händen. »Bitte schlag mich nicht!«

Daniel gab ein merkwürdiges Geräusch von sich, das tief aus seiner Kehle kam, und seine Hände schlossen sich um Jolies Taille. Aber er zog sie nur an sich, in seine Arme und legte sein Kinn auf ihr weiches Haar. »Niemand wird dich schlagen, Jolie«, versprach er rauh. »Nie wieder.« Jolie sank an seine Brust und schlang die Hände um seinen breiten Rücken. Sie war nicht mehr fähig, den stolzen Trotz aufrechtzuerhalten, um den sie sich den ganzen Tag bemüht hatte. Mit einem Aufschrei, der eine Mischung aus Trauer und Verzweiflung war, schmiegte sie sich in Daniels Arme und preßte ihren Kopf an seine Brust.

Er hob sie mühelos auf und trug sie aus ihrem Versteck zum Haus hinüber.

»Ich habe niemanden getötet«, schluchzte Jolie in dem verzweifelten Bemühen, wenigstens *einen* Menschen auf dieser Welt von ihrer Unschuld zu überzeugen. »O Daniel, ich schwöre dir, daß ich nicht auf diesen armen alten Mann geschossen habe . . . und ich wußte auch nicht, daß Rowdy und Blake die Bank überfallen würden!«

»Beruhige dich«, mahnte Daniel, als er sie die Stufen in den ersten Stock hinauftrug und die Tür zu seinem Zimmer öffnete, wo er sie sanft aufs Bett legte und für eine kleine Ewigkeit nachdenklich auf sie herabschaute.

Dann, ganz langsam und mit für einen so großen Mann überraschend geschickten Fingern begann er ihr Kleid aufzuknöpfen.

# 5

Es war eine bemerkenswert sinnliche Erfahrung für Jolie, von Daniel entkleidet zu werden. Obwohl es sonst nicht ihrer Natur entsprach, sich zu unterwerfen, fand sie jetzt nicht die Spur von Widerstand in sich, als er ihr die Schuhe auszog und ihre Strümpfe hinunterrollte.

Dann war das Kattunkleid an der Reihe. Ein Muskel zuckte an Daniels Wange, als er auf Jolie herabschaute, und zum erstenmal in ihrem Leben fühlte sie sich schön anstatt zu groß, zu linkisch und zu arm. Später vielleicht würde sie an diesen Moment zurückdenken und sich ängstigen, aber im Augenblick konnte sie nur staunen über das unerwartete Vergnügen, eine Frau zu sein.

Sie legte den Kopf zurück, als Daniel die Bänder an ihrem Mieder löste, den dünnen Stoff beiseite schob und ihre wohlgeformten Brüste mit den rosa Knospen betrachtete. Ein angenehm träges Gefühl machte sich in ihren Gliedern breit, und doch empfand sie auch ein drängendes Bedürfnis nach ... Sie wußte selbst nicht genau, wonach, und flüsterte bittend Daniels Namen, damit er es ihr erklärte und sie unterrichtete, aber nicht mit seiner Stimme, sondern mit seinem Körper.

Er kniete auf dem Boden vor dem Bett, schloß seine großen Hände um eine von Jolies Brüsten und strich ganz sacht mit dem Daumen über die aufgerichtete Spitze. Als er sich darüberbeugte und sie mit der Zungenspitze berührte, stieß Jolie einen lustvollen kleinen Schrei aus und krümmte wie eine Katze ihren Rücken.

Daniels Liebkosungen beruhigten und erregten sie, seine Zungenspitze glitt um eine ihrer rosigen Knospen, während seine warme Hand sinnliche Kreise auf ihrem flachen Bauch beschrieb. Als er sich ihrer anderen Brust widmete und seine Hände, seine Lippen Jolie in einen Zustand wilder Gier versetzten, begann sie stöhnend den Kopf von einer Seite auf die andere zu werfen. Nie, nicht einmal in ihren kühnsten Träumen hätte sie ja geglaubt, daß die Dinge, die ein Mann mit einer Frau tat, so wundervoll sein konnten!

Die warme Hand ihres Mannes glitt an ihrem Körper hinunter, schob sich in ihre *Pantalettes* und umfaßte ihren festen Po, um sich dann sanft zwischen ihre Schenkel zu drängen, in der stummen Bitte, sie zu öffnen. Mit einem ihr unerklärlichen Eifer bog Jolie ihm die Hüften entgegen, aber Daniel legte nur zärtlich eine Hand auf ihre intimste Körperstelle und drängte Jolie auf die Matratze zurück.

»Nein«, flüsterte er, und es klang so atemlos, als tauchte er aus tiefstem Wasser auf. »Noch nicht, Jolie . . .«

Mit den Lippen, dann mit der Zungenspitze liebkoste er ihren flachen Bauch, und als Jolie fieberhaft an seinem Hemd zerrte, in dem sinnlosen Verlangen, ihn auf sich zu ziehen, ergriff er ihre Hände und hielt sie über ihrem Kopf fest. Ein ungestümes Verlangen und der Wunsch, Daniel zu besitzen, beherrschten Jolie, ihre Haut war feucht vor Schweiß, das Haar klebte an ihren Wangen, ihrer Stirn und ihrem Nacken. Und Daniel schob seine Hände unter das Gummiband ihrer langen Unterhosen und streifte sie ihr langsam ab.

Dann begann er Jolie auf eine Art zu reizen, die ihr ein verzweifeltes Wimmern entlockte. Sie kam sich vor wie ein gefangenes Tier, unfähig zur Flucht, aber sie hätte nie geglaubt, daß es so wunderbar sein konnte, besiegt zu werden.

Daniels Lippen berührten das seidenweiche Haar, das ihre empfindsamste Stelle verbarg, und Jolie war völlig unvorbereitet auf den süßen Schock, den dieser so unglaublich intime Kontakt in ihr auslöste. Sie stieß einen heiseren Schrei aus und bäumte sich auf wie eine wilde Stute unter ihrem Hengst.

»Das dachte ich mir doch«, hörte sie Daniel wie aus weiter Ferne sagen, aber es lag kein Groll in seiner Stimme, nur Resignation und eine Spur von Trauer.

Indem er ihr rechtes Knie umfaßte und ihr Bein anhob, gewann er noch besseren Zugang zum Ziel seiner Begierde, und Jolie zog ein Kissen über ihr Gesicht, um die lustvollen Schreie zu ersticken, die Daniel ihr mit seinen erfahrenen Zärtlichkeiten entlockte.

Das heftige Drängen in ihr wuchs und wuchs, bis plötzlich etwas in ihr losbrach ... eine Sturzwelle von Empfindungen, eine Explosion von Gefühlen, die tief im Zentrum ihrer Weiblichkeit begannen und sich bis in ihre Seele fortsetzten.

Daniel ließ Jolie auf die Matratze zurücksinken und strich beruhigend über ihren Bauch und ihre Schenkel, um sie ganz allmählich wieder in die Realität zurückzubringen. Dann richtete er sich auf und streifte sein Hemd und seine Hose ab. Jolie wagte nicht hinzusehen, aus Angst, den Mut zu verlieren.

Als sie dann jedoch seinen warmen, muskulösen Körper an ihrem spürte und er sich vorsichtig auf ihr ausstreckte, lächelte sie. Sie hatte ihr Vergnügen gehabt, nun würde Daniel seins bekommen. Sie nahm sich vor, die Schmerzen klaglos hinzunehmen, und wenn auch nur, um sich für die wundervollen Gefühle zu revanchieren, die er in ihr auszulösen verstanden hatte.

Seine Stimme war wie ein leises, heiseres Knurren. »Du hast es schon oft getan, du wirst also Bescheid wissen ...«

Jolie legte den Kopf weit in den Nacken und gab vor, Daniels Bemerkung nicht gehört zu haben. Ihre Antwort war der Eifer, mit dem sie ihm ihren jungen Körper darbot. Daniel küßte ihren schlanken Hals, drängte sich zwischen ihre Schenkel und ließ sie das ganze Ausmaß seiner männlichen Erregung spüren.

Furcht wallte in ihr auf, aber sie gab ihr nicht nach. Nach dem traurigen Erlebnis, unter dem Galgen gestanden zu haben, den Kopf in einer Schlinge, erforderte es mehr als die Aussicht, ihre Jungfräulichkeit zu verlieren, um Jolie zu erschrecken. Daniel murmelte etwas, dem sie keinen Sinn entnehmen konnte, und drang mit einer heftigen, ungestümen Bewegung in sie ein.

Jolie schrie auf. Ein stechender Schmerz zerriß sie, aber dann verwandelte er sich in ein überwältigendes Lustgefühl, und Jolie umklammerte Daniels Schultern und bog ihm einladend ihren Schoß entgegen. Alle ihre Instinkte drängten sie, ihn jetzt nicht fortzulassen, ihn bei sich zu behalten.

»Mein Gott«, flüsterte er. »Und ich dachte . . .«

Jolie lächelte und preßte ihre Lippen auf seinen Mund, um ihn zum Schweigen zu bringen. Als seine Zunge ein erregendes Spiel begann und sich im gleichen Rhythmus bewegte wie sein Körper, bäumte Jolie sich in einem zweiten, noch intensiveren Höhepunkt als dem ersten auf. Daniel hielt sie fest in seinen Armen, als ihre Muskeln sich auf dem Gipfel der Ekstase zusammenzogen, dann begann er sich wieder vorsichtig in ihr zu bewegen.

Während sie sich aneinanderklammerten und im uralten Rhythmus der Liebe bewegten, fühlte Jolie sich in unbekannte Höhen gleiten. »Daniel!« schrie sie heiser, als eine Welle der Lust durch ihren Körper ging . . . einmal, zweimal, dreimal. Dann, irgendwann, verstummte sie und ließ sich ermattet zurücksinken.

Selbst durch den Nebel der Befriedigung und Erschöpfung, der sie einhüllte, nahm Jolie wahr, daß Daniel fieberhaft auf seinen eigenen Höhepunkt hinarbeitete. Aus einem Instinkt heraus legte sie ihre Hände auf seinen breiten Rücken und trieb ihn mit leisen, bedeutungslosen Worten an.

Dann versteifte sich sein Körper plötzlich, ein Zucken überlief ihn, und Daniel gab, was Jolie ihm abverlangte. Als es vorbei war, rollte er sich zur Seite und ließ sich schwer auf die Matratze fallen. Seine rechte Hand ruhte unter ihrem Nacken, sein Daumen streichelte ihr Kinn.

Nach langer, langer Zeit beruhigte er sich soweit, daß er wieder sprechen konnte. »Du hast mir nicht gesagt, daß du noch nie mit einem Mann zusammen warst«, sagte er anklagend.

Jolies Kopf lag an seiner Schulter. »Doch, das habe ich, Mister Beckham«, antwortete sie seufzend. »Du hast mir nur nicht geglaubt.«

Daniel schwieg für einige glückliche Minuten, aber dann mußte er von neuem Unfrieden stiften. Sogar ohne ihn anzusehen, wußte Jolie, daß er die Stirn runzelte. »Bei dem *Eifer*, den du gezeigt hast, wäre niemand darauf gekommen, daß du noch unberührt warst.«

Beleidigt wollte Jolie sich aufrichten, aber Daniel hielt sie zurück und zog sie fest an sich, worüber sie sehr glücklich war, auch wenn sie es nie zugegeben hätte.

»Die meisten Frauen haben nicht viel für die körperliche Liebe übrig, Jolie«, erklärte er geduldig. »Sie tun es nur, um Kinder zu empfangen und weil ihre Männer es von ihnen fordern.«

Jolie errötete in der Dunkelheit. Sogar *das* mußte ich falsch machen, dachte sie betrübt. »Es tut mir leid«, sagte sie leise.

»Das braucht es nicht«, erwiderte Daniel und küßte ihre Stirn.

Zu träge und erschöpft, um diese neue Wendung ihrer Unterhaltung zu erforschen, schmiegte Jolie sich an Daniel und schlief ein.

Sie erwachte noch vor Morgengrauen, als er aufstand, aber sie tat, als schliefe sie noch und horchte auf Daniels Schritte. Als er sich auf die Bettkante setzte, quietschte die Matratze, und mit Schrecken dachte Jolie an den Lärm, den sie in der Nacht veranstaltet haben mußten.

Hoffentlich hatte Deuter in seinem Anbau bei der Scheune nichts gehört, denn sonst würde er bestimmt etwas dazu sagen, und das wäre Jolie unerträglich.

Daniel strich ihr flüchtig über das Haar, bevor er den Raum verließ, und erst da kam Jolie zu Bewußtsein, daß Sonntag war. Heute würde sie das braune Satinkleid anziehen und sich eine ausgedehnte Predigt anhören müssen.

Später, als sie Daniel in der Küche sah, war sie verlegener als je zuvor in ihrem Leben, obwohl ihr klar war, daß sie niemals wieder eine derart intime Erfahrung machen würde wie mit diesem Mann.

»Guten Morgen, Daniel«, sagte sie steif.

Er drehte sich nicht zu ihr um, sondern blieb am Fenster stehen und fuhr fort, hinauszustarren. Jolie wußte, daß er zu Ilses Grab hinübersah und konnte sich gut vorstellen, was er dachte. Sein Bedauern, seine Reue verrieten sich in seiner ganzen Haltung.

»Guten Morgen«, erwiderte er schließlich, und es klang ein bißchen schroff.

»Das Frühstück wird gleich fertig sein«, sagte Jolie und griff nach einer Schürze, die vermutlich genauso Ilses Eigentum gewesen war wie dieser Mann hier.

»Ohne großen Aufwand«, wies Daniel sie an, doch er drehte sich immer noch nicht um. »Es ist Sonntag heute.«

Jolie verdrehte die Augen. Das fing ja gut an! »Ich nehme an, daß die Kühe trotzdem gemolken und gefüttert werden müssen«, entgegnete sie spitz und ging hinaus, um Milch und Speck zu holen.

»Deuter und ich fahren morgen früh nach Spokane«, teilte Daniel ihr gleichmütig mit, als sie vom Kühlhaus zurückkam.

Sie stellte Speck und Sahne auf eine Platte beim Herd. Der Gedanke an die bevorstehende Trennung erfüllte sie mit Trauer, aber natürlich war sie nicht so dumm, sich etwas anmerken zu lassen. Und er brauchte auch nicht zu wissen, wie enttäuscht sie war, daß ihre körperliche Vereinigung nichts zwischen ihnen geändert hatte.

»Ich nehme an, du wirst dich um die Farm kümmern, wenn ich fort bin«, sagte er, als Jolie nichts erwiderte.

Sie stellte eine Pfanne auf den Herd und gab Fett und drei aufgeschlagene Eier hinein. »Ich habe nicht vor, deine Felder anzuzünden oder deinen Brunnen zu vergiften, Daniel«, sagte sie hochmütig. »Keine Sorge, ich bin durchaus in der Lage, mich um deine Farm zu kümmern.« Sicher war sie sich dessen keineswegs, aber Jolie hatte schon so viele Krisen in ihrem Leben gemeistert, daß auch diese Herausforderung sie nicht schrecken konnte.

»Wenn du Schwierigkeiten hast, dann reite zur nächsten Farm – sie liegt etwa zwei Meilen westlich – und hole Joe Culley.«

»Wieso?« Jetzt drehte Jolie sich zu Daniel um. »Verena Dailey lebt doch viel näher?«

»Verena ist eine Frau«, entgegnete er stirnrunzelnd und lehnte mit diesen vier Worten eine Verbündete ab, die sich als seine Freundin betrachtete und sich ihm gegenüber stets großzügig erwiesen hatte.

Jolie wendete den Speck, der in der gußeisernen Pfanne brutzelte, und schenkte Daniel widerstrebend Kaffee nach. »Sollen wir jetzt etwa so tun, als sei gestern nacht nichts zwischen uns vorgefallen?« fragte sie schroff.

Sein Nacken färbte sich rot. »Das ist kein Thema für die Küche, Frau«, erwiderte er streng. »Darüber spricht man nur im Schlafzimmer.«

Jolie war so verblüfft, daß sie vergaß, sich Kaffee einzuschenken. »Ich weiß, daß ich dir mein Leben zu verdanken habe«, entgegnete sie verwundert, »und daß du mein Mann bist, was dir gewisse Rechte gibt. Aber ich will verdammt sein, Daniel Beckham, *verdammt*, wenn ich dich entscheiden lasse, was ich sage und wo ich es sage!«

Daniel blieb völlig ungerührt. »Der Speck brennt an«, sagte er kalt.

Mit einem ersticken Ausruf des Zorns wirbelte Jolie herum und riß die Pfanne vom Herd.

Ihr Mann aß schweigend, dann richtete er seinen Blick auf ihr schlichtes Kattunkleid. »Ich vermute doch, daß du etwas Anständiges anzuziehen hast für die Kirche?«

Jolie wartete, bis er ihr den Rücken zukehrte, und schnitt eine Grimasse. Als er nach oben ging, um sich umzukleiden, räumte sie die Küche auf, fütterte dann die Hühner und sammelte die Eier ein. Dabei plante sie einen mittleren Aufstand, aber als Daniel mit dem Wagen vorfuhr, trug sie das braune Satinkleid, und ihr Haar war zu einem strengen Knoten aufgesteckt.

Daniel sah erstaunlich gut aus in seinem schwarzen Anzug und dem gestärkten weißen Hemd mit dem steifen Fischbeinkragen. Statt seines üblichen, mit Schweißflecken übersäten alten Lederhuts trug er ein modischeres Modell aus schwarzem Filz.

Die Messe erwies sich in jeder Hinsicht als die Prüfung, die Jolie erwartet hatte, wenn auch aus anderen Gründen. Mister Pribbenow, der Bestattungsunternehmer, und Richter Chilver nahmen daran teil, wie überhaupt alle, die zu Jolies Hinrichtung erschienen waren. Und irgendwie schien das nicht zu den schönen Worten zu passen, die der Priester von der Kanzel strömen ließ.

Jolies einziger Trost war, daß der Prediger nicht ganz so lange sprach, wie sie vermutet hatte, und daß Verena Dailey sie nach der Messe, als sich die kleine Gemeinde auf dem Kirchhof versammelte, mit einem Lächeln und aufmunternden Worten begrüßte.

»Bei mir gibt es heute gebackenes Huhn zum Mittagessen«, sagte sie so laut, daß alle Umstehenden es hören mußten. »Und ich würde mich freuen, wenn ihr meine Gäste sein würdet. Um halb zwei wird serviert.«

Daniel tippte sich lächelnd an den Hut. »Vielen Dank, Verena. Wir werden kommen.« Nach dieser Ankündigung hob er Jolie auf den Wagen und stieg neben ihr auf den Bock.

Jolie strich ihre Röcke glatt und schaute sich voller Unbehagen nach den Frauen um, die hinter vorgehaltenen Händen flüsterten. Die Zukunft sah wirklich sehr düster aus, wenn sie gezwungen war, diesen frommen Krähen für den Rest ihres Lebens jeden Sonntag gegenüberzutreten, ganz zu schweigen davon, ihnen in den Läden und auf der Straße zu begegnen.

»Ich werde nie etwas anderes als eine Gesetzlose für sie sein«, murmelte sie mehr zu sich selbst als zu Daniel. Und falls ihr Mann über dem Klappern der Pferdehufe und dem Ächzen der Wagenachsen etwas gehört hatte, zog er es vor, nicht zu antworten.

Kaum hatten sie das Haus erreicht, stieg Daniel vom Wagen und ging auf Ilses Grab zu, den Hut respektvoll in der Hand. Ein Anfall verzweifelter Eifersucht überkam Jolie, doch sie unterdrückte das Gefühl und ging in die Küche.

Seine Trauer war etwas sehr Persönliches, sie hatte kein Recht, sich einzumischen.

Pünktlich um halb zwei trafen Daniel und Jolie auf Verenas Farm ein. Das Haus war das nächste an ihrer Straße, ein hübsches, weißgestrichenes Anwesen, von Flieder- und Teerosensträuchern umgeben. An den offenstehenden Fenstern flatterten weiße Spitzenvorhänge.

Verena kam lächelnd auf die Veranda. Schon vom Tor her war der köstliche Duft nach Backhuhn zu riechen, und Jolies Magen gab ein sehr undamenhaftes Knurren von sich.

Sie aßen in Verenas hellem, freundlichen Eßzimmer mit den zahlreichen Topfpflanzen, Nippesfiguren, gerahmten Fotografien und Büchern. Eine große Muschel stand auf dem Kaminsims, ein stummer Beweis, daß Verena schon einmal am Meer gewesen war.

Jolie beneidete sie um die Erfahrung.

»Es scheint sich einiges zwischen Ihnen und Daniel verändert zu haben«, sagte Verena mit leuchtenden Augen, als er hinausgegangen war, um sich den lahmen Fuß von Verenas Milchkuh anzusehen.

Jolie senkte errötend den Kopf, bevor sie antwortete. »Es war . . . ich hätte nie gedacht, daß . . . Nun ja, es war einfach ganz anders, als man es von einem Mann wie Daniel erwartet hätte.«

Verena lachte. »Ich habe Ihnen ja schon einmal geraten, sich nicht von ihm täuschen zu lassen. Daniel steht auf eigenen Beinen, seit er siebzehn war, er hat auf Schiffen und auf Ranches gearbeitet und nicht nur auf seiner Weizenfarm.« Sie deutete mit einer Handbewegung in die Richtung von Daniels Land. »Und Bücher hat er auch genug gelesen. Ja, es ist mehr dran an Daniel Beckham, als das bloße Auge sieht, und ich glaube, das werden Sie in den kommenden Monaten noch merken.«

Jolie schluckte. »Er war nicht zufrieden mit mir. Er sagte, ich ... ich glaube, ich war ihm zu eifrig«, gestand sie beschämt.

Verenas Augen zwinkerten vor Belustigung. »Das wird ihn mächtig überrascht haben. Lassen Sie ihm Zeit, Jolie – mit der Zeit wird er diesen Eifer schätzen lernen.«

Die beiden Frauen wuschen zusammen das Geschirr ab, und Verena lächelte, als sie Daniel aus der Scheune zurückkommen sah. »Er wird jetzt gleich nach Hause fahren wollen«, flüsterte sie Jolie mit verschwörerischer Miene zu.

Und tatsächlich – als Daniel hereinkam, sagte er, er habe nichts Ungewöhnliches am Fuß der Kuh entdecken können und hielte es für besser, wenn sie sich jetzt auf den Heimweg machten. Seine Worte lösten ein erwartungsvolles Beben in Jolie aus, aber sie verdrängte das Gefühl und war bemüht, sich vor Daniel nichts anmerken zu lassen.

»Was ist mit Verenas Mann geschehen?« fragte sie, als der Wagen über die staubige Straße holperte.

»Er ist draußen auf den Feldern gestorben. Man nimmt an, daß es das Herz war.«

Jolie verspürte tiefes Mitleid mit der freundlichen, gutmütigen Frau, die – wenigstens bis jetzt – ihre einzige Freundin in der Gemeinde war. »Wie schafft Verena es allein?«

»Ich pflüge, säe und ernte für sie«, antwortete Daniel, ohne den Blick von der Straße zu wenden.

Jolies Kehle war für einen Moment wie zugeschnürt. »Das ist sehr nett von dir«, sagte sie dann heiser.

Daniel ließ die Zügel unnötig hart auf die Pferderücken klatschen. »Hier draußen hält man zusammen.«

Jolie dachte an die Frauen von Prosperity, die sie haßten, ohne sie je wirklich gekannt zu haben, aber sie erhob keinen Widerspruch. »Verena sagte, du hättest auf Schiffen gearbeitet«, bemerkte sie. »Warst du auch in China?«

Daniel betrachtete sie eine Weile ernst, dann lachte er ganz überraschend. »Nein«, antwortete er. »Ich bin nur bis Charleston gekommen, bis San Francisco und Seattle.«

»Wie aufregend! Was für ein Abenteuer muß das gewesen sein!«

Sein Lachen hatte seinem Gesicht die sonntägliche Strenge genommen, er lächelte Jolie jetzt fast zärtlich an. »Es verging kein Tag, an dem ich nicht seekrank war, keine Nacht, in der ich den lieben Gott nicht anflehte, Land in Sicht zu bringen. Aber ich verdiente mir meinen Lohn und behielt meine Ängste für mich.«

Es war, als sei ein wundervoller Fremder vor ihr aufgetaucht, und Jolie spürte einen inneren Austausch zwischen ihnen, der von Bedeutung war und sie miteinander verband. »Du mußt interessante Menschen getroffen haben«, sagte sie, um die entspannte Atmosphäre beizubehalten.

»Einige«, stimmte er zu. Seine Stimme klang ein wenig schroff, seine blauen Augen richteten sich auf die hellen Strähnen unter ihrem Hut, die der Wind gelöst hatte. Dann glitt sein Blick zu ihren Lippen und zu ihrem Halsansatz, wo heftig ein Puls pochte.

Jolie verschränkte die Hände im Schoß und wandte sich halb ab. Und wenn es um ihr Leben gegangen wäre – sie war zu keiner vernünftigen Bemerkung fähig.

»Ich möchte, daß du in unserem Zimmer auf mich wartest«, sagte Daniel, als er den Wagen zum Halten brachte und Jolie herunterhob. »Zieh das weiße Hemd an, das du gestern nacht getragen hast.«

Jolie errötete, nickte zustimmend und ging auf das Haus zu.

Fünfzehn Minuten später, als Daniel zu ihr ins Zimmer kam, saß sie im Nachthemd vor dem Spiegel und bürstete ihr langes Haar. Eine leichte Brise bewegte die Vorhänge.

Im Spiegel sah Jolie, daß Daniel sie mit einer Intensität beobachtete, als hätte er noch nie einer Frau bei ihrer Toilette zugeschaut. Sie sah, wie er schluckte, und unterdrückte ein Lächeln.

Daniel begehrte sie, was immer er auch sonst von ihr denken mochte, und im Austausch für seine lustvollen Zärtlichkeiten war sie bereit, den Schmerz zu ertragen, den ihr seine Ansichten bereiteten. Endlich schien er aus seiner Versunkenheit zu erwachen und begann sich auszuziehen. Er löste gerade seine Manschettenknöpfe, als Jolie sich auf die Bettkante setzte und ernst zu ihm aufsah.

»Ich fürchte, ich werde wieder... eifrig sein«, sagte sie bedauernd, und wieder begann Daniel zu lachen. Er zog Jolie hoch und nahm sie in die Arme, und als er sie küßte, empfand sie es als so berauschend wie einen Schluck selbstgebrannten Whiskeys.

Nachdem er sie so ausgiebig geküßt hatte, daß sie nicht mehr zwischen Fußboden und Zimmerdecke zu unterscheiden vermochte, legte er seine Hände auf ihre Brüste und streichelte sie, bis ihre Spitzen sich steil unter dem dünnen Stoff aufrichteten. Es war eine Erleichterung für sie, als er sie sanft aufs Bett legte, denn sie konnte sich fast nicht mehr auf den Beinen halten.

Unter schamhaft gesenkten Lidern schaute sie zu, wie Daniel den Rest seiner Kleidung ablegte. Wie wundervoll er war! Ich liebe dich, dachte sie, doch sie war noch nicht soweit, diese unfaßbaren Worte auszusprechen. Zumindest jetzt noch nicht.

Während Daniel sich beim ersten Mal unendlich viel Zeit genommen hatte, haftete seinen Bewegungen jetzt etwas Drängendes an. Er zog ihr das Nachthemd über den Kopf, schob es beiseite und rollte sich zwischen ihre Schenkel.

Jolies Hände glitten von Daniels Schultern zu seinem Rücken

und zu seiner Brust. Sie spreizte die Finger und spürte, wie Daniels Brustspitzen sich unter ihrer Berührung aufrichteten. Ein leichter Sommerwind, der nach Straßenstaub, Sonnenschein und Weizen roch, kam durchs offene Fenster und streichelte ihre Körper.

Daniel stöhnte auf, als hätte die Brise einen Riegel in ihm gelöst, und beugte sich über Jolies Hals, um ihn mit heißen Küssen zu bedecken. Im gleichen Augenblick drang er mit einer ungestümen Bewegung in sie ein.

Jolie hatte erwartet, daß es schmerzen würde, doch statt dessen wurde sie von einer Lust erfaßte, die so unfaßbar, so überwältigend war, daß sie die Augen verdrehte. Ihr Atem kam schnell und stoßweise.

»Ich habe mich noch nicht bewegt«, ermahnte Daniel sie, aber Jolie hörte ihn kaum über das Summen ihres Körpers und ihrer Seele, die sich auf dem Weg zu jener wundervollen Harmonie befanden, die zu suchen ihr Mann sie gelehrt hatte. Von einem Gefühl wilder Gier erfaßt, wand und krümmte sie sich unter ihm, und ihrer Kehle entrang sich ein Geräusch, das dem heiseren Geheul einer Wölfin nicht unähnlich war.

Langsam begann Daniel sich in ihr zu bewegen, und jedesmal, wenn er sich aus ihr zurückzog, flehte sie ihn an, zu ihr zurückzukommen. Sie war noch völlig in der Explosion ihrer Gefühle gefangen, als auch Daniel einen Schrei ausstieß und seine Leidenschaft sich in ihr entlud.

Nachdem der Sturm abgeebbt war, schliefen Daniel und Jolie ein und erwachten erst wieder kurz nach Sonnenuntergang. Jolie schnurrte wie ein Kätzchen, als Daniel ihre Schenkel spreizte und sich auf sie rollte, und bald war die süße Schlacht wieder in vollem Gange. Erst als sie beide zu Tode erschöpft und heiser von ihren Schreien waren, wurde eine Art Waffenstillstand geschlossen.

Sehr viel später stand Jolie auf, wusch sich mit dem Wasser, das Daniel heraufgebracht hatte, und zog ihr Kattunkleid an. Sie stellte gerade ein leichtes Abendessen aus Sandwiches und

Obst zusammen, als Daniel zu ihr in die Küche kam, in seinen alltäglichen Kleidern und kühl und abweisend wie stets.

Kein zufälliger Beobachter wäre je auf die Idee gekommen, daß diese beiden Menschen sich eben noch leidenschaftlich geliebt hatten.

Jolie zuckte die Schultern und deckte den Tisch. Vielleicht war ihr Schicksal tatsächlich im Begriff, eine Wendung zu erfahren. Vielleicht würde sie ja nun wirklich das bekommen, was sie sich schon immer gewünscht hatte: ein Zuhause, einen Mann und ein Kind.

# 6

Jolies Hoffnungen auf ein Kind zerstörte der frühe Morgen, der sie Blut auf ihrem Nachthemd und auf Daniels Laken entdecken ließ. Obwohl ihre Vernunft ihr sagte, daß es ein ganz natürlicher Vorgang war, schämte sie sich entsetzlich und beeilte sich, die Laken abzuziehen.

Als sie später in die Küche kam, war der Kaffee schon aufgebrüht, und ihr Bauch schmerzte höllisch. Sie holte eine Dose eingemachte Wurst aus der Speisekammer und briet sie mit Eiern und Kartoffeln. Daniel, der mit Deuter hereingekommen war, musterte sie mit einem nachdenklichen Blick.

»Fühlst du dich nicht wohl?« fragte er, sobald Deuter seine Mahlzeit verzehrt hatte und hinausgegangen war, um den Wagen anzuspannen für die Reise nach Spokane. Außer einer Tasse Kaffee hatte Jolie nichts heruntergebracht, obwohl sie sonst beim Frühstück immer großen Appetit bewies.

Sie wandte den Blick ab und wunderte sich, wie schwer es war, mit einem Mann, der ihren Körper auf intimste Weise erforscht hatte, über derartige Angelegenheiten zu sprechen. »Morgen wird es besser sein«, antwortete sie. »Wie lange bleibst du fort?«

»Zwei, drei Tage, schätze ich«, erwiderte Daniel, der sie noch immer beobachtete. »Ilse nahm an diesen Tagen immer Laudanum«, fügte er hinzu, dann ging er in die Speisekammer und kam mit einer braunen Flasche zurück.

Also hatte er es entweder erraten oder die Flecken auf dem Laken gesehen! Jolie war sehr verlegen, und sie wußte, daß ihr die Medizin nichts nützen würde. Laudanum ließ sie immer einschlafen, und sie hatte Kleider zu nähen und die Wäsche einer ganzen Woche zu erledigen. »Es geht schon«, sagte sie knapp.

Daniel küßte sie nicht zum Abschied und nahm sie auch nicht in die Arme, er meinte nur: »Vergiß nicht, Joe Culley zu benachrichtigen, falls du Schwierigkeiten hast. Er kommt ohnehin vorbei, um zu melken und sich um das Vieh zu kümmern.«

Jolie nickte und hoffte, daß Daniel ihr nicht ansah, wie sehr sie ihn jetzt schon vermißte. »Paß gut auf dich auf«, sagte sie, um einen möglichst gleichgültigen Ton bemüht.

Ihr Mann zögerte einen Moment, wandte sich dann ab und ging zum Wagen hinaus.

Es war Deuter, der Jolie zulächelte und grüßend eine Hand hob. »Ich wäre Ihnen dankbar, wenn Sie dem alten Liviticus ab und zu ein Schälchen Milch geben würden«, rief er ihr zu.

Wieder nickte Jolie. Sie blieb in der Küchentür stehen und schaute dem Wagen nach, bis er nicht mehr zu sehen war. Daniel hatte sich nicht ein einziges Mal nach ihr umgedreht. Entschlossen trat sie ins Haus und räumte die Küche auf. Dann legte sie im Hof ein Feuer, hob den Waschzuber darauf und füllte ihn mit Wasser. Trotz der Schmerzen in ihrem Bauch fühlte sie sich glücklich, all diese hausfraulichen Arbeiten erledigen zu können.

Als sämtliche Kleidungsstücke und Laken gewaschen waren, ging Jolie hinein und zwang sich, ein Stück Käse und eine Scheibe gebuttertes Brot zu essen. Das Laudanum stand noch immer auf dem Küchenschrank und lockte stumm, aber Jolie ignorierte es. Gott war ihr Zeuge, daß sie Schmerzen haßte wie jeder andere Mensch, aber sie war keine Anhängerin der Theorie, daß jede Art von körperlichem Unbehagen sofort beseitigt werden mußte. Einige Arten von Schmerz gehörten eben zum Menschsein.

Im Laufe des Tages schnitt Jolie ein weiteres Kleid aus dem Stoff zu, den Daniel ihr gekauft hatte, und kurz vor Sonnenuntergang ging sie hinaus, um die Wäsche abzuhängen. Am nächsten Morgen, bevor es zu heiß wurde, würde sie sie bügeln.

Jolie brachte gerade den letzten Korb herein, als ein Wagen vorfuhr, in dem ein Mann und eine Frau saßen. Die Frau trug eine Haube, daher konnte Jolie sie nicht genau erkennen, doch der Mann mußte in etwa in Daniels Alter sein, nur war er kleiner und auch schlanker, hatte glattes, braunes Haar und ein von Sonne und Wind verwittertes Gesicht.

Das muß Joe Culley sein, dachte Jolie. Obwohl sie diese erste Begegnung fürchtete, weil sie keine freundlichen Worte von einer gottesfürchtigen Farmersfrau erwartete, zwang sie sich zu einem Lächeln. Zumindest nahm sie an, daß die Culleys gottesfürchtig waren – in der Kirche hatte sie sie nämlich nicht gesehen. Bei ihrem Prozeß oder ihrer geplanten Hinrichtung allerdings auch nicht ...

»Ich bin Nan Culley«, sagte die junge Frau sehr herzlich, und Jolie wußte schon, daß sie lächelte, bevor sie ihr Gesicht mit den munteren braunen Augen sehen konnte.

Joe ging nach einem kurzen Nicken in Jolies Richtung sofort zur Scheune hinüber.

Und da erinnerte Jolie sich wieder ihrer Manieren. »Möchten Sie nicht hereinkommen?«

»O ja, ich würde liebend gerne die Haube abnehmen«, erwiderte Nan und folgte Jolie ins Haus. Ohne das geringste Zögern ließ sie sich am Tisch nieder, was nur bewies, daß sie schon oft zu Gast in Daniels Haus gewesen war. Seufzend löste sie die Bänder ihres Huts und nahm ihn ab, und jetzt erkannte Jolie, daß sie wunderschönes, zimtbraunes Haar hatte.

Etwas anderes als kaltes Wasser konnte sie ihrem Gast nicht anbieten, da es noch zu heiß für Kaffee war. Sie füllte zwei Gläser aus dem Eimer und setzte sich zu Mrs. Culley an den Tisch.

»Sie wissen, wer ich bin?« fragte sie, nachdem sie einen Moment unschlüssig an ihrer Unterlippe genagt hatte. Sie war es gewöhnt, daß Menschen auf sie herabsahen, aber sie hatte noch nicht gelernt, sich damit abzufinden.

»Natürlich«, entgegnete Nan lächelnd. »Sie sind Mrs. Daniel Beckham – seit fünf Jahren der interessanteste Mensch, der seinen Fuß in diesen Distrikt gesetzt hat. Wollten die Leute in der Stadt Sie wirklich aufhängen?«

Jolie schluckte. »Ja«, sagte sie nach kurzem Zögern. »Ich glaube, das hätten sie getan.«

»Ist es nicht romantisch, daß Daniel ausgerechnet in diesem Augenblick vorbeikam und Sie gerettet hat? Wissen Sie, es erinnert mich ein wenig an Robin Hood und die Jungfer Marion ...«

Jolie bezweifelte, daß irgend jemand, der schon einmal einen Strick um den Hals verspürt hatte, diese Erfahrung romantisch finden könnte, und zog es deshalb vor, nichts darauf zu antworten. »Ich dachte, Sie wären ... wie die anderen Frauen in der Stadt.«

»Um Himmels willen, nein!« meinte Nan und fächelte sich mit ihrem Hut Luft zu. Dann lächelte sie Jolie an. »Verena sagte mir, sie bräuchten dringend Freunde, und ich bin gekommen, um mich anzubieten.«

»Aber ... haben Sie denn keine Angst, ich könnte – nun ja, ein schlechter Mensch sein?«

Nan wischte den Einwand beiseite. »Dann hätte Dan Sie nie geheiratet!« sagte sie mit Überzeugung.

Jolie schloß die Augen, weil ihre Kehle eng geworden war und sie das Gefühl hatte, gleich in Tränen auszubrechen. Doch dann nahm sie sich zusammen und fragte schüchtern: »Haben Sie Ilse gekannt?«

»O ja, natürlich«, antwortete Nan, und eine Spur von Trauer

erschien in ihren lebhaften Augen. »Ein liebes Ding war sie, zart und hübsch wie diese Porzellanpuppen, die aus Frankreich kommen. Alle mochten sie sehr gern, und als sie starb, dachten Joe und ich, Daniel würde den Schmerz nicht überleben.« Sie streckte die Hand aus und berührte Jolies Arm. »Es ist gut, daß Sie da sind. Daniel braucht Sie.«

Aber *geliebt* hatte er Ilse. Jolie war plötzlich sehr unzufrieden mit ihrem großen, robusten Körper und ihren zwar gleichmäßigen, doch keinesfalls bemerkenswerten Gesichtszügen. In jenem Augenblick hätte sie zehn Jahre ihres Lebens dafür gegeben, so zierlich, so hübsch und zart zu sein wie Ilse.

Um das Thema zu wechseln, zeigte Jolie Nan ihre Näharbeit und die Längen Stoff, die noch darauf warteten, in Kleider verwandelt zu werden. Nan versprach, ihr ein Buch mit Schnittmustern zu borgen, und dann kam auch schon Joe, der seine Arbeit beendet hatte, und rief nach seiner Frau.

Jolie dankte ihm und schaute dem Wagen der Culleys bedauernd nach. Die Sonne war längst untergegangen, und es wurde Zeit, die Lampen anzuzünden und sich etwas zum Abendessen zurechtzumachen.

Nachdem Jolie ein Sandwich gegessen hatte, schürte sie das Feuer im Herd und setzte mehrere Kessel mit Wasser auf. Nach der anstrengenden Tagesarbeit hatte sie sich ein heißes Bad verdient.

Als sie die große Wanne aus der Scheune hereingeschleppt hatte, fühlte sie sich erschöpft und kraftlos, und als sie endlich im heißen Wasser saß, schloß sie vor lauter Müdigkeit die Augen. Sie würde sich einen Moment ausruhen, bevor sie sich wusch ...

Etwas Kaltes tropfte auf ihren Bauch, und als Jolie die Augen öffnete, stieg ein Schrei aus ihrer Kehle auf. Blake Kingston stand über ihr, wrang ein nasses Halstuch aus und grinste, als hätte er sich einen sehr guten Scherz erlaubt.

»Hallo, Jolie-Mädchen«, sagte er gedehnt und zog sich einen Stuhl heran, auf dem er sich dann rittlings niederließ.

Jolies Schock wich kaltem Zorn. »Was machst du denn hier?« fuhr sie ihn an und ergriff ein Handtuch, um ihre Blöße notdürftig zu bedecken.

Blake zuckte mit den Schultern. Einige Frauen fanden ihn sehr anziehend mit seinen jungenhaften Zügen und dem welligen braunen Haar – auch Jolie war es einst so ergangen. Aber jetzt sah sie ihn klarer: Blake war ein Dieb und Mörder, der unschuldige Mitmenschen für seine Zwecke benutzte, um sie dann skrupellos im Stich zu lassen, damit sie für seine Verbrechen büßten. »Rowdy und ich werden noch eine Zeitlang bleiben. Hier wird uns niemand suchen, jeder wird glauben, wir seien längst über alle Berge.«

»Ich verlange, daß du auf der Stelle dieses Haus verläßt!« zischte Jolie und stand auf, wobei sie sorgfältig darauf achtete, bedeckt zu bleiben.

Blake zog eine Augenbraue hoch und verschränkte die Daumen in den Taschen seiner schmutziggrauen Weste. In seinen billigen Hosen und dem gerüschten Hemd sah er aus wie ein vom Pech verfolgter Spieler. »Vergiß nicht, daß es Blake ist, mit dem du sprichst«, sagte er. »Du hast keinen ungebildeten Klotz von Farmer vor dir. Apropos – wie lange wird er fortbleiben?«

Jolie befeuchtete nervös ihre Lippen. »Er ist nicht fort. Er ist nur drüben bei einer Nachbarin, um nach ihrer kranken Kuh zu sehen. Er kann jeden Augenblick nach Hause kommen.«

Die verzweifelte Lüge brachte ihr nur höhnisches Gelächter ein. Blake drohte ihr mit dem Finger. »Das ist nicht wahr, Jolie. Rowdy und ich haben ihn heute morgen in aller Frühe nach Norden fahren sehen, in Richtung Spokane.«

Etwas von Jolies Ärger wich Furcht, sie trat einen Schritt zurück, und als Blake eine unerwartete Bewegung machte, zuckte sie zusammen. Er lachte. Jeden Augenblick konnte sein Freund Rowdy hereinkommen, den Jolie für heimtückisch hielt und nie gemocht hatte. Und sie wußte auch, daß dieser Mann nicht Blakes Desinteresse für Frauen teilte.

Trotz allem hob sie das Kinn und bemühte sich, eine würdevolle Haltung einzunehmen. »Deinetwegen hätten sie mich fast gehängt«, sagte sie kalt. »Ich wäre tot, wenn Daniel Beckham mich nicht geheiratet hätte.«

Blake spreizte die Hände. »Er scheint ein kluger Mann zu sein, obwohl er Farmer ist. Immerhin hat er das alles hier ganz allein und ohne fremde Hilfe aufgebaut, wie Rowdy und mir zu Ohren gekommen ist. Und dann ist er hingegangen und hat dich zur Frau genommen, was der beste Beweis dafür ist, daß er eine gute Zuchtstute zu erkennen weiß, wenn er eine sieht.«

Wären die Umstände anders gewesen, hätte Jolie Blake geohrfeigt. Aber so, wie die Dinge lagen, hielt sie es für besser, in der Nähe der Tür zu bleiben, die auf den Korridor hinausführte. Was sie am meisten an Blakes Bemerkung schmerzte, war die Möglichkeit, daß sie zutreffen könnte. Daniel hatte eine Frau im Kindbett verloren und wollte Söhne und Töchter haben. Als er Jolie an jenem Tag, als sie unter dem Galgen stand, so aufmerksam gemustert hatte, war ihm vermutlich durch den Kopf gegangen, daß sie groß und robust genug war, um mühelos Kinder zu gebären. Wie eine kräftige Zuchtstute.

Der Gedanke trieb ihr das Blut in die Wangen. »Verschwinde!« sagte sie böse. »Verschwinde und komm nie wieder hierher!«

Blakes niedergeschlagener Gesichtsausdruck war der reinste Hohn, und natürlich machte er keine Anstalten, Jolies Befehl zu befolgen. »Du hast dich wohl in den Kerl verliebt? Das ist interessant, Jolie – und praktisch.«

»Was soll das heißen, praktisch?« fragte sie und merkte zu spät, daß sie Blake in die Falle gegangen war. Indem sie versäumt hatte, abzustreiten, daß sie etwas für Daniel empfand, hatte sie Blakes Vermutung bestätigt.

Ihr unerwünschter Besucher schaute sich anerkennend in der schwach erleuchteten Küche um. »In ein hübsches Nest bist du gefallen, Jolie-Mädchen. Und da du Beckhams Frau bist, dürftest du das alles erben, falls ihm etwas zustößt.« Er machte eine Pause, um Jolie anzulächeln und sagte dann gedehnt: »Habe ich dir eigentlich schon einmal gesagt, mein Liebling, daß du die einzige Frau bist, die ich je heiraten wollte?«

Das Blut in Jolies Adern schien zu Eis zu erstarren, sie begann zu zittern. »Daniel wird nichts zustoßen!« schrie sie Blake an, und obwohl sie wußte, daß sie damit ihre Angst verriet, war sie nicht imstande, die Worte zurückzuhalten.

Jetzt stand Blake auf. Jolie spürte die Kante des Türrahmens in ihrem Rücken, so hart preßte sie sich dagegen.

»Das wird die Frau des Bankiers wohl auch gedacht haben, als sie ihn an jenem Morgen vor einem Monat oder so fortschickte, um Geld zu zählen.« Wieder lächelte er fast liebevoll und öffnete die Tür zum Hof. »Gute Nacht, Liebling. Ich freue mich schon auf das gute Frühstück, das du uns morgen zubereiten wirst.«

Kaum war er draußen, rannte Jolie zur Tür und klemmte einen Stuhl unter die Klinke, obwohl sie wußte, daß eine solch einfache Maßnahme sie nie vor den beiden Banditen schützen würde.

Sie blies die Lampe aus und trat ans Fenster. Vor der Scheune waren die Silhouetten von zwei Männern und zwei Pferden zu erkennen, und Jolie hörte Rowdys rauhes Lachen. Da holte sie das Jagdgewehr aus Daniels Arbeitszimmer.

In einer Schreibtischschublade fand sie Kugeln und lud damit die Waffe. Viel hatte sie ihrem Vater nicht zu verdanken, aber er hatte ihr wenigstens das Schießen beigebracht.

Obwohl sie das geladene Gewehr mit hinaufnahm, schlief Jolie in dieser Nacht sehr wenig und sehr unruhig. Sie schreckte bei jedem kleinsten Geräusch zusammen, weil sie befürchtete, Blake und Rowdy könnten durch das Fenster eindringen und sie im Schlaf überraschen.

Die Sonne war schon aufgegangen, als sie erwachte und einen Pferdewagen auf den Hof rattern hörte. Mit klopfendem Herzen stand sie auf und trat ans Fenster. Joe, dachte sie entsetzt und schaute zu, wie er den Wagen vor die Scheune lenkte, wo die Banditen die Nacht verbracht haben mußten.

Jolie kämpfte mit dem Fensterriegel, um Joe eine Warnung zuzurufen, als ihr Nachbar auch schon in dem weißgetünchten Gebäude verschwand, wo das Heu untergebracht war. Jolie hielt den Atem an und wartete, aber kein Schuß ertönte. Und dann begann Joe fröhlich vor sich hin zu pfeifen.

Hastig zog Jolie sich an und eilte in die Küche. Dort blieb sie erschrocken stehen. Obwohl sie abends alles aufgeräumt zurückgelassen hatte, herrschte jetzt eine wüste Unordnung auf dem Tisch. Schmutzige Teller und Tassen, Fettspritzer und verschütteter Kaffee zeugten davon, daß Blake und Rowdy sich ihr Frühstück bereits genehmigt hatten. Und doch stand der Stuhl, den Jolie unter die Türklinke geklemmt hatte, noch an seinem Platz.

Entsetzt, daß sie das Gewehr oben vergessen hatte, drehte sie sich um und wollte hinauflaufen, um es zu holen, aber da stieß sie mit der schmutzstarrenden Gestalt von Rowdy Fleet zusammen. Er war von kleiner Statur, reichte Jolie nur knapp bis an die Schulter, und sein Gesicht war mit häßlichen Pockennarben überzogen. Er hatte kleine, boshafte Augen von der Farbe klaren Wassers und fettiges schwarzes Haar, das ihm weit über den Kragen seines langen Mantels hing.

Lächelnd hob er seinen Revolver und preßte die Mündung an Jolies Hals. »Die Pferde sind gut versteckt«, sagte er und ließ seine fleckigen Zähne sehen, die weit auseinanderstanden. »Wir haben beschlossen, den Kerl da draußen laufen zu lassen, ohne ihm eine Kugel ins Herz zu jagen. Aber nur, wenn du nicht schreist oder sonst irgend etwas Dummes tust.«

Einen Moment lang glaubte Jolie, das Bewußtsein zu verlieren, doch dann atmete sie tief durch und überwand die Schwäche. Sie dachte an Nan Culley, die zu Hause auf die Rückkehr ihres Mannes wartete, der fortgefahren war, um einem Freund einen Gefallen zu erweisen. »Ich werde nicht schreien«, sagte sie tonlos.

»Gut«, erwiderte Rowdy, packte grob ihren Ellbogen und stieß sie in die Küche zurück. Er mochte klein sein, aber dafür war er zäh wie eine gekochte Eule und bösartiger als des Teufels Großmutter. »Räum hier auf!« befahl er. »Ich hasse Unordnung.«

Stumm begann Jolie den Tisch abzuräumen und füllte heißes Wasser ins Spülbecken. Dann zog sie die große Badewanne zur Tür und kippte das Wasser in den Hof.

In diesem Moment kam Joe aus der Scheune, einen Eimer frischgemolkene Milch in der Hand und ein freundliches Lächeln auf den Lippen. Anscheinend beabsichtigte er, eine Weile mit Jolie zu plaudern, vielleicht hatte er ihr auch eine Nachricht von Nan zu überbringen. Natürlich wagte Jolie nicht, ihn ins Haus zu bitten – Rowdy hätte keine Sekunde lang gezögert, ihn zu erschießen. So trat sie rasch vor die Küchentür und zog sie fest hinter sich zu. Doch selbst durch das massive Holz hörte sie Rowdys keuchende Atemzüge und das Klicken seines .45er Revolvers, als er ihn entsicherte.

»Vielen Dank«, sagte sie zu Joe und streckte die Hand nach dem Milcheimer aus.

Joe wirkte zunächst verblüfft, dann zuckte er die Schultern und reichte ihr den Eimer. »Nan sagte, sie käme vielleicht heute nachmittag zu Besuch«, berichtete er.

Noch mehr *Besuch* war das letzte, was Jolie sich jetzt wünschte, aber sie durfte auch nicht Joes Verdacht erregen. »Sagen Sie ihr doch bitte, es wäre nett, wenn sie die Schnittmuster mitbrächte«, entgegnete sie und hoffte, daß es Mrs. Culley am Nachmittag zu heiß sein würde, um den Weg über die staubbedeckten Straßen anzutreten.

Joe nickte, maß sie mit einem letzten, fragenden Blick und stieg auf seinen Wagen. Kaum war er nicht mehr zu sehen, kam Blake hinter der Scheune hervor, zwei Pferde an den Zügeln, und Rowdy drängte sich so ungestüm an Jolie vorbei, daß er fast den Eimer mit der Milch umgestoßen hätte.

»Sieh dir das an!« wetterte er und deutete mit dem Hut zum Himmel. »Helles Tageslicht, und wir sind noch immer hier! Ich habe dir doch gesagt, daß es besser gewesen wäre, wenn wir uns in die Berge verzogen hätten, solange es noch dunkel war!«

Jolie stand vor der Tür und schaute Blake an, der sich ihr langsam näherte. Wie gut sie ihn vor dem Bankraub und dem Mord zu kennen geglaubt hatte! Damals war er für sie ihr galanter Ritter, ihr Helfer aus der Not gewesen, ja, sie hatte sogar daran gedacht, seine Frau zu werden. Was nur wieder einmal bewies, wie sehr man sich doch in einem Menschen täuschen konnte.

»Wir könnten auch den Tag bei ihr verbringen«, schlug Blake grinsend und mit einem vielsagenden Blick auf Jolie vor.

»Das würde ich euch nicht raten«, entgegnete sie kalt. »Wenn Daniel euch hier findet, bringt er euch um.« Vorausgesetzt, sie töteten nicht *ihn* zuerst.

Rowdy schwang sich in den Sattel. »Dieser Ort macht mich nervös!« sagte er. »Laß uns von hier verschwinden!«

Blake lächelte Jolie an und tippte sich grüßend an den Hut, bevor er sein Pferd bestieg. »Wir kommen wieder, meine Süße«, versprach er. »Du kannst ruhig Ausschau nach uns halten.«

Jolie war ganz steif vor Empörung. »Das werde ich tun, Blake Kingston. Und wenn ich dich heranreiten sehe, schieße ich dich vom Pferd wie einen Bussard, der auf einer Vogelscheuche hockt!« Die beiden Männer schienen die Warnung ungeheuer komisch zu finden, obwohl sie wußten, wie gut Jolie mit Waffen umzugehen verstand. Sie lachten, stießen schrille Pfiffe aus und schwenkten ihre Hüte in der Luft, bevor sie die Pferde auf Daniels Weizenfelder zutrieben und ohne Rücksicht auf das kostbare Getreide quer hindurch auf die Berge zuritten. Julie öffnete Fenster und Türen, nachdem sie fort waren, um ihren Gestank aus dem Haus zu vertreiben. Sie schrubbte den Tisch und auch den Boden. Nichts sollte mehr an die Anwesenheit dieser Männer erinnern.

Später bügelte sie die Wäsche, die sie tags zuvor gewaschen hatte, und bemühte sich, nicht an Blake und Rowdy zu denken, die Daniel überall auflauern konnten. Denn sonst hätte sie vielleicht vor lauter Sorge den Verstand verloren.

Der Rest des Tages und auch der Abend verlief ohne weitere

Zwischenfälle, und nachts fand Jolie keinen Schlaf, weil sie sich fragte, ob sie Daniel von dem Auftauchen der Banditen erzählen sollte oder nicht.

Am Nachmittag darauf kam Nan zu Besuch und setzte sich zu Jolie auf die Veranda, wo sie an einem ihrer neuen Kleider nähte.

»Was wünschst du dir am meisten auf der Welt?« fragte Nan später, als sie den Saum eines Nachthemdes für Jolie umnähte.

Jolie schaute nachdenklich in den blühenden Vorgarten. »Ich glaube, ein Kind«, sagte sie leise.

Nan lächelte verschmitzt. »Dann solltest du dich beeilen, Jolie, wenn du mit mir mithalten willst. Mein Baby kommt nämlich im nächsten März.«

Jolie legte ihre Näharbeit nieder, um Nan zu umarmen. »Wie schön, Nan! Ich freue mich ja so für euch!«

Aber Nans Lächeln war einem nachdenklichen Stirnrunzeln gewichen, und sie erschauerte sichtlich. »Wenn man bedenkt, was einem Kind auf dem Lande so alles zustoßen kann . . . Ella Cupcoughs kleines Mädchen fiel letztes Jahr in einen Brunnen und ertrank, und im Sommer davor, bei einer Masernepidemie . . .«

»Das kann überall geschehen«, unterbrach Jolie ihre Freundin sanft und betrachtete mit leuchtenden Augen die wogenden Weizenfelder, die sich vor ihnen erstreckten. »Ich möchte, daß meine Kinder hier aufwachsen, Nan. Die Jungen werden mit Dan auf den Feldern und in der Scheune arbeiten, weil diese Farm eines Tages ihnen gehören wird.«

»Und die Mädchen?« erkundigte Nan sich lächelnd.

Jolie lachte. »Die Mädchen werden natürlich nette junge Burschen von den angrenzenden Farmen heiraten!«

In diesem Augenblick kam Joe um die Hausecke, und Jolies Lächeln verblaßte, weil sie daran dachte, wie nahe er dem Tod gewesen war, ohne es auch nur zu ahnen. Ein Klumpen formte sich in ihrer Kehle, als Joe zwei Teerosen von einem nahen Strauch abbrach und sie den Frauen überreiche.

Es war das erste Mal in ihrem Leben, daß Jolie Blumen von

einem Mann geschenkt bekam, und obwohl diese Geste sie rührte, erfüllte sie sie auch mit Trauer, weil es Joe und nicht Daniel war. Mit einer Spur von Neid beobachtete sie, wie Nan errötete und ihrem Mann mit einem koketten Lächeln dankte.

Nur allzu bald bestiegen die Culleys ihren Wagen, um den Heimweg anzutreten.

Jolie brachte ihre Rose ins Haus und stellte sie in eine Vase auf den Tisch. Dann wusch sie ihr Haar und bürstete es vor dem Schlafzimmerfenster trocken, während sie überlegte, welches ihrer neuen Kleider sie anziehen sollte, wenn ihr Mann endlich von seiner Reise nach Hause zurückkehrte.

Er kam am Freitagnachmittag, als Jolie gerade im Garten Bohnen pflückte. Sie trug ihren Reitrock und hatte das Haar unter ihren alten Hut gesteckt, den sie der Vogelscheuche wieder abgenommen hatte. Auf ihren Wangen waren graue Schmutzflecken.

Soweit also der Vorsatz, sich besonders hübsch zu machen, damit ihr Mann sie liebte.

Scheu ging sie auf ihn zu, wischte ihre Hände am Rock ab und beobachtete, wie Daniel vom Wagen stieg. Die mit Vorräten beladene Ladefläche war mit einer Leinwandplane zugedeckt, und Jolie hatte den unbestimmten Eindruck, daß sich darunter etwas bewegte.

In ihrer Freude, Daniel wiederzusehen, nahm sie sich jedoch nicht die Zeit, die Sache näher zu erforschen. Es kostete sie größte Überwindung und Beherrschung, sich nicht in seine Arme zu werfen und ihn zu bitten, mit ihr nach oben zu gehen.

Seine blauen Augen zwinkerten vergnügt, als er mit dem Zeigefinger ihre Nasenspitze berührte. »Hallo, meine wilde Blume«, sagte er heiser, und einen gespannten Moment lang glaubte Jolie, daß er sie küssen würde, gleich hier, mitten auf dem Hof. Doch dann fuhr er fort: »Ich habe dir etwas mitgebracht.« Dabei griff er in seine Tasche, zog einen schlichten goldenen Ring hervor und streifte ihn über Jolies Finger.

Kein Geschenk hätte ihr mehr bedeuten können. Tränen standen in ihren Augen, als sie zu Daniel aufschaute. »Ich habe mich gut um die Farm gekümmert«, sagte sie, weil ihr beim besten Willen nichts anderes einfiel.

Daniel lächelte und schaute zu dem Fenster über ihnen auf, wo die Schlafzimmervorhänge sich im heißen Wind blähten. »Ich glaube, ich möchte heute früh zu Bett gehen, Jolie.«

Jolie erschauerte vor freudiger Erwartung, bemühte sich jedoch, eine würdevolle Haltung zu bewahren. »Ich vermute, daß du müde bist.«

»Das habe ich nicht gesagt«, erwiderte Daniel.

# 7

Trotz ihrer Freude über Daniels Heimkehr und der Aussicht, die ganze Nacht in seinen Armen zu verbringen, verblaßte Jolies Lächeln, und ihre Miene wurde ernst. Wenn Daniel erfuhr, daß Rowdy und Blake in seiner Scheune geschlafen und in seiner Küche gegessen hatten, würde er furchtbar zornig werden. Und dann war alles verloren, was Jolie in solch mühsamer Kleinarbeit bei ihm erreicht hatte.

Sie schob die Hand unter Daniels Arm, um ihn ins Haus zu führen, aber eine Bewegung unter der Leinwandplane auf dem Wagen ließ sie innehalten.

»Daniel . . .« Stirnrunzelnd ging sie zum Wagen und hob die Plane. Zwei Augenpaare starrten sie aus dem Dunkeln an. »Das ist doch . . .« murmelte sie und zerrte die Plane ganz beiseite. Zwei Kinder schauten sie aus großen, furchtsamen Augen an.

Das kleine Mädchen – sie mußte etwa vier sein und hatte langes, strähniges blondes Haar und blaue Augen – kauerte neben einem Jungen, der ihm verblüffend ähnlich sah. Beider Kleider waren zerlumpt, ihre Füße nackt.

Der Anblick ging Jolie zu Herzen, bittend streckte sie die

Hand nach dem Mädchen aus, das jedoch ängstlich zurückwich. »Du brauchst keine Angst zu haben«, sagte Jolie sanft. »Niemand wird euch etwas tun.«

»Na so was!« sagte Daniel, als er die blinden Passagiere im Wagen sah. »Woher kommt ihr denn?«

»Du erschreckst die Kinder, Daniel«, sagte Jolie streng. Ihr Blick ruhte auf den erschöpften kleinen Gesichtern. »Ich heiße Jolie, und ich möchte wetten, daß ihr beide sicher gern etwas essen würdet.«

Der Junge räusperte sich und maß Jolie und Daniel mit einem mißtrauischen Blick. »Es stimmt schon, Madam, wir haben Hunger«, gab er schließlich mit einer Förmlichkeit zu, die angesichts seines Alters erstaunte. »Ich bin Hank – und das ist meine kleine Schwester Gemma.«

Daniel hörte nicht auf, die Stirn zu runzeln, aber Jolie zuliebe schwieg er wenigstens.

»Komm zu mir, Gemma«, forderte Jolie das kleine Mädchen auf.

Nach einem Blick auf Hank, der zustimmend nickte, ließ die Kleine sich in Jolies Arme ziehen. »Ich muß ganz dringend«, gestand sie verschämt und rieb sich die müden Augen.

Jolie brachte Gemma zum Klosett und wusch ihr dann die Hände. Als sie ins Haus kamen, saß Hank bereits mit frischgewaschenem Gesicht und glatt zurückgekämmten Haar am Tisch, ein Glas Milch und ein Stück Schokoladenkuchen vor sich. Gemmas Augen weiteten sich beim Anblick des Essens, sie riß sich von Jolie los und lief zu ihrem Bruder, um sich ihren Anteil an dem Festmahl zu sichern.

»Kuchen, Daniel?« sagte Jolie. »Wer weiß, wie lange die Kinder nichts Vernünftiges gegessen haben! Und du gibst ihnen Kuchen.«

Daniel ignorierte den Vorwurf, nahm seine Frau am Arm und zog sie in das angrenzende Speisezimmer. »Der Junge hat mir erzählt, daß ihr Onkel sie in Spokane im Stich gelassen hat, nachdem er seine Stellung in der Sägemühle verloren hatte.

Zwei Familien erklärten sich bereit, jeweils ein Kind anzunehmen, aber die beiden wollten sich nicht trennen. Sie sind aus dem Pfarrhaus fortgelaufen und haben sich in meinem Wagen versteckt.«

Jolies Herz klopfte aufgeregt. Sie wußte, wie es war, im Stich gelassen zu werden, und verstand, daß die Kinder um jeden Preis zusammenbleiben wollten. Als Kind hatte sie sich von ganzem Herzen nach einem Bruder oder einer Schwester gesehnt.

»Was muß das für ein Mann sein, der einfach fortgeht und zwei kleine Kinder ihrem Schicksal überläßt?« murmelte Daniel.

»Vielleicht überlegt er es sich und kommt zurück, um sie zu holen«, entgegnete Jolie, ohne jedoch selbst so recht daran zu glauben. Ihr Vater hätte sich ihrer nie wieder erinnert, nachdem er sie bei seiner Schwester zurückgelassen hatte, wenn seine neue Frau nicht Hilfe im Haushalt benötigt hätte.

»Ich bringe sie morgen nach Spokane zurück«, sagte Daniel.

Jolies Reaktion war so heftig, daß sie selbst erstaunt war; sie umklammerte Daniels Arm und flehte: »Bitte, Daniel . . . Sie sind noch klein, ich weiß, aber sie könnten uns auf der Farm helfen! Sie würden sich um den Garten kümmern und die Hühner füttern . . .«

Daniel sah Jolie ernst an. »Du würdest dich an sie gewöhnen. Wenn sie dann fortmüssen, würdest du leiden, und sie würden es auch.«

Jolie senkte betrübt den Blick. Daniel hatte ja recht. Aber wie konnten sie die Kinder gnadenlos in diese harte, böse Welt zurückschicken? Tränen der Enttäuschung glitzerten in ihren Augen.

Unerwartet sanft legte Daniel seine Hände auf ihre Schultern. »Beruhige dich«, sagte er. »Wenn du es so willst, können Hank und Gemma bleiben, bis die Ernte eingebracht ist.« Und als Jolie strahlte, beeilte er sich hinzuzufügen: »Aber vergiß nicht, daß es nur vorübergehend ist!«

Dankbar umarmte sie ihn und küßte ihn auf die Wange. »Danke, Daniel! Ich verspreche dir, daß sie dir keine Last sein werden.«

Ein schwaches Lächeln huschte über sein Gesicht, dann wurde er wieder ernst und wandte sich von Jolie ab. »Ich habe viel zu erledigen«, sagte er abweisend und ging. Jolie kehrte in die Küche zurück, wo Hank und Gemma inzwischen den Kuchen aufgegessen hatten. Sie schenkte ihnen Milch nach und gab ihnen frisches Brot, Käse und ein Glas eingemachte Pfirsiche. Während die Kinder aßen, erhitzte sie Wasser und holte die Wanne aus dem Kühlhaus.

Als ihr klar wurde, daß die Kleinen nichts Sauberes zum Anziehen hatte, beschloß sie, sich zwei Hemden von Daniel für sie auszuborgen, die sie tragen konnten, bis sie die zerlumpten Kleider gewaschen und gestopft hatte. Und morgen würde sie ihnen etwas Anständiges zum Anziehen kaufen.

Mit einem argwöhnischen Blick auf die Badewanne stand Hank auf, versicherte seiner Schwester, daß er in der Nähe bleiben würde, und ging hinaus.

Jolie kamen fast die Tränen, als sie Gemma auszog und den mageren kleinen Körper schrubbte und das feine blonde Haar wusch.

Danach machte Gemma es sich in einem von Daniels Hemden auf Jolies Schoß bequem und schlief ein. Als Daniel und Hank hereinkamen, legte Jolie warnend einen Finger an die Lippen.

Jolie trug Gemma in das freie Schlafzimmer und brachte sie zu Bett. Als sie zurückkam, war Daniel mit den Vorbereitungen für Hanks Bad beschäftigt.

Der Junge schaute Jolie an und errötete. »Ich will keine Frauen dabei haben, wenn ich bade«, sagte er.

Daniels Miene blieb todernst, aber seine Augen lachten Jolie an. »Du hast gehört, was er sagt, Mrs. Beckham. Keine Frauen.«

Jolie zuckte mit den Schultern und zog sich auf den Hof

zurück. Am Horizont war schon ein durchsichtiger Mond zu sehen, obwohl es noch Stunden dauern würde, bis die Sonne unterging.

Ein merkwürdiges Gefährt stand vor der Scheune, das Jolie an die Wohnwagen erinnerte, mit denen fliegende Händler durch die Lande zogen. Neugierig näherte sie sich dem hölzernen Ding, aus dessen Schindeldach ein Rohr ragte, das nur der Abzug eines Herds sein konnte. »Deuter?« rief sie, als sie den jungen Burschen im Inneren des Wagen pfeifen hörte.

Einen Besen in der Hand, erschien er an der Tür. »Guten Tag, Mrs. Beckham. Ich kann es kaum erwarten, mich an den Tisch zu setzen. Ihre gute Küche hat mir in Spokane sehr gefehlt.«

»Danke«, erwiderte Jolie lächelnd. »Was ist das?« fragte sie dann und deutete auf das seltsame Gefährt.

Deuter strahlte. »Der Küchenwagen, Mrs. Beckham. Dan hat mir aufgetragen, ihn für Sie herauszuholen und zu reinigen. Was machen die Kinder?«

»Gemma schläft, und Hank badet«, antwortete Jolie abwesend. »Wieso soll dieser Wagen für mich sein?« Deuter nickte. »Das ist er, Madam. Sie können sogar darin schlafen, obwohl die meisten Leute sich nachts lieber darunterlegen, weil es drinnen mit den Küchengeräten und dem Herd zu voll ist.«

Ein wohlbekanntes Gefühl der Verlassenheit erfaßte Jolie, aber sie war bemüht, sich nichts anmerken zu lassen. »Ja, mir wäre es auch nicht recht, wenn die Erntearbeiter mir Schmutz ins Haus brächten«, entgegnete sie kühl und wandte sich zum Gehen.

Als die Hühner gefüttert waren, sah sie, daß Daniel zum Kühlhaus hinüberging, und kehrte zu Hank in die Küche zurück. Doch er war nirgendwo zu sehen.

Nach kurzer Suche fand Jolie ihn im Gästezimmer, wo er friedlich neben seiner Schwester schlief. Eine bittersüße Zärtlichkeit schnürte ihre Kehle zu, als sie sich über die Kinder beugte und sie auf die Stirn küßte.

Nach dem Abendessen wusch sie die ärmlichen Kleider der beiden und hängte sie neben dem Herd zum Trocknen auf.

»Du solltest morgen mit ihnen in die Stadt fahren und ihnen etwas zum Anziehen besorgen«, meinte Daniel, als er die zahlreichen Löcher und Risse in Gemmas Kleidchen sah.

Jolie schaute ihren Mann verstohlen von der Seite an. Tausend Fragen schwirrten ihr durch den Kopf, die sie nicht zu äußern wagte. Erwartete Daniel, daß sie heute nacht sein Bett teilte, oder beabsichtigte er, sie bis nach der Ernte in den Küchenwagen zu verbannen? War er wirklich abweisender zu ihr, seit sie die Kinder entdeckt hatten, oder bildete sie sich das nur ein?

»Deuter hat den Küchenwagen abgestaubt«, bemerkte sie.

Doch Daniel zuckte nur mit den Schultern und schenkte sich eine Tasse Kaffee ein. Nun wäre ein guter Zeitpunkt gewesen, ihm von Blakes und Rowdys Besuch zu erzählen, aber Jolie fand aus Angst vor Daniels Reaktion einfach nicht die passenden Worte.

»Ich werde im Küchenwagen schlafen, bis wir auf die Felder ziehen«, bemerkte er gleichmütig.

Jolie trat hinter einen Stuhl und umklammerte nervös die Lehne. »Ich dachte . . .«

Daniel warf ihr einen strengen Blick zu. »Mit Kindern in diesem Haus können wir kein Bett teilen«, sagte er.

Jolie schluckte. »Hast du vergessen, daß wir Mann und Frau sind, Daniel?«

»Sind wir das?« entgegnete er rauh, nahm seinen Hut vom Haken bei der Tür und verschwand in der nächtlichen Dunkelheit.

Es hätte kein Mond zu scheinen brauchen, damit Jolie wußte, daß er auf dem Weg zu Ilses Grab war. Sie wartete in jener Nacht auf ihn, stundenlang, aber er kam nicht in ihr Zimmer, und Jolie schämte sich ihres Verlangens, das sie keine Ruhe finden ließ.

Es war nicht gut für eine Frau, einen Mann auf solch schamlose Weise zu begehren, ob sie nun mit ihm verheiratet war oder nicht.

Ihre Wangen brannten, ruhelos wälzte sie sich von einer Seite auf die andere, und dabei kam ihr ein anderer unangenehmer Gedanke – sie hatte Daniel noch immer nichts vom Besuch der Banditen erzählt! Die Vorstellung, er könne in Gefahr sein, von diesen skrupellosen Kerlen erschossen zu werden, ließ sie gequält aufstöhnen. Was immer sich auch daraus ergeben mochte – es war ihre Pflicht, Daniel zu warnen.

Wie durch ein Wunder schlief sie schließlich ein und erwachte erst wieder, als Gemma ins Zimmer trippelte und zu ihr ins Bett kam. »Ich hatte einen bösen Traum«, flüsterte das kleine Mädchen.

Ein bittersüßer Schmerz erfüllte Jolie; sie hatte die beiden Kinder schon ins Herz geschlossen und würde sie doch in einem Monat aufgeben müssen. Seufzend strich sie Gemma über das Haar. »Hab keine Angst, du bist jetzt sicher«, flüsterte sie und fragte sich, als wie wahr dieses Versprechen sich erweisen würde.

Schon früh am nächsten Morgen stand Jolie auf und bereitete das Frühstück zu. Als Daniel hereinkam, schenkte er sich Kaffee ein und setzte sich schweigend an den Tisch.

Erst viel später sagte er: »Die Erntearbeiter kommen heute. Sie werden bestimmt sehr hungrig sein. Ich glaube, ich hole besser einen Schinken aus der Räucherkammer.«

Jolie nickte nur und pfefferte die Eier, die sie gerade briet.

Daniel trat ans Fenster. »Laß die Sachen für die Kinder auf meine Rechnung setzen. Und vergiß nicht, daß sie Schuhe brauchen.«

Jolie gab die Eier auf die Platte zu den Bratkartoffeln und dem Speck. »Ich würde beiden gern ein Spielzeug kaufen.«

»Natürlich«, stimmte Daniel zu.

In diesem Moment kam Deuter herein. »Wenn ich *Sie* zur Frau hätte«, sagte er zu Jolie, »würde *ich* bestimmt nicht in einem Küchenwagen schlafen!«

Daniel bedachte den jungen Mann mit einem vernichtenden Blick.

Eine gute Stunde später verließ Jolie mit den Kindern das Haus. »Wir können jetzt in die Stadt fahren«, sagte sie zu Daniel und fragte sich, ob er bemerkte, daß sie die parfümierte Seife benutzt und sich ganz besondere Mühe mit ihrer Frisur gegeben hatte. Aber anscheinend tat er das nicht, denn seine ganze Aufmerksamkeit galt dem Feuerholz, das er hackte.

»Dann fahr«, erwiderte er nur gleichmütig.

Jolie war entsetzt. Sie hatte fest damit gerechnet, daß Daniel sie begleiten würde. »Was – allein?« fragte sie ungläubig.

Das ließ ihn endlich in der Arbeit innehalten. »Natürlich.«

Jolie trat dicht neben ihn und senkte die Stimme, damit die Kinder nicht verstanden, was sie sagte. »Hast du vergessen, daß sie mich vor einer Woche fast *erhängt* hätten in dieser Stadt?«

Daniel begann ungeduldig zu werden. »Das ist vorbei, du bist jetzt meine Frau. Niemand wird dich belästigen.«

Sie dachte an Rowdy und Blake, aber sie sagte nichts. Es war nicht der geeignete Moment für ein Geständnis. »Na schön«, meinte sie. »Aber du hast mich auf dem Gewissen, wenn sie mich lynchen!« Sie hörte Daniel lachen, als sie die Röcke schürzte und sich wütend abwandte.

Deuter hatte schon den großen grauen Wallach angespannt. Mißmutig ließ Jolie sich und die Kinder von dem jungen Mann auf den Wagen heben. Sie saß viel lieber auf dem Rücken eines Pferdes und war nicht sicher, einen Wagen lenken zu können.

Zum Glück erwies es sich als einfacher, als sie gedacht hatte, und auch der große Wallach schien sanft und gehorsam zu sein. Ein- oder zweimal, während der Wagen über die holprigen Feldwege ratterte, schaute Jolie sich besorgt nach den Kindern um. Aber sie schienen die Fahrt zu genießen. Fürsorglich und beschützend hielt Hank seine kleine Schwester im Arm.

Als sie Prosperity erreichte, war es schon recht heiß, obwohl die Sonne noch längst nicht im Zenit stand. Jolie hielt vor dem Warenhaus und zog sorgfältig die Wagenbremse an. Dann hob sie Gemma vom Wagen und schaute lächelnd zu, wie Hank herunterkletterte und zielbewußt auf den Laden zumarschierte.

Während die Straßen praktisch wie ausgestorben waren, schien das Warenhaus ein Treffpunkt gelangweilter Hausfrauen und nicht arbeitender Männer zu sein. Alle drehten sich bei Jolies Eintreten um, und sämtliche Gespräche verstummten.

Obwohl sie kaum jemanden kannte, wußte Jolie, daß die meisten dieser Leute bei ihrem Prozeß dabeigewesen waren und sich die Hinrichtung hatten anschauen wollen, und Panik erfaßte sie. Einen Moment lang wurde ihr sogar schwindlig, und die Gesichter der Leute schienen vor ihren Augen zu verschwimmen. Dann atmete sie tief durch und hob angriffslustig das Kinn.

»Die Kinder brauchen Kleider und Schuhe«, erklärte sie laut und vernehmlich.

»Wo ist Daniel?« bequemte Mrs. Craybrook sich zu fragen, nachdem sie Jolie einer scharfen Musterung unterzogen hatte.

»Mister Beckham ist mit den Erntevorbereitungen beschäftigt«, erwiderte Jolie kühl. Mrs. Craybrook richtete den Blick auf die Kinder. Ihre Augen wurden schmal. »Sind das Ihre?«

»Ich wünschte, sie wären es«, entgegnete Jolie aufrichtig. »Aber leider sind sie nur zu Besuch bei uns.«

Obwohl die Witwe Craybrook nicht begeistert schien, Jolie bedienen zu müssen, widerstrebte es ihr offenbar nicht, Daniels Geld zu nehmen. Wahrscheinlich machte sie das ganze Jahr über gute Geschäfte mit ihm und wollte ihn deshalb nicht verärgern.

»Hier«, sagte sie knapp und trat vor ein Regal, in dem Schuhwerk aller Größen aufgereiht war.

Jolie entschied sich für zwei Paar robuste schwarze Schuhe, die ihr für die Kinder als das praktischste erschienen. Dann kaufte sie zwei Paar kurze Hosen für Hank, Hemden und Socken und einen hübschen Tweedanzug für den sonntäglichen Kirchenbesuch. Für Gemma suchte sie zwei Alltagskleider aus buntem Baumwollstoff aus und ein hübsches Sonntagskleid aus butterblumengelber Spitze.

Als alle notwendigen Dinge verpackt und sorgfältig verschnürt waren, führte Jolie die Kinder zu den Spielsachen und forderte sie auf, sich etwas auszusuchen.

Sehnsüchtig betrachtete Gemma die Puppen, während Hank die Hand ausstreckte und sie zögernd auf einen großen, roten Pferdewagen mit glänzenden schwarzen Rädern legte.

Jolie nickte Gemma aufmunternd zu, und die blauen Augen des kleinen Mädchens weiteten sich in ungläubigem Entzücken. Scheu, als erwartete sie, daß sie ihr wieder entrissen würde, hob sie eine Stoffpuppe mit gelbem Wollhaar auf und drückte sie an ihre Brust.

»Bitte setzen Sie auch den Wagen und die Puppe auf Mister Beckhams Rechnung«, sagte Jolie und lächelte zufrieden, als sie Mrs. Craybrooks mißbilligende Miene sah.

Wortlos wandte sich die Witwe ab, und Jolie verließ mit den Kindern den Laden. Als sie sie sicher im Wagen untergebracht wußte, kehrte sie noch einmal zurück, um das Paket zu holen.

»Sind sie mit Daniel verwandt?« wollte Mrs. Craybrook wissen.

»Sie sind Waisen«, antwortete Jolie gereizt, weil die Frau sie daran erinnert hatte, daß sie die Kinder nicht für immer bei sich behalten konnte. »Sie bleiben nur bis nach der Ernte bei uns.«

Mrs. Craybrook verzog das Gesicht. »Ich verstehe die Welt nicht mehr!« seufzte sie. »Zuerst geht Daniel Beckham hin und heiratet eine Kriminelle, dann gibt er vor der Ernte Geld für Spielzeug aus – für Kinder, die nicht einmal seine eigenen sind!«

»Wir geben gern alles wieder zurück, wenn es Ihnen nicht recht ist, daß wir hier einkaufen«, entgegnete Jolie herausfordernd.

Das schien Mrs. Craybrook wieder daran zu erinnern, daß ihre Aufgabe darin bestand, Waren zu verkaufen, und hastig notierte sie den Preis für die Puppe und den Wagen.

»Keine Ursache«, rief Jolie munter von der Tür, als hätte Mrs. Craybrook sich bei ihr bedankt.

Als Jolie, Hank und Gemma auf der Farm eintrafen, stand Daniel mit entblößtem Oberkörper an der Pumpe. Die Haut auf seiner Brust und seinen Armen, eine Spur heller als sein Gesicht und seine Hände, war mit glitzernden Wassertropfen bedeckt. Er trug keinen Hut, sein Haar war feucht und auf verführerische Weise zerzaust.

Der Anblick versetzte Jolie einen schon vertrauten Stich, und sie sah sich veranlaßt, ihre frühere Meinung über Daniels Aussehen zu revidieren. Daniel Beckham war vielleicht nicht im klassischen Sinn des Wortes ›gutaussehend‹, aber er wirkte anziehender auf sie als jeder andere Mann zuvor.

Er zog das Hemd an und hob Hank und Gemma vom Wagen, aber die ganze Zeit blieb sein Blick auf Jolie haften.

Ihr Herz klopfte zum Zerspringen, als ihr urplötzlich zu Bewußtsein kam, daß es Liebe war, was sie für diesen Mann empfand.

»Ich werde das Essen vorbereiten«, sagte sie rasch, um ihre Gefühle vor ihm zu verbergen.

Daniel hielt sie am Arm zurück. Gemma saß mit ihrer Puppe auf den Küchenstufen, während Hank seinen Wagen über den Hof zog. Als Jolie sich wieder zu Daniel umdrehte und seinen Blick sah, hatte sie das Gefühl, sich am Rande eines tiefen Abgrunds zu befinden.

»Jemand war hier, als ich in Spokane war«, sagte er rauh und zeigte Jolie einen ledernen Tabakbeutel. »Wer war das?«

# 8

Jolie schluckte. »Darüber reden wir lieber unter vier Augen«, erwiderte sie mit einem Blick auf die Kinder.

Daniel zog sie am Arm zum Küchenwagen und stieß sie recht unsanft hinein. Zuerst fiel es ihr schwer, im Halbdunkel etwas zu erkennen, aber dann sah sie, daß der Wagen mit einem Herd und Schränken ausgestattet war und über ein schmales Bett verfügte.

Erneut zeigte Daniel ihr den Tabaksbeutel, den er irgendwo in der Scheune gefunden haben mußte. »Nun?« fragte er drohend.

Jolie, der eben erst klargeworden war, daß sie ihn liebte, wußte nun, daß sie im Begriff war, ihn wieder zu verlieren. »Ich wollte es dir sofort erzählen«, entgegnete sie mit einem Anflug von Trotz, weil sie sicher war, daß er ihr nicht glauben würde. »Aber irgendwie schien mir nie der rechte Augenblick zu sein.«

Eine Ader pochte an Daniels Hals, aber er sagte nichts.

Jolie seufzte und sprach die Worte aus, von denen sie befürchtete, daß sie ihr Verderben bedeuten würden. »Blake und Rowdy waren hier. Sie haben die Nacht in der Scheune verbracht.«

Daniel fuhr sich mit einer Hand durchs Haar, und seine Augen wurden schmal. Sein Zorn war fast körperlich zu spüren in diesem engen Raum, und daher war Jolie sehr erstaunt über seine nächsten Worte.

»Haben sie dir etwas angetan?«

Verblüfft starrte sie ihn an. »Nein«, antwortete sie, als er beide Hände auf ihre Schultern legte. »Ich hatte Angst, aber mehr um dich und um Joe Culley.« Zögernd erklärte sie Daniel, wie die Banditen ins Haus gelangt waren, obwohl sie sämtliche Türe mit Stühlen verbarrikadiert hatte. Sie verschwieg auch nicht, in welcher Gefahr sich Joe Culley befunden hatte, als er zum Melken kam. Mit den Worten: »Blake drohte mir, dich umzubringen – er sagte, ich wäre dann eine reiche Witwe«, schloß sie ihre Erzählung.

Daniels sonnengebräuntes Gesicht war blaß geworden. »Warum hast du mir nicht schon früher etwas davon gesagt, als noch eine Chance bestand, die Kerle einzufangen?« fragte er wütend.

»Aus Angst«, gab Jolie zu. »Und nicht nur um dich, sondern auch um mich selbst. Ich wußte, daß du zornig werden würdest.«

Er schob sich an ihr vorbei, um den Wagen zu verlassen, aber Jolie hielt ihn am Arm zurück.

»Blake ist verrückt«, sagte sie gepreßt. »Er ist imstande, dich kaltblütig zu ermorden, wenn es ihm einen persönlichen Vorteil bringt. Und Rowdy würde dich einfach nur so zum Spaß erschießen wie den Mann von der Bank. Du solltest sehr vorsichtig sein. Denn falls sie es tun, dann aus dem Hinterhalt.«

Daniel wandte sich wortlos ab und verließ den Wagen.

Jolie trocknete ihre Tränen, bevor sie in den hellen Sonnenschein hinaustrat und sich bedrückt umschaute. Wie sehr liebte sie dieses schöne Haus, die soliden Ställe, den blühenden Garten – und die Kinder, die dort spielten! Innerhalb kürzester Zeit war sie ihr zu einem echten Heim geworden, diese Farm . . . Aber sie hatte kein Recht, zu bleiben.

Denn weil sie hier war, befand Daniel sich in Gefahr.

Sie hörte Gemmas helles Lachen, und ihr wundes Herz zog sich schmerzhaft zusammen. Falls Blake noch in der Nähe war, würde er schon bald begreifen, daß Daniel nicht Jolies einzige verwundbare Stelle war.

Mit schleppenden Schritten ging sie zum Haus hinüber. Als sie später zum Essen rief, kamen Deuter, Hank und Gemma, nur Daniel ließ sich nicht blicken.

»Er ist in der Scheune«, sagte Deuter, bevor Jolie nach ihm fragen konnte.

Wortlos servierte sie das Essen, strich ihr Haar und ihre Schürze glatt und ging zu Daniel hinaus, der gerade einen Stein aus dem Huf seines grauen Wallachs entfernte.

»Wenn ich koche, möchte ich, daß auch gegessen wird«, erklärte sie gereizt.

Über die Schulter warf ihr Mann ihr einen Blick zu, dessen Kälte sie zusammenzucken ließ. »Ich esse in der Stadt«, sagte er. »Ich habe mit dem Marshal zu reden und muß dem Pfarrer telegrafieren, der sich in Spokane um Gemma und Hank gekümmert hat.«

Jolie trat einen Schritt näher, mehr wagte sie nicht. »Du wirst doch hoffentlich nicht glauben, ich hätte dir Rowdys und Blakes Besuch verschwiegen, um sie zu schützen?«

Seufzend ließ Daniel den Fuß des Pferdes los und holte das Wagengeschirr. »Was ich denke, ist unwichtig, Jolie.«

»Nein, das ist es nicht!« erwiderte sie flehend und schlang beide Arme um ihren Körper, um ihr Zittern zu unterdrücken.

Ihr Mann führte den großen Grauen hinaus und spannte ihn vor den Wagen. Entweder hatte er Jolies Worte nicht gehört, oder er zog es vor, sie zu ignorieren.

»Ich werde fortgehen«, sagte sie entschieden. »Nur so kann ich Blake daran hindern, dich oder die Kinder zu benutzen, um zu erreichen, was er von mir will.«

Endlich schenkte Daniel ihr Beachtung, drehte sich zu ihr um und blickte sie aus schmalen Augen an. »Du gehst nirgendwohin«, entgegnete er. »Ich habe fünfhundert Dollar für dich bezahlt, und du *bleibst* auf der Farm, bis du das Geld abgearbeitet hast!«

Jolie hätte es nie zugegeben, daß sie Erleichterung bei Daniels Worten empfand, aber daß er sie wie einen Gegenstand behandelte, ließ sie sich dennoch nicht gefallen. »Die Sklaverei wurde abgeschafft, Mister Beckham, falls du das noch nicht gemerkt hast!« entgegnete sie kühl. »Man kann keine Menschen mehr kaufen!«

Daniel kam zu ihr und blieb dicht vor ihr stehen. »Ich *habe* dich gekauft«, entgegnete er.

Ein Gefühl der Hilflosigkeit erfaßte Jolie. »Du verdammter Narr!« brach es aus ihr heraus. »Begreifst du nicht, daß ich nur verhindern will, daß du erschossen wirst?«

Im nächsten Augenblick zog Daniel Jolie an sich. »Ich kann selbst auf mich aufpassen«, flüsterte er, seine Lippen dicht an ihrem Mund. »Und auf dich auch.«

Jolie erschauerte, als ihre Sinne mit einer Intensität erwachten, die ihr für einen Moment den Atem raubte. Als er sie küßte, stieg ihr das Blut zu Kopf, und sie schlang Daniel haltsuchend die Arme um den Hals.

»Daniel . . .« flüsterte sie sehnsüchtig, als er den Kuß unterbrach und sie wieder auf die Füße stellte. Sie hob die Hände, um sie auf seine Schultern zu legen, aber er wandte sich von ihr ab und ließ sie stehen.

»Du brauchst mit dem Abendessen nicht zu warten«, sagte er mit abweisender Miene. »Es kann spät werden.«

Jolie wußte, daß es eine Frau in der Stadt gab, die Daniels Bedürfnisse nur allzu gern befriedigt hätte – der Gedanke tat weh. »Und was soll ich tun, wenn die Farmarbeiter eintreffen?« fragte sie. Daniel deutete auf die Scheunentür. »Sag ihnen, daß sie sich dort einrichten sollen. Sie bringen ihre eigenen Schlafsäcke mit, aber du mußt ihnen etwas zu essen geben.«

Jolies Enttäuschung verwandelte sich in Zorn. Als Daniel auf den Wagen stieg, schaute sie wütend zu ihm auf und fragte: »Wieviel von meiner Schuld wird damit ausgeglichen sein, Mister Beckham? Indem ich für die Männer koche, meine ich?«

»Ein Penny«, antwortete Daniel, löste die Wagenbremse, ließ die Zügel auf den Pferderücken klatschen und fuhr los.

Jolie schaute ihm nach, dachte an den Kuß und haßte Daniel für die Macht, die er über sie besaß. Dennoch wünschte sie sich von Herzen, daß er zurückkommen und seine sinnlichen Liebkosungen fortsetzen möge...

Es war ein Glück für sie, daß eine Farm solch zahlreiche Anforderungen an eine Frau stellte, daß ihr keine Zeit zum Grollen blieb. Nachmittags, als sie auf die Ankunft der Erntearbeiter wartete, nutzte sie die kostbaren freien Minuten, um Hank nach seinen Eltern zu fragen.

Der Junge machte ein unglückliches Gesicht und hob die schmalen Schultern. »Pa trank und spielte. Er bemühte sich, für uns zu sorgen, als Mama tot war, aber ich glaube, wir waren eine zu große Last für ihn. Das letzte, was wir von ihm hörten, war, daß ihn jemand erschossen hatte.«

Hanks Erzählung bedrückte Jolie sehr, nicht nur, weil sie Mitleid mit den Kindern hatte, sondern auch, weil ihr eigener Vater nicht viel anders als Hanks gewesen war. Dennis McKibben war ein schwacher, selbstsüchtiger Mensch gewesen, und er hatte sein Leben lang mehr Interesse für sich selbst als für seine Tochter aufgebracht. Als er sich bessere Chancen ohne sie ausrechnete, hatte er Jolie bei ihrer Tante und ihrem Onkel zurückgelassen, doch kaum hatte sie sich an Nissa und Franklin gewöhnt und sich bei ihnen zu Hause gefühlt, war er zurückgekommen und hatte sie mitgeschleppt zu seiner neuen Frau, damit sie für sie den Dienstboten spielte.

Verständnisvoll drückte Jolie Hanks kleine Hand. Wie gern hätte sie ihm ein Heim auf Daniels Farm versprochen! Aber das wagte sie nicht. Erstens stand ihr eine derartige Entscheidung nicht zu, und zweitens hatte die Erfahrung sie gelehrt, daß nichts für immer war, weder Gutes noch Schlechtes.

»Wie heißt du eigentlich mit Familiennamen?« fragte sie Hank.

»Wagner.«

Jolie schüttelte lächelnd seine Hand. »Wie geht es Ihnen, Mister Wagner? Ich bin Jolie Beckham und freue mich, Ihre Bekanntschaft zu machen.«

Ein scheues Lächeln huschte über Hanks trauriges kleines Gesicht. »Ich wünschte, Gemma und ich wären auch Beckhams«, gestand er leise, und Jolie nahm ihn in die Arme und drückte ihn an sich. Es war auch ihr Wunsch, die Kinder zu behalten, aber ihre Hoffnungen, daß Daniel darauf verzichten würde, sie wieder fortzuschicken, waren sehr gering.

»Ich glaube, ich gehe noch einmal in den Hühnerstall, um nachzusehen, ob ich heute morgen Eier übersehen habe«, meinte Hank, als Jolie ihn aus ihrer Umarmung entließ.

»Tu das«, stimmte sie lächelnd zu, und erst als Hank gegangen war, ließ sie ihren Tränen freien Lauf.

Um die Abendessenszeit bevölkerte ein gutes Dutzend Männer den Hof, und Jolie bereitete ihnen ein herzhaftes Abendessen aus gebackenem Schinken, Kartoffeln, Maiskolben und frischem Brot zu. Die Arbeiter ließen sich die Teller füllen und kehrten damit auf den Hof zurück, um dort zu essen. Über ihrem Gelächter und ihrem Gerede horchte Jolie auf das Rattern von Daniels Wagen.

Als kurz nach neun die Sonne unterging, wurden Laternen in der Scheune angezündet, und einer der Männer stimmte eine traurige Ballade an. Jolie fühlte sich sehr einsam und verlassen, als sie das Lied vernahm, obwohl Hank und Gemma bei ihr waren, und nachdem sie ihnen ein Märchen erzählt und sie zu Bett gebracht hatte, wurde das Gefühl noch intensiver. Sie stand im Wohnzimmer am Fenster und starrte mit düsteren Blicken auf die verlassene Straße hinaus.

»Du sollst verdammt sein, Daniel Beckham«, murmelte sie ärgerlich vor sich hin, doch als sie sich abwenden wollte, erblickte sie einen schwachen Lichtschein in der Ferne. Vor Freude stockte ihr der Atem, aber ihre Entrüstung über die Art, wie Daniel sie behandelt hatte, ließ deshalb nicht nach.

Sie saß im Nachthemd in der Küche und bürstete ihr langes Haar, als Daniel hereinkam.

»Ich sehe, daß die Männer eingetroffen sind«, sagte er und öffnete den Backofen, um nachzusehen, ob etwas von der Mahlzeit übriggeblieben war.

Jolie lächelte verstohlen. Daniel schien sich allmählich daran zu gewöhnen, wieder eine Frau um sich zu haben, und wenn auch nur zum Kochen und zum Saubermachen. Und was ihr noch auffiel, war, daß er weder nach Whiskey roch, noch seinen Kleidern Parfümgeruch anhaftete. »Ich habe dir nichts zu essen aufgehoben, Daniel. Du sagtest ja, du würdest in der Stadt essen.«

»Dort tischen sie einem ein winziges Kotelett und zwei Erbsen auf und bezeichnen das als Mahlzeit«, erwiderte er mürrisch und öffnete den Brotkasten. Aber auch hier nur Krümel.

»Und wo ist das so?« erkundigte Jolie sich schmunzelnd.

»Im Jefferson Hotel.« Daniels Antwort kam aus der Speisekammer, aus der er mit einem Glas eingemachter Gurken, einem Stück Käse und vier Hafermehlplätzchen zurückkehrte.

Jolie seufzte nachsichtig, als hätte es nie Unstimmigkeiten zwischen ihnen gegeben. »Ich dachte, in den Saloons bekäme man auch zu essen«, bemerkte sie. *Und Frauen,* fügte sie stumm hinzu.

Daniel zog sich einen Stuhl heran und setzte sich. »Dazu hatte ich keine Zeit«, erwiderte er, den Blick auf seine Beute gerichtet, die er auf den Tisch gestellt hatte. »Verdammt, Frau«, fuhr er plötzlich auf. »Kannst du mir nicht etwas Anständiges zu essen herbeischaffen?«

Jolie brachte ihm einige Scheiben übriggebliebenen Schinken und einen Laib Brot. »Warte, ich hole dir Milch aus dem Kühlhaus«, sagte sie und ging zur Tür.

Überraschend behende sprang Daniel auf und verstellte ihr den Weg. »Nicht im Nachthemd!« fuhr er sie an. »Draußen sind *Männer.*«

Trotz seines harten Tons war Jolie insgeheim entzückt. »Daran habe ich nicht gedacht«, gab sie lächelnd zu.

»Bleib hier!« befahl Daniel streng, nahm den Milchkrug und ging selbst hinaus. Als er zurückkam, hatte Jolie ihr Haar fertig gebürstet, und sie wußte, daß es im Lampenlicht wie goldener Honig schimmerte. Und tatsächlich betrachtete Daniel sie einen Moment lang sehr verblüfft, bevor er sich hastig abwandte.

»Ich dachte, du wärst schon im Bett«, sagte er heiser.

Gähnend streckte Jolie die Arme über den Kopf. »Das sollte ich auch sein«, stimmte sie zu. »Ich muß morgen früh aufstehen, wenn ich mir meinen Unterhalt verdienen will. Gute Nacht, Mister Beckham.«

»Jolie.«

Sie blieb stehen und wartete schweigend und zu ängstlich, um sich umzudrehen. Aber sie spürte Daniels Blick auf ihrem Rücken.

Nach einer langen Pause sagte er widerstrebend: »Gute Nacht.«

Zu stolz, sich ihre Enttäuschung anmerken zu lassen, verließ Jolie die Küche und stieg die Treppe hinauf zu ihrem Zimmer – und ihrem leeren Bett.

Als kurz darauf die Küchentür zuschlug, trat Jolie ans Fenster. Daniel stand vor dem Küchenwagen, in dem er die Nacht zuvor geschlafen hatte, und schaute zu dem großen Ahornbaum hinüber, unter dem seine Familie begraben lag. Als er den Blick zu ihrem Fenster erhob, duckte Jolie sich, und als er langsam auf das Haus zukam, hielt sie ganz unbewußt den Atem an.

Kurz darauf öffnete sich leise ihre Tür, aber Jolie tat, als schliefe sie. Nachdem Daniel eine Weile lautlos dagestanden hatte, durchquerte er mit zwei Schritten den Raum und zerrte Jolie am Arm aus dem Bett.

»Hör auf damit!« herrschte er sie an. »Was immer es auch sein mag, was du tust – *hör auf damit*! Denn sonst verliere ich noch den Verstand!«

Obwohl er ihr nicht weh getan hatte, haßte Jolie es, auf diese Weise aus dem Bett gezerrt zu werden, und sie riß sich entrüstet von ihm los. »Ich tue überhaupt nichts!« flüsterte sie und strich mit einer nervösen Geste ihr Nachthemd glatt.

Daniels kräftige Finger schlossen sich um ihr Kinn, und seine sonst so ruhigen Augen flackerten, als er prüfend ihr Gesicht betrachtete, als hoffte er, dort etwas Verdammenswertes zu entdecken. »Es sind Kinder im Haus«, sagte er, aber Jolie wußte, daß er es nicht ihr, sondern sich selbst in Erinnerung bringen wollte.

Da sie spürte, daß Schweigen im Moment angebrachter war als Worte, verzichtete sie auf eine Entgegnung. Wieder überraschte Daniel sie, indem er sie ganz plötzlich auf die Arme hob und ohne ein Wort der Erklärung aus dem Zimmer trug, die Treppe hinunter, durch das Eßzimmer, die Küche und ins Freie.

Unter dem glitzernden Sternenhimmel blieb er stehen und sah Jolie so verwundert an, als müsse er sie kennen und erinnerte sich nur nicht, woher. Dann trug er sie in den Küchenwagen und legte sie auf die schmale Liege.

Ein Puls pochte wie wild an Jolies Kehle. »Daniel, was . . .«

Die Tür schloß sich, es wurde stockfinster in dem kleinen Raum. Daniel antwortete nicht, aber Jolie hörte, daß er sich auszog. Als er sich behutsam auf ihr niederließ, spürte sie die trockene Wärme seiner Haut selbst durch ihr Nachthemd. Die lustvolle kleine Flamme, die sie seit Daniels Kuß schon den ganzen Tag gequält hatte, züngelte jetzt in einem einzigen Augenblick zu einem allesverzehrenden Feuer auf.

Jolie biß sich auf die Lippen, um ein erwartungsvolles Stöhnen zu ersticken, als Daniel ihr das Nachthemd abstreifte. Und dann spürte sie seine Lippen auf ihrer Brust, und als seine Zungenspitze um die rosa Knospe zu kreisen begann, stöhnte sie lustvoll auf und bog sich ihm entgegen.

Ein heiseres Lachen kam von Daniels Lippen. Seine Zärtlichkeiten wurden fordernder, und Jolie, die hingebungsvoll und heftig atmend vor ihm lag, glaubte vor Wonne zu vergehen. Als Daniel mit einer geschmeidigen Bewegung in sie eindrang, riß sie weit die Augen auf und schlang die Beine um seine Hüften, und Daniel preßte seinen Mund auf ihre Lippen, um ihre lustvollen Schreie im Ansatz zu ersticken.

Seine kräftigen Stöße versetzten Jolie in einen Zustand der Ekstase, der sie alle Zurückhaltung vergessen ließ. Indem sie Daniel umklammerte, als hinge ihr Leben davon ab, ihn nie wieder fortzulassen, offenbarte sie ihm ihr Herz und ihre Seele, und Daniel spürte, wie sich alles in ihr anspannte. Da er wußte, daß sie bald den Höhepunkt erreichen würde, hielt auch er sich nicht mehr zurück. In drängendem Rhythmus steigerte er ihre Lust, bis sie beide wieder und wieder in höchster Ekstase erschauerten und im selben Augenblick die absolute Erfüllung fanden.

Eine kleine Ewigkeit schien zu vergehen, bevor Jolie wieder einen klaren Gedanken fassen konnte, aber als das geschah, durchzuckte sie ein überwältigender, grausamer Schmerz. Daniel hatte sie begehrt und die Vereinigung mit ihr genossen, doch obwohl er ein Ehegelübde geleistet und die notwendigen Papiere unterzeichnet hatte, betrachtete er sich nicht als wirklich mit ihr verheiratet. Denn sonst hätte er sicher nicht die Notwendigkeit verspürt, sie außerhalb des Hauses zu nehmen – als haftete ihrer Beziehung etwas Unanständiges, Illegitimes an!

Als er sie küßte, merkte er, daß sie weinte.

»Was hast du?« fragte er, und Jolie war erstaunt, wie besorgt es klang. »Jolie?« Aber er durfte nie erfahren, daß sie seinetwegen weinte. Sie bemühte sich, ihr Schluchzen zu unterdrücken.

Daniel seufzte, als keine Antwort kam, und rollte sich auf den Rücken, wobei er Jolie mitzog, so daß sie auf seinen Hüften zu sitzen kam. Streichelnd ließ er seine großen Hände über ihre Brust gleiten, dann über ihren Rücken und ihren festen Po.

Doch Jolie hörte nicht auf zu weinen.

»Sag mir, was du hast!« befahl er schroff, aber sie wagte es nicht, ihre Ängste und Sorgen in Worte zu fassen. Und die Tränen, obwohl sie sie immer wieder abwischte, flossen weiter.

Gott war ihr Zeuge, daß das Leben grausam mit ihr verfahren war, bevor sie Daniel kannte. Und nun würde sie bis an das Ende ihrer Tage leiden, weil Daniel sich ihrer schämte und sie nur eine Konkubine für ihn war statt einer Ehefrau . . .

Als Daniel Jolies Schweigen nicht mehr ertrug, legte er seine Hände um ihre Hüften und zog sie sanft auf seine Lenden, um sie seine beeindruckende Männlichkeit spüren zu lassen. Dann drang er langsam in sie ein. »Wenn das der einzige Trost ist, den ich dir vermitteln kann, dann soll es so sein.«

Jolie erschauerte, als die wohlbekannte innere Erregung von neuem in ihr aufstieg, doch sie glaubte, es nicht zu ertragen, sich Daniel von neuem hinzugeben. Leider begann ihr verräterischer Körper sich bereits im vertrauten Rhythmus zu bewegen, und ein lustvolles Keuchen entrang sich ihren Lippen. *»Daniel!«* rief sie verzweifelt und krallte ihre Nägel in seine Schultern, um Halt zu finden und sich nicht in ihrer Ekstase zu verlieren.

Doch es war hoffnungslos – Verlangen und Lust steigerten sich, bis sie in einem Crescendo lustvoller Gefühle endeten.

Jolie hätte später nicht sagen können, wieviel Zeit verstrichen war, bis ihr zu Bewußtsein kam, daß Daniel ihr das Nachthemd angezogen hatte und sie über den dunklen Hof zum Haus trug. Sie war zu benommen, um Fragen zu stellen, nicht einmal sich selbst. Sie konnte nur noch ihren Kopf an seine Schulter legen und die Augen schließen, denn Daniel hatte alle Kraft von ihr gefordert, und sie hatte sie ihm gegeben.

Er trug sie in ihr Zimmer und legte sie sanft aufs Bett.

Mehr als alles andere auf der Welt wünschte sie, sich geirrt zu haben und daß Daniel sich neben ihr ausstrecken möge und an ihrer Seite einschlief. Doch statt dessen deckte er sie zu, hauchte einen Kuß auf ihre Stirn und ging.

Sie flüsterte seinen Namen, bevor sie in einen tiefen, traumlosen Schlaf versank.

Am Morgen fehlte ihr die Zeit, ihre zerstörten Hoffnungen zu betrauern; vierzehn Männer warteten auf ihre Mahlzeit. Bevor sie das Frühstück beendet hatten, erschien Joe Culley mit acht Mauleseln, die vor eine Dreschmaschine gespannt waren. Nan, in einem Kattunkleid und einer schlichten Haube, begleitete ihren Mann.

Sie ging an Jolies Seite, als Deuter den mit Vorräten beladenen Küchenwagen auf die Felder lenkte. Hank und Gemma spähten aus dem kleinen Fenster in der Tür und winkten den Frauen zu.

»Schnelle Arbeit«, meinte Nan und zeigte lächelnd auf die Kinder. »Niemand, der euch nicht kennt, käme auf die Idee, daß sie nicht von dir und Daniel sind.«

Schon die Erwähnung seines Namens reichte aus, um Jolies Herz schneller schlagen zu lassen, und sie brauchte auch nicht auf den Wagen zu schauen, um sich an die leidenschaftliche Liebesnacht mit Daniel zu erinnern.

»Ich wünschte, sie gehörten zu uns«, erwiderte sie leise und erzählte Nan, wie Hank und Gemma zu ihnen gekommen waren.

Nan lächelte traurig. »Dan hat sein Herz verhärtet, nachdem Ilse und die Babies gestorben waren. Er geht zwar weiter in die Kirche, aber ich bin fest davon überzeugt, daß er an nichts und niemanden mehr glaubt.« Sie machte ein nachdenkliches Gesicht. »Die Bibel sagt, die Wege des Herrn seien unergründlich, und ich glaube daß *Er* hier in Properity noch einiges vorhat.«

# 9

Auf dem ersten Weizenfeld, das gemäht werden sollte, schickte Jolie die Kinder fort, um Feuerholz zu sammeln, und bereitete sich auf ihren ersten Arbeitstag als ›Feldköchin‹ vor.

Nan begann die mitgebrachten Teller und das Besteck aus dem Wagen zu räumen, dann machte sie das Bett, eine Arbeit, zu der Jolie noch nicht gekommen war. Die Erinnerung ließ sie erröten, und jetzt im Hellen sah sie, daß sich über der schmalen Liege ein metallener Schrank befand, an dessen Griffen Daniel sich in der Nacht zuvor festgehalten hatte.

Für einen kurzen, bittersüßen Augenblick ließ sie ihren Erinnerungen freien Lauf, und dabei wurde ihr so heiß, daß sie hinauslief, um frische Luft zu schöpfen. Nan folgte ihr besorgt. »Fühlst du dich nicht wohl?«

Da Jolie es nicht anders zu erklären wußte, nickte sie. »Es ist so furchtbar heiß in dem Wagen.«

»Dann stell dir bloß vor, wie es heute mittag sein wird!« entgegnete Nan seufzend.

Die Aussicht, in dem engen Wagen vor dem heißen Herd zu stehen, war nicht angenehm, aber davon ließ Jolie sich nicht einschüchtern. Sie hatte ihr Leben lang hart gearbeitet und neigte daher nicht dazu, ihre Kraft in sinnlose Befürchtungen zu vergeuden.

Resolut holte sie einen Korb frischgepflückter grüner Bohnen aus dem Wagen und setzte sich zu Nan ins Gras. Während sie die Fäden an den Bohnen zogen, wehte ihnen der Staub von den Feldern ins Gesicht, legte sich auf ihr Haar und verschloß die Poren ihrer Haut. Die Männer schrien und fluchten, die Maulesel wieherten, und doch klärte sich die Verwirrung irgendwann, und es wurde ernsthaft mit dem Einbringen der Ernte begonnen.

Als Daniel mit dem Wasserwagen an Nan und Jolie vorbeifuhr, würdigte er sie keines Blicks, was Jolie zutiefst verletzte. Und Nans Gesichtsausdruck verriet, daß sie es gemerkt hatte.

»So ähnlich ist es auch bei Joe und mir«, gestand sie lächelnd.

Jolie war beschämt, aber auch erleichtert, daß andere Menschen ähnliche Empfindungen hegten; es minderte ein wenig das Gefühl, sich wie eine Hure zu benehmen, wenn sie sich nach Daniels Berührung sehnte.

»Es gibt da eine Geschichte über Daniel«, vertraute Nan ihr flüsternd an.

»So?« Im allgemeinen gab Jolie nichts auf Klatsch, aber alles, was Daniel betraf, erschien ihr ungeheuer wichtig. »Man sagt, daß eine der *Tauben* aus den Saloons sehr traurig ist, weil Dan geheiratet hat. Denn angeblich versteht er es viel besser, einer Frau Vergnügen zu bereiten als die meisten Männer.«

Jolie errötete. »Wo hast du denn so etwas gehört?«

Nan lachte. »Joe hat es mir erzählt. Glaubst du etwa, Männer klatschen nicht? Daniel scheint vor langer, langer Zeit in San Francisco eine *Ausländerin* gekannt zu haben, die ihm beibrachte, wie man ... Na ja, du wirst schon wissen, was ich meine.«

Jolies Herz schien einen Schlag auszusetzen. Also war es gar nicht allein ihre Schuld, daß sie so ... so *übereifrig* war, wie Daniel es nannte! Und sie hatte geglaubt, deswegen ein schlechter Mensch zu sein und weniger Anstand als andere Frauen zu besitzen. »Oh«, erwiderte sie nur schwach.

Später, als sie mit Nan zum Bach hinunterging, um die Kessel aufzufüllen, war sie bemüht, Daniel, der nur wenige Schritte von ihr entfernt stand, vollkommen zu ignorieren. Doch irgendwann blieb ihr nichts anderes mehr übrig, als den Kopf zu heben, und als sie Daniel ansah, war ihr, als hätte sie einen Schlag in die Magengrube erhalten.

Daniel war schmutzig, sein Haar, seine Haut, seine Kleider waren staubbedeckt, und sein Blick verriet eine Mischung aus Wut und ganz unverhohlenem Verlangen. Verwundet und dennoch auf fast schmerzhafte Weise erregt, rappelte Jolie sich auf und lief zum Küchenwagen zurück, ohne auf Nan zu warten.

Wie erwartet, war es zur Mittagszeit höllisch heiß im Küchenwagen. Jolie und Nan teilten das Essen aus und machten sich dann daran, die Berge schmutzigen Geschirrs zu waschen.

Bei Sonnenuntergang gab es gebratene Forellen, die Deuter und Hank geangelt hatten, dazu Karotten und Kartoffeln. Als die Hitze ein wenig nachgelassen und die Männer sich am Bach gewaschen hatten, setzten sie sich unter dem freien Sternenhimmel zusammen, um Zigarren zu rauchen und zu plaudern. Nan und Joe verabschiedeten sich und fuhren nach Hause.

Angesichts der schmalen Liege im Küchenwagen dachte Jolie sehnsüchtig an Daniels Zimmer auf der Farm. Und da sie genug von der Hitze im Wagen hatte, brachte sie Hank und Gemma dort zu Bett und nahm sich selbst zwei Decken und ein Kissen mit hinaus.

Sie richtete sich gerade ein Bett unter dem Wagen, als Daniel plötzlich erschien, sich neben dem Rad hinkniete und sie stirnrunzelnd betrachtete.

»Was glaubst du eigentlich, was du da machst?«

Jolie seufzte. Sie liebte diesen Mann, und sie begehrte ihn, aber manchmal konnte er wirklich ausgesprochen lästig sein. »Man sollte meinen, daß es sogar für jemanden wie dich offensichtlich ist, daß ich mir ein Bett mache.«

Aus den Augenwinkeln beobachtete sie, wie sein Adamsapfel auf und nieder zuckte, und unterdrückte ein Lächeln, als er sichtlich schluckte. »Ich lasse meine Frau nicht im Freien schlafen!« sagte er heiser.

Jolie strich ungerührt die Decken glatt. »Ich fürchte, etwas anderes bleibt dir gar nicht übrig. Da Gemma und Hank im Wagen schlafen, ist dort für mich kein Platz mehr.«

Daniel schaute sich nach den zwei Dutzend Männern um, die er für die Ernte angeheuert hatte. Da es zu heiß für ein Lagerfeuer war und nur ein schwacher Mond die Nacht erhellte, waren die Konturen der schlafenden Männer im Dunkeln fast nicht zu erkennen. »Du kannst zum Haus zurückkehren. Ich bringe dich hin.«

Jolie gähnte und setzte sich auf die Decken, um ihre Schuhe auszuziehen. »Ich möchte die Kinder nicht allein lassen«, erwiderte sie. »Außerdem muß ich morgen schon zeitig mit den Vorbereitungen für das Frühstück beginnen.«

In dem Bewußtsein, daß niemand außer Daniel sie sehen konnte, zog Jolie sich aus und kroch unter die Decken. Es war ein herrliches Gefühl, die müden Glieder auszustrecken.

Mit einem unterdrückten Fluch streifte Daniel die Stiefel ab, sein Hemd und seine Hosen und ließ sich an Jolies Seite nieder.

»Du bist schmutzig, Mister Beckham«, sagte sie naserümpfend, um zu verbergen, daß ihr ganz heiß geworden war bei dem Kontakt mit seiner warmen Haut. »Und du riechst nicht gut. Du solltest auf dem Wagenboden schlafen.«

Daniel rollte sich auf sie und schob ein Knie zwischen ihre Schenkel. »*Ich* entscheide, wo ich schlafe, Mrs. Beckham.«

Jolies Schenkel öffneten sich wie von selbst, was sie als äußerst demütigend empfand. »Du brauchst ein Bad«, begann sie noch einmal.

»Und du brauchst *das*«, erwiderte Daniel, bevor seine Lippen ihren Mund bedeckten und er mit einer ungestümen Bewegung in sie eindrang.

Kurz vor Sonnenaufgang und fröstelnd in der morgendlichen Kälte, zog Jolie sich an und kroch unter dem Wagen hervor. Daniel war nicht mehr an ihrer Seite gewesen, als sie erwachte, was sie ein wenig ärgerte, aber keineswegs erstaunte.

Er hatte allerdings schon das Feuer im Küchenherd angezündet, und es stand warmes Wasser für Jolie bereit. Als sie sich gewaschen hatte, bürstete sie rasch ihr Haar und steckte es zu einem losen Knoten auf.

Eine knappe Stunde später, als sie das Frühstück ausgeteilt hatte und die dritte Kanne Kaffee für die Männer aufbrühte, erschien Joe Culley an der Wagentür. »Meine Frau kann leider nicht kommen«, sagte er bedauernd. »Sie fühlte sich heute nicht wohl. Nichts Schlimmes – Sie wissen ja, daß sie guter Hoffnung ist.«

Jolie nickte nur stumm, weil es ihr widerstrebte, ein solches Thema mit einem Mann zu besprechen, und ging weiter ihrer Arbeit nach. Obwohl sie sich um Nan sorgte, blieb ihr nicht viel Zeit für großartige Überlegungen. Kaum hatte sie eine Mahlzeit zubereitet und serviert, begannen die Vorbereitungen für die nächste, und die wenigen freien Minuten, die ihr blieben, brauchte sie, um Gemma und Hank zu beaufsichtigen. Schmutzig wie zwei Wilde, rannten die Kinder vom frühen Morgen bis zum Abend über die Felder und schienen überglücklich über diese neuentdeckte Freiheit.

Daniel war bemüht, jeglichen persönlichen Kontakt mit Jolie zu vermeiden, und sie begriff, daß er jetzt bereute, die Nacht mit ihr verbracht zu haben. Nach dem Abendessen schloß sie sich im Wagen ein, nahm ein heißes Bad und bürstete ihr Haar, bevor sie ein frisches Kleid anzog.

Die Männer hockten im Schein einiger Laternen im Kreis beisammen und erzählten sich Geschichten. Gemma und Hank saßen rechts und links von Daniel, die Köpfe an seinen Schultern, und er hatte die Arme um sie gelegt.

Jolie hielt ihre Tränen zurück und bückte sich, um Gemma aufzuheben, die fest eingeschlafen war. »Es wird Zeit, daß sie ins Bett kommt«, sagte sie zu Daniel, der wortlos aufstand, Hank auf die Arme nahm und Jolie zum Wagen folgte.

Schweigend schaute er zu, wie sie die Kinder wusch, und erst als sie im Bett im Wagen lagen, sprach er wieder.

»Das mit gestern nacht . . .« begann er, um dann abzubrechen und sich nervös mit der Hand durchs Haar zu fahren.

Jolie, die vor ihm auf der Wagenstufe stand, legte eine Hand auf seinen Mund, um ihn zum Schweigen zu bringen. Sie hätte es nicht ertragen, wenn er sich für das, was in der Nacht zwischen ihnen vorgefallen war, entschuldigt hätte.

»Schweig«, sagte sie sanft.

Daniels Lippen bewegten sich unter ihren Fingern. »Aber . . .«

»Ich weiß, Daniel« flüsterte Jolie bedrückt. »Du liebst mich nicht und trauerst immer noch um Ilse.«

Er versuchte nicht, es abzustreiten, als sie die Hand sinken ließ. Aber er brauchte auch nichts zu sagen, Jolie wußte auch so, daß er lieber an Ilses Stelle gestorben wäre, anstatt sie durch den Tod zu verlieren.

»Es tut mir leid«, meinte er schließlich.

Mir auch, dachte Jolie unglücklich.

Daniel beugte sich vor und küßte sie auf die Stirn.

Sie schlief sehr unruhig in dieser Nacht, allein unter dem Wagen und Daniel nur einige Meter von ihr entfernt, und am nächsten Tag arbeitete sie sogar noch härter als am Tag zuvor.

An jenem Samstagabend kehrte Daniel nach dem Essen mit seiner kleinen Familie zum Haus zurück. Sonntags wurde auf den Feldern nicht gearbeitet, und die Männer, die nicht in die Stadt gefahren waren, mußten selbst für sich kochen.

Jolie badete Gemma und Hank und wusch ihnen das Haar, bevor sie sie zu Bett brachte. Nach einer langen, erfundenen Gutenachtgeschichte ging sie wieder hinunter, um selbst ein Bad zu nehmen.

Es war eine freudige Überraschung für sie, daß Daniel bereits die Vorbereitungen getroffen hatte. Nachdem sie so lange wie möglich in der Wanne gesessen hatte, zog sie enttäuscht ihr

Nachthemd an, weil sie nicht mehr damit rechnete, Daniel in dieser Nacht noch einmal zu sehen. Zweifellos war er zum Friedhof hinübergegangen, um seiner geliebten Ilse einen Besuch abzustatten, und hatte sich dann in der Scheune zum Schlafen hingelegt.

Zu müde, den Gedanken weiter zu verfolgen, zog Jolie die schwere Wanne zur Tür und leerte das Badewasser auf den Hof.

Sie lag bereits im Bett, als sie Daniel die Treppe heraufkommen hörte. Er blieb vor ihrer Tür stehen, und gespannt hielt sie den Atem an, zu müde, um ihn zu empfangen, und doch von dem Wunsch beseelt, friedlich in seinen Armen einzuschlafen. Doch dann ging er weiter und öffnete die Tür zum Nebenzimmer.

Sehnsüchtig berührte Jolie die Wand, die sie von ihm trennte, und seufzte traurig, als das Bettgestell im Nebenzimmer quietschte. Und dann hörte sie Daniels leises Schnarchen.

Am Morgen bereitete sie ein schlichtes Frühstück zu und kleidete die Kinder für den sonntäglichen Besuch in der Kirche an.

Hank und Gemma schienen sehr erleichtert, als die Messe endlich zu Ende war und sie zu den anderen Kindern laufen und mit ihnen spielen konnten. Verena Dailey kam zu Jolie herüber und umarmte sie, obwohl die anderen Frauen auffallende Distanz wahrten. »Ich hoffe doch, daß ihr zum Picknick bleibt«, sagte Verena lächelnd.

Jolie hatte die Körbe auf den anderen Wagen schon bemerkt, aber nicht weiter darüber nachgedacht. Doch nun, als sie sah, wie die anderen Frauen den Blick abwandten, wurde ihr klar, daß niemand sie zum Picknick eingeladen hätte, wenn Mrs. Dailey nicht gewesen wäre.

Jolie lächelte. »Ich habe das Essen zu Hause schon vorbereitet«, log sie, laut genug, damit es alle hörten und keiner auf die Idee kam, wie sehr sie wünschte, von ihnen akzeptiert zu werden.

Verena nahm Jolies Arm und zwinkerte Daniel zu. »Dann werdet ihr das eben später essen müssen«, meinte sie. »Ich habe genug Hühnchen und Roastbeefsandwiches für uns alle mitgebracht.« Mit diesen Worten zog sie Jolie in den Kreis der schmallippigen Frauen und stellte sie ihnen vor.

Die älteren Damen blieben kühl und reserviert, doch einige der jüngeren begannen im Verlauf des Nachmittags etwas freundlicher zu werden. Wahrscheinlich sind sie bloß neugierig, dachte Jolie traurig. Immerhin waren sie und die Kinder auf recht *unkonventionelle* Weise in Daniels Leben getreten.

Während sie unter einer großen Ulme im Schatten saß und an einem Stückchen gebackenem Huhn knabberte, beteiligte Daniel sich am Hufeisenwerfen, das die Männer sonntags veranstalteten.

Voller Stolz stellte Jolie fest, daß er der bestaussehende Mann war und alle anderen überragte. In ihren Augen war sein Rücken breiter, sein Lächeln herzlicher, sein Blick freundlicher. Wie sehnte sie sich danach, von ihm geliebt zu werden!

Als das Picknick endete, hob Daniel die Kinder auf den Wagen. Jolie war schon aufgestiegen, ohne seine Hilfe abzuwarten, und dachte, daß sie an diesem Tag zum ersten Mal so etwas wie eine richtige Familie gewesen waren.

Zu Hause zog Daniel sich um und begann den Küchenwagen mit den Vorräten zu füllen, die Jolie bereitgestellt hatte. Sie wies die Kinder an, ihre Sonntagskleider auszuziehen, und tauschte ihr braunes Satinkleid gegen ein anderes aus schlichtem Kattun.

Zu viert aßen sie zu Abend und machten sich dann auf den Weg zum Erntelager. Obwohl sie eine ganze Woche harter Arbeit erwartete, war Jolie froh, wieder auf dem Feld zu sein, wo sie den ganzen Tag in Daniels unmittelbarer Nähe verbringen konnte.

Es war kühl geworden, ein kräftiger Wind kam auf, und Daniel schaute immer wieder besorgt zum Himmel auf. Abends zündeten die Männer in der Nähe des Bachs ein Lagerfeuer an und rösteten süße Kartoffeln in der Glut.

Schließlich kamen auch Nan und Joe, und obwohl Nan noch ein bißchen blaß war, schien es ihr schon viel besser zu gehen.

»Tut mir leid, daß ich nicht da war, um zu helfen«, sagte Nan bedauernd.

»Du wärst mir sowieso nur im Weg gewesen«, entgegnete Jolie scherzhaft.

Nan warf ihr einen überraschten Blick zu. Dann sah sie Jolies Augenzwinkern und sagte lachend: »Dann ist es vielleicht besser, wenn ich den Rest der Erntezeit in meinem Wohnzimmer verbringe und die Beine hochlege, Mrs. Beckham!«

Jolie wurde ernst. »Vielleicht solltest du das wirklich tun«, meinte sie. »Keine Ernte ist so wichtig wie ein Baby.«

Nan schüttelte den Kopf. »Daniel und Joe haben ein Abkommen – er hilft bei unserer Ernte und wir bei seiner.«

Danach verfielen die Frauen in nachdenkliches Schweigen, beobachteten die flackernden Flammen des Lagerfeuers und tranken ihren Tee, während sich die Nacht über den Feldern ausbreitete. Jolie dachte mit Ehrfurcht an den Reichtum, mit dem das Leben sie beschenkt hatte, so flüchtig er vielleicht auch sein mochte. Sie hatte zwei wundervolle Kinder, die sie in ihrem Herzen längst als ihre eigenen betrachtete, sie hatte ein Heim, genug zu essen und anständige Kleider – zum ersten Mal, seit ihr Vater sie gezwungen hatte, Tante Nissa zu verlassen. Sogar zwei wahre Freundinnen waren in ihr Leben getreten ... Nan und Verena.

Mehr durfte man als Frau vielleicht gar nicht verlangen, und doch gab es noch etwas, was sie sich sehnlichst wünschte ... und das war Daniels Liebe. Er sollte sie aufrichtig lieben, mit ganzer Seele und von ganzem Herzen – so wie er Ilse geliebt hatte.

Bald wurde es Zeit, die Kinder ins Bett zu bringen, und Nan und Joe machten sich auf den Heimweg, während die Feldarbeiter ihre Schlafsäcke aufrollten und sich nur noch in gedämpftem Ton über weit entfernte Orte und Menschen unterhielten.

Jolie saß in der Wagentür und las in einem Gedichtband, den sie aus Daniels Bibliothek mitgebracht hatte, als ihr Mann plötzlich erschien. Wie stets wurde ihre Kehle eng bei seinem Anblick, und ihr Herz klopfte bedrohlich schneller.

»Hank und Gemma schlafen«, sagte sie, weil ihr nichts anderes einfiel, und fragte sich, was es sein mochte an diesem Mann, das sie so gründlich durcheinanderbrachte, wenn er in ihrer Nähe war.

Mit sorgenvoller Miene schaute Daniel zum Himmel auf, und Jolie wußte, daß er befürchtete, es könnte regnen, bevor die Ernte eingebracht war. Obwohl sie sehr wenig Ahnung von solchen Dingen hatte, war ihr klar, daß ein Gewitter eine Katastrophe bedeuten würde. Daniel stützte sich mit einer Hand an den Wagen und schaute nachdenklich auf sie herab.

Jolie wurde unbehaglich zumute. »Wolltest du mir etwas sagen?«

Er räusperte sich, und seine Stimme klang rauh, als er erwiderte: »Es war schön heute mit dir und Gemma und Hank.«

Jolie senkte den Kopf, um ihr Lächeln zu verbergen. Er meinte das Picknick nach der Messe, und sie war entzückt, daß er noch etwas anderes außer der Predigt und dem Hufeisenwerfen bemerkt hatte. »Sie sind sehr brave Kinder«, erwiderte sie, in der Hoffnung, daß Daniel das bedenken würde, wenn er Gemma und Hank nach Spokane zurückbrachte.

Wieder räusperte er sich, bevor er sprach. »Ich habe nachgedacht über etwas, was du mir sagtest«, fuhr er fort. »Du hattest recht. Man kann einen Menschen nicht kaufen.«

Jolie hob überrascht den Kopf. »Ich dachte, diese Frage hätten wir schon im Bürgerkrieg geklärt«, entgegnete sie kurz und hoffte, daß er das Zittern ihrer Hände nicht bemerkte.

Daniels Stirnrunzeln erinnerte sie – zu spät –, daß ihr Mann aus Nordkarolina stammte und mit ziemlicher Sicherheit auf seiten der Konföderation gekämpft hatte. Nach einem kurzen, beängstigenden Schweigen änderte sich jedoch sein Gesichtsausdruck und wurde sanfter. Er lächelte sogar, obwohl seine Augen traurig blickten. »Das stimmt«, gab er zu. »Meine Familie hatte ohnehin nie Sklaven. Wir hätten sie gar nicht ernähren können.«

Jolie spürte noch immer, daß etwas Schmerzliches auf sie

zukam, und wollte es um jeden Preis verhindern. »Warst du auch im Krieg?«

Seufzend schaute Daniel zum dunklen Himmel auf. »Ja, Jolie. Ich habe auf der bloßen Erde geschlafen wie alle anderen, und Brot gegessen, das voller Würmer war. Und als der Krieg endlich vorbei war, habe ich mich glücklich geschätzt, heil davongekommen zu sein. Viele Männer hatten dieses Glück nämlich nicht.«

Jolie schwieg. Die Erwähnung des Kriegs beschwor bei den meisten Menschen bittere Erinnerung herauf, und Daniel schien es nicht anders zu ergehen.

Er ergriff ihre Hand und zog sie auf die Beine. »Du bist eine sehr schöne Frau«, sagte er widerstrebend.

Das hatte noch niemand zu ihr gesagt, und Jolie war so gerührt, daß sie vergaß, ihm für das Kompliment zu danken. In ihrer Kehle zuckte es, aber kein Wort kam über ihre Lippen.

Er legte die Hand an ihr Gesicht und ließ seinen Daumen streichelnd über ihr Kinn gleiten. »Du wirst mir fehlen, wenn du fortgehst«, fügte er hinzu, und seine Stimme klang rauh.

Jolie schluckte. »Wenn ich fortgehe?« wiederholte sie verdutzt.

Daniel nickte. »Du hattest recht – du bist nicht mein Eigentum. Und ich glaube, du verdienst eine Chance, irgendwo anders einen Neuanfang zu machen.« Das Streicheln hörte auf, er ließ die Hand sinken. »Sobald die Ernte eingebracht ist, schicke ich dich nach San Francisco. Ich habe Freunde dort, die dir helfen werden, eine Scheidung zu erreichen und dir ein neues Leben aufzubauen.«

# 10

Die Erinnerung an Jolies bestürztes Gesicht verfolgte Daniel, als er sich abwandte und sich vom Küchenwagen entfernte. Am liebsten hätte er alles zurückgenommen, was er ihr gesagt hatte, aber das durfte nicht sein. Es war schlimm genug, daß er ihr falsche Hoffnungen gemacht hatte, indem er mit ihr ins Bett gegangen war und Hank und Gemma hatte bleiben lassen, anstatt sie unverzüglich nach Spokane zurückzubringen.

Ruhelos schlenderte er am Bach entlang und setzte sich dann auf einen Felsen. Sein schlechtes Gewissen nagte an ihm wie ein Tier mit kleinen, nadelscharfen Fängen. Er hatte Ilse verraten, seine sanfte, zarte Ilse, die ihr Leben bei dem Versuch verloren hatte, ihm Söhne und Töchter zu schenken.

Obwohl der Verlust seiner Frau und seiner Kinder Daniel zutiefst erschüttert und ihn mit einer inneren Leere zurückgelassen hatte, die sich wohl nie mehr füllen würde, hatte sein Leid ihm auch eine gewisse Unverwundbarkeit geschenkt. Das Schlimmste, was ihm passieren konnte, war bereits geschehen, er hatte alles verloren, was ihm auf dieser Welt etwas bedeutete. Alles andere, was sich noch ereignen konnte – eine Mäuseplage oder ein Heuschreckenschwarm, der seine Felder zerstörte, daß er vielleicht krank wurde oder sogar starb – all das war nichts im Vergleich zu dem, was er bereits erlitten hatte.

Und nun drohte ihm eine neue Gefahr – die Sorge um Jolie und diese beiden mageren, unerwünschten kleinen Kinder, die in seinem Wagen Zuflucht gesucht hatten. Sie zu lieben und seine ganze Seele in die Gründung einer neuen Familie zu legen, würde bedeuten, daß er sich wieder in Gefahr begab, erneut zu leiden.

Seufzend strich er über sein staubbedecktes Haar. Er konnte nicht ganz bei Verstand gewesen sein, als er Jolie sagte, daß er sich Kinder von ihr wünschte! Aber der Himmel war sein Zeuge, daß er keinen vernünftigen Gedanken mehr hatte fassen können, seit er sie auf Hobbs Wagen hatte stehen sehen, hilflos und bemitleidenswert wie ein Kätzchen, das den Hunden vorgeworfen werden sollte.

Seitdem war er auf einem schmalen Grat gewandert, hatte den Reizen ihres warmen, wohlgeformten Körpers nachgegeben und von einem Haus voller Kinder, von Liebe und Glück geträumt. Es wurde Zeit, daß er sich am Riemen riß und die kalte Wirklichkeit erkannte: Er durfte sich einfach nicht gestatten, noch einmal eine Frau zu lieben. Der Preis dafür war viel zu hoch.

Die harte Arbeit nahm kein Ende. Jolies Handrücken wiesen Brandspuren vom Kochen auf, während ihre Hände innen wund vom Hacken des Holzes waren, das der unersättliche Herd forderte. Ihre Kleider waren ihr zu weit geworden, ihr Körper war schlanker und biegsamer als je zuvor, und sie konnte sich nicht erinnern, wann sie das letzte Mal richtig sauber gewesen war. Nan war in letzter Zeit während der Hitze des Tages häufig ohnmächtig geworden und kam nicht mehr auf die Felder. Aber sie hatte Hank und Gemma mit auf ihre Farm genommen und kümmerte sich um sie, bis die Ernte vorüber war.

Trotz ihrer Erschöpfung vermißte Jolie die Kinder und hätte sie lieber bei sich gehabt. Daniel ging ihr schon seit Tagen aus dem Weg, sprach kaum ein Wort mit ihr, nicht einmal, wenn sie ihm den Teller reichte, und sie bezweifelte nicht, daß er den Tag herbeisehnte, an dem er sich endlich von seiner unerwünschten Familie befreien konnte.

Jolie hatte ständig einen Klumpen in der Kehle, war stets den Tränen nahe und doch zu stolz, um Daniel ihren Schmerz zu zeigen. Sie lächelte den Männern zu, wenn sie das Essen austeilte, und setzte sich abends zu ihnen an das Lagerfeuer. Aber immer, wenn jemand eine traurige Ballade anstimmte, flüchtete Jolie in den Küchenwagen, weil Lieder wie »Shenandoah« und »Red River Valley« ihre aufgewühlten Gefühle zu dicht an die Oberfläche brachten.

Arbeit war ihr Trost und ihre Rettung, und die wenigen Besuche bei Nan und den Kindern gaben ihr die Kraft durchzuhalten. Doch trotz allem verlor der pochende Schmerz, der in ihr wühlte, keinen Augenblick an Intensität.

Als der Sonntagmorgen kam, weigerte sich Jolie, Daniel in die Kirche zu begleiten. Er fuhr allein los, um Hank und Gemma abzuholen, und Jolie kehrte ins Bett zurück und nahm sich vor, den ganzen Tag zu schlafen.

Aber dazu war es viel zu heiß, und so stand sie schließlich wieder auf und beschloß, den Gemüsegarten zu jäten. Auch das war ein gutes Mittel, sich an Daniel zu rächen, weil er darauf bestand, daß am Tag des Herrn nicht gearbeitet werden durfte.

Jolie stand gebückt zwischen den Beeten, als sie das Wiehern eines Pferdes hörte. Anfangs dachte sie sich nichts dabei, aber dann fiel ihr ein, daß Daniel seinen Wallach vor den Wagen gespannt hatte und außer Daisy, der schwarzweißen Milchkuh, und Leviticus, dem alten Kater, keine Tiere auf der Farm waren. Alle Maulesel waren auf den Feldern zurückgeblieben.

Jolie stützte sich auf die Hacke und wischte sich den Schweiß von der Stirn. Eine Bewegung im hohen Weizen auf der Westseite des Hauses erregte ihre Aufmerksamkeit, und vor Schreck stockte ihr der Atem, als sie Rowdy und Blake heranreiten sah.

Während sie sich innerlich dafür verfluchte, das Gewehr nicht mit hinausgebracht zu haben, umklammerte sie den Griff der Hacke und überlegte, ob sie ihr als Waffe dienen konnte. Ja – falls es nötig war, konnte sie eine Menge Schaden mit diesem Gartenwerkzeug anrichten, bevor es ihr entrissen wurde!

»Sehr mutig von euch, hierherzukommen«, sagte sie zu Blake, als er aus dem Sattel stieg und auf sie zukam. Auch Rowdy saß ab, aber er zog seinen Mantel aus, hängte ihn über das Sattelhorn und schlenderte in Richtung Scheune.

Jolie ließ Blake nicht aus den Augen und verhielt sich ganz still, bereit, ihm die Hacke über den Kopf zu schlagen, falls es sich als nötig erweisen sollte.

Blake blieb in einiger Entfernung von ihr stehen, schob den Hut in den Nacken und hakte seinen Daumen in den Gürtel. In dieser friedlichen Umgebung sah der Revolver an seiner Hüfte ganz besonders bedrohlich aus.

Blakes dreister Blick glitt prüfend über Jolie. »Du bist braun wie eine Nuß«, sagte er. »Weißt du denn nicht, daß eine Dame dafür sorgen muß, daß ihre Haut weiß bleibt wie die Tasten eines neuen Pianos?«

Jolie schluckte und gab sich Mühe, ihn nicht erkennen zu lassen, wie verzweifelt sie den Griff der Hacke umklammerte. »Was willst du?« In der Ferne hörte sie eine Tür in den Angeln quietschen, wagte jedoch nicht, sich umzusehen und Blake aus den Augen zu lassen. Einerseits sehnte sie Daniel herbei, doch andererseits betete sie darum, daß Reverend Blackborrow an diesem Morgen eine ganz besonders lange Predigt halten möge.

Sie begann zu schwitzen, zwischen ihren Brüsten, ihren Schulterblättern und auf der Oberlippe, aber jetzt aus Angst und nicht der gnadenlosen Augusthitze wegen.

Blake kratzte sich am Hinterkopf, dann spreizte er in einer Geste des Erstaunens seine Hände. »Was ich will? Komische Frage, nachdem Rowdy und ich den weiten Weg geritten sind, um dir einen Sonntagsbesuch abzustatten!«

Jolies Blick glitt furchtsam zur Straße, obwohl sie sich die größte Mühe gab, Blake nicht aus den Augen zu lassen. »Ihr scheint es geradezu darauf anzulegen, daß man euch erwischt und aufhängt«, bemerkte sie kalt. »Denn warum sonst würdet ihr noch immer in Prosperity kleben wie Fliegen auf einem Kuhfladen?«

Der Mann, den sie einst für ihren Freund gehalten hatte, lächelte nachsichtig und trat einen Schritt auf sie zu. »Ich habe nicht das Gefühl, daß ich dir willkommen bin«, sagte er in vorwurfsvollem Ton.

Jolie hob drohend die Gartenhacke. »Ich sähe lieber Mäuse in den Weizenfeldern als euch in meinem Garten!« fuhr sie auf. »Verschwinde, Blake, und belästige mich nie wieder. Es hat keinen Zweck, mir nachzustellen, weil Daniel – Mister Beckham – nämlich vorhat, mich gleich nach der Ernte wegzuschicken.«

Blake verschränkte die Arme, und obwohl Jolies Worte oder ihre Waffe ihn nicht im geringsten zu beeindrucken schienen, wahrte er seinen Abstand. Mit einem nachdenklichen Seufzen legte er den Kopf zurück, um zum Himmel aufzuschauen. Als er Jolie wieder anblickte, trocknete der Schweiß auf ihrer Haut, und das Blut gefror in ihren Adern.

»Dann müssen wir eben dafür sorgen, daß du dein Erbe so bald wie möglich antrittst«, antwortete er nach einer langen Pause.

»Glaubst du, das würde ich zulassen? Glaubst du wirklich, ich würde tatenlos zusehen, wie du einen weiteren unschuldigen Mann umbringst und mit der Besitzurkunde dieser Farm davonreitest?« brach es aus Jolie hervor, die am Ende ihrer Geduld angelangt war. Aus dem Augenwinkel sah sie Rowdy näherkommen und Hanks geliebten Spielzeugwagen hinter sich herziehen, was sie mit noch größerer Panik erfüllte. Sie nahm jedoch ihren letzten Mut zusammen, um es zu verbergen. »Daniel wird erfahren, daß ihr hier wart, selbst wenn ich es ihm nicht sage – was ich jedoch tun werde, darauf kannst du dich verlassen! Er wird den Marshal holen und eine Gruppe zusammenstellen, und dann werden sie euch jagen wie zwei tollwütige Hunde!«

»Glaubst du etwa, wir wüßten nichts von den Kindern, Jolie?« entgegnete Blake scheinbar unbeeindruckt.

Jolie spürte, wie eine kalte Hand über ihren Rücken strich. »Wage nicht, sie anzurühren, Blake, sonst bringe ich dich um!« flüsterte sie und bewegte sich mit erhobener Hacke drohend auf ihn zu.

Er hob die Hände und wich grinsend vor ihr zurück. »Beruhige dich, Jolie-Mädchen«, sagte er kopfschüttelnd. »Ich habe nichts dagegen, die Kinder aufzuziehen. Wir werden ein neues Leben beginnen, weit fort von hier, und sie können ruhig mitkommen. Dann sieht es so aus, als ob wir eine richtige Familie wären.«

Der Magen drehte sich Jolie um bei seinen Worten, und sie schluckte die Galle hinunter, die in ihrer Kehle aufstieg. Nach einem hastigen Blick auf Rowdy sah sie, daß er die Stirn runzelte, als sei ihm die offensichtliche Lücke in Blakes Plan aufgefallen.

»Ich warne euch«, sagte Jolie beherrscht, ohne Blakes Vorschlag auch nur einer Erwiderung zu würdigen. »Macht, daß ihr fortkommt, und laßt euch hier nie wieder blicken!«

Rowdy starrte besorgt zur Straße hinüber. »Verdammt, Blake, da kommt jemand!« rief er, schwang sich in den Sattel und trieb sein müdes, dürres Pferd in die Richtung zurück, aus der sie erschienen waren.

Auch Blake saß auf, aber seine Bewegungen waren langsam und wohlberechnet. In einem spöttischen Gruß berührte er die Krempe seines Huts und riet Jolie freundlich: »Sag deinem Mann ruhig, daß wir hier waren. Aber bilde dir nicht ein, daß du mir eine Falle stellen könntest. Das wäre nicht klug von dir, weil ich dann die Kinder töten müßte, obwohl ich wirklich nichts dagegen hätte, sie an unserem neuen Leben teilhaben zu lassen.«

Er machte eine Pause und schaute gelassen in die Richtung,

aus der das Geräusch eines sich nähernden Wagens kam. »Und ich werde sie zu finden wissen, Jolie. Sie sind die meiste Zeit bei den Culleys, und da ist im Augenblick kein einziger Mann.«

Damit ritt Blake seinem Freund nach, wählte jedoch den kürzeren Weg durch den Gemüsegarten und ließ sein Pferd die meisten der Tomatenpflanzen zertrampeln. Aber Jolie interessierte nicht das Gemüse, als sie die Hacke fallen ließ und durch das hohe Gras auf das Klosetthäuschen zurannte, beide Hände auf den Bauch gepreßt.

Als sie kurz darauf ins Freie stolperte, stand Daniel mit verschränkten Armen auf dem Pfad und wartete auf sie.

»Ilse wurde auch häufig übel, als sie schwanger war«, bemerkte er und schaute Jolie so wütend an, als wäre sie imstande, ganz allein ein Kind zu zeugen, und hätte es getan, um ihn zu ärgern.

*Ein Kind.* Jolie schlang die Arme um ihre Taille und schlug die Augen nieder. Sie zitterte am ganzen Körper und war vermutlich leichenblaß. Es war das erste Mal, daß ihr der Gedanke kam, sie und Daniel könnten ein Kind gezeugt haben, und die Aussicht erfüllte sie mit einer seltsamen Mischung aus Hoffnung und Angst.

Dennoch und obwohl sie alles andere als Gleichmut empfand, zuckte sie mit den Schultern. »Das ist doch kein Grund zur Sorge, Mister Beckham«, entgegnete sie kalt. »Du könntest das kleine Wesen nach seiner Geburt in einem Waisenhaus abliefern und so tun, als hätten das Kind und ich nie existiert.«

Daniels Gesicht verdüsterte sich, und Jolie wußte in diesem Augenblick, daß er sie geschlagen hätte, hätte er zu den Männern gehört, die Frauen mißhandeln.

»Erwartest du ein Kind?« fragte er drohend.

Jolie biß sich auf die Unterlippe und rechnete schnell nach. »Ich weiß es nicht«, gab sie schließlich zu. »Es ist noch zu früh, um etwas zu sagen.« Im Grunde genommen ging es ihr jetzt nur darum, Zeit zu gewinnen, damit Rowdy und Blake entkommen konnten und Daniel ihnen nicht folgte und erschossen wurde.

Als hätte er ihre Gedanken erraten, schaute Daniel sich plötzlich zum Garten um und bückte sich mit einem unterdrückten Fluch, um die frischen Hufabdrücke in den Beeten zu untersuchen. Dann richtete er sich auf und stürzte zu seinem Wagen, um den Wallach auszuspannen.

Jolie lief ihm nach und packte ihn am Arm. »Daniel, nein! Sie werden dich umbringen!« schrie sie und kämpfte wie eine Wildkatze, als ihr Mann sie abschüttelte und in das hohe Gras stieß. *»Daniel!«*

Er hatte das Pferd inzwischen von seinem Geschirr befreit und schwang sich auf seinen bloßen Rücken. Nach einem langen, harten Blick auf Jolie trieb er das Pferd zu einem halsbrecherischen Galopp an.

Jolie war entsetzt, als sie sah, wie schnell der Graue war, und flehte den Herrgott an, ihr zu verzeihen, daß sie nicht an der Messe teilgenommen hatte, und ihr *trotzdem* einen Wunsch erfüllte. »Bitte laß nicht zu, daß sie Daniel erschießen!« flüsterte sie verzweifelt.

Danach wartete sie, stundenlang, wanderte unruhig auf dem Hof herum und horchte auf jedes Geräusch, das ihr Daniels Rückkehr ankündigen würde. Inzwischen war ihr egal, ob er sie anschreien oder fortschicken würde, solange sie ihn nur lebend zurückkehren sah.

Als es zu dämmern begann, melkte Jolie die Kuh und gab Leviticus ein Schälchen Milch, aber von Daniel war noch immer nichts zu sehen. Sie setzte sich auf die Stufen zur Küchentür und wartete, das Kinn in die Hand gestützt, die Augen rot und brennend vor ungeweinten Tränen.

Als endlich jemand erschien, war es nur Deuter, der vom Feld herübergekommen war, um sich zu erkundigen, ob etwas geschehen war. Jolie konnte sich nicht dazu überwinden, ihm die Wahrheit zu sagen. Dann wäre er Daniel vielleicht nachgeritten und hätte sich auch noch in Gefahr gebracht.

Also dachte sie sich eine Geschichte aus und behauptete, sie und Daniel hätten einen schrecklichen Streit gehabt und er wäre wütend zu Pilar in die Stadt geritten. Deuter nickte verständnisvoll, als sei ein solches Verhalten das natürlichste der Welt, und dann zündete er eine Laterne an und machte sich mit Jolie auf den Weg zum Lager.

Im Küchenwagen erhitzte Jolie Wasser und wusch sich gründlich, bevor sie ein Nachthemd anzog. Sie wollte ins Bett gehen. Doch alle paar Minuten schob sie den Vorhang an dem einzigen Fenster beiseite und hielt nach Daniel Ausschau.

Als es schließlich klopfte, rechnete sie schon fast nicht mehr mit ihm. »Wer ist da?« rief sie mit zitternder Stimme.

Statt einer Antwort trat der späte Besucher ein. Selbst ohne den schwachen Schein der Petroleumlampe hätte Jolie sofort gewußt, daß es Daniel war, denn ihre Sinne begannen verrückt zu spielen, ihre Atemzüge gingen schneller, ihr Magen flatterte.

»Du hast sie nicht erwischt«, sagte sie und ließ sich erleichtert auf die schmale Bettkante sinken.

Daniels Stimme war um vieles sanfter, als Jolie sie je vernommen hatte, und dafür um so bedrohlicher. »Was wollten sie?«

»Mir Angst einjagen«, antwortete sie widerstrebend. »Mich wissen lassen, daß sie noch in der Nähe sind.«

»Warum?«

»Das habe ich dir doch gesagt. Blake will deine Farm, Daniel – oder zumindest das Geld, das sie einbringen würde.«

Ganz unvermittelt ließ Daniel sich neben Jolie nieder und zog sie auf den Schoß. Das Nachthemd spannte sich über ihren Schenkeln, ihre vollen Brüste wölbten sich unter dem dünnen Musselin, als Daniel hart ihre Schultern umfaßte. »Verdammt, Jolie, wenn du mich belügst, werde ich dafür sorgen, daß du doch noch aufgehängt wirst!« sagte er.

Seine leisen Worte schmerzten mehr, als wenn er sie angeschrien hätte; sie empfand sie fast wie eine Ohrfeige. Ihre Augen füllten sich mit Tränen. »Ich versuche nur, dein Leben zu retten, du dummer großer Bauer!« schluchzte sie. »Weil ich dich *liebe*!«

Fassungslos starrte Daniel sie an. »Nein!« sagte er dann rauh.

»Ja!« schrie Jolie. Sie hob die Hände, um ihn zu schlagen, aber er ergriff ihre Handgelenke und hielt sie unerbittlich fest.

»Nein«, wiederholte er fast verzweifelt, um im selben Augenblick Jolies Kopf zu sich heranzuziehen und sie hart auf den Mund zu küssen.

Mit einem leisen, erstickten Wimmern schlang sie die Arme um Daniels Nacken und erwiderte den Kuß mit der ganzen Leidenschaft, die sie für ihren Mann empfand. Eine wohlige Trägheit breitete sich in ihren Gliedern aus, als ihre Zungen sich zu einem erregenden Tanz zusammenfanden.

Mit zurückgelegtem Kopf und heftig atmend schloß Jolie die Augen, als Daniel ihre Brust entblößte und mit dem Daumen über die zarte rosige Spitze strich. Als sein Mund sich darum schloß, warm und feucht, kam ein heiseres Stöhnen von Jolies Lippen.

Keuchend löste Daniel sich von ihr. »Wir dürfen es nicht tun!« stieß er hervor. »Der Wagen würde unter uns zusammenbrechen, wenn ich meinen Gefühlen in diesem Augenblick nachgäbe!«

Jolies Verlangen nach ihm war so überwältigend, daß es schmerzte, aber sie richtete sich wortlos auf und strich ihr Nachthemd glatt. Dann holte sie eine Schüssel, füllte sie mit warmem Wasser aus dem Herd und stellte sie neben das Bett.

Danach suchte sie ein sauberes Tuch heraus und tauchte es in das Wasser. Sanft begann sie den Staub von Daniels Gesicht und Nacken abzuwaschen. Dann knöpfte sie langsam sein Hemd auf und streifte es ihm über die Schultern.

Seine Augen glühten im Halbdunkel, aber er unternahm keinen Versuch, sich in irgendeiner Weise gegen ihre Zuwendungen zu wehren.

Nachdem sie seinen ganzen Oberkörper gewaschen hatte, zog sie ihm die Stiefel aus und kehrte zum Herd zurück, um das Wasser in der Schüssel zu wechseln. Diesmal war es Daniel, der seinen Gürtel öffnete und seine Hosen abstreifte. Mit geschlossenen Augen saß er da und ließ sich von Jolie waschen wie ein kleines Kind. Nur seine unregelmäßigen Atemzüge verrieten seine innere Erregung.

Die Erinnerung an die Freuden, die er ihr geschenkt hatte, gaben Jolie den nötigen Mut, sich vor ihn hinzuknien und ihn mit ihren weichen Lippen zu verwöhnen.

Er stieß einen gemurmelten Protestlaut aus, doch dann legte er die Hände um ihren Kopf und forderte sie auf, zu bleiben. Aufstöhnend und lustvoll bewegte er die Hüften, was Jolie mit einem wilden Triumphgefühl erfüllte. Sie streichelte seine Schenkel und ließ ihre Hand über seinen Rücken gleiten, während sie ihn auf intimste Weise liebkoste. Daniels Bewegungen wurden immer heftiger, seine Hände, die ihren Kopf umfaßten, zuckten wie im Fieber.

Jolie wollte nicht von ihm ablassen, aber da riß er sich mit einem erstickten Schrei von ihr los, stand auf und zog sie auf die Beine. Ein Frösteln lief über ihren Rücken, als er sie gegen die kalte Wand preßte und ihr das Nachthemd hochzog.

Sie war wie trunken von dem Wissen, die Stärkere gewesen zu sein, zumindest für einige Minuten, und Daniels Küsse versetzten sie in einen Rauschzustand, der sie ihre Umgebung vergessen ließ. Als er sie schließlich aufhob und mit einer heftigen Bewegung in sie eindrang, suchte Jolie keuchend seinen Mund. Nur sein Kuß konnte ihre lustvollen Schreie ersticken.

Es war keine sanfte Vereinigung zwischen Daniel und seiner Braut, weil sie auf Zorn und Verzweiflung gründete. Jolie schlang die Beine um seine Taille, als ihr Aufstieg zum Gipfel der Ekstase begann, und Daniel schob die Arme unter ihre Kniegelenke und spreizte ihre Schenkel, um noch tiefer in sie einzudringen. In drängendem Rhythmus steigerte er ihre Lust, bis sie beide wieder und wieder in höchster Ekstase erschauerten.

Danach legte er sie auf das Bett und deckte sie behutsam zu. Während ihr Körper noch leise bebte, schaute sie zu, wie Daniel sich wusch, sich anzog und sich einen Becher Kaffee einschenkte. All das, ohne Jolie auch nur ein einziges Mal anzusehen.

»Was eben geschehen ist, ändert nichts zwischen uns«, stellte er nach langem Schweigen fest.

Jolies wohlige Trägheit wich heftigem Zorn und Ärger. »Es könnte eine Menge ändern«, versetzte sie gereizt. »Ich könnte nämlich schwanger geworden sein — falls ich es nicht schon bin.«

Daniel drehte sich um und starrte sie betroffen an. »Sag so etwas nicht!«

»Wieso nicht? Es ist die Wahrheit!« beharrte sie, denn so war es schließlich. Nur Gott wußte, ob sie in ihrer Leidenschaft ein Kind gezeugt hatten oder nicht.

Selbst im Halbdunkel des Wagens sah Jolie Daniel erblassen.

»Du mußt gewußt haben, daß es geschehen kann«, erklärte sie herausfordernd.

In einer fahrigen Geste strich er sich durch das Haar. »Natürlich wußte ich es, aber ...«

Jolie seufzte ungeduldig. »Nun, dann hör mir jetzt mal gut zu, Daniel Beckham. Falls ein Baby kommen sollte — und ich sage nicht, daß es so ist, aber es *könnte* sein — werde ich auf keinen Fall zulassen, daß das Kind in irgendeinem Waisenhaus abgeliefert wird!«

»Das würde ich nie tun!« flüsterte Daniel hilflos und zuckte die breiten Schultern. Anscheinend war ihm jetzt wieder eingefallen, daß draußen noch Männer waren, deren Aufmerksamkeit er nicht auf die Vorgänge im Wagen lenken wollte.

»Du würdest ja auch Hank und Gemma fortgeben!« entgegnete Jolie ärgerlich.

Daniel starrte unwillig auf sie herab. »Es gibt genug Familien, die bereit wären, ihnen ein gutes Heim zu schaffen!«

»Hank und Gemma sind keine Hunde, Daniel«, mahnte Jolie. »Es sind Kinder. Und es gibt genug *Familien*, die nur aus einem Grund Kinder annehmen — weil sie einen Sklaven suchen, der ihnen das Geschirr abwäscht und ihre Fußböden schrubbt!«

Daniel schüttelte den Kopf. »Du mußt Charles Dickens gelesen haben«, entgegnete er seufzend.

Jolie hätte nie im Leben zugegeben, daß sie nicht weiter gekommen war als bis zu McGuffeys Lesebuch. »Na und?« versetzte sie spitz und hoffte, daß Daniel keinen Beweis ihres Wissens fordern würde. Das einzige, was sie von jenem Mister Dickens wußte, war, daß er Engländer gewesen und einige Jahre zuvor gestorben war.

Daniel setzte klirrend seinen Becher ab. »Ich sehe, daß es zwecklos ist, mit dir zu reden«, erklärte er so aufreizend arrogant, daß Jolie am liebsten aufgesprungen wäre, um ihn zu ohrfeigen.

Im nächsten Augenblick jedoch, als er zur Tür ging, erfaßte sie Panik. Während ihr Körper Daniels Zärtlichkeiten ersehnt, ja geradezu gebraucht hatte, schrie ihre Seele nach einer ganz anderen Art von Nähe. Wie tröstlich wäre es gewesen, Daniel an ihrer Seite zu haben und in seinen Armen einzuschlafen!

»Bleib«, flüsterte sie.

Daniel schaute sie an, so lange, bis Jolie überzeugt war, daß er das aufgeregte Klopfen ihres Herzens hören müsse. Aber dann öffnete er die Tür und trat in die Dunkelheit hinaus. Vom Lagerfeuer her drangen die leisen Töne einer Mundharmonika herüber.

Noch nie in ihrem Leben hatte Jolie sich so allein gefühlt.

# 11

Am nächsten Morgen war der Himmel mit dunklen Wolken bedeckt, aber der gefürchtete Regen kam nicht. Mit prallen Weizensäcken beladene Wagen rumpelten über die abgeernteten Felder und wirbelten soviel Staub auf, daß Jolie manchmal ihren Mund und ihre Nase mit der Schürze bedecken mußte, um atmen zu können. Gegen Mittag war das Lager an einer anderen Stelle aufgeschlagen worden, wo jedoch kein Bach in der Nähe war. Von jetzt an waren sie auf den Wasserwagen angewiesen.

Jolie ruhte im Schatten ihrer Feldküche, als Verena Dailey in ihrem Buggy vorfuhr. Ungeachtet der erbarmungslosen Hitze trug sie ihre gewohnte Kleidung aus schwarzem Satin und einen Hut mit Schleier. Ihr Anblick ließ Jolie befürchten, bei der geringsten Bewegung selbst einem Hitzschlag zu erliegen.

Aber sie stand höflich auf, um Verena zu begrüßen. Die Männer ernteten, und die Dreschmaschine veranstaltete ein höllisches Geklapper, während die Maulesel geduldig im Kreis umhergingen und einen merkwürdigen Apparat bewegten, der den nötigen Strom für die Dreschmaschine lieferte. Ab und zu flog ein Funke in den trockenen Weizen, jemand stieß einen Schrei aus, und alle Arbeiter stürzten zu der Stelle, wo das Feuer aufgeflammt war, um es zu löschen. Der Vorgang erinnerte Jolie an Indianer, die einen Kriegstanz aufführten.

Sie lächelte lustlos, als Verena sie umarmte.

»Ich habe alles Nötige für eine Limonade mitgebracht«, verkündete die Witwe laut, um sich über dem Lärm verständlich zu machen. Dann ging sie zu ihrem Wagen zurück, und Jolie lief das Wasser im Munde zusammen, als sie den Korb Zitronen und den Eimer Eisstückchen sah, den Verena mitgebracht hatte. Rasch stellten die beiden Frauen eine Limonade daraus her und suchten Becher für die Männer heraus.

Die Staubwolke über den Feldern setzte sich ein wenig, als die Arbeiter eine kurze Pause machten und dankbar die kühle Limonade schlürften. Sogar Daniel, der schweigsam war wie eine Indianerstatue, seit er Jolie in jener Nacht verlassen hatte, lächelte, als er ihr den Becher zurückgab.

Errötend wandte sie sich ab, um den leeren Eimer mit den Bechern zurückzubringen. Drinnen im Wagen erwartete sie ein großes Glas eisgekühlter Limonade, das Verena für sie aufbewahrt hatte. Mit steifen Rücken, wie Herzoginnen beim Nachmittagstee, setzten die beiden Frauen sich auf den Rand der schmalen Liege.

Ihre Unterhaltung jedoch war alles andere als förmlich. Verena berichtete, daß Mrs. Dunntwiddle nach Spokane gefahren war, um eine Warze an ihrer Nase entfernen zu lassen, und daß der neue Schulmeister eingetroffen sei und in Alverna Kraypers Pension Quartier bezogen habe. Er sei ein kleiner Mann, sagte Verena, der beständig nieste und eine Brille mit dicken Gläsern trug. Ein lauter Schrei auf den Feldern draußen beendete ihr Plauderstündchen, und unmittelbar auf den Schrei folgte ein Schuß. Verena und Jolie rannten hinaus, Verena fast so schnell wie Jolie, und sie sahen, daß die Arbeit unterbrochen worden war. Die Männer standen dichtgedrängt beisammen und starrten auf jemanden, der auf dem Boden lag.

Da wußte Jolie, daß es einen Unfall gegeben hatte, und sie schaute sich fieberhaft nach Daniel um.

Ihre Erleichterung, als sie ihn erblickte, war so groß, daß ihr schwindlig wurde und ihre Knie nachgaben. Der Schuß hatte sie an Rowdy und Blake erinnert, doch obwohl sie angestrengt nach ihnen Ausschau hielt, war keiner der beiden zu sehen. Falls sie in der Nähe waren, mußten sie sich gut verborgen haben.

Als Jolie sich von ihrem ersten Schreck erholt hatte, stürzte sie auf die Stelle zu, wo sich die Männer versammelt hatten, und drängte sich zu Daniel durch.

Es war Joe Culley, der mit leichenblassem Gesicht und schweißüberströmt auf der Erde lag. Sein Atem ging nur flach und sehr unregelmäßig.

»Ganz ruhig«, sagte Daniel, der neben seinem Freund kniete und mit einem Messer Joes Hosenbein aufschlitzte.

»Was ist geschehen?« fragte Jolie entsetzt.

Der Mann neben ihr steckte seinen Revolver ins Halfter zurück. »Eine Schlange«, erwiderte er. Und tatsächlich lag der reglose, in zwei Teile zerschossene Körper einer Klapperschlange in einiger Entfernung auf der Erde.

Jolie schauderte es bei diesem Anblick, aber sie zwang sich, ihre ganze Aufmerksamkeit auf Daniel zu konzentrieren und ihm beizustehen.

»Ich brauche einen Streifen Stoff«, sagte er, als er die häßliche rote Wunde an Joes Knie freigelegt hatte. Obwohl er Jolie keines Blickes würdigte, wußte sie, daß seine Worte an sie gerichtet waren.

Rasch bückte sie sich, hob ihren Rocksaum auf und riß ein Stück Stoff von ihrem Unterrock ab. Sie gab es Daniel und beobachtete, wie er einen Druckverband an Joes Bein anbrachte und dann die Klinge seines Messers an der Innenseite seines Ärmels reinigte.

»Jemand soll Whiskey holen!« befahl er, während er bereits einen x-förmigen Schnitt an Joes Knie anbrachte. Als hellrotes

Blut herausdrang, beugte Daniel sich darüber und begann es aufzusaugen. Immer wieder spuckte er aus, saugte und spuckte wieder aus.

Joe stieß ein rauhes, trotziges Gelächter aus, stützte sich auf die Ellbogen und warf den Kopf zurück. Sein Gesicht war verzerrt von Schmerz und Angst. Der Vorgang setzte sich mehrere Minuten fort, und ab und zu lockerte Daniel den Druckverband und befestigte ihn dann wieder. Als endlich einer der Arbeiter den verlangten Whiskey brachte, setzte Joe die Flasche an den Mund und trank gierig. Dann, bevor er sich auf die staubige Erde zurücksinken ließ, reichte er die Flasche Daniel.

Der nahm einen großen Schluck, um seinen Mund auszuspülen. Als er den Whiskey ausgespuckt hatte, setzte er die Flasche von neuem an die Lippen, und diesmal trank er. Dann drückte er sie Jolie in die Hand und lockerte den Stoffstreifen um Joes Bein.

»Deuter«, wandte Daniel sich an seinen Freund, »hol einen Wagen und bring Joe nach Hause. Anscheinend will er lieber im Bett herumliegen, während wir hier schuften.« Dann schien er endlich Jolie wahrzunehmen und richtete sich auf. »Du fährst am besten mit. Nan braucht dich jetzt.«

Jolie nickte. Sie wollte den Culleys helfen, so gut sie konnte. »Aber wer wird für euch kochen?«

Daniels Miene war verschlossen, aber er hörte nicht auf, sie anzuschauen. Als er den Mund öffnete, um etwas zu sagen, kam kein Ton über seine Lippen.

Zum Schluß war es Verena, die an seiner Stelle antwortete. »Ich kümmere mich hier um alles«, sagte sie entschieden und gab den umstehenden Männern mit einer Handbewegung zu verstehen, daß sie sich wieder an ihre Arbeit machen sollten. »Es ist ein Wunder, daß der arme Joe überhaupt noch Luft bekommt, so wie ihr euch um ihn zusammendrängt!«

Deuter brachte den Wagen, und die Männer kehrten zu ihren Aufgaben zurück. Nur Daniel und Jolie waren stehengeblieben und starrten sich an wie zwei faszinierte Fremde.

Es war schließlich Daniel, der den Bann brach, indem er mit dem Hemdsärmel über sein schmutziges Gesicht wischte, einen Seufzer ausstieß und seine Aufmerksamkeit wieder Joe zuwandte. Mehrere Arbeiter trugen den halb ohnmächtigen Mann zum Wagen und betteten ihn auf die Ladefläche.

Daniel ergriff den Knöchel von Joes gesundem Bein und bewegte ihn vorsichtig. Jolie, die nicht wußte, was sie sonst tun sollte, kletterte auf den Wagen und setzte sich mit untergeschlagenen Beinen, den Rock sittsam herabgezogen, neben den Freund ihres Mannes.

Die Straße zur Farm der Culleys war keine eigentliche Straße, sondern nur ein holpriger Pfad, der durch die Felder führte. Deuter lenkte den Wagen so behutsam wie möglich durch die vielen Schlaglöcher und Rillen in der Erde.

Einer der Männer kam ihnen mit einer Decke nachgerannt; Jolie breitete sie sorgfältig über Joes reglose Gestalt.

Deuter mußte schreien, um sich Jolie verständlich zu machen. »Sie kümmern sich um die Culleys, während ich den Arzt hole.« Jolie nickte und wünschte, sie hätte Wasser mitgebracht; Joe hatte sicher großen Durst. Während der kurzen Fahrt zu seinem Haus schwankte er zwischen heftigen Anfällen von Schüttelfrost und Schweißausbrüchen. Seine Zähne klapperten, als er zu Jolie sagte: »Daniel hat das meiste Gift herausbekommen. Ich weiß, daß er es herausbekommen hat!«

Jolie strich ihm das Haar aus der Stirn und zwang sich zu einem Lächeln. Daniel hatte schnell und beherrscht auf die Krise reagiert, aber Jolie hatte viele Menschen an Schlangenbissen sterben sehen, als sie mit ihrem Vater nach Westen gereist war. Und die meisten von ihnen hatten besser ausgesehen als Joe.

»Ich darf nicht sterben«, sagte er, als erriete er ihre Gedanken. »Nan braucht mich, und im nächsten März kommt das Baby . . .«

»Sie werden es überleben, Joe«, behauptete Jolie, obwohl ein Klumpen ihr die Kehle zuschnürte. Sie mußte den Kopf abwenden, damit Joe nicht die Tränen sah, die in ihren Augen schimmerten.

Die Farm der Culleys war kleiner und bescheidener als Daniels und verfügte nur über ein verwittertes Holzhaus, eine Scheune, einen überdachten Brunnen und einen Gemüsegarten. Als Gemma und Hank den Wagen hörten, kamen sie über einen flachen Hügel herbeigelaufen, einen schwarzweißen Schäferhund dicht auf den Fersen.

Nan erschien in der Haustür und wischte sich die Hände an der Schürze ab. Es versetzte Jolie einen schmerzhaften Stich, als ihre Freundin Joes reglose Gestalt erkannte und mit fliegenden Röcken auf den Wagen zustürzte.

Mit einem unterdrückten Schrei kletterte sie auf die Ladefläche. »Jolie, was ist passiert?« flüsterte sie entsetzt, als sie neben ihrem Mann niederkniete und seinen Kopf in ihren Schoß zog.

»Ein Schlangenbiß«, sagte Deuter, bevor Jolie antworten konnte. »Laßt ihn uns so schnell wie möglich hineinbringen. Ich muß den Doktor holen.«

Nan nickte und stieg mit Jolie vom Wagen. Beide Frauen schauten betroffen zu, wie Deuter den kleineren Joe vom Wagen zog und ihm ins Haus half.

Hank zupfte an Jolies Rock. »Wird Joe sterben?« fragte er besorgt. Auch Gemma, die hinter ihm stand, war blaß, und ihre Augen verrieten eine Unsicherheit, die Jolie ans Herz griff. Unglück und Leid waren diesen Kindern nicht fremd; sie kannten beides nur zu gut.

Jolie zog Hank und Gemma an sich, während Nan Deuter und Joe nacheilte. »Ich weiß es nicht«, sagte sie aufrichtig. »Joe ist sehr krank. Nan, der Doktor und ich werden alles tun, um ihm zu helfen, aber viel kann man in solchen Fällen leider nicht tun.« Sie bückte sich und gab den Kindern einen Kuß. »Ich weiß, daß ich mich auf euch verlassen kann und ihr sehr brav sein werdet, damit Joe die Ruhe bekommt, die er braucht.« Hank und Gemma nickten ernst, und Jolie führte sie auf die

Veranda, wo sie sich gehorsam niederließen. Jolie war gerührt, als sie sah, daß Hank tröstend die Hand seiner kleinen Schwester ergriff.

Nans Haus war eigentlich eher eine Kate mit einer Feuerstelle, einem Herd, Tisch und zwei Stühlen. Das Schlafzimmer bestand aus einem niedrigen Anbau mit einer schrägen Wand. Nan deckte Joe gerade liebevoll mit einer abgenutzten Decke zu, als Jolie den Raum betrat und in der Tür mit Deuter zusammenstieß.

Er nickte ihr flüchtig zu und kehrte zum Wagen zurück.

Joe sprach ohne Unterlaß, aber seine Worte waren unzusammenhängend und ergaben keinen Sinn. Und während er redete, wälzte er sich unaufhörlich von einer Seite auf die andere.

»Ich glaube, wir sollten besser die Wunde reinigen«, schlug Jolie vor, und es gelang ihr, mit mehr Zuversicht zu sprechen, als sie empfand. Aber alles war besser, als tatenlos herumzustehen, die Hände zu ringen und zu klagen. »Hast du Whiskey im Haus?«

»Es müßte noch etwas Brandy von Weihnachten übrig sein«, erwiderte Nan.

»Dann hol ihn«, forderte Jolie ihre Freundin auf, während sie die Ärmel aufkrempelte. »Wir brauchen auch heißes Wasser, Seife und saubere Tücher – zum Auswaschen der Wunde und zum Verbinden.«

Nan schien froh, eine Aufgabe zu haben, und ging in die Küche. Jolie folgte ihr, nahm sich einen Eimer und trug ihn zum Brunnen hinaus. Gemma und Hank saßen noch immer still auf der Veranda.

Trotz des Ernstes der Lage fand Jolie Zeit für ein Lächeln. »Ihr braucht nicht wie zwei Statuen herumzusitzen«, sagte sie zu den Kindern und zeigte auf den Schäferhund, der hechelnd in der Nähe hockte. »Euer Freund hier würde sicher gern weiterspielen.«

Hank schaute den Hund an, und ein zögerndes Lächeln huschte über seine Züge. »Na gut«, stimmte er ernst zu, glitt vom Verandaboden und zog Gemma mit sich. »Aber dann muß er *leise* sein.«

Jolie nickte und ging zum Brunnen weiter, während die Kinder im hohen Gras untertauchten. Wie auf Daniels Farm – Jolie wagte noch nicht, sie als ihre eigene zu betrachten – war auch das Land der Culleys fast ausschließlich mit Weizen bestellt. Sie füllte den Eimer und kehrte ins Haus zurück, wo sie das Wasser in einen großen Kessel füllte. Dann machte sie sich auf den Weg, um einen zweiten Eimer Wasser zu holen.

Als genug heißes Wasser zur Verfügung stand und Nan den Brandy gefunden hatte, befand sich Joe schon im Delirium. Er lachte rauh und redete mit Daniel, als arbeiteten beide noch Seite an Seite auf den Feldern. Es war ein unheimliches Erlebnis, aber Jolie konzentrierte ihre ganze Energie darauf, Joes Wunde auszuwaschen. Als sie damit fertig war, ließ sie Brandy darauf tropfen – worauf Joe sich fluchend aufrichtete, obwohl er ganz offensichtlich nicht bei Sinnen war und gar nicht wußte, wie ihm geschah. Froh, daß der Schlangenbiß jetzt so gut wie möglich desinfiziert war, verband Jolie die Wunde mit Streifen Baumwollstoff, die Nan von ihren besten Laken abgerissen hatte.

Eine Stunde später war der Arzt noch immer nicht erschienen, was nicht weiter erstaunlich war, da er sich als Landarzt meilenweit entfernt von Prosperity befinden konnte. Aber Joe hatte aufgehört, sich wie wild herumzuwerfen und schien zu ruhen.

Zumindest *hoffte* Jolie, daß er ruhte; sie wußte, daß Kranke oft kurz vor dem Tod in einen ungesunden Schlaf versanken.

Doch nun brach Nan zusammen. Schluchzend warf sie sich auf Joes Brust, umklammerte seine Schultern und flehte ihn an, sie nicht zu verlassen.

Sanft, aber entschieden zog Jolie ihre Freundin fort, legte ihr den Arm um die Schultern und führte sie in die Küche.

»Du wirst dich jetzt sofort beruhigen, Nan«, sagte sie streng und drückte die junge Frau auf einen Stuhl. »Wir wissen nicht, ob dein Mann uns hören kann, und du möchtest doch sicher nicht, daß er glaubt, du hättest ihn schon aufgegeben.«

Nan verstummte und ließ die Schultern hängen, worauf Jolie das verbliebene heiße Wasser dazu benutzte, sich gründlich die Hände zu waschen. Als sie sich wieder leidlich sauber fühlte, holte sie frisches Wasser aus dem Brunnen und setzte den Teekessel auf.

Es war schrecklich heiß, aber über all der Aufregung hatte Jolie die Hitze vergessen. Und wie dem auch sein mochte – die Situation erforderte eine Tasse starken, süßen Tee.

»Ich weiß nicht, was ich tun soll, wenn er stirbt«, flüsterte Nan. Sie war noch immer leichenblaß und schaukelte sich auf ihrem Stuhl, als könnte sie nicht aufhören, sich zu bewegen. Aber ihre schlimmste Panik schien überwunden zu sein. »Ganz allein hier draußen, mit einem Kind unter dem Herzen ...«

»Du wirst tun, was du tun mußt«, warf Jolie ein und stellte die Tassen auf den Tisch. »Du wirst um Joe trauern und dann dein Leben weiterführen. Außerdem bist du nicht allein – du hast Daniel und mich.«

Nan schaute sie aus leeren Augen an. »Du bist eine großartige Frau, Jolie, und dein Daniel ist ein feiner Mann. Aber mir wäre es lieber, wenn Joe und ich so weitermachen könnten, wie es bisher gewesen ist.«

Darauf hatte Jolie keine Antwort, und so berührte sie nur Nans Hand und beschäftigte sich wieder mit dem Teeaufbrühen.

Als der Arzt endlich erschien, hatte Joes Haut die wachsbleiche Farbe des Todes angenommen, und sein Atem ging so flach, daß seine Brust sich kaum noch hob und senkte. Der alte Landarzt untersuchte den Schlangenbiß, erklärte, daß sie das Richtige getan hätten, Daniel, indem er das Gift aus der Wunde saugte, und sie, Jolie, indem sie sie reinigte, dann verließ er kopfschüttelnd das Schlafzimmer. Er ging direkt zur Tür, aber Nan verstellte ihm den Weg und hielt ihn mit einer Hand am Ärmel fest. »Joe wird wieder gesund werden«, sagte sie beschwörend, als könne die Intensität ihrer Gefühle das Wunder herbeizwingen.

Der Doktor schüttelte den Kopf. »Es tut mir leid, Mrs. Culley«, erwiderte er rauh. »Das Gift hat sich in seinem Nervensystem ausgebreitet. Ich glaube nicht, daß Ihr Mann es überleben wird.«

Nan erwiderte nichts, aber ihre Schultern, die sie bisher so straff gehalten hatte, sackten ein wenig herab. Ohne nach rechts oder links zu schauen, kehrte sie zu Joes Krankenlager zurück.

Jolies Trauer war so überwältigend, daß sie fast daran erstickte, aber wenn sie eins gelernt hatte im Leben, dann daß man manchmal nicht mehr tun konnte, als einen Fuß vor den anderen zu setzen. So bereitete sie also ein Maisbrot zu, stellte es in den Ofen und wärmte ein Glas Bohnen aus Nans Speisekammer.

Ihre Freundin weigerte sich, etwas zu sich zu nehmen, aber Hank und Gemma waren hungrig. Jolie setzte sich mit ihnen auf die Veranda und zwang sich, wenigstens ein paar Bissen zu essen.

Als die Sonne rot hinter den Kornfeldern versank, kam Daniel auf seinem grauen Wallach auf den Hof geritten. Jolies blutendes Herz erfuhr einen kleinen Trost durch die Tatsache, daß er Gemma auf die Schultern hob und dem kleinen Jungen über das Haar strich. Aber das tröstliche Gefühl war leider nicht von Dauer.

»Geht und kümmert euch um mein Pferd«, sagte Daniel zu den Kindern, und als er Jolie gegenübertrat, blickten seine Augen so mißtrauisch und unfreundlich wie immer.

»Der Doktor sagt, daß Joe sterben wird«, vertraute Jolie ihm an, als die Kleinen außer Hörweite waren.

Daniel seufzte und schob den Hut zurück, um sich mit der Hand durch das staubige Haar zu fahren. »Wie hat Nan es aufgenommen?« fragte er gedämpft.

Jolie schüttelte den Kopf. »Nicht gut. Ich habe versucht, sie dazu zu bringen, etwas zu essen – sich selbst und ihrem Baby zuliebe – aber sie wollte nichts anrühren. Sie will nur an Joes Bett sitzen, seine Hand halten und ihn anstarren, als könne sie ihn mit ihrem Blick zwingen, weiterzuleben.«

Schmerzhafte Erinnerungen verzerrten Daniels markante Züge, und Jolie brauchte keine Hellseherin zu sein, um zu wissen, woran er dachte. Ganz ohne Zweifel dachte er an seine eigene Totenwache bei seiner ersten Frau zurück. Er schaute durch Jolie hindurch, als sei sie plötzlich unsichtbar geworden, um sich dann wortlos abzuwenden und, den Hut respektvoll in der Hand, ins Haus zu gehen.

Jolie wäre ihm gern gefolgt, aber irgendwie glaubte sie, daß ihn das stören würde, und so blieb sie, wo sie war und beobachtete mit tränenfeuchten Augen, wie Hank und Gemma dem Pferd einen Eimer Wasser brachten. Als die Sonne den Kampf aufgab und der Himmel sich dunkel färbte, starb Joe Culley. Jolie wußte, daß es geschehen war, als sie den gellenden Schrei aus der Kate hörte und Daniels Stimme, der zu trösten versuchte, wo kein Trost möglich war. Nach einem kurzen Gebet richtete Jolie sich auf und trug das schmutzige Geschirr ins Haus.

Nan schmiegte sich an Daniels Brust und schluchzte herzzerreißend. Ihre Qual und ihr Zorn waren entsetzlich mit anzusehen.

Auch Jolie litt, aber vor allem quälte sie ihre Unfähigkeit, ihrer Freundin auf irgendeine Art zu helfen. Tatsächlich war es Daniel, der die Dinge irgendwie zusammenhielt.

Er nahm Gemma und Hank mit ins Lager, und kurze Zeit später, als es schon dunkel war, erschien Deuter mit Verena Dailey.

»Die Kleinen sind bei mir«, sagte Verena zu Jolie, die zu ihr herausgekommen war. »Essie Sue Philpot, die Tochter des Postmeisters, paßt auf sie auf. Wo ist Nan?«

Jolie deutete auf das Haus. »Seit Daniel fort ist, sitzt sie im Schaukelstuhl und spricht mit Joe, als könnte er sie noch hören.«

Verena stieß einen schweren Seufzer aus und legte ihre schwarzen Handschuhe ab. »Als erstes müssen wir uns um die Bestattung kümmern. Das Wetter ist zu heiß, um lange damit zu warten, und außerdem ist Erntezeit.«

Anscheinend, dachte Jolie bitter, reicht nicht einmal ein tragischer Todesfall wie dieser aus, um die Ernte zu unterbrechen! Aber sie sagte nichts und folgte Verena.

Im Haus nahm die Witwe ihren Hut ab und legte ihre Handschuhe beiseite. »Sie fahren zurück«, forderte sie Deuter auf. »Wir Frauen kümmern uns um alles, was hier erledigt werden muß. Ich nehme an, daß Mister Pribbenow schon morgen früh bei Tagesanbruch mit dem Sarg erscheinen wird.«

Deuter zögerte, befingerte seinen Hut und machte ein unglückliches Gesicht. »Ich könnte noch etwas Wasser aus dem Brunnen holen, bevor ich fahre«, schlug er mit einem Blick auf Jolie vor, die einen bemitleidenswerten Anblick bot.

Verena war bereits auf dem Weg in den Anbau, wo Nan noch immer fieberhaft auf ihren toten Mann einredete. »Ja, wir brauchen Wasser, um die Leiche zu waschen«, sagte Verena mit einem zustimmenden Nicken, bevor sie zu Nan ging und beide Hände auf die bebenden Schultern der jungen Frau legte.

Jolie schürte das Feuer, obwohl es längst unerträglich heiß in dem kleinen Haus war, und als Deuter das Wasser brachte, hatte sie schon Kessel auf dem Herd bereitgestellt.

Irgendwie gelang es Verena, Nan zu überreden, ein Glas von dem hausgemachten Brombeerwein zu trinken, den sie von zu Hause mitgebracht hatte. Danach verfiel Nan in eine Art Trance, setzte sich nach draußen auf die Veranda, schaute zu den Sternen auf und sang mit gespenstisch leiser Stimme ein Lied.

Verena und Jolie bereiteten Joe Culley indessen für seine letzte Fahrt zum Friedhof vor. Die Arbeit flößte ihnen keinen Abscheu ein, denn das Aufbahren der Toten war eine Aufgabe, die den Frauen zufiel, wie Kinder zu gebären und für ihre Männer zu kochen. Doch es war eine traurige Pflicht, und Tränen rannen über Jolies Wangen, als sie Verena half, Joe die schmutzigen Kleider auszuziehen, seinen wachsbleichen Körper zu waschen und ihn in seinen besten Sonntagsanzug zu kleiden.

Als sein Haar befeuchtet und glatt zurückgekämmt war, legte Verena Pennystücke auf Joes Augen, um die Lider geschlossen zu halten. Dann nahm sie Jolies Arm und zog sie mit sich hinaus.

Sie wuschen sich schweigend, dann gingen sie nach draußen und setzten sich zu beiden Seiten Nans auf die Stufen und hielten ihre Hand. So saßen sie die ganze kalte Nacht lang und warteten, bis Philias Pribbenow die sterblichen Überreste Joe Culleys am frühen Morgen mit dem Leichenwagen abholte.

Jolie war halbblind vor Erschöpfung und Verzweiflung, als sie am nächsten Tag zum Feldlager zurückkehrte. Eine dunkelhaarige Frau war dort und bereitete den Männern das Essen zu. Ihre dunklen Augen maßen Jolie mit unverhohlener Abneigung, aber sie machte keine Anstalten, ihre Anwesenheit im Lager zu erklären. Und Jolie stellte keine Fragen.

Verena hatte Nan mit heimgenommen, nachdem Mister Pribbenow und sein Assistent Joe eingesargt und fortgebracht hatten.

Jolie bemerkte Daniel erst, als er die Hand unter ihren Ellbogen legte, um ihr die Stufen in den Küchenwagen hinauf zu helfen.

»Die Beerdigung?« fragte er leise, seine Stimme kaum mehr als ein Knurren.

»Heute abend, sobald es sich ein wenig abkühlt«, antwortete Jolie, ohne ihren Mann anzusehen. Seufzend strich sie sich das verschwitzte Haar aus der Stirn. »Nan ist bei Verena.«

Daniel hielt sie auf, als sie sich in den Wagen zurückziehen wollte, um mit etwas warmem Wasser ihr Gesicht und ihren Hals zu waschen und dann mit der Zubereitung der nächsten Mahlzeit zu beginnen.

»Sieh mich an, Jolie«, befahl er. Sie besaß keine Kraft mehr, Widerstand zu leisten, und so drehte sie sich zu Daniel um und sah, daß sein Blick ganz ungewöhnlich sanft war. Und da wäre sie fast in Tränen ausgebrochen. »Nan wird die Farm verkaufen und in der Stadt leben, bis das Baby kommt«, berichtete sie leise, weil sie wußte, daß Daniel es von ihr erwartete.

»Ich bringe dich nach Hause«, sagte er entschieden. »Dort kannst du dich besser ausruhen.« Trotz seiner offensichtlichen Besorgnis lag eine gewisse Distanz in seiner Haltung. Er ließ Jolies Arm los und trat zurück. »Pack deine Sachen zusammen.«

»Ich muß für die Männer kochen«, entgegnete sie und fragte sich, was sie jetzt wieder getan haben mochte, um Daniels Unmut zu erregen.

Er schüttelte den Kopf. »Darum kümmert sich Pilar. Ich lasse nicht zu, daß du bis an den Rand des Zusammenbruchs schuftest. Pack jetzt ein, was du brauchst, dann wird Deuter dich zur Farm bringen.«

*Pilar.* Der Name klang auf schmerzliche Weise vertraut, aber Jolie war viel zu erschöpft, um sich zu fragen, woher sie ihn kannte und warum sein bloßer Klang ihr Qual verursachte. Sie packte den Gedichtband ein, den sie lesen wollte, ein Kleid, ihr Nachthemd, einen Kamm und die Zahnbürste.

Als Deuter mit dem Wagen vorfuhr, hob Daniel Jolie auf den Sitz hinter seinem Angestellten.

»Mach dir keine Gedanken um die anfallenden Arbeiten«, sagte Daniel ruhig. »Sorg nur dafür, daß du etwas ißt und dich hinlegst, um dich auszuruhen.«

Jolie nickte stumm. Ihr abwesender Blick kehrte zurück zu der Fremden, zu Pilar, deren hartes und doch ungewöhnlich schönes Gesicht ihr zugewandt war. Als sie Pilar ansah, bemerkte sie, daß die Frau triumphierend lächelte.

Auf der Farm wollte Jolie nicht einmal ins Haus gehen. Sie setzte sich in das kühle, duftende Gras unter den Pappeln, wollte nur noch die Augen schließen und an nichts mehr denken. Sie saß mit gekreuzten Beinen auf dem schattigen Boden, als Deuter ihr einen Becher mit eiskaltem Brunnenwasser brachte.

»Sorgen Sie dafür, Deuter, daß ich die Beerdigung nicht versäume«, sagte sie mit der ganzen Strenge, die aufzubringen sie noch fähig war, nachdem sie ihren Durst gelöscht hatte. »Mrs. Culley wird alle ihre Freunde brauchen.«

Deuter nahm ihr behutsam den Becher aus der Hand. Seine Stimme klang auf tröstliche Weise sanft. »Keine Sorge, Mrs. Beckham. Ich passe auf Sie auf.«

Da legte sich Jolie McKibben-Beckham ins Gras, müde wie Eva nach der Flucht aus Eden, und sank in einen tiefen, traumlosen Schlaf.

# 12

Daniel verließ die Felder an jenem Tag schon früh, weil er den Staub von seiner Haut und seinem Haar abwaschen und seine Sonntagskleidung anlegen wollte, bevor er seinem Freund die letzte Ehre erwies. Er trauerte sehr um Joe und litt mit der verängstigten jungen Frau, die nun allein war, aber noch etwas ganz anderes belastete Daniel und setzte sich wie ein bösartiger Tumor in seiner Seele fest.

Angst.

Niemand wußte besser als Daniel Beckham, daß das Leben gefährlich und schwierig war und manchmal sogar grausam; die Gräber unter dem großen Ahornbaum waren der beste Beweis dafür. Und nun, kurz vor Sonnenuntergang, würde er einen der besten Freunde, die er je gehabt hatte, zu Grabe tragen – einen Mann, der am Tag zuvor noch lebendig und gesund gewesen war, der gearbeitet hatte und geträumt.

Wieder einmal wurde Daniel durch Nans Verzweiflung und ihren Schmerz vor Augen geführt, wie hoch der Preis für Liebe war. Im kühlen Halbdunkel der Scheune fütterte und tränkte er sein Pferd. Und trotz seiner bemerkenswerten Stärke konnte er sich der Tatsache nicht verschließen, daß er sich seit vierundzwanzig Stunden eisern beherrschte und seine Gefühle in der Schwebe hielt.

*Die Schlange hätte auch Jolie beißen können... oder die Kinder.*

Der Gedanke war so entsetzlich für Daniel, daß er für einen Moment die Gitterstäbe des Heuwagens umklammerte und sich daran festhielt. Eine Woge alptraumhafter Bilder überschwemmte ihn. Sein Hemd, schon steif vor Schmutz und getrocknetem Schweiß, war innerhalb weniger Sekunden vollkommen durchgeschwitzt.

Sobald der Anfall von Panik jedoch vorüber war, ließ auch die Angst nach, und Daniel empfand nichts mehr als eine schmerzhafte Leere. Mit dem Hemdsärmel wischte er sich über die Stirn und trat in den hellen Sonnenschein hinaus.

Da sah er Jolie, die zusammengerollt wie ein Kind unter einer der hohen Pappeln lag. Obwohl sie keine kleine Frau war, sah sie so verwundbar aus wie eine Puppe, die ein vergeßliches Kind liegengelassen hatte. Bei ihrem Anblick zog sich etwas in Daniel schmerzhaft zusammen.

Am liebsten hätte er Jolie aufgehoben und sie ins Haus getragen, um für den Rest ihres Lebens Tag und Nacht über sie zu wachen und sicherzustellen, daß nichts und niemand sie je wieder verletzen würde. Doch das war ein unmöglicher, nicht zu verwirklichender Gedanke, ganz abgesehen davon, daß Jolie sich dergleichen nie gefallen lassen würde.

Daniel forschte in seinem Herzen, bis er ein anderes, sicheres Gefühl entdeckte: Zorn. Verdammt, *wollte* diese Frau denn unbedingt von einer Klapperschlange gebissen werden? Hatte sie ihm nicht selbst gesagt, daß die beiden Banditen, mit denen sie herumgezogen war, noch in der Nähe lauerten und irgend etwas planten?

Er war schon im Begriff, einen Arm unter Jolies Taille zu schieben und sie grob auf die Beine zu ziehen, als er das Klicken eines Revolverabzugs hörte. Das ließ ihn innehalten.

»Rühr sie nicht an, Daniel«, sagte eine Stimme ruhig. »Schon gar nicht auf grobe Art und Weise!«

Nur wenige Schritte entfernt saß Deuter auf einer umgestülpten Obstkiste und hielt Daniels eigenen .45er Colt auf ihn gerichtet.

»Verdammt, Deuter«, fuhr Daniel wütend auf, »leg die Waffe weg!« Es war ein Schock für ihn, daß Deuter – ausgerechnet *er* – ihn so unverblümt bedrohte. Außerdem war es nicht Deuters Aufgabe, Jolie zu beschützen, sondern *seine*, Daniels.

Der junge Farmarbeiter seufzte und legte die Waffe ohne Kommentar ins Gras.

Durch den kurzen Wortwechsel gestört, erwachte Jolie und richtete sich gähnend auf. Doch dann fiel ihr wieder ein, daß Daniel gekommen war, um sie zu Joes Begräbnis abzuholen, und Verzweiflung zeichnete sich auf ihrem Gesicht ab. Daniel spürte ein überwältigendes Verlangen, sie zu trösten und zu beschützen.

»Ist es schon Zeit?« fragte sie leise.

Wieder drohten seine Gefühle ihn zu überwältigen, aber diesmal verschloß Daniel sich davor. »Wasch dich jetzt und zieh dich um!« befahl er schroff. »Wir werden in der Stadt erwartet.«

Damit wandte er sich ab und schlenderte davon, um sich Wasser für ein Bad zu pumpen.

Jolie bedachte Deuter mit einem traurigen Lächeln, als sie sich erhob. Sie war gerührt, daß er in der Nähe gesessen und gewacht hatte, während sie schlief.

Sie bemühte sich nicht erst, Wasser zu erhitzen, sondern wusch sich im Kühlhaus am Brunnen. Dort zog sie sich auch an, zuerst die frische Unterwäsche und dann das verhaßte braune Satinkleid, das sie sonntags zur Messe trug. Das eiskalte Wasser, das tief aus der Erde kam, stählte sie für die Prüfung, die sie erwartete.

Oder vielleicht betäubte es sie auch nur. Als Jolie und Daniel eine gute Stunde später in der Stadt eintrafen, kam ihr alles ausgesprochen unwirklich vor. Auf die Möglichkeit hin, daß es nur ein böser Traum war und Joe Culley heute gar nicht beerdigt wurde, kniff sie sich in den Arm, was ihr nur allzu schnell wieder ein Gefühl für die Wirklichkeit gab.

Der Kirchhof stand voller Buggies, Wagen und Pferde. Die meisten Trauergäste trugen ihre Arbeitskleidung, weil sie eben erst aus dem Sägewerk, von den Feldern oder aus der Bank und den Mietställen gekommen waren.

Daniel hob seine Frau vom Wagen. Es lag ein gewisser Trost in der Kraft seiner starken Arme, aber die Art, wie er darauf achtete, daß ihre Körper sich nicht berührten, erfüllte Jolie mit Verzweiflung.

Gemma und Hank waren schon da. Ihr blondes Haar leuchtete in den letzten Sonnenstrahlen, doch in ihren blauen Augen verrieten sich Furcht und Unsicherheit, als die Kinder fragend zu Jolie aufschauten. Sie zog sie für einen Moment an sich und küßte beide auf die Stirn.

»Seid ihr auch brav gewesen und habt Mrs. Dailey gehorcht?« erkundigte sie sich leise.

»Ja, Madam«, erwiderte Hank förmlich. »Das haben wir. Aber Gemma und ich würden lieber mit Ihnen nach Hause kommen, falls es Ihnen recht ist.«

Daniel versteifte sich bei den Worten ›nach Hause‹, doch Jolie tat, als hätte sie es nicht bemerkt.

»Ich glaube, wir machen morgen mit der Ernte weiter«, sagte sie zu den Kindern. »Und ich wäre offen gestanden sehr froh, wenn ich jemanden hätte, der mir Wasser holt und Beeren pflückt und Forellen für das Abendessen fängt.«

Die sorgenvollen kleinen Gesichter hellten sich auf, doch da scheuchte Daniel auf seine unnachahmlich diskrete Art seine kleine Familie auch schon zum Friedhof hinüber, wo Joes andere Freunde sich versammelt hatten.

Obwohl Jolie nie auf die Idee gekommen wäre, sich auf

Daniel zu stützen, bezog sie eine gewisse Kraft aus dem Bewußtsein, daß er dicht hinter ihr stand, solide und robust wie eine Zeder. Mit trockenen Augen und auf seltsame Weise geistesabwesend folgte sie der Zeremonie am Grab und lauschte auf die kurze Ansprache des Priesters, ohne jedoch wirklich etwas davon zu verstehen.

Um sie herum weinten die Frauen, und Jolie fragte sich, ob es ein Mangel an Gefühlen bei ihr sein mochte, was sie dies alles auf solch stoische Weise ertragen ließ. Nans schmale Schultern zuckten unter stummem Schluchzen, und Verenas Augen hinter dem schwarzen Schleier glänzten verdächtig.

Und so endet es dann, dachte Jolie abwesend. Ein Mensch arbeitete und hoffte und träumte und litt so viele Jahre, wie der Herrgott ihm zugestand. Dann, falls er ein anständiger Mensch gewesen war, würden ein paar Freunde erscheinen und ihn beweinen, wenn er eines Sommertags ins Grab hinabgelassen wurde – vorausgesetzt natürlich, das Einbringen der Ernte ließ es zu.

Jolie hob den Kopf und schaute flüchtig zum rotgoldenen Himmel auf, von der Frage bewegt, ob es dort oben wirklich – wie die Prediger behaupteten – einen Ort für jene gab, die die Welt verließen.

Als sie ihren Blick wieder auf Nan richtete, stellte sie zu ihrer Verblüffung fest, daß Ira January neben die junge Witwe getreten war und ihren Arm hielt. Der Sägewerksbesitzer sah gut aus, wenn auch vielleicht ein bißchen zu aalglatt, und doch verursachte sein Anblick Jolie jedesmal ein Frösteln. Wie es auch war, wenn sie Blake Kingston oder Rowdy Fleet sah.

Schließlich wurde Nan vom Grab fortgeführt, und die Frauen der Methodistenkirche, die sich normalerweise von den Presbyterianern eher distanzierten, hatten einen kleinen Imbiß für die Trauergäste vorbereitet. Jolie aß, weil sie ihre Kräfte brauchte, aber das Essen hatte weder Geschmack noch Gestalt für sie und vermochte nicht die hohle Leere in ihr zu füllen.

Nan hatte sich dazu entschlossen, nicht mehr auf die Farm

zurückzukehren, außer vielleicht, um einige ihrer Sachen abzuholen, und man munkelte, daß Mister January ihr ein Zimmer in Mrs. Kraypers Pension reserviert hatte. Auf jeden Fall wich er beim Essen nicht von ihrer Seite.

Als er endlich den anderen Männern folgte, die sich unter eine mächtige alte Eiche zurückgezogen hatten, um Zigarren zu rauchen, ging Jolie zu Nan. Da sie ihr bereits ihr Beileid ausgesprochen hatte, stellte sie ihr die Frage, die sie während der Zeremonie am meisten beschäftigt hatte. »Ist Mister January mit dir verwandt?«

Nan hob den Kopf. Sie war blaß wie ein winterlicher Mond, ihre Augen wirkten unnatürlich dunkel in dem bleichen Gesicht. Ihr schönes kastanienbraunes Haar war unter einer schwarzen Haube verborgen. »Er ist ein Freund«, erwiderte sie steif. Für einen Moment wandte sie die Augen ab, und eine helle Röte stieg in ihre blassen Wangen. »Ich bin nicht so stark wie du, Jolie«, sagte sie abschließend und mit leisem Trotz.

Ihr Geständnis mehrte höchstens Jolies Mitleid für sie, doch es löste ganz gewiß nicht die Mißbilligung in ihr aus, die Nan zu erwarten schien. Jolie schob die Hand unter den Arm ihrer Freundin und dämpfte ihre Stimme zu einem Flüstern. »Du meinst, er wird dein ... Beschützer sein?«

»Eine Frau braucht einen Mann, um zu überleben«, entgegnete Nan. Ein verzweifeltes Glitzern erschien in ihren Augen. »Ich trage ein Kind unter dem Herzen ...«

»Du hast eine Farm, die du verkaufen kannst«, erinnerte Jolie sie, überzeugt, daß der Erlös aus dem Verkauf des Lands ausreichen würde, um Nan und ihr Kind zu ernähren.

Aber Nan schüttelte den Kopf. »Sie ist hoch verschuldet«, antwortete sie. »Joe und ich hatten gerade erst die Urkunde über das Land erhalten, als ...« sie brach ab. »Mister January wird dafür sorgen, daß ich zunächst einmal in der Stadt leben kann, und dann ... nach einem Jahr ...«

Nach einem Jahr würden Nan und Ira January heiraten. Jolie wollte schon einwenden, daß keine Frau unter derartigen

Umständen heiraten sollte, aber dann entschied sie sich zu schweigen. Wer war sie, Jolie McKibben, um jemandem Ratschläge zu erteilen? Sie hatte bei ihrer eigenen Heirat kein Mitspracherecht gehabt; Dan Beckham hatte sie vom Galgen gepflückt, wie er einen Spatz aus einer Regentonne gezogen hätte.

Jolie nahm Nans eiskalte Hände in ihre und drückte sie aufmunternd. »Mach nur nicht den Fehler, dir einzureden, Mister January sei dein einziger Freund«, warnte sie Nan sanft. »Du hast Daniel und mich, Verena und all diese anderen Leute.«

Tränen schimmerten in Nans Augen. Sie biß sich auf die Lippen und nickte stumm.

Kurz darauf verließen die Beckhams den Pfarrgarten. Hank und Gemma schliefen hinten im Wagen, satt, aber auch erschöpft nach diesem langen Tag, und Daniel zündete die Laternen am Wagen an, obwohl es eine mondhelle Nacht war. Er schien so tief in Gedanken versunken, daß Jolie es nicht wagte, eine Unterhaltung zu beginnen.

Sie kehrten zum Feldlager zurück anstatt zum Farmhaus, und schon aus der Ferne hörte Jolie die einsame Melodie einer Mundharmonika, die sogar das Knarren der Mauleselgeschirre und das Klappern der Räder übertönte. Alles zusammen vereinte sich zu einem traurigen Refrain – Joe Culley würde nie wieder pfeifend an der Küchentür der Beckhams erscheinen.

Daniel hatte vollkommen vergessen, daß er Pilar gebeten hatte, auf die Felder herauszukommen und für die Männer zu kochen, während Jolie bei den Culleys war. Als er den Wagen am Rand des Lagers anhielt, wurde es ihm jedoch auf peinliche Weise in Erinnerung gebracht.

Pilar kam hüftschwenkend auf ihn zu, mit einer jener spanischen Blusen bekleidet, die die Schultern freilassen, und einem gerüschten Rock in einem solch kräftigen Rot, daß die Farbe sogar im Dunkeln zu erkennen war. Ihre Hände ruhten auf ihren vollen Hüften, und ihre Augen sprühten Funken, als sie den Blick auf Jolie richtete.

»Hol deine Sachen«, sagte Daniel zu Pilar. »Ich bringe dich in die Stadt zurück.«

Pilar schob trotzig das Kinn vor, aber dann schien sie es sich anders zu überlegen, und ein rachsüchtiges Lächeln erschien um ihre Lippen. Gelassen zuckte sie mit den Schultern. »Es dürfte mich eigentlich nicht überraschen«, sagte sie und beobachtete Jolie, die stocksteif dastand – wie eine gereizte Katze, bevor sie sich in eine Tigerin verwandelt und zu kratzen und zu kreischen anfängt. »Wenn Big Dan Beckham keine Verwendung mehr für seine Frauen hat, wirft er sie einfach weg und sucht sich eine neue.«

Daniel wollte etwas sagen, aber Jolie ließ ihn nicht zu Wort kommen. *»Pilar«*, meinte sie mit eigentümlicher Betonung und funkelte die Spanierin so wütend an, als wollte sie ihr die Augen auskratzen. Aber dann, als Daniel schon glaubte, eingreifen zu müssen, drehte sie sich um und schaute zu ihm auf, und trotz der Dunkelheit erkannte er, wie verletzt und zornig sie war.

Anscheinend hatte sie das Puzzle gelöst: Pilar war die Frau aus dem Saloon, und ihr verführerischer Körper hatte Daniel in manch düsterer Nacht süßen Trost geboten.

Es war auch klar, daß Jolie dachte, Daniel hätte Pilar aus ganz anderen Gründen als des Kochens wegen ins Lager gebracht.

Pilar lächelte, ganz offensichtlich sehr zufrieden mit sich. Mit wenigen Worten hatte sie erreicht, was sie beabsichtigte, und nun schlenderte sie hüftschwingend zum Küchenwagen und stieg die Stufen hinauf, um ihre Sachen zu holen.

Daniel setzte zu einer Erklärung an, aber dann beschloß er, daß es vermutlich besser war, wenn Jolie glaubte, er sei unmoralisch genug, mit einer Frau zu schlafen, obwohl er mit einer anderen verheiratet war. Das würde ihr den Abschied erleichtern, der kam, sobald die Ernte vorüber war, und dann konnte sie nach San Francisco fahren und ihrem Leben wieder einen Sinn geben.

Nach einem Blick auf Daniel, der selbst an einem kalten Dezembertag das Eis auf dem Onion Creek zum Schmelzen gebracht hätte, raffte Jolie die Röcke ihres braunen Sonntagskleids und schwebte hocherhobenen Hauptes davon, um nach den Kindern zu sehen.

Ihr nicht nachzugehen, um ihr zu schwören, daß er sein Ehegelübde nicht gebrochen hatte, war eine der härtesten Entscheidungen, die Daniel sich je abverlangt hatte. Während er Pilar in den Wagen half und ihr dann ihre Tasche anreichte, versuchte er sich einzureden, daß es im Grunde gar nicht wichtig war, ob er Jolie die Treue hielt oder nicht. Ihrer Trauung haftete keine wirkliche Bedeutung an, er hatte schließlich nur versucht, Jolie damit vor dem Galgen zu bewahren.

Die Wagenfedern ächzten, als Daniel auf den Fahrersitz stieg und die Zügel in die Hand nahm. Um nicht weiter über Jolie nachzudenken, richtete er seine Gedanken auf die Culleyfarm. Auch dort mußte der Weizen geerntet werden, und trotz seiner aufrichtigen Trauer um den Verlust eines guten Freundes begehrte er das fruchtbare Land und das robuste kleine Haus mit einer Intensität, die ihn beschämte. Wenn er die Farm kaufte – was gar nicht möglich war, weil er sein letztes Geld für Jolies Kaution ausgegeben hatte – würde er das größte zusammenhängende Stück Land zwischen Spokane und der Grenze zu Oregon besitzen. Und was noch viel besser war – sein Bruder Enoch konnte endlich mit seiner Familie nach Westen kommen und sich in Joes Haus niederlassen.

Dann wären Daniel und Enoch Partner und Nachbarn, ganz abgesehen davon, daß sie Brüder waren. Die Idee hatte auch noch andere Vorteile. Wenn Jolie und die Kinder fort waren, würde das große Haus nicht so leer und einsam sein. Nicht mit Enoch und Mary und den Kleinen auf der anderen Seite der Felder.

Nachdem Jolie Hank und Gemma im Küchenwagen zu Bett gebracht hatte, nahm sie Decken und Kissen mit hinaus und bereitete sich ein Lager unter dem Wagen. Das Gras war jetzt flach und trocken und hatte seinen würzigen, frischen Duft verloren.

Jolie schloß die Augen, froh, daß dieser schreckliche Tag vorüber war. Doch eine Folge grimmiger Bilder zog vor ihrem inneren Auge vorbei und ließ sie keinen Schlaf finden.

Sie sah Nan neben Joes frischausgehobenem Grab stehen, weinend, händeringend und Ira January an ihrer Seite. Das Bild war so erschreckend, daß Jolie abrupt auffuhr und mit dem Kopf gegen den Wagenboden prallte.

Während sie mit einer Hand die schmerzende Stirn rieb, stieß Jolie leise eine ganze Serie von Flüchen aus, die sie längst vergessen geglaubt hatte. Morgen würde sie eine Beule haben, aber das war jetzt auch nicht mehr wichtig, genauso wenig wie der Schmerz. Es war ihr nämlich gerade erst zu Bewußtsein gekommen, daß Mister January Nan vielleicht nur hofierte, um an die Besitzurkunde der Culleyfarm heranzukommen.

Nachdenklich ließ Jolie sich zurück auf die Decken sinken. Du kennst den Mann nicht gut genug, um dir ein solches Urteil zu erlauben, ermahnte sie sich, doch ihr Instinkt beharrte, daß er ein gewissenloser Schuft war.

Vielleicht hatte Nan ihm nichts von den Schulden erzählt. Vielleicht war sie verzweifelt und verängstigt genug, um es nicht zu tun …

Jolie rieb sich die schmerzende Stirn, und ihre Kehle wurde eng, als sie gegen die aufsteigenden Tränen ankämpfte. Aber sie weinte nicht um Joe, möge er in Frieden ruhen. Nein, der Grund, aus dem Jolie die Tränen kamen, war sehr viel weniger edel: Daniel hatte sein Saloonmädchen nicht aufgegeben, obwohl er eine Frau besaß, zu der er gehen konnte, wenn seine männlichen Bedürfnisse übermächtig wurden. Er war sogar so dreist gewesen, seine Hure ins Lager mitzubringen, obwohl alle Männer wußten, wer sie war, und Jolie nicht in der Nähe gewesen war, um ihre Interessen zu verteidigen.

Der traurige Klang einer Mundharmonika erfüllte die nächtliche Stille und drang wie Rauch in Jolies Seele.

Sie versuchte zu schlafen, bemühte sich verzweifelt, aber als eine Stunde nach der anderen verging und sie den Wagen nicht zurückkommen hörte, hörte sie auf, sich etwas vorzumachen. Daniel verbrachte auch noch dreist die Nacht bei seiner Geliebten, obwohl seine Frau im Lager war und alle Feldarbeiter Bescheid wußten. Der Schmerz und die Erniedrigung waren zuviel für Jolie, sie schämte sich so bitterlich, als hätte sie selbst etwas Unanständiges getan. Weinend drehte sie sich auf die Seite und schaute zum klaren Himmel auf, an dem die Sterne funkelten wie Rheinkiesel auf einem dunklen Tuch.

Und da schwor sie sich bei allem, was ihr heilig war, daß niemand jemals erfahren würde, wie sehr der Verrat ihres Ehemanns sie schmerzte. Und ganz bestimmt nicht Daniel.

Am nächsten Morgen wurde Jolie wie üblich vor Sonnenaufgang wach, und sobald sie die Augen öffnete, erwachte wieder die ganze Hoffnungslosigkeit der Nacht in ihr.

Das Frühstück war längst ausgeteilt, und die Männer tranken schon ihre zweite Kanne Kaffee, als Daniel endlich in seinem klapprigen Wagen vorfuhr. Er war sauber und trug frische Arbeitskleidung, und sein Blick schien Jolie stumm herauszufordern, ihn zu fragen, wo er gewesen sei.

Doch Jolie schwieg.

Sie füllte einen Teller mit Schinken und Rührei, schenkte Kaffee in einen Emaillebecher und reichte beides Daniel. Ihr Verhalten, so hoffte sie, würde ihm ein- für allemal klarmachen, daß Mister Beckham von ihrem Standpunkt aus nicht mehr war als ein weiterer Feldarbeiter.

Daniel hatte nicht in dem kleinen Zimmer über dem Ivory Rose Saloon geschlafen, obwohl es genau das war, was er Jolie glauben machen wollte. Statt dessen hatte er die ganze Nacht herumgesessen und sich mit Hamish Frazer unterhalten, dem neuen Direktor der Fidelity Bank. Dann war er zur Farm gefahren, um ein Bad zu nehmen und den Rest der Nacht in seinem einsamen großen Bett zu verbringen.

Irgendwie hatte er gehofft, Jolie würde ihm bei seiner Rückkehr aufgebracht entgegenstürzen, aber ebenso wie seine Arbeiter enttäuschte sie auch ihn, indem sie ihn nicht anders behandelte als alle anderen auch. Sie hatte nicht einmal mit der Wimper gezuckt, verdammt!

Die Tagesarbeit begann, nachdem er seinen Teller zurückgegeben hatte, und Daniel fand seinen Trost darin, wie er es sein Leben lang getan hatte. Trotz der vielen harten Anforderungen, die das Einbringen der Ernte stellte, beherrschte ihn ein quälendes Verlangen nach Jolie und dem Trost, den sie seinen müden Knochen hätte spenden können.

Der würzige Duft des Abendessens hing schon in der Luft, als die Dämmerung hereinbrach und die Männer erschöpft vom Schneiden und Dreschen des Korns waren. Aber obwohl Daniel hungrig wie ein Bär war, der mitten im Winterschlaf erwachte, blieb er nicht zum Essen und sprach auch nicht mit Jolie.

Auf der Farm erledigte er die abendlichen Aufgaben und gab dem alten Leviticus ein Schälchen Milch. Dann öffnete Daniel eine Büchse eingemachtes Hirschfleisch und aß etwas von dem trockenen Brot dazu, das er in der Speisekammer fand.

Er war noch immer mächtig hungrig, als er sich draußen an der Pumpe wusch und den einzigen guten Anzug anzog, den er besaß und eigentlich nur sonntags zur Kirche trug. Daniel hatte sich endlich dazu durchgerungen, den vielen Problemen in seinem Leben ein Ende zu bereiten, und war der festen Überzeugung, daß dies nur geschehen konnte, indem er Schritt für Schritt vorging.

Er hoffte nur, daß Enoch und Mary den weiten Weg nach Westen schafften, bevor der erste Schnee fiel.

Sehr zu Jolies Erstaunen – und Erleichterung, obwohl sie das nie zugegeben hätte – kehrte Daniel in jener Nacht ins Lager zurück. Sie spielte gerade draußen vor dem Küchenwagen Schach mit Deuter, als Daniel plötzlich vor ihnen auftauchte.

»Was macht ihr hier?« herrschte er sie an, als hätte er sie bei etwas Verbotenem ertappt.

Jolie schaute nicht einmal auf vom Brett, aber nicht aus Koketterie, sondern weil sie verhindern wollte, daß Daniel ihr Erröten sah. »Wir vertreiben uns die Zeit an einem langen Sommerabend, Mister Beckham«, antwortete sie so kühl, als hätte sie einen fahrenden Händler vor sich, der ihr minderwertige Waren anbot.

Aus dem Augenwinkel sah sie, daß Daniel seinen Blick auf Deuter richtete. »Geh und kümmere dich um die Maulesel«, sagte er ruhig zu ihm.

Deuter, der gerade im Begriff war, eine seiner Figuren zu bewegen, rieb sich nachdenklich das Kinn. »Die Maulesel sind versorgt«, entgegnete er abwesend.

Diesmal waren Daniels Ton und die Haltung seiner Schultern unmißverständlich. »Dann kümmere dich noch einmal um sie«, sagte er scharf.

Deuter hatte viele Fehler, aber er war kein Narr. Er stand auf und schlenderte pfeifend in Richtung Koppel davon.

Daniel nahm seinen Platz ein und setzte sich Jolie gegenüber. Während er sie unverwandt anschaute, seufzte er, verschränkte die Hände, um sie dann wieder zu lösen, nahm seinen Hut ab und setzte ihn wieder auf.

»Er hätte dich geschlagen«, sagte er schließlich mit einem Blick auf die schwarzen und weißen Figuren auf dem Brett.

Jolie unterdrückte ein Lächeln. »Vielen Dank, daß du mich aufklärst, Daniel. Ich muß zugeben, daß ich mir eine Zeitlang Hoffnungen gemacht hatte.«

Daniel schleuderte den Hut ins Gras und stieß ungeduldig seinen Atem aus. »Ich habe Joes und Nans Farm gekauft«, platzte er heraus. »Und das bedeutet – nun ja, ich glaube nicht, daß ich jetzt noch das Geld habe, um dich nach San Francisco zu schicken. Jedenfalls nicht bis zur nächsten Ernte. So lange wirst du bleiben müssen.«

Ein Sturm von Gefühlen, die sich aus purer Freude, aber auch aus verletztem Stolz zusammensetzten, erfaßte Jolie und drohte, sie vom Stuhl zu reißen. Um es zu verhindern, umklammerte sie ihre Knie und ermahnte sich, nicht zu vergessen, wie es war, den Arbeitern gegenüberzutreten und ihnen das Essen zu servieren, obwohl alle über Daniels Besuch bei Pilar Bescheid wußten.

»Ich brauche nirgendwo zu bleiben, Daniel Beckham«, antwortete sie leise, als sie ihre aufgewühlten Emotionen endlich wieder unter Kontrolle hatte. »Ich war schon früher auf mich selbst angewiesen. Ich habe keine Angst, mich wieder auf die Straße zu begeben.«

Daniel beugte sich zu ihr vor, und an seinem heftigen Atem erkannte sie, wie gereizt er war. »Das würdest du nicht wagen!«

Jolie zog eine Braue hoch und schaute Daniel in die Augen. »Bist du sicher?« entgegnete sie kühl, dann stand sie auf, um Gemma und Hank zu suchen und ins Bett zu bringen.

Aber Daniel ergriff ihren Arm und zog sie auf den Stuhl zurück. »Verdammt, Frau, ich rate dir, das gar nicht erst zu versuchen!« warnte er. »Keine Frau von mir wird durch das Land vagabundieren, ohne jemanden zu haben, der sich um sie kümmert!«

Jolie entzog ihm ihren Arm. »Das ist genau das, was ich bin«, entgegnete sie kalt. »Keine Frau von dir.«

Diesmal hielt er sie nicht auf, als sie sich abwandte. Hank und Gemma hockten am Feuer und lauschten den Geschichten, die die Männer sich erzählten. Obwohl sie keineswegs erfreut waren, als Jolie ihnen befahl, mit ihr zum Wagen zurückzukehren und sich Hände und Gesicht zu waschen, gehorchten sie bereitwillig. Und beide schliefen ein, kaum daß sie im Bett lagen.

Jolie strich ihnen die Haare zurück und küßte sie auf die

Stirn, dann blies sie die Lampe aus und holte ihre Decken. Das Feuer war erloschen, und im Lager herrschte Ruhe, als Daniel zu seiner Frau unter den Wagen kam.

»Geh weg!« flüsterte sie.

»Ziemlich unwahrscheinlich«, entgegnete er und schlüpfte, nur mit seiner Unterwäsche bekleidet, zu ihr unter die Decke.

»Wage es nicht, mich anzurühren«, warnte Jolie, obwohl ein Teil von ihr nichts mehr ersehnte als die Vereinigung mit ihm.

Wortlos knöpfte er das Oberteil ihres Kleids auf, und zu ihrer Beschämung war sie nicht einmal imstande, die Hände zu heben und ihn daran zu hindern. Es war dunkel unter dem Wagen, und der Duft von Daniel, dem Gras und der fruchtbaren Erde erweckte ein heißes Verlangen in Jolie. Sie sehnte sich danach, Daniels Gewicht auf sich zu spüren und ihn tief, ganz tief in sich aufzunehmen.

»Daniel«, flüsterte sie, zwischen Stolz und Verlangen schwankend.

Er streifte ihr das Oberteil ihres Kleids ab, zog das Hemdchen von ihren Brüsten und senkte den Mund auf eine ihrer rosigen Knospen.

*»Daniel!«* flüsterte Jolie noch einmal, und diesmal wußte sie, daß sie verloren war.

Als Jolie am Morgen darauf erwachte, zufriedener und verwirrter als je zuvor, war sie allein. Sie wusch sich im Küchenwagen, zog ein frisches Kleid an und ging hinaus, um gesalzene Schweinerippchen und kalte Kartoffeln vom Vorabend aufzuwärmen. Dazu briet sie die Eier, die Deuter von der Farm geholt hatte. Als auch der Kaffee aufgebrüht war, schaute sie zu, wie die Männer aßen, und lächelte friedfertig, wenn sie über ihre Kochkunst scherzten.

Nur Daniel schwieg stur vor sich hin und lächelte nicht, und Jolie wünschte, genug Mut aufzubringen, um ihm den Teller aus der Hand zu nehmen und ihn über seinem Kopf auszuleeren. Er war der schwierigste, starrsinnigste Mann, dem sie je begegnet war.

Doch leider, dachte sie mit einem stummen Seufzer, liebe ich ihn so sehr, daß dieses Gefühl mich zu überwältigen droht.

Die Ernte ging weiter, Tag um Tag, und Jolie schuftete, bis sogar ihre Seele zu erschöpft war, um sich zu quälen. Abends spielte sie mit Deuter Schach, las oder saß bei den Männern am Feuer, um ihren Liedern und Geschichten zu lauschen. Manchmal kam Daniel zu ihr unter den Wagen, wenn es schon ganz still im Lager war. Dann nahm er sie in die Arme und trieb sie mit seinen leidenschaftlichen Umarmungen in einen süßen Wahnsinn, nur um sie dann am nächsten Morgen wieder wie eine Fremde zu behandeln. Jolie schämte sich ihrer Nachgiebigkeit ihm gegenüber, aber ihr Verlangen nach ihm ging weit über körperliche Lust hinaus und erreichte Sphären, die ihr selbst nicht ganz verständlich waren. Ihn abzuweisen, wäre genauso unmöglich für sie gewesen wie der Versuch, ihren Atem oder ihren Herzschlag anzuhalten. Und deshalb nahm sie dankbar die bittersüßen Momente, die ihr Mann ihr zugestand, und genoß sie trotz ihrer tapferen Worte, ihn eines Tages zu verlassen und auf die Straße zurückzukehren.

# 13

Am vierten September, dem ersten Tag, nachdem Daniels Ernte und die seiner Nachbarn eingebracht war, öffnete der Himmel seine Schleusen, und es begann zu regnen. Dicke Tropfen prasselten auf die Dächer von Scheunen und Haus und verwandelten den Staub auf den Feldern in zähen Schlamm. Was vom Garten übriggeblieben war, verfaulte auf der Erde, und die strohgefüllte Vogelscheuche ließ schwer die Glieder hängen.

Für Daniel war es ein gutes Omen, daß das Unwetter erst nach der Ernte begonnen hatte – ein Zeichen, daß Gott seine Entscheidung billigte, Joe Culleys Farm zu kaufen und Enoch und seine Familie kommen zu lassen. Aber da Daniel ein praktisch veranlagter Mensch war, wußte er natürlich auch, daß der Regen begonnen hatte, als der richtige Zeitpunkt dafür gekommen war und weil die Natur es so bestimmte.

Die letzten Erntearbeiter hatten Unterschlupf in der Scheune gesucht, wo sie abwarten wollten, bis der Regen nachließ und sie sich auf den Heimweg machen konnten. Einige von ihnen waren schon mit der Postkutsche abgefahren, aber die meisten würden zu Fuß nach Hause zurückkehren, wo immer sie auch leben mochten. Fast alle von ihnen brauchten das verdiente Geld, um mit ihren Familien einen langen, harten Winter zu überstehen, und sparten deshalb, wo sie konnten. Solange sie noch auf der Farm waren, kochte Jolie für die Männer.

Die Küche war hell erleuchtet, im Herd prasselte ein anheimelndes Feuer. Jolie hatte Hank auf einen hohen Stuhl gesetzt und bemühte sich, sein Haar zu schneiden. Unter dem Rand der Schüssel, die Jolie ihm aufgesetzt hatte, warf er Daniel bitterböse Blicke zu, während Gemma im Schaukelstuhl beim Herd saß und ihre Puppe in den Armen wiegte.

Ein bittersüßes Gefühl erfaßte Daniels Herz, und nach einer Weile hielt er es nicht mehr aus und schnappte sich seinen Hut und seinen Mantel. Ich hätte die Kleinen sofort nach Spokane zurückbringen sollen, als wir sie entdeckten, dachte er unwillig, denn jetzt, nachdem er sich Jolies Wünschen gebeugt hatte, würde die Trennung für alle sehr schmerzlich werden.

»Ich bin in der Scheune«, sagte er, schon an der Tür.

»Gib acht, daß du dich nicht erkältest«, entgegnete Jolie gleichmütig, während sie an Hanks Haar herumschnippelte. »Bei diesem Wetter könntest du dir den Tod holen.«

Daniel lächelte unwillkürlich. So merkwürdig es vielleicht erschien, aber was er nach Ilses Tod am meisten vermißt hatte, war die Fürsorge einer Frau. *Zieh dich warm an, Daniel ... Komm und iß, solange es noch heiß ist ... Zieh bitte dein Hemd aus, damit ich den losen Knopf annähen kann ...*

Eine heftige Bö traf Daniel, als er die Tür öffnete, und einen Moment lang zögerte er, die warme Küche zu verlassen. Aber dann kam er zu dem Entschluß, daß Kälte und Nässe ihn wieder zur Besinnung bringen würden, und hastete durch den Regen in die Scheune.

Jolie war sehr niedergeschlagen, als sie die Schere beiseite legte – Ilses Schere, die wie so viele andere Dinge in diesem Haus Ilse gehörten. *Wie Daniel.*

Gemma hielt in ihrem Schaukeln inne und musterte Jolie ernst, als Hank erleichtert von dem hohen Stuhl sprang und aus der Küche rannte.

»Elsie hat Hunger«, sagte das kleine Mädchen und deutete mit dem Kinn auf die Puppe in ihrem Arm.

Jolie lächelte mühsam. Ein schmerzhafter Klumpen schien sich zwischen ihrem Magen und ihrem Herzen festgesetzt zu haben. »Dann sollten wir ihr etwas zu essen geben. Meinst du, sie hätte Appetit auf eine Zimtrolle?«

Gemma nickte eifrig. »Ja, Madam, ich glaube, die würde sie sehr gern essen.«

Aus ihrer inneren Unruhe heraus und aus Angst vor dem, was auf sie zukam, hatte Jolie morgens gebacken, um sich von ihren trüben Gedanken abzulenken. Nun holte sie etwas von dem frischen Gebäck aus der Speisekammer und gab es Gemma auf einem Teller.

»Bitte, Elsie«, sagte Jolie mit einer kleinen Verbeugung zu der Puppe.

Gemma kicherte und tat, als fütterte sie die Puppe, aber immer, wenn sie glaubte, daß Jolie nicht hinsah, biß sie selbst in die Zimtrolle. Jolie bemühte sich, nicht hinzuschauen, weil es sie zutiefst betrübte, daß die Kinder ihr schon in wenigen Tagen, in einer Woche oder spätestens in einem Monat genommen werden würden. Ihre Kehle war wie zugeschnürt, als sie – mit sehr viel mehr Energie als nötig war – die Hühnersuppe umrührte, die sie für abends zubereitet hatte.

An diesem Abend brachte Jolie die Kinder früher als sonst zu Bett und erzählte ihnen eine selbsterdachte Geschichte. Diesmal handelte es sich um Zigeuner, und Hank war so fasziniert, daß er ihr fast – aber auch nur fast – den Haarschnitt verzieh, der, wie er erklärte, eine noch schlimmere Prüfung als das samstägliche Bad gewesen war.

Jolies Augen schimmerten verdächtig, als sie Hank und Gemma nach dem Nachtgebet küßte, die Lampen löschte und hinausging.

Sie fand Daniel im Arbeitszimmer, dem einzigen Raum im Haus, wo Unordnung gestattet war. Ihr Mann saß über seinen Rechnungsbüchern und schien sehr beschäftigt. Vielleicht war es nur Jolies Befürchtung kommenden Unheils, was ihr den Mut gab, sich Daniel zu nähern. Abgesehen von gelegentlichen nächtlichen Besuchen in ihrem Zimmer und den gemeinsamen Mahlzeiten ging Daniel Jolie nämlich beständig aus dem Weg. Als sie jetzt eintrat, hob er den Kopf und fuhr sich seufzend mit der Hand durchs Haar. »Ich wollte mit dir sprechen«, sagte er in schroffem, resigniertem Ton.

Betont gelassen, weil sie hoffte, auf diese Weise ihre Tränen zurückzuhalten, ließ Jolie sich in dem Ledersessel vor Daniels Schreibtisch nieder, zog die Augenbrauen hoch und verschränkte die Arme. »Tatsächlich, Daniel?« fragte sie. »Hast du jetzt genug Geld, um mich fortzuschicken?«

Daniel betrachtete seine Frau aus schmalen Augen und rieb sich das stoppelige Kinn. »Ich habe dir schon einmal gesagt, daß du bis nach der nächsten Ernte bleiben mußt.«

Jolie war ungemein erleichtert, obwohl sie lieber Blake Kingston die Füße geküßt hätte, als es vor Daniel zuzugeben. Schweigend hob sie die rechte Hand und betrachtete ihre Fingernägel.

Daniel räusperte sich, wandte einen Moment den Blick ab und schaute Jolie dann offen in die Augen. »Sobald der Regen nachläßt, bringe ich Gemma und Hank nach Spokane. Du kannst mitkommen, wenn du willst.«

Sie wandte rasch den Kopf ab, um ihre Reaktion zu verbergen. Obwohl seine Ankündigung sie nicht überraschte, hatte sie dennoch das Gefühl, von einem wütenden Bullen verletzt worden zu sein. Das Letzte, was sie sich im Leben wünschte, war, zusehen zu müssen, wie Daniel die Kinder Fremden übergab. Aber nicht dabeizusein wäre pure Feigheit gewesen.

»Natürlich komme ich mit«, erwiderte sie, den Blick noch immer auf ihre Hände gerichtet. Sie hielt sie so fest im Schoß verschränkt, daß die Knöchel weiß hervortraten.

»Jolie«, mahnte Daniel sanft, »du *wußtest*, das das geschehen würde!«

Sie hob den Kopf. Ihre Augen glitzerten vor Tränen, aber das Gefühl, das sie jetzt am stärksten beherrschte, war Trotz. »Sei verdammt, Daniel!« brach es aus ihr hervor. »Du und dein verdammtes kaltes Herz!« Damit sprang sie auf und verließ fluchtartig den Raum.

Draußen auf der Veranda umklammerte sie mit beiden Händen das Geländer und ließ endlich ihren Tränen freien Lauf.

Sie war erstaunt, als sich Daniels starke Hände um ihre Schultern schlossen. Er drehte sie zu sich herum und hob sanft ihr Gesicht zu sich empor. »Vielleicht wäre es besser, wenn du uns nicht begleiten würdest«, meinte er rauh.

Jolie wischte mit dem Handrücken die Tränen ab, aber sie strömten so beständig aus ihren Augen wie der Regen aufs Verandadach. »Nein«, sagte sie fest. »Ich werde es bis zum Ende durchstehen. Ich weiche nicht eher von der Seite dieser Kinder, bis es sich nicht mehr verhindern läßt.« Daniels von der Arbeit rauhe Hände schlossen sich um Jolies tränenüberströmtes Gesicht, seine Daumen glitten streichelnd über ihre Wangenknochen. Er wollte etwas sagen, aber bevor er ein Wort äußern konnte, riß Jolie sich los und wich ein paar Schritte von ihm zurück.

»Halte dich fern von mir, Daniel!« sagte sie scharf. »Diesmal wird es dir nämlich nicht gelingen, mich zu besänftigen und dann mit mir zu schlafen!«

Erstaunlicherweise wirkte Daniel eher belustigt als verärgert. Im Licht, das aus dem Wohnzimmerfenster drang, sah Jolie ihn lächeln, bevor er die Arme verschränkte und sich gegen einen der Verandapfosten lehnte. »Ich habe dich noch nie dazu gezwungen, Jolie«, entgegnete er gelassen. Ein unausgesprochenes ›*Es war auch nie nötig*‹ hing in der Luft. »Also werde ich jetzt auch nicht damit beginnen.«

Jolie nickte nur, weil sie nicht wußte, wie sie auf Daniels Bemerkung reagieren sollte, und entfernte sich noch weiter von ihm. Es war beschämend wahr, was er gesagt hatte ... er brauchte Jolie nur zu berühren, und sie war verloren.

»Dann also gute Nacht«, sagte sie.

»Gute Nacht«, antwortete er.

Später, in ihrem Schlafzimmer, wartete Jolie auf Daniel und schwor sich, ihn auszupeitschen, falls er auch nur einen Fuß über die Schwelle setzen sollte. Doch er versuchte nicht einmal, die Tür zu öffnen. Es war heiß im Raum, erstickend heiß, und ihr Körper schmerzte vor unerfüllter Sehnsucht, als sie sich ruhelos im Bett herumwarf, auf den Morgen wartete und sich dabei einredete, froh zu sein, daß Daniel nicht gekommen war.

Wie immer war der Herd schon angezündet, und die Lampen brannten, als Jolie nach dem ersten Hahnenschrei in die Küche kam. Auch der Kaffee war aufgebrüht, und im ersten Moment wirkte sein würziges Aroma fast ermutigend auf Jolie.

Als sie zur Tür ging, um zu sehen, wie das Wetter war, begegnete sie Deuter, der einen Korb mit Eiern brachte. Mit der freien Hand tippte er an seinen breitkrempigen Hut.

»Der Regen scheint aufgehört zu haben«, sagte Jolie unnötigerweise. Doch falls Deuter den besorgten Ton in ihrer Stimme gehört haben sollte, zog er es vor, sich einer Bemerkung zu enthalten.

»Ja, Madam«, sagte er, schob sich an ihr vorbei in die Küche und hängte seinen Hut an einen der Haken an der Wand.

Jolie hatte gesehen, daß ein Wagen draußen vor der Scheune stand, und hörte das Klappern des Geschirrs und das Wiehern der Maulesel. »Ich nehme an, daß Mister Beckham heute nach Spokane fährt«, sagte sie, den Tränen nahe.

»Nein, Madam«, antwortete Deuter, nachdem er den Korb mit den Eiern abgestellt hatte. »Dan hat heute geschäftliche Angelegenheiten in Prosperity zu erledigen. Er muß sich um den Verkauf der Ernte kümmern und Papiere unterschreiben, weil er Joe Culleys Farm gekauft hat.«

Also würde Daniel die Kinder doch nicht nach Spokane bringen ... zumindest heute nicht. Diese kurze Verzögerung gab Jolie neue Kraft, und sie begann sich etwas energischer mit der Zubereitung des Frühstücks zu befassen. Dabei ging ihr die Frage durch den Kopf, ob Nan es sich jetzt, wo die Farm verkauft war, vielleicht doch noch anders überlegen würde und Ira January nicht heiratete.

Als Daniel mit den vier Arbeitern, die noch geblieben waren, zum Essen kam, war Jolie fest entschlossen, ihn nach Prosperity zu begleiten.

Aber sie sagte nichts, bis die Männer und Deuter die Küche wieder verlassen hatten und Daniel am Tisch saß und Kaffee trank.

»Wirst du heute Mrs. Culley sehen?« fragte sie, während sie sich selbst eine Tasse des starken schwarzen Getränks einschenkte und sich zu ihrem eigenen Frühstück niedersetzte.

»Ich nehme es an«, erwiderte Daniel kurz.

»Dann würde ich dich gern begleiten.«

»Ich breche in einer halben Stunde auf«, sagte er schulterzuckend, trug seinen Teller und die Tasse zum Spülstein und ging hinaus.

Keine sehr herzliche Einladung, dachte Jolie, als sie hinaufeilte, um die Kinder zu wecken. Aber das war zweitrangig, viel wichtiger war die Aussicht, Nan wiederzusehen.

Hank und Gemma wirkten übernächtigt und besorgt, als sie sich im Bett aufrichteten.

»Werden wir heute fortgebracht?« fragte Hank schüchtern.

Gemma schlang ihre dünnen Ärmchen um den Bruder und schaute mit furchtsamen Augen zu Jolie auf.

Jolies Kehle wurde eng. »Heute nicht«, antwortete sie, dann klatschte sie in die Hände und sagte mit erzwungener Fröhlichkeit: »Beeilt euch, Kinder. Mister Beckham wird nicht auf uns warten, und ihr müßt euch anziehen und etwas essen, bevor wir in die Stadt fahren.«

Gemma und Hank saßen hinten auf dem Wagen, mit Gesichtern, die vor Sauberkeit und Erregung glänzten, während Jolie ihren üblichen Platz neben Daniel auf dem Bock einnahm. Doch er schwieg beharrlich und sprach auf der ganzen Fahrt kein einziges Wort mit ihr.

Mister January wartete auf dem Bürgersteig vor der Fidelity Bank, als Daniel den Wagen anhielt. Obwohl der Sägewerksbesitzer lässig mit der Schulter an einem Pfosten lehnte und lächelte, wirkte er gespannt, und ein harter Zug prägte sein Kinn.

»Hallo, Daniel«, sagte er und nickte Jolie zu, als er ihnen langsam entgegenkam. »Mrs. Beckham.«

Daniel hingegen war alles andere als freundlich, er gab sich nicht einmal die Mühe, ein Lächeln aufzusetzen. »Haben Sie hier etwas zu erledigen?« erkundigte er sich barsch.

Mister January rückte seinen modischen Hut zurecht und zuckte mit den Schultern. »Ich brauche keinen Grund, um mich auf einer öffentlichen Straße aufzuhalten«, entgegnete er, und obwohl er noch immer lächelte, haftete seiner Stimme jetzt eine gewisse Schärfe an. »Ich besitze das gleiche Recht, hier zu sein wie Sie, Daniel.«

Jolie fragte sich, aus welchem Grund Daniel diesen Mann so hassen mochte, aber es war weder der geeignete Moment noch der richtige Ort, um ihn danach zu fragen. Deshalb schwieg sie und bemühte sich, die Spannung zwischen den Männern zu ignorieren.

In dem Augenblick jedoch, als Daniel die Hände um ihre Taille legte, um sie vom Wagen zu heben, hörten Ira January, die stille Straße und sogar Hank und Gemma für Jolie zu existieren auf. Sie hatte Besorgnis in Daniels blauen Augen gesehen, wenn auch nur für die Dauer eines Herzschlags. Doch dieser Blick hatte ihre ganze Welt kälter werden lassen.

Es war Nan, die schließlich für Ablenkung sorgte, als sie in ihrem schwarzen Witwenkleid aus dem Gemischtwarenladen auf der anderen Straßenseite trat.

»Hallo, Jolie«, sagte sie mit einem schwachen Lächeln. Nan

war blaß und viel zu dünn für jemanden, der ein Baby unter dem Herzen trug. »Daniel ... Kinder ...« grüßte sie die anderen zerstreut.

Daniel schaute mißbilligend von Nan zu Mister January und wieder zurück zu Nan. »Hallo, Mrs. Culley«, sagte er, als Hank sich an seine Seite drängte und Gemma ängstlich Jolies Rock umklammerte. Die Blicke der Kinder, stellte Jolie fest, ruhten mit einem gewissen Argwohn auf Ira January.

»Mister January hat sich freundlicherweise bereit erklärt, meine Interessen zu vertreten, was den Landverkauf betrifft«, erklärte Nan, obwohl sie alles andere als glücklich über seine Anwesenheit zu sein schien. Ja, Jolie hatte sogar den Eindruck, daß ihre Freundin am liebsten die Röcke gerafft und die Flucht ergriffen hätte.

Daniel nahm den Hut ab, bevor er die Tür zur Bank aufstieß und Nan, Jolie und die Kinder mit einer Handbewegung aufforderte, ihm zu folgen. »Glaubst du, ich würde dich übervorteilen?« fragte er die Witwe seines Freundes.

Nan mied seinen Blick. »Nein, Daniel, natürlich nicht«, antwortete sie rasch. »Mister January ist nur ... aufmerksam.«

Daniel bedachte den anderen Mann mit einem Blick, der deutlich sagte, was er von solcher Aufmerksamkeit hielt. »Nun«, meinte er dann, »den Eindruck habe ich allerdings auch.« Auf eine bloße Geste von ihm hin ließen sich Hank und Gemma auf einer Bank beim Fenster nieder.

»Wie schaffst du das bloß?« murmelte Jolie. Gemma war die meiste Zeit gehorsam, doch Jolie mußte Hank häufig am Ohr in die Küche ziehen, wenn gebadet werden sollte oder sein Haar geschnitten wurde. Warum gehorchte er ihrem Mann nur ohne das geringste Zögern?

Daniel starrte Ira an. »Mrs. Culley und ich haben uns über den Preis geeinigt«, sagte er kalt. »Wir brauchen Ihre Hilfe nicht.«

Mister January schwieg nur verächtlich, zog eine Zigarre aus der Westentasche und zündete sie ganz gemächlich an.

Jolie hatte das unangenehme Gefühl, mit verbundenen Augen im Kreis gedreht zu werden. Eine erschreckende Erkenntnis folgte der anderen. Zuerst das Wissen, daß sie die Kinder verlieren würde, dann der Schock, den Daniels Blick ihr versetzt hatte, als er sie vom Wagen hob, und nun die Einsicht, daß Nans Verbindung mit Ira January schon recht tief war.

Mister Niddly, der Bankier – ein junger Mann mit hellblondem Haar und langen Koteletten – trat lächelnd auf sie zu. Er reichte Daniel die Hand, dann Nan und schließlich Mister January. Obwohl er sich ansonsten nicht unfreundlich zeigte, vermied er es jedoch, Jolie auf die gleiche Weise zu begrüßen.

Stühle wurden vor Mister Niddlys Tisch gezogen, und alle nahmen Platz.

Nan wirkte sehr beunruhigt, und Jolie fragte sich, ob ihre Freundin Mister January verschwiegen haben mochte, daß die Farm nicht schuldenfrei war.

»Daniel übernimmt die Werkzeuge und Maschinen, sämtliche Einrichtungsgegenstände, eine Kuh und zwei Zugpferde«, begann Mister Niddly die Verhandlungen. »Ist das richtig?«

Nan nickte und wurde noch eine Spur blasser. »Ja, Sir«, antwortete sie leise.

Der Bankier schien sich in ausgesprochen leutseliger Stimmung zu befinden, er öffnete eine Akte und ließ seinen Zeigefinger über eine lange Zahlenreihe gleiten. »Sobald Ihre Schulden abgetragen sind, Mrs. Culley«, meinte er fröhlich, »bleibt Ihnen noch immer die ansehnliche Summe von einhundertvierzehn Dollar, mit denen Sie anfangen können, was Sie wollen.«

Einen flüchtigen Moment lang spürte Jolie Hoffnung in sich erwachen, denn einhundertvierzehn Dollar waren eine Menge Geld. Aber dann sah sie Mister Januarys Gesicht und erkannte, daß ihre Befürchtungen nicht unberechtigt waren. Nans eifriger Galan hatte nichts davon gewußt, daß noch Schulden zu begleichen waren!

Zuerst wich alle Farbe aus Iras Gesicht, doch dann errötete er vor Überraschung und Zorn.

»Schulden?« fragte er täuschend sanft.

Daniel war dreist genug, ihn anzulächeln, was Jolie nie gewagt hätte – zumindest nicht, solange Mister January einen solch beeindruckenden Revolver an der Hüfte trug. »Ja, Schulden«, bestätigte Daniel gelassen.

Nach einem zornigen Blick auf Nan sprang Ira auf, stürmte hinaus und knallte die Tür hinter sich zu. Nan schlug beide Hände vors Gesicht und brach in ein verzweifeltes Schluchzen aus.

Jolie eilte an ihre Seite, setzte sich neben sie und legte den Arm um ihre Schultern. »Beruhige dich«, sagte sie. »So jemanden wie ihn willst du doch gar nicht!«

»Ich brauche einen Ehemann«, flüsterte Nan, während Daniel sein Taschentuch herauszog und Mister Niddly sichtlich unbehaglich auf seinem Stuhl herumrutschte.

»Unsinn«, entgegnete Jolie brüsk und streichelte Nans Rücken. »Ehemänner bringen uns Frauen nichts als Arbeit und Probleme.« Sie hielt inne, um Daniel einen herausfordernden Blick zuzuwerfen, und nahm ihm das Taschentuch aus der Hand. »Du solltest deine hundertvierzehn Dollar nehmen und dich auf die Suche nach neuen Horizonten begeben, Nan. In der Konservenfabrik in Seattle würdest du bestimmt Arbeit finden ...«

»Laßt uns jetzt diese Papiere unterzeichnen, ja?« unterbrach Daniel seine Frau mit einer Stimme, die rostig wie eine alte Blechdose klang.

Ganz offensichtlich sehr erleichtert, schob Mister Niddly Daniel die Dokumente zu.

Daniel gab sie seufzend an Nan weiter, die unter Tränen ihre Unterschrift daruntersetzte. Als Mister Niddly schließlich den Scheck ausgeschrieben hatte und ihn ihr überreichte, schien Nan sich schon wieder gefangen zu haben.

Sorgfältig faltete sie den Scheck, steckte ihn in ihre gehäkelte Handtasche und stand auf. Auch Mister Niddly und Daniel erhoben sich aus Höflichkeit, und nach einigen gemurmelten Worten verließ Nan den Raum.

Die Armee hatte Daniels gesamte Weizenernte für Fort Deveraux gekauft, und das Geschäft war über Mister Niddly abgewickelt worden. Als der Bankier aufstand, um den Scheck aus dem Tresor zu holen, drehte Daniel sich zu Jolie um. »Was genau meinst du, als du sagtest, Ehemänner brächten einer Frau nur Arbeit und Probleme?«

Jolie zupfte an ihren Handschuhen und vermied es, Daniel anzusehen. »Ich vergaß hinzuzufügen, daß sie auch stur und unvernünftig sind«, entgegnete sie spitz.

Daniel schien etwas entgegnen zu wollen, verzichtete jedoch darauf, als Mister Niddly mit dem Scheck zurückkam.

Jolie schaute sich nach den Kindern um, weil sie sich vergewissern wollte, ob sie auch brav waren.

Doch die Bank, auf der Hank und Gemma gesessen hatten, war leer.

Obwohl Jolie sich sagte, daß die Kinder höchstens auf die Straße hinausgelaufen sein konnten oder vielleicht auf die öffentliche Toilette gegangen waren, die sich hinter dem Ivory Rose Saloon befand, erfaßte sie Angst. Sie hatte Blake Kingstons Drohungen, den Kindern oder Daniel etwas anzutun, noch nicht vergessen.

Das Herz klopfte ihr bis zum Hals, als sie sich entschuldigte und hinauseilte.

Hank und Gemma waren weder auf der Toilette noch auf der Straße, und auch im Gemischtwarenladen und in der Kirche fand sich keine Spur von ihnen. Die Saloons zu überprüfen, wagte Jolie nicht; das konnte Daniel tun, wenn er seine Angelegenheiten in der Bank erledigt hatte.

Als er endlich kam, war Jolie so aufgelöst, daß sie fast von den Rädern einer vorbeiratternden Postkutsche erfaßt wurde, während sie blindlings über die Straße zu Daniel lief.

»Ich kann Hank und Gemma nirgends finden!« rief sie ihm zu.

Daniel seufzte und schaute sich prüfend um. »Es wird ihnen nichts geschehen sein, Jolie«, sagte er dann beruhigend. »Deuter hat Hank heute morgen einen Penny geschenkt, und ich nehme an, daß sie in irgendeinem Laden sind, um sich Süßigkeiten zu kaufen.«

Jolie spürte, wie sich vor Furcht ihre Nackenhaare sträubten. »In den Läden war ich schon, Daniel«, sagte sie mit erzwungener Ruhe und berührte bittend seinen Arm. »Könntest du in den Saloons nachsehen?«

»Natürlich«, erwiderte Daniel, und es gelang ihm, einen solchen Trost in dieses eine Wort zu legen, daß Jolie unwillkürlich aufatmete. Für einen kurzen Moment umfaßte er ihre Schultern. »Geh du inzwischen zur Schule«, sagte er. »Im Hof hinter dem Gebäude ist eine Schaukel. Falls du die Kinder dort nicht findest, dann versuch es in Mrs. Kraypers Pension hinter der presbyterianischen Kirche. Die alte Dame liebt Kinder. Vielleicht sitzen sie bei ihr auf der Veranda.«

Jolie nickte und betete, daß sie Hank und Gemma an einem dieser sicheren, normalen Orte finden würde.

Daniel schaute Jolie nach, bis sie hinter einer Hausecke verschwand. Frauen, dachte er seufzend. Ein Mann schenkte ihnen Kleider, gab ihnen ein Dach über dem Kopf und zu essen, und was war der Dank dafür? Daß sie behaupteten, er verursachte nichts als Arbeit und Probleme!

Stirnrunzelnd begann er auf einen der Saloons zuzugehen, obwohl er stark bezweifelte, daß er die Kinder dort finden würde. Sowohl im Ivory Rose wie auch im Lone Wolf hätte man sie auf der Stelle fortgeschickt, da Kindern der Aufenthalt in derartigen Etablissements nicht gestattet war.

Es herrschte ein ungeheurer Lärm im Lone Wolf. Männer saßen bereits an der Bar oder spielten an den Tischen Karten, und das Pianogeklimper war ohrenbetäubend laut. Daniel nahm sich vor, den Kindern gehörig ins Gewissen zu reden, falls er sie tatsächlich in diesem Lokal fand.

Aber seine Züge wurden weicher, als er sich an jenen Tag

erinnerte, an dem er sie in seinem Wagen gefunden hatte, zerlumpt, schmutzig und zu Tode verängstigt.

Gerade als er den Saloon betreten wollte, fiel ihm der Wagen auf der anderen Straßenseite vor dem Gemischtwarenladen auf. Eine junge Frau in einem hellen Kleid fütterte eins der beiden Pferde mit einer Handvoll Hafer. Ihre Haube hatte sich vom Kopf gelöst und baumelte an den Bändern über ihrem Rücken. Ihr Mann hielt sich vermutlich im Laden auf und feilschte über den Preis für ein Kistchen Nägel oder ein Glas Ahornsirup.

Daniel nahm an, daß es Siedler waren, und es versetzte ihm einen Stich, als er beobachtete, wie die Frau den Pferden die Hälse klopfte und lächelnd auf sie einsprach. Auch er und Ilse waren in einem solch klapprigen Wagen nach Prosperity gekommen und hatten nichts anderes besessen als ihre Liebe, einen Sack Bohnen und den Traum von der eigenen Farm . . .

Er überquerte die Straße und tippte sich höflich an den Hut. »Guten Morgen, Madam«, sagte er freundlich zu der Frau.

Sie lächelte und antwortete in einem weichen Südstaatenakzent, der Daniel, der ebenfalls aus dem Süden kam, mit einer bittersüßen Wehmut erfüllte. »Guten Morgen, Sir.«

Eine Bewegung unter der Wagenplane erregte plötzlich seine Aufmerksamkeit, und ihm dämmerte eine Erkenntnis. »Haben Sie Kinder?« fragte er.

»Ja. Sie sind mit ihrem Papa im Laden.«

Daniel rieb sich nachdenklich das Kinn. »Wenn das so ist, dann würde ich gern einmal unter Ihre Wagenplane schauen, falls Sie nichts dagegen haben. Mir fehlen nämlich zwei Rabauken, die leider dazu neigen, sich in fremder Leute Wagen zu verstecken.«

Die junge Frau nickte lächelnd und legte die Hände auf den Bauch. Erst jetzt bemerkte Daniel, daß sie schwanger war. »Gott weiß, daß Enoch und ich genug Kinder zu ernähren haben, und ein weiteres ist auf dem Weg. Das Letzte, was wir brauchen könnten, wären noch zwei hungrige Münder.«

Daniel war schon hinter den Wagen getreten, als ihm die Bedeutung ihrer Worte aufging.

»Ihr Mann heißt Enoch?« fragte er und kehrte zu der Frau zurück, ohne die Wagenplane angerührt zu haben.

In diesem Augenblick kam ein Mann aus dem Laden, ein Kind auf den Fersen, das andere auf seinem Arm. »Die Frau im Laden sagt, daß Daniels Farm nicht weit von hier entfernt ist«, berichtete er freudestrahlend.

Daniels Herz hämmerte wie wild gegen seine Rippen. Dieser Mann konnte nur sein Bruder sein – Enoch, der ihm als kleiner Junge weinend nachgelaufen war, als er die weite Reise nach Westen angetreten hatte. Doch die Vernunft sagte ihm, daß Enoch unmöglich in so kurzer Zeit seinen Brief erhalten und die lange Reise von Nordkarolina hierher geschafft haben konnte.

»Daniel . . .?« sagte der Mann zögernd, entließ das Kind aus seinen Armen und schob den Hut zurück, unter dem vertraute Züge und scherzhaft funkelnde braune Augen sichtbar wurden.

»Enoch!« flüsterte Daniel, dann lachte er, lachte vor Freude und Überraschung. »Enoch!« schrie er so laut, daß sich die Leute auf der Straße nach ihnen umdrehten.

# 14

Jolie hatte Hank und Gemma nirgends finden können, weder auf dem Spielplatz hinter der Schule noch auf Mrs. Kraypers Veranda. In ihrer Panik kam sie zu der Überzeugung, daß Blake und Rowdy der Liste ihrer Verbrechen nun auch noch Kindesentführung hinzugefügt hatten . . .

Als sie auf die Hauptstraße zurückeilte, erblickte sie den großen Planwagen. Wahrscheinlich war er die ganze Zeit schon dagewesen, und sie hatte ihn in ihrer Aufregung nur nicht bemerkt. Daniel stand daneben und redete mit einem Mann und einer Frau, die beide recht ärmlich gekleidet waren. Daß er die Kinder suchen sollte, schien er vollkommen vergessen zu haben.

Jolie hielt inne, um Luft zu holen und ihre Angst unter Kontrolle zu bringen. Da ihr das jedoch nicht gelingen wollte, brach sich das Gefühl als Ärger Bahn.

»Daniel Beckham – die Kinder könnten schon *meilenweit* entfernt sein, und du stehst hier herum und plauderst mit Fremden!«

Ein überraschter Ausdruck erschien auf Daniels Zügen, als er sich umdrehte, um zu sehen, welche Frau ihn auf diese Weise anzusprechen wagte ... als wüßte er nicht, wer dort mit verschränkten Armen und flammendroten Wangen stand und ihn wütend anstarrte!

Doch anstatt ärgerlich zu werden, lachte Daniel nur und deutete auf die Wagenplane. »Schau mal darunter nach«, empfahl er Jolie schmunzelnd. »Ich habe das Gefühl, daß du dort Hank und Gemmas ängstlichen Blicken begegnen wirst.«

Jolie schluckte verblüfft. Es war ihr bewußt, daß der Mann und die Frau, die mit Daniel gesprochen hatten, sie fragend ansahen, aber sie war zu besorgt, um ihnen Beachtung zu schenken. Rasch ging sie um den Wagen herum und hob die Plane an.

Tatsächlich kauerten Hank und Gemma darunter. Gemma wirkte nur verängstigt, doch Hanks Gesicht verriet auch Trotz und Mißtrauen.

»Was habt ihr euch dabei gedacht?« erkundigte sich Daniel streng.

Hank schob trotzig das Kinn vor und legte schützend den Arm um seine kleine Schwester. »Wir wollten irgendwohin, wo man uns haben will«, entgegnete er aufrichtig.

Aus den Augenwinkeln sah Jolie Daniel zusammenzucken. Offenbar hatte er sich die ganze Zeit über eingeredet, die Kinder *wüßten* nicht, daß er sie aus seinem Leben verbannen wollte, wie er einen Maulesel abgegeben hätte, der nicht zur Arbeit taugte.

Oder eine Frau, die er nie wirklich gewollt hatte ... Daniel erholte sich jedoch schnell und sagte lachend: »Weit wärt ihr mit diesen Leuten aber nicht gekommen!« Dann schaute er Jolie an. »Darf ich dir meinen Bruder Enoch vorstellen? Und das da sind seine Frau Mary und seine Kinder – Ruthie und Holt. Sie werden ein paar Tage bei uns wohnen, bis sie sich auf der Farm der Culleys eingerichtet haben.«

Jolies Empfindungen waren sehr gemischt. Einerseits freute sie sich, daß Daniels geliebter Bruder endlich bei ihm war, andererseits jedoch war sie auch ein bißchen eifersüchtig, weil er so unendlich glücklich über das Wiedersehen mit Enoch schien. Doch am stärksten beherrschte sie natürlich die Erleichterung darüber, daß Hank und Gemma sich in Sicherheit befanden. Als sie die Arme ausbreitete, stürzte Gemma sich hinein und schlang die mageren Ärmchen um Jolies Hals.

Das Kind zitterte am ganzen Körper, und Jolie schloß gequält die Augen. Wir Frauen werden ständig irgendwohin geschleift, wo wir gar nicht sein wollen, dachte sie betrübt. Und alles nur, weil irgendein Mann beschließt, daß der Moment gekommen ist, um weiterzuziehen . . .

»Der Junge kann gern bei uns mitfahren«, sagte Enoch freundlich, als Daniel Hank vom Wagen heben wollte. Daniels Bruder war ein gutaussehender, ausgeglichener Mann mit lustigen braunen Augen, der Jolie auf Anhieb sympathisch war.

Eine zögernde, sonnengebräunte Hand berührte Jolies Ärmel. »Sie müssen Daniels Braut sein«, sagte die hübsche blonde Frau, deren grüne Augen freundlich und unschuldig blickten und die schüchterne Hoffnung ausdrückten, an diesem fremden Ort gemocht und akzeptiert zu werden. »Wir hatten gehofft, daß er wieder heiraten würde.«

Jolie lächelte schwach. Jetzt war nicht der richtige Moment, dieser netten jungen Frau zu erklären, daß sie *nicht wirklich* Daniels Braut war, sondern eher eine Art Haushälterin und Mätresse. »Ich bin Jolie«, sagte sie deshalb nur und reichte Daniels Schwägerin die Hand.

»Und ich Mary«, erwiderte Enochs Frau und nickte lächelnd.

Sehr viel später, als sie in der warmen Küche saßen, die Kinder im Bett waren und die Männer in der Scheune, erklärte Mary Jolie den Grund für ihre unerwartet frühe Ankunft.

»Es war eine große Erleichterung für uns, als wir herausfanden, daß Daniel uns eingeladen hatte, herzukommen«, sagte sie mit einem Blick auf ihren Tee, den sie so ehrfürchtig trank, als sei er etwas ungeheuer Kostbares. »Waren harte Zeiten in Nordkarolina, und wir konnten unseren Lebensunterhalt dort einfach nicht mehr aufbringen. Deshalb beschlossen wir, auf gut Glück hierherzukommen und uns irgendwo anzusiedeln.«

Tränen schimmerten bei diesen Worten in Marys Augen, und Jolie wurde von heftigem Mitleid für sie erfaßt. Mary lebte sicher schon eine ganze Weile ohne die kleinen Bequemlichkeiten, die das Leben zu bieten vermochte. Sie war schwanger, mußte zwei kleine Kinder versorgen und hatte nicht einmal gewußt, was sie im Staat Washington vorfinden würde.

Von einer überwältigenden Traurigkeit erfaßt, drückte Jolie ihrer Schwägerin nur stumm die Hand. Sie und Mary hätten solch gute Freundinnen werden können... Doch während Mary hierblieb, mit einem Mann, der sie sehr zu lieben schien, würde sie selbst fortgeschickt werden nach San Francisco. Aus den Augen, aus dem Sinn, das war Daniels Einstellung zu ihr.

Mit ihrer kleinen, schwielenbedeckten Hand wischte Mary sich die Tränen von den Wangen. »Ist etwas nicht in Ordnung, Jolie? Du siehst so traurig aus.«

Mit einem erzwungenen Lächeln schüttele Jolie den Kopf. Sie wollte – *konnte* – diese junge Frau mit ihren Sorgen nicht belasten. »Möchtest du noch eine Tasse Tee?« fragte sie, aber ihre Stimme klang brüchig anstatt fröhlich, wie sie es beabsichtigt hatte.

Mary zögerte, dann nickte sie eifrig. »O ja. Sehr gern.«

Jolie schenkte Mary nach und stützte dann das Kinn auf eine Hand. »Ihr müßt doch alle sehr erschöpft sein nach dieser langen Wagenfahrt«, sagte sie.

»Wir sind bis St. Louis mit dem Zug gefahren«, antwortete Mary schulterzuckend, als verwandelte das die lange, anstrengende Fahrt in einen sonntäglichen Ausflug. Im nächsten Augenblick jedoch huschte ein besorgter Ausdruck über ihr Gesicht. »Den Wagen und die Ausrüstung zu kaufen hat fast unser gesamtes Kapital aufgezehrt. Ich hatte furchtbare Angst, daß wir es nicht über die Berge schaffen würden, bevor der Winter kam.«

»Aber jetzt seid ihr ja hier«, sagte Jolie tröstend. »Und glaub mir – Daniel wird nicht zulassen, daß es euch an irgend etwas fehlt. Ich bin ziemlich sicher, daß dies die erste angenehme Überraschung ist, die er seit langer Zeit erlebt hat.«

Marys Finger schlossen sich um ihre Teetasse und lockerten sich wieder. »Es muß schrecklich für Daniel gewesen sein, als Ilse und das Baby starben, nachdem er vorher schon seine Tochter verloren hatte. Er muß sehr gelitten haben, so ganz allein und fern seiner Familie.«

Ilse, Daniels *wahre, echte* Braut, war für Jolie ein schmerzliches Gesprächsthema, aber sie versuchte nicht, es zu umgehen. »Ja, er hat gelitten«, stimmte sie leise zu. »Er muß Ilse sehr geliebt haben.«

Mary nickte, dann meinte sie: »Aber jetzt hat er dich. Und er scheint glücklich zu sein.«

Jolie lächelte, und wenn auch nur, um nicht zu weinen. Ihr fehlte einfach die Kraft, Mary zu gestehen, daß Daniel sie nur geheiratet hatte, weil er nicht zusehen konnte, wie eine Frau am Galgen endete. »Ich bin für ihn da, so lange er mich haben will«, sagte sie so leise, daß Mary es nicht zu hören schien. In jener Nacht schliefen Daniel und Jolie in ihrem Schlafzimmer, während Enoch und Mary sich im angrenzenden Gästezimmer einrichteten. Jolie starrte mit verschränkten Armen zur Zimmerdecke auf und fragte sich, ob Daniel wohl vor seinem Bruder und seiner Frau den Anschein erwecken wollte, daß alles in bester Ordnung zwischen ihnen war.

»Hast du Enoch die Wahrheit über mich erzählt?« fragte sie ihn schließlich leise. »Daß ich eine Gesetzlose bin, meine ich?«

Daniel gab einen Ton von sich, der sowohl ein Lachen wie auch ein Seufzer hätte sein können. »Du bist keine Gesetzlose, Mrs. Beckham«, entgegnete er in einem Ton, der nicht zu deuten war.

»Aber du hast ihnen gesagt, daß sie mich hängen wollten?«

Langes Schweigen, dann ein zögerndes Ja.

Jolie errötete vor Scham und war froh, daß Daniel es in der Dunkelheit nicht sehen konnte.

»Es ist die Wahrheit«, erklärte er schlicht. »Außerdem hätten sie es früher oder später doch erfahren. Es kommen nicht viele Frauen nach Prosperity, um sich aufhängen zu lassen.«

Dem war nichts zu entgegnen, Daniel hatte leider recht. Und trotzdem hasse ich dich, dachte Jolie, obwohl sie wußte, daß es eine Lüge war. »Ich nehme an, du hast dir nicht die Mühe gemacht, ihnen zu erklären, daß ich unschuldig bin?«

Daniel drehte sich auf die Seite, und Jolie errötete, als die Sprungfedern quietschten. Hoffentlich dachten Mary und Enoch jetzt nicht, daß sie . . . etwas *machten*! Sie sah Daniels weiße Zähne blitzen, als er lächelnd mit dem Zeigefinger über ihre Brustspitze strich, die sich sogleich unter dem dünnen Stoff des Nachthemds aufrichtete.

»Ich habe noch nie jemanden hängen sehen, der nicht geschworen hätte, unschuldig wie ein neugeborenes Kind zu sein«, scherzte er, und Jolie mußte sich grollend eingestehen, daß sie trotz allem das Gefühl genoß, seinen großen, warmen Körper neben sich zu spüren.

Dennoch oder vielleicht gerade, weil sie ihn so sehr begehrte – und weil er der überheblichste Mann war, der ihr je begegnet war – stieß sie seine Hand fort.

»Laß mich in Ruhe«, flüsterte sie und hoffte, daß er nicht merkte, wie halbherzig es klang.

Er beugte sich über sie und ließ seine warmen Lippen über ihren Hals gleiten, was ein lustvolles Erschauern in ihr auslöste. Dann zog er sanft ihr Nachthemd hoch.

»Wenn es dir lieber ist«, erwiderte er leise, bevor seine Lippen sich um eine ihrer rosigen Spitzen schlossen und seine Hand zu Jolies empfindsamster Stelle hinunterglitt. »*Ist* es dir lieber, Mrs. Beckham?«

Jolie stöhnte verlangend, und ihre Muskeln zogen sich zusammen in Erwartung der Freuden, die Daniel sie gelehrt hatte. Während sein Mund streichelnd über ihre Brust glitt, bog sie ganz unbewußt die Hüften und preßte ihren Schoß gegen seine warme, rauhe Hand.

»Nun, Mrs. Beckham?« beharrte er auf einer Antwort.

»Sie . . . sie werden uns hören«, keuchte Jolie. »Die Kinder . . . Enoch und Mary . . . sie werden glauben . . .«

»Sie werden glauben, daß ich meine Frau besitze«, beendete Daniel den Satz für sie, um dann seine Lippen erneut um eine ihrer Brustspitzen zu schließen und mit geschickten Fingern die süße Tortur an ihrer empfindsamsten Körperstelle fortzusetzen.

Jolie krümmte den Rücken und biß sich auf die Lippen, um einen lustvollen Schrei zu unterdrücken. Ihre leidenschaftliche Reaktion auf Daniels Zärtlichkeiten kam noch immer sehr überraschend für sie, obwohl er sie schon so oft geliebt hatte. Nie flüsterte er ihr zärtliche Nichtigkeiten zu, aber er war ein so geschickter, so zärtlicher und leidenschaftlicher Liebhaber, daß Jolie unter seinen Liebkosungen vor Wonne zu vergehen glaubte.

Sie umklammerte das Bettgestell, als Daniel sie ein ums andere Mal an den Rand der Ekstase führte, nur um sie im allerletzten Augenblick auf die Erde zurückfallen zu lassen wie eine Sternschnuppe, die vom Nachthimmel auf die Erde stürzte.

Schließlich hielt Jolie es nicht mehr aus. »Daniel«, flehte sie mit heiserer Stimme, und es klang wie eine Bitte und auch wie ein Befehl.

Er schob ein Knie zwischen ihre Schenkel und ließ sie das ganze Ausmaß seiner männlichen Erregung spüren. »Sag, daß du mich begehrst!« forderte er rauh.

»Das weißt du!«

»Sag es.«

»Ich begehre dich – *verdammt*, Daniel, ich will dich haben!«

Mit einem befriedigten Lächeln legte er ihr die Hand auf den Mund, um ihr Stöhnen und ihre Schreie zu ersticken und drang kraftvoll in sie ein.

Jolie hätte später nicht sagen können, ob sie laut gewesen war oder ob die Bettfedern so heftig gequietscht hatten, daß sie sämtliche Bewohner der Farm aufweckten. Sie lag still neben Daniel und wartete darauf, daß ihr Herzschlag und ihr Atem sich wieder beruhigten. Eine angenehme Trägheit breitete sich in ihrem Körper aus, und ihr fehlte die Kraft, etwas zu sagen.

Daniel zog sie in die Arme und streifte mit den Lippen ihre Stirn. »O Jolie«, flüsterte er. »Was mag es nur sein an dir, was mich jedes Versprechen brechen läßt, das ich mir gebe?«

Sie hätte nichts darauf zu erwidern gewußt, selbst wenn sie die Kraft dazu besessen hätte; Daniels Umarmungen beraubten sie ihrer gesamten Energie. Aber natürlich erwartete er gar keine Antwort von ihr, es war klar, daß er mehr zu sich selbst gesprochen hatte als zu ihr. Und zu sagen – oder auch nur zu denken – daß er ihr nicht widerstehen konnte, weil er sie liebte, so wie sie ihn liebte, wagte Jolie nicht.

Als Daniels gleichmäßige Atemzüge verrieten, daß er eingeschlafen war, schloß Jolie die Augen und ließ sich an einen sonnigen Ort forttragen, wo lustvolle Träume sie erwarteten.

Es schien nur ganz kurze Zeit vergangen zu sein, als Daniel sie weckte und sich aufrichtete. Sie streckte die Hand aus, um seinen breiten Rücken zu berühren, zog sie jedoch im letzten Augenblick wieder zurück.

»Ich glaube, ich erwarte ein Kind«, sagte sie und überraschte Daniel damit ebenso sehr wie sich selbst. Sie hatte gar nicht beabsichtigt, so etwas zu sagen, aber nun standen die Worte zwischen ihnen. »Ich habe meine Periode nicht gehabt.«

Daniel umfaßte ihr Kinn und schaute sie an, als hätte sie ihm gerade gestanden, ein reifes Kornfeld niedergebrannt zu haben. »Bist du ganz sicher?«

Jolie rechnete stumm. »Ja«, sagte sie leise.

Daniel murmelte etwas, ließ die Hand sinken und stand auf.

Jolie maß ihren Mann mit einem empörten Blick. »Du bist Farmer, Daniel«, sagte sie spitz. »Du solltest eigentlich am besten wissen, wie Kinder gezeugt werden!«

Seine Antwort, während er sich anzog, war nur ein ärgerliches Knurren.

Zutiefst verletzt, schlug Jolie die Bettdecke zurück. In ihren Augen brannten heiße Tränen. »Sag mal, Mister Beckham, hast du mich etwa für eine Hure gehalten? Dachtest du, ich sei wie Pilar und wüßte mich vor einer Schwangerschaft zu schützen?«

Daniel hörte auf, sie anzustarren, und einen erschreckenden Moment lang glaubte Jolie, daß er sie schlagen würde. »Ich habe nichts dergleichen gedacht«, entgegnete er gereizt. »Und über Pilar haben wir bereits gesprochen. Dieses Thema ist erledigt!«

Jolie sprang auf und blieb empört vor Daniel stehen. »Nur weil *du* es so entschieden hast?«

»Sei still!« befahl er. »Du wirst noch das ganze Haus aufwecken!«

»Darüber hast du dir gestern nacht aber keine Sorgen gemacht!«

Er hob drohend den Zeigefinger. »Jolie, ich warne dich . . .«

»So? Wovor denn?« fiel sie ihm ins Wort. »Du bist ein Heuchler, Daniel! Du gehst sonntags in die Kirche und gibst vor, ein frommer Mann zu sein, während es dir in Wirklichkeit vollkommen gleichgültig ist, wer verletzt wird, solange du dein Essen gekocht, deine Kleider gewaschen und regelmäßig . . . weibliche Zuwendungen bekommst!«

Entzücktes Gelächter erklang von der anderen Seite der Wand, und im grauen Licht der Morgendämmerung sah Jolie Daniel erröten.

»Ich denke nicht daran, bei einer so zänkischen Frau wie dir auszuharren!«

Jolie schnappte sich Daniels Hemd und drückte es ihm in die Hand. »Kein Wort mehr!« stieß sie hervor. »Kein einziges Wort mehr, Mister Beckham! Ich werde dein Kind zur Welt bringen, und ich will verdammt sein, wenn ich zulasse, daß du es auf die gleiche Weise vernachlässigst, wie du mich vernachlässigt hast!«

Mit diesen Worten ergriff sie ihre Kleider und zog sich hinter einen Wandschirm zurück. Als sie angezogen wieder hervortrat, war Daniel fort.

Wütend bürstete Jolie ihr Haar und flocht es zu einem dicken

Zopf. Als sie wenig später in die Küche kam, war Mary bereits da und brühte den Kaffee auf. Pfannkuchenteig stand wartend beim Herd, und frischer Speck lag zum Braten bereit.

»Es ist schön, wieder in einer richtigen Küche arbeiten zu können«, sagte Mary, um dann Jolie fragend anzusehen. »Ich hoffe, es stört dich nicht, daß ich mir die Freiheit genommen habe . . .«

Jolie wußte, wie es war, sich wochenlang mit einem Lagerfeuer und gekochten Bohnen zu begnügen und konnte Mary sehr gut verstehen. »Eigentlich ist es recht angenehm, das Frühstück einmal nicht selbst zubereiten zu müssen, Mrs. Beckham«, erwiderte sie.

Mary lächelte. »Dann sind wir uns ja einig, Mrs. Beckham.«

Als Daniel, Deuter und Enoch von ihren morgendlichen Aufgaben zurückkamen, stand das Essen schon auf dem Tisch. Obwohl Jolie neben Daniel saß, würdigte er sie keines Blickes, was ihr im Augenblick sogar ganz recht war.

Enochs Blick glitt mehrmals von Daniel zu Jolie, während sie aßen. Es schien ihm schwerzufallen, seine Belustigung zu unterdrücken, seine Augen funkelten amüsiert, obwohl er bemüht war, eine ernste Miene zu bewahren.

Wieder fühlte Jolie sich zutiefst gedemütigt, als sie daran dachte, was Enoch und Mary in der Nacht zuvor alles mitgehört haben mußten. Und an diesem Morgen.

Es war eine Erleichterung, als die Männer endlich ihr Frühstück beendet hatten und hinausgingen, um Enochs Pferde anzuspannen. Die Kinder trippelten verschlafen die Treppe hinunter, zuerst erschienen Hank und der kleine Holt, dann Ruthie und Gemma.

Als Enoch ankündigte, daß sie zu ihrem neuen Haus hinausfahren würden, ›um es einzurichten‹, leerten alle vier Kinder blitzschnell ihre Teller und rannten auf den Hof, um mitzufahren. »Heim«, murmelte Mary, und ihre grünen Augen strahlten, als sie ihre Haube aufsetzte und die Bänder unterm Kinn befestigte. »Wir fahren heim.«

Jolie lächelte. Gott war ihr Zeuge, daß sie genug eigene Sorgen hatte, aber es tat gut, jemanden so glücklich zu sehen. Rasch stellte sie das Geschirr in die Spüle, legte ihre Schürze ab und folgte Mary in den sonnigen Septembermorgen hinaus.

Angesichts der schlechten Straße und der abgenutzten Federn von Enochs und Marys Wagen zog Jolie es vor, die kleine Entfernung zur ehemaligen Culley-Farm zu Fuß zu gehen. Mary schloß sich ihr an, und sie folgten dem Wagen langsam. Hank und der vierjährige Holt ritten auf den Zugpferden, während Ruthie auf Enochs Schultern hockte. Als Daniel Gemmas sehnsüchtigen Blick bemerkte, lächelte er und hob sie ebenfalls auf seine Schultern.

Jolie war in Feierstimmung, obwohl auch andere Gefühle sie bedrängten und verwirrten. Aber es war Herbst, die Ernte war eingebracht, und wenigstens für kurze Zeit konnten sie, Hank und Gemma so tun, als gehörten sie zu der Beckhamfamilie.

Nan hatte ihren persönlichen Besitz wie Kleider, Haarbürsten und Bücher mitgenommen, aber die Möbel waren noch alle da. Es versetzte Jolie einen Stich, als sie und Mary die Matratze zum Lüften nach draußen schleppten und die groben Vorhänge aus Sackleinen von den Fenstern nahmen. Das Leben war beständigen Veränderungen unterworfen, wie der Lauf eines Gebirgsstroms, und oft stellten sie sich innerhalb weniger Sekunden ein.

»Enoch erzählte mir, daß Mister Culley an einem Schlangenbiß gestorben ist«, sagte Mary später, als die Männer Kisten, Truhen und Tonnen aus dem Wagen ins Haus trugen.

Jolie nickte, in ihrer Kehle formte sich ein Klumpen. Sie vermißte Joe und sehnte sich oft nach den Plauderstündchen mit Nan zurück. »Es hätte auch Daniel treffen können«, sagte sie und sprach damit zum ersten Mal eine Befürchtung aus, die sie sich bisher nie so richtig eingestanden hatte.

»Auf dem Weg hierher«, sagte Mary leise, »ertrank ein kleines Mädchen in einem Fluß, den wir überqueren mußten. Und bei Fort Devereaux haben wir eine ganze Familie begraben, die an einer Grippeinfektion gestorben war.« Sie legte eine Hand auf ihren gewölbten Bauch und schaute zum klaren blauen Himmel auf. »Manchmal frage ich mich, warum der Herrgott diese Leute Indianerangriffe, Wirbelstürme und Unfälle überleben ließ, um sie dann so kurz vor ihrem Ziel sterben zu lassen.«

Die Bemerkung half Jolie, ihre Ängste aus der richtigen Perspektive zu betrachten. »Ich glaube, wir können uns im Leben nur auf eins verlassen – nämlich, daß es beständigen Veränderungen unterworfen ist«, sagte sie. Diese Einsicht ließ ihr den schönen klaren Tag noch kostbarer erscheinen, und sie nahm sich vor, die Erinnerung daran in ihrem Herzen zu verschließen und sich während des bitteren Winters davon zu nähren. Später fuhren Enoch und Daniel in die Stadt, um Vorräte einzukaufen. Die Jungen nahmen sie mit, und Mary und Ruthie legten sich in die Sonne auf die Matratze und hielten ein Mittagsschläfchen, während Deuter eifrig in der Scheune hämmerte.

Jolie nahm Gemma bei der Hand und machte sich mit ihr auf den Heimweg.

»Mein Bruder und ich werden bald fortgehen«, verkündete das kleine Mädchen plötzlich, und Jolie schaute sie verwundert an, denn es war das erste Mal, daß Gemma einen solch langen, zusammenhängenden Satz aussprach.

»Ah«, sagte Jolie schließlich gedehnt. »Und deshalb habt ihr euch in Enochs und Marys Wagen versteckt.«

Gemma nickte ernst. »Hank dachte, sie würden nach Kalifornien fahren.«

»Hm«, murmelte Jolie nur, um Gemma zu weiteren Geständnissen zu ermuntern.

Als die Kleine zu ihr aufschaute, spiegelten ihre klaren Augen deutlich ihre verwundete kleine Seele wider. »Ich glaube, Sie und Mister Daniel wollen uns nicht haben«, sagte sie und zuckte die Schultern, als wäre es gar nicht so wichtig, unerwünscht zu sein.

Jolie wandte beschämt den Blick ab und verfluchte Daniel für seinen Starrsinn und seine Hartherzigkeit. Es verging eine lange Zeit, bevor sie wieder ihrer Stimme traute. »Es gibt kein besseres kleines Mädchen auf dieser Welt als dich«, erwiderte sie schließlich. »Also denk bitte nicht, daß dich niemand haben will. Es ist nur . . . Nun ja, man kann nicht immer haben, was man will, selbst wenn man es sich von ganzem Herzen wünscht.«

Gemma drückte Jolies Hand. »Vielleicht könnten Sie noch einmal mit mir in die Kirche gehen«, bat sie rührend würdevoll. »Hank sagt, dort lebt der Herr Jesus. Wir beide, Sie und ich, könnten Ihn doch bitten, Mister Daniel umzustimmen, damit er uns auf der Farm bleiben läßt. Dann könnten Hank und ich in die Schule gehen wie ganz normale Kinder.«

Eine Träne rollte über Jolies Wange und hinterließ einen hellen Streifen auf ihrer staubbedeckten Haut. Rasch wischte sie sie mit dem Ärmel ab. »Wir werden es versuchen«, versprach sie leise. »Heute abend, wenn wir das Nachtgebet sprechen.«

Zu Hause bereitete sie Schinkenbrote vor und öffnete ein Glas mit eingemachten Pfirsichen, die sie mit Gemma auf den Stufen der Hoftür aß. Leviticus strich ihnen miauend um die Beine, bis auch er ein Stück von dem geräucherten Schinken abbekam.

Nach dem Essen legte Jolie die Kleine zum Schlafen auf das Wohnzimmersofa.

Sie stand am Kamin und betrachtete Daniels und Ilses Hochzeitsfoto, als sie die Hoftür aufgehen und wieder zufallen hörte. Und trotz der harten Worte, die zwischen Daniel und ihr gefallen waren, und trotz der Tatsache, daß er Ilses Abbild mehr zu lieben schien als seine lebendige, atmende Frau, machte Jolies Herz einen kleinen Sprung bei der Aussicht, ihn zu sehen. »Daniel?« rief sie leise, weil Gemma schlief, und wandte sich klopfenden Herzens zur Tür um.

Aber es war nicht Daniel, der auf dem kleinen Gang zwischen Eßzimmer und Wohnzimmer stand, sondern Blake Kingston. Grinsend lehnte er in seinen alten, zerlumpten Kleidern an der Wand, die Verkörperung des heruntergekommenen, glücklosen Spielers und Verbrechers.

Jolie schob sich ganz instinktiv zwischen Blake und Gemma.

»Was willst du hier?« fragte sie. Sie hatte das Gefühl, daß ihr alles Blut aus dem Körper wich und die Beine unter ihr nachzugeben drohten. Ein Blick in den Spiegel über dem Kamin bewies ihr, daß sie tatsächlich leichenblaß geworden war.

Blake löste sich von der Wand, bedachte Jolie mit einem boshaften Lächeln und schlenderte zur Couch hinüber, wo er sich bückte und eine von Gemmas goldenen Locken um den Finger wickelte.

Das Mädchen bewegte sich, erwachte jedoch nicht, und Jolies Herz, das einen Schlag ausgesetzt hatte, nahm seinen Rhythmus um so heftiger wieder auf.

»Sie sieht dir ähnlich«, bemerkte Blake. »Niemand würde auf die Idee kommen, daß sie nicht deine Tochter ist.«

»Verschwinde!« zischte Jolie und packte ihn am Arm. »Sofort – bevor Daniel zurückkommt und dich hier entdeckt . . .«

»Oh, darüber mache ich mir keine Sorgen«, versetzte Blake mit einem Grinsen, obwohl er zuließ, daß Jolie ihn aus dem Zimmer in die Küche zerrte. »Rowdy ist draußen in der Scheune. Vom Heubodenfenster aus kann er den ganzen Hof überblicken.«

Jolie erschauerte und spürte, wie eine eisige Hand über ihren Rücken strich. Rowdy brauchte wenig Ermunterung, um jemanden zu töten, und Daniel und Hank konnten jeden Moment in seinem Blickfeld auftauchen.

# 15

Blake grinste boshaft, als er seinen Revolver zog und damit auf den Herd deutete. »Schenk mir Kaffee ein«, befahl er.

Jolie strich mit feuchten Händen ihren Rock glatt. »Ich habe das Gefühl, daß ihr es darauf anlegt, erwischt zu werden«, sagte sie, bevor sie einen Becher aus dem Regal nahm.

Der Mann, den sie einst für ihren Freund gehalten hatte, setzte sich rittlings auf einen Küchenstuhl und schob seinen Hut mit dem Revolverlauf tief in den Nacken. »Du kannst ruhig ein bißchen Whiskey dazugeben, falls dein Farmer welchen hat.«

Da dämmerte Jolie plötzlich eine Erkenntnis. »Ich glaube, in der Speisekammer ist welcher«, sagte sie erregt und hoffte, daß ihr der Einfall, der ihr gerade gekommen war, nicht anzusehen war.

Aber sie hätte sich nicht sorgen müssen. Blake dachte nur an den Whiskey, nach dem es ihn gelüstete. »Beeil dich«, meinte er nur und steckte den Revolver zurück ins Halfter. »Es macht Rowdy nervös, wenn wir zu lange hier sind.«

In der Speisekammer, wo Blake sie nicht sehen konnte, goß Jolie etwas von der braunen Flüssigkeit, die Daniel ihr einmal gezeigt hatte, in Blakes Becher und schenkte Whiskey nach, damit Blake das Laudanum nicht schmeckte.

»Warum kommt ihr dann immer wieder her?« fragte sie, als sie in die Küche zurückkehrte und Kaffee in den Becher goß.

Blake bediente sich großzügig mit Zucker und Sahne, worüber Jolie froh war, obwohl das ihre Panik auch nicht minderte. Sie wußte, daß sie ein gewaltiges Risiko einging, indem sie versuchte, diesen gefährlichen Mann auszutricksen. Nicht auszudenken, wie er reagieren würde, falls er etwas merkte!

Nach dem ersten Schluck schloß er die Augen. Jolie beobachtete ihn und betete stumm, daß er den Geschmack des Laudanums nicht wahrnehmen möge.

Erst jetzt, nachdem es nicht mehr rückgängig zu machen war, begann Jolie sich zu fragen, wie Rowdy sich verhalten würde, falls ihr Plan erfolgreich war. Sie konnte nur hoffen, daß Rowdy in der Scheune blieb, bis es ihr gelang, Blake, wenn er betäubt war, den Revolver abzunehmen. Und falls Daniel zu früh erschien – nun, was dann geschah, konnte sie nur der Weisheit Gottes überlassen.

Blake begann zu gähnen, aber er trank gierig den ganzen Becher aus und knallte ihn dann auf den Tisch. »Das war der schlechteste Kaffee, den ich je getrunken habe«, murmelte er. »Diesmal will ich nur Feuerwasser, keinen Kaffee.«

Gehorsam, weil sie annahm, daß Alkohol die Wirkung des Laudanums höchstens verstärken würde, eilte Jolie in die Speisekammer zurück und holte die Flasche Whiskey. Als sie zurückkehrte, lag Blake mit dem Gesicht auf der Tischplatte und schnarchte laut genug, um Tote zu erwecken.

Jolie, die einen Trick befürchtete, schlich klopfenden Herzens näher und zog ihm rasch den Revolver aus dem Halfter. Blake schnaufte und versuchte, sich aufzurichten, aber die Anstrengung war zuviel für ihn, und er sackte wieder in sich zusammen. Sein Hut rollte über den Tisch und segelte auf den Fußboden.

Doch als Jolie zurücktrat, die schwere Waffe in den schwitzenden Händen, ging die Tür auf, und Rowdy kam herein.

»Blake hat es erwischt«, sagte Jolie tapfer und bereit zu schießen, falls es nötig war. »Es gibt keine Rettung mehr für ihn, Rowdy, und für dich auch nicht. Also leg die Waffe nieder und nimm die Hände hoch!«

Rowdy schüttelte den Kopf und zog sich zur Tür zurück, nervös grinsend. Unter seinem linken Auge zuckte ein Muskel. »Keine Frau nimmt mich gefangen«, meinte er haßerfüllt. »Lieber lasse ich mich erschießen.«

Da Jolie klar war, daß sie nicht gleich zwei so gefährliche Männer bewachen konnte, bis Hilfe kam – selbst wenn einer von ihnen halb bewußtlos war – versuchte sie nicht, Rowdy an der Flucht zu hindern. Wenige Augenblicke später hörte sie das Hufgetrappel seines Pferdes und atmete auf, froh, daß ihr Einfall sie nicht das Leben gekostet hatte. Oder Daniel.

Gemma trippelte verschlafen herein und rieb sich verwirrt die Augen, als sie den ungebetenen Gast am Tisch erblickte. Als sie den Blick auf Jolie richtete und den .45er Colt in ihren Händen sah, versteifte ihr kleiner Körper sich vor Überraschung.

»Geh in die Scheune, Gemma, und hol mir einen Strick«, forderte Jolie sie auf. »Den längsten, den du finden kannst.«

Das Kind warf noch einen Blick auf Blake, der Jolie mit den leeren Augen eines Toten anstarrte und unfähig schien, sich zu bewegen. Gemma machte einen weiten Bogen um ihn, als sie zur Küchentür lief.

Jolie befeuchtete nervös ihre Lippen. »Falls du Deuter oder Mister Beckham siehst, sag ihnen, daß sie sofort hereinkommen sollen!« rief sie dem kleinen Mädchen nach.

Blake blinzelte, als kämpfte er gegen die Wirkung der Droge, dann sackte er wieder in sich zusammen und schnarchte weiter.

»Ich habe Mister Dan und Deuter nicht gesehen«, berichtete Gemma, als sie mit einer Rolle Seil zurückkam, das ausgereicht hätte, um einen Riesen zu verschnüren.

Nachdem Jolie den Colt außerhalb von Blakes Reichweite auf den Tisch gelegt hatte, zog sie seine Hände auf den Rücken und band sie einzeln an der Stuhllehne fest. Dann fesselte sie seine

Füße an die Tischbeine und schlang sicherheitshalber das Ende des Seils mehrmals um seine Taille, bevor sie es fest verknotete.

Sie hatte ihre Arbeit kaum beendet, als draußen ein Wagen vorfuhr. Ein schöner Gatte und Beschützer, der erst erschien, wenn die ganze Aufregung schon vorbei war!

Die Waffe in den Falten ihres Rocks verborgen, ging Jolie hinaus und schaute zu, wie Daniel, Deuter und Hank vom Wagen stiegen. Und erst jetzt, als sie sie sah, kam ihr so richtig zu Bewußtsein, welche Angst sie ausgestanden hatte, und sie merkte auch, daß ihr Kleid vollkommen verschwitzt war und das Haar sich feucht in ihrem Nacken kringelte.

Doch dann lief sie über den Hof und warf sich in Daniels Arme.

Gemma hielt sich dicht an ihrer Seite. »In der Küche sitzt ein gefesselter Mann am Tisch«, berichtete die Kleine ernst. »Sein Pferd steht in der Scheune.«

»Donnerwetter!« schrie Hank begeistert und wollte schon in Richtung Küche stürzen, aber Deuter hielt ihn am Kragen zurück.

Daniel starrte Jolie an, mehr verwundert als verärgert, und nahm ihr sanft den Revolver ab. »Du bist vielleicht nicht die beste Köchin der Welt, Mrs. Beckham«, scherzte er, »aber ich hätte nicht gedacht, daß du zu derartigen Maßnahmen greifen mußt, um einen Gast an deinem Tisch zu halten.«

Dankbar für die Sicherheit, die seine starken Arme ihr vermittelten, schmiegte Jolie sich an seine Brust. »Es ist kein Witz, Daniel«, sagte sie leise. »Blake Kingston ist in der Küche.«

Daniels Belustigung verflog, und Jolie sah, wie er erblaßte. Nach einem Blick auf Deuter prüfte er, ob die Waffe geladen war, und begann auf das Haus zuzugehen.

»Du bleibst mit Gemma hier«, befahl er, ohne sich nach ihnen umzusehen.

Natürlich ignorierten Jolie und Gemma seine Worte und folgten den Männern in die Küche.

Als Deuter sah, wie Jolie Kingston verschnürt hatte, begann

er zu lachen. »Ich habe schon einmal so ein menschliches Paket gesehen«, bemerkte er. »Das war in einem Bordell in Tekoa . . .«

Daniel brachte ihn mit einem scharfen Blick zum Schweigen, packte Blake am Haar und starrte verwundert in dessen regloses Gesicht. »Was hast du mit ihm gemacht, Jolie – ihm eine Bratpfanne über den Kopf geschlagen?«

Jolie, die sich inzwischen etwas beruhigt hatte, verschränkte die Arme. »Siehst du irgendwo Blut?« entgegnete sie spitz. »Ich habe ihm eine anständige Dosis Medizin mit Whiskey und Kaffee gegeben.« Dann runzelte sie die Stirn. »Glaubst du, daß er davon sterben kann?« Daniel ließ Blakes Kopf auf die Tischplatte zurücksinken. »Von deinem Kaffee?« entgegnete er spöttisch und lachte, als er Jolies beleidigte Miene sah. Dann nahm er sein Messer aus der Tasche und begann Blakes Fesseln durchzutrennen. »Ich bin erstaunt, daß sie das Seil nicht auch noch um seinen Hals geschlungen und draußen an der Wasserpumpe befestigt hat«, bemerkte er zu Deuter.

Jolie riß die Augen auf. »Du wirst ihn doch nicht gehen lassen?« fragte sie fassungslos.

Die Männer wechselten einen Blick.

»Nein, Mrs. Beckham«, sagte Daniel dann und zog Blake auf die Beine. »Wir bringen den Herrn nur in die Stadt zu einem Besuch beim Marshal.«

Jolie trat vor die Tür, als könnte sie Daniel so am Weitergehen hindern. »Rowdy ist dort draußen und wartet nur auf eine Gelegenheit, euch zu erschießen!« wandte sie ein.

»Das könnte sein«, stimmte Deuter nachdenklich zu. »Vielleicht sollte ich doch lieber allein nach Prosperity reiten und den Marshal bitten, mit einigen seiner Männer herzukommen.«

Jolie warf Daniel einen ängstlichen Blick zu, weil sie wußte, daß die endgültige Entscheidung bei ihm lag.

»Na schön«, sagte er nach ausgedehntem Schweigen. »Es ist wohl besser, wenn ich hierbleibe und aufpasse. Aber reite bei Enoch und Mary vorbei und sag ihnen, daß sie im Haus bleiben sollen.«

Deuter nickte, ging ins Arbeitszimmer, um ein Gewehr zu holen, und verließ durch die Vordertür das Haus.

Daniel stieß Blake in die Speisekammer, schloß die Tür und schob einen Stuhl unter die Klinke. Dann, als sei es eine ganz alltägliche Erfahrung für ihn, heimzukehren und einen gefesselten Mann in seiner Küche vorzufinden, strich er Hank und Gemma übers Haar und sagte freundlich: »Ihr zwei geht jetzt nach oben und sucht saubere Kleider für euch heraus. Morgen fängt die Schule an.«

Wie immer, wenn Daniel etwas befahl, gehorchten die Kinder ohne den geringsten Widerspruch.

Daniel schenkte sich Kaffee aus der Kanne ein, die schon den ganzen Tag auf dem Herd gestanden hatte, trank einen Schluck und spuckte den Kaffee angewidert in das Spülbecken. »Gehört es zu deinen Angewohnheiten, Banditen zum Kaffee einzuladen, Jolie?« fragte er, als er die Kanne zur Tür trug und ihren Inhalt auf den Hof ausleerte.

Jolie schaute zu, wie er sie dann mit frischem Wasser und gemahlenem Kaffee füllte. »Nein, Mister Beckham«, entgegnete sie mit erzwungener Gelassenheit, obwohl ihr Blut vor Empörung kochte. »Es gehört zu meinen Angewohnheiten, am Leben zu bleiben. Ich hatte Blake und Rowdy nicht hierher eingeladen, sie sind einfach gekommen. Außerdem hatte ich dich mehrmals gewarnt, daß sie noch in der Gegend sind. Aber du wolltest ja nicht auf mich hören.«

»Ich war mit der Ernte beschäftigt«, murmelte Daniel und bückte sich, um das Feuer im Herd zu schüren.

Jolie war nicht in der Stimmung für Entschuldigungen. »Daniel – es ist einfach nicht zu fassen, wie dumm du manchmal bist!« entgegnete sie spitz, während sie das zerschnittene Seil einsammelte. »Glaubst du allen Ernstes, Blake sei zu *Besuch* gekommen und ich hätte ihn erwartet? Hast du je diese Küche betreten und Verena oder Nan verschnürt wie einen Rollbraten vorgefunden?«

Daniel lachte leise, lehnte sich gegen das Spülbecken und verschränkte die Arme vor der Brust. »Beruhige dich, Jolie«, sagte er. »Es ist eben ein bißchen merkwürdig für einen Mann, nach Hause zurückzukehren und einen Mörder in seiner Küche vorzufinden. Ich habe nicht über meine Worte nachgedacht.«

»Es scheint mir, daß das sehr häufig bei dir vorkommt«, erwiderte Jolie und schob sich an ihm vorbei, um die Seilstücke ins Feuer zu werfen, denn zu etwas anderem waren sie nicht mehr zu gebrauchen.

Doch ihr Mann überraschte sie, indem er ihren Arm ergriff und sie sanft zu sich herumdrehte. »Du warst sehr tapfer, Jolie«, sagte er. »Dumm, aber tapfer.«

Empört wollte sie gegen das Wort ›dumm‹ protestieren, doch da sah sie das belustigte Zwinkern in Daniels Augen. »Mir blieb leider keine andere Wahl«, sagte sie daher nur und spürte, wie ein angenehmes Prickeln ihre Haut erfaßte. »Die Gelegenheit, ihm eine Pfanne über den Kopf zu schlagen, hätte Blake mir nie gegeben.«

Schmunzelnd legte Daniel seine Hände um ihr Gesicht und hob es zu sich empor, um sie zu küssen. »Das würde ich auch nicht tun, Mrs. Beckham«, murmelte er dicht an ihrem Mund. »Niemals.«

Dann zog er sie in die Arme und küßte sie so leidenschaftlich, daß sich die ganze Welt vor ihren Augen drehte und sie vergaß, wo sie sich befanden und was sich gerade ereignet hatte.

Jolie umklammerte noch immer mit beiden Händen Daniels Hemd und schmiegte sich an seine Brust, als Hank und Gemma wieder in die Küche stürmten. In ihrer Aufregung über den bevorstehenden Schulbesuch schienen sie den gefährlichen Mann, der jetzt in der Speisekammer eingeschlossen war, vollkommen vergessen zu haben.

Gemma trug ihr Sonntagskleid, Hank hatte seinen Anzug angezogen und sich bemüht, sein widerspenstiges Haar zu glätten.

Ihr Eifer, wie andere Kinder zu sein, die Schule zu besuchen und eine Familie und ein Zuhause zu besitzen, ging Jolie sehr zu Herzen.

»Um welche Zeit müssen wir morgen in der Schule sein?« erkundigte Hank sich aufgeregt. »Um acht Uhr«, antwortete Daniel, und als Jolie sich von ihm entfernen wollte, zog er sie wieder an sich.

»Aber wir sollten doch weggeschickt werden«, erinnerte Gemma Daniel und schaute mit großen, verwirrten Augen zu ihm auf.

Hank stieß sie leicht mit dem Ellbogen in die Rippen.

Daniel lächelte – ein wenig traurig, wie Jolie dachte. »Ihr bleibt hier, bis ich sehe, was wir für euch tun können. Und jetzt haben wir noch einiges zu erledigen, also zieht lieber diese feinen Sachen aus und helft mir.«

»Warum hast du es dir anders überlegt?« fragte Jolie leise und sehr verwirrt über die Gefühle, die Daniels Nähe in ihr auslöste. »Ich meine, du wolltest die Kinder doch gleich nach der Ernte nach Spokane bringen?«

Daniel rollte eine ihrer Haarsträhnen um seinen Zeigefinger und schien völlig fasziniert davon zu sein. »Vielleicht liegt es daran, daß ich Enochs Kinder gesehen habe«, gab er nach langem Schweigen zu. »Es wäre hier sehr still ohne Hank und Gemma. Außerdem würden sie bestimmt wieder ausreißen, wenn sie Wind davon bekämen, daß ich beabsichtige, sie fortzubringen. Und wer weiß, in wessen Wagen sie diesmal enden würden!«

Jolie schauderte es bei der Vorstellung, die Kinder könnten der Gnade von Menschen wie Rowdy Fleet oder Blake Kingston ausgeliefert sein. »Ich finde es nicht richtig, Hank und Gemma Hoffnungen zu machen, nur um sie später wieder zu zerstören«, sagte sie vorwurfsvoll.

»Ich denke, daß im Frühjahr einige anständige Siedler durch diese Gegend ziehen werden. Es wird sicher jemand dabei sein, der gern zwei kleine Kinder nimmt.«

Jolie seufzte. Daniels Ansichten zu diesem Thema stimmten

sie sehr ungeduldig, aber die Hauptsache war jetzt, daß die Kinder im Moment noch bei ihr blieben und sich in Sicherheit befanden.

Als Gemma und Hank in ihrer Alltagskleidung wieder herunterkamen, nahm Daniel sie zu seinen abendlichen Verrichtungen in die Scheune mit. Jolie deckte den Tisch für fünf, weil sie es gewöhnt war, daß Deuter bei ihnen aß, und ging zum Kühlhaus, um Sahne, Eier und Butter zu holen. Nachdem das erledigt war, schnitt sie einen kleinen Schinken auf.

An diesem Abend sollte gefeiert werden.

Während das geräucherte Fleisch sich langsam im Ofen erwärmte, beschloß Jolie, noch rasch einen Kuchen zu backen und warf einen unbehaglichen Blick zur Speisekammertür. Der Stuhl klemmte noch unter der Klinke.

Hineingehen konnte sie natürlich nicht, das war klar. Sie würde warten, bis Daniel zurückkam, und ihn bitten, das Mehl und die Gewürze zu holen, die sie brauchte, und vielleicht ein paar Kartoffeln und Steckrüben als Beilage zu dem Schinken...

Doch Daniel war in der Scheune beschäftigt, und kostbare Zeit verstrich, in der die Kartoffeln schon kochen könnten und der Kuchen garen... Blake wird noch bewußtlos sein, dachte Jolie; sie hatte ihm genug Whiskey und Laudanum gegeben, um einen Ochsen außer Gefecht zu setzen.

Vorsichtig näherte sie sich der Speisekammertür. »Blake?« rief sie halblaut. »Blake?«

Keine Antwort.

Jolie zögerte noch einen Moment, dann entfernte sie den Stuhl... was sich beinahe als tödlicher Fehler erwiesen hätte.

Als sie die Hand nach der Klinke ausstreckte, flog plötzlich die Tür auf, und Blake stand vor ihr – mit wildem Blick und wutverzerrter Miene. Er hob ein Brotmesser und stürzte sich mit einem gräßlichen Fluch auf Jolie.

Ihr Schock war so groß, daß es unendlich lange zu dauern schien, bis sie endlich einen Schrei ausstieß und sich duckte, um Blakes Angriff zu entgehen. Doch da stürzte Daniel in die Küche, und ein schrecklicher Kampf begann zwischen den beiden Männern. Es war kein freundschaftliches Gebalge hinter einem Saloon – Blakes Absicht war ganz eindeutig, Daniel umzubringen.

Mit klopfendem Herzen ergriff Jolie die große Eisenpfanne und versuchte, in Blakes Nähe zu gelangen. Aber obwohl der Bandit viel kleiner war als Daniel, lieferte er ihm einen erbitterten Kampf.

Als Blakes Messerspitze Daniels Hemd aufriß und eine häßliche rote Spur auf seiner Haut zeichnete, stieß Jolie einen Wutschrei aus und ließ die Pfanne niedersausen. Aber in ihrer Aufregung verfehlte sie Blake, und das Eisen prallte mit einem dumpfen Scheppern gegen die Herdkante.

Die Kraft, die Jolie in den Schlag gelegt hatte, ließ sie fast das Gleichgewicht verlieren.

Daniel stieß ein wütendes Knurren aus, das an einen gereizten Bären erinnerte, und trat Blake das Messer aus der Hand. Sein nächster Tritt traf Blake in den Magen und schickte ihn aufstöhnend zu Boden, wo er schließlich bewußtlos zusammensackte.

»Warum hast du den Kerl aus der Speisekammer gelassen?« fuhr Daniel Jolie an, als sie ihn zum Spülstein zog, um sich seine Wunde anzusehen. Der lange Schnitt reichte von der linken Schulter bis zur rechten Hüfte, doch zum Glück war er nicht tief.

Gemma und Hank kauerten verängstigt in der Hoftür und verfolgten die Ereignisse mit großen Augen.

»Alles in Ordnung, Kinder«, sagte Jolie rasch zu ihnen. »Lauft zur Straße und seht nach, ob Deuter und der Marshal kommen!«

Widerstrebend gingen Hank und Gemma hinaus.

»Verdammt«, murmelte Daniel, als Jolie die Wunde mit einem angefeuchteten Tuch abtupfte. »Was hat dich nur veranlaßt, den Kerl hinauszulassen?«

»Ich wollte einen Kuchen backen«, erwiderte Jolie, als sei damit alles erklärt. »Als ich seinen Namen rief und er nicht antwortete, dachte ich natürlich, daß er noch bewußtlos war.«

Sie stieg über Blakes reglosen Körper hinweg, ging in die Speisekammer und kam mit einer Flasche Jod zurück.

Daniel fluchte laut, als sie die Wunde reinigte. Und endlich hörten sie Hufgetrappel, das sich dem Haus näherte.

Wenige Minuten später wimmelte es in der Küche von Männern – Enoch war da, der Marshal und einige Betrunkene, die er vermutlich aus dem Lone Wolf oder dem Ivory Rose geholt hatte, um eine Truppe zusammenzustellen. Deuter, erklärte Enoch, war auf seiner Farm geblieben, um Mary und die Kinder zu beschützen.

Der Marshal zog Blake auf die Beine, legte ihm Handschellen an und machte sich mit seinem Gefangenen auf den Rückweg in die Stadt, nachdem er draußen kurz mit Daniel gesprochen hatte. Seine wenig vertrauenerweckenden Deputies folgten ihm.

Jolie schickte Gemma nach oben, um ein frisches Hemd für Daniel zu holen, und hob die Stühle auf, die die Männer während des Kampfes umgestoßen hatten. Aber sie hörte nicht auf zu zittern, und als sie ein unterdrücktes Schluchzen von sich gab, legte Enoch ihr die Hände auf die Schultern und drückte sie auf einen Stuhl.

Dann schenkte er ihr Kaffee ein und reichte ihr den Becher. »Beruhige dich, Jolie«, sagte er freundlich. »Trink schon mal einen Schluck, während ich nachsehe, ob ich Whiskey in der Speisekammer finde.« Er goß gerade etwas davon in ihren Kaffee, als Daniel von draußen hereinkam.

»Essen wir jetzt endlich?« wollte Hank wissen, dem der verlockende Duft gebackenen Schinkens in die Nase stieg.

Die Frage des Kindes löste etwas von der Spannung, und Jolie mußte lachen. Nach einem vielsagenden Blick auf ihren Kaffee, dem ein kräftiger Whiskeyduft entstieg, zog Daniel die Augenbrauen hoch.

Später erinnerte Jolie sich nur noch sehr verschwommen an das, was danach geschah. Irgendwie, während sie zitternd am Tisch saß und ihren Kaffee trank, wurde der Schinken aufgetischt, und jemand öffnete zwei Gläser Bohnen und erhitzte sie. Brot wurde aufgeschnitten und Milch eingeschenkt, und dann stand eine Mahlzeit auf dem Tisch.

Jolie aß und hörte Enochs und Daniels Unterhaltung zu, ohne auch nur ein einziges Wort zu verstehen, doch kaum hatte sie den letzten Bissen heruntergeschluckt, kam ihr alles wieder hoch. Sie rannte hinaus und um die Hausecke herum, wobei sie fast über Leviticus gestolpert wäre.

Als ihr Magen sich wieder beruhigt hatte, merkte Jolie, daß Daniel neben ihr stand. Er reichte ihr ein Glas eiskaltes Brunnenwasser, und sie spülte ihren Mund aus und trank durstig. Nach dem letzten Tropfen bekam sie jedoch Schluckauf und brach in heftiges Schluchzen aus.

»Du solltest lieber ins Bett gehen, bevor du mir hier zusammenbrichst«, erklärte Daniel ruhig. Er stand noch immer neben ihr, machte jedoch keine Anstalten, sie zu berühren.

Jolie lehnte an der Hauswand und bemühte sich, das Schluchzen zu unterdrücken. Es war zuviel für sie gewesen, all das – zuerst Joe Culleys Tod, dann ihre Schwangerschaft, die ständigen Spannungen zwischen ihr und Daniel, die Aufregung über Hank und Gemmas Verschwinden und schließlich das beängstigende Erlebnis mit Blake. Jolie besaß einfach keine Kraftreserven mehr.

Zögernd berührte Daniel ihre Schulter. »Morgen wirst du dich besser fühlen«, sagte er aufmunternd. »Komm jetzt herein und leg dich hin. Du brauchst Ruhe.«

Sie nickte, weil sie unfähig war, etwas anderes zu tun, und ließ sich von ihm ins Haus führen. Sie war ihm dankbar, daß er den Vordereingang wählte, denn so brauchte sie sich wenigstens nicht in diesem beschämenden Zustand vor Enoch zu zeigen.

Daniel blieb am Fuß der Treppe stehen, und Jolie spürte seinen Blick auf ihrem Rücken, als sie langsam die Stufen hinaufstieg. Obwohl sie an diesem Abend keine Energie für leidenschaftliche Umarmungen aufgebracht hätte, sehnte sie sich danach, in Daniels Armen zu liegen und Kraft und Sicherheit aus seinen starken Armen zu beziehen.

Am Treppenabsatz blieb sie stehen und schaute sich um, aber Daniel war schon fort. Einen Augenblick später hörte sie ihn in der Küche mit Enoch sprechen.

Als sie sich gewaschen und ein Nachthemd angezogen hatte, trat Jolie ans Fenster, starrte auf die abgeernteten Felder hinaus und fragte sich, ob Rowdy Fleet wohl irgendwo dort draußen lauerte. Natürlich war es auch möglich, daß er die Flucht ergriffen und die Gegend für immer verlassen hatte. Nachdem Blake nun im Gefängnis saß, brauchte Rowdy das Geld, das sie bei dem Banküberfall erbeutet hatten, mit niemandem mehr zu teilen, was ein Grund für ihn sein mochte, nach Kalifornien oder Mexiko zu reiten.

Bei dem Gedanken begann Jolie sich etwas wohler zu fühlen.

Als Licht auf den Hof fiel, weil die Küchentür geöffnet wurde, schaute sie hinab und sah, wie die beiden Brüder sich verabschiedeten. Ein erwartungsvolles Prickeln erfaßte ihren Körper. Gleich würde Daniel das Licht in der Küche löschen und zu ihr heraufkommen . . .

Im Mondschein sah sie Enoch auf sein Pferd steigen und grüßend die Hand heben, bevor er sich auf den Heimweg machte.

Jolie hielt gespannt den Atem an, aber anstatt ins Haus zurückzukehren, blieb Daniel draußen stehen und ging dann langsam zu Ilses Grab.

Nachdem sie ihm so lange nachgeschaut hatte, wie sie es ertrug, wandte Jolie sich vom Fenster ab und ging ins Bett.

In jener Nacht kam Daniel nicht zu ihr.

Hank und Gemma waren schon ganz zappelig vor Aufregung am nächsten Morgen, als Daniel vom Hof in die Küche kam.

Ohne Jolie in irgendeiner Weise zu beachten, nahm er seinen gewohnten Platz am Tisch ein. Kurz darauf erschien auch Deuter.

»Ich habe die Schule früher gehaßt«, sagte er zu den Kindern. »Ich war froh, als ich nicht mehr hinzugehen brauchte.«

Mit unnötiger Heftigkeit stellte Jolie den Kaffeebecher vor ihn hin. »Deuter«, mahnte sie.

Wie üblich blieb er völlig ungerührt. »Einmal haben Jesse Bachel und ich ein X auf den Stuhl der Lehrerin geschrieben, und sie lief den ganzen Tag mit Tintenflecken auf dem Po herum.«

*»Deuter«*, wiederholte Jolie, diesmal schärfer.

Daniel verbarg ein Lächeln, und Jolie warf ihm einen ärgerlichen Blick zu.

Hank lachte über Deuters Streich, während Gemma nur ein verwundertes Gesicht machte.

Jolie beschäftigte sich damit, das Mittagessen für die Kinder einzupacken, und benutzte dazu zwei kleine Blechdosen, die sie im Kühlhaus gefunden und sorgfältig gereinigt hatte. Als sie mit Deuter in die Stadt aufbrachen, beide stolz neben ihm auf dem Bock, stieg Jolie ein schmerzhafter Klumpen in die Kehle. Daniel würde seiner Arbeit nachgehen, und sie hatte niemanden, mit dem sie sprechen konnte.

»Ich würde gern nach Prosperity fahren«, sagte sie und strich sich glättend übers Haar. »Aber vielleicht könnte ich auch zu Fuß gehen. So weit ist es ja nicht.«

»Kommt nicht in Frage«, entgegnete Daniel unverzüglich. »Fleet lauert bestimmt noch irgendwo dort draußen, und ich glaube, du stehst ganz oben auf seiner schwarzen Liste, Mrs. Beckham.«

Jolie schob trotzig das Kinn vor, entschlossen, sich nicht von ihren Plänen abbringen zu lassen. »Ich möchte Nan besuchen und eine Länge rosa Band für Gemmas Haar kaufen, und weder du noch Mister Fleet werdet mich davon abhalten.«

Ein harter Zug erschien um Daniels Lippen, er maß Jolie aus schmalen Augen, aber dann seufzte er ergeben. »Na schön, ich spanne den Wagen an.«

Gemeinsam fuhren sie nach Prosperity.

# 16

Als Jolie im Wagen Platz nahm, stieß ihr Fuß an einen harten Gestand, und da merkte sie, daß ein Gewehr auf dem Wagenboden lag. Trotz des schönen sonnigen Tages erschauerte sie bei der Vorstellung, Rowdy könne irgendwo auf der Lauer liegen und auf eine Gelegenheit warten, sie alle zu erschießen.

»Ich begreife wirklich nicht, warum es dir ausgerechnet heute so wichtig ist, in die Stadt zu fahren«, brummte Daniel, als er die Zügel aufnahm.

Jolie atmete tief die frische Luft ein, die nach Erde und Gräsern roch. »Niemand zwingt dich mitzukommen«, erklärte sie. »Ich hätte sehr gut zu Fuß nach Prosperity gehen können.«

Daniel erwiderte nichts; er schaute sie nur stirnrunzelnd an und ließ die Zügel unnötig hart auf den Pferderücken klatschen.

Schon lange, bevor sie die Stadt erreichten, hörten sie das schrille Kreischen der dampfbetriebenen Sägen aus Mister Januarys Werk. Jolie wunderte sich, daß ihr vorher nie aufgefallen war, welch entsetzlichen Lärm das Sägewerk verursachte, wenn es in Betrieb war.

»Du scheinst Mister January nicht zu mögen«, bemerkte sie zu Daniel, um Konversation zu machen.

Unter dem breiten Rand seines Huts warf er ihr einen raschen Blick zu. »Ich denke sehr selten an ihn, um der Wahrheit die Ehre zu geben.«

»Aber *wenn* du an ihn denkst, wirst du ärgerlich«, beharrte Jolie, weil sie nicht vorhatte, sich so leicht vom Thema ablenken zu lassen.

»Das ist bei anderen Leuten auch der Fall«, entgegnete ihr Mann trocken.

Jolie straffte entschlossen die Schultern. Sie würde die Frage einfach so lange wiederholen, bis Daniel sich zu einer Antwort bequemte. »Du magst Mister January nicht besonders, nicht?«

Daniel seufzte. »Nein, Jolie«, erwiderte er in resigniertem Ton. »Ich mag den Kerl nicht.«

Das Läuten einer Schulglocke war über dem Kreischen der Sägen zu vernehmen. »Warum nicht, Daniel?«

Er wirkte jetzt schon sehr gereizt. »Die Antwort wird dir nicht gefallen«, warnte er.

»Ich will es trotzdem wissen.« Eine Mischung aus Tapferkeit und Stolz veranlaßte sie zu diesen Worten, obwohl sie insgeheim den Verdacht hegte, daß es besser gewesen wäre, nicht auf einer Erklärung zu beharren.

Daniel schaute sie offen an. Fast trotzig. »January pflegte Pilar hin und wieder . . . aufzusuchen. Mir gefiel die Art nicht, wie er sie behandelte, und es kam zu einer Auseinandersetzung zwischen uns.«

Jolie wandte den Blick ab, aber die heiße Röte, die ihr in die Wangen stieg, ließ sich nicht verbergen. Sie wußte, daß es Männer gab, die sich Mätressen hielten und Bordelle aufsuchten, es gehörte zu den bitteren Tatsachen des Lebens. Aber das Wissen darum machte es Jolie nicht einfacher, sich Daniel in den Armen einer Prostituierten vorzustellen. Anderer Frauen Männer waren anderer Frauen Männer, aber Daniel gehörte ihr, und das änderte ihre Sicht der Dinge komplett.

Sie hatten inzwischen die Stadt erreicht, und Daniel hielt vor dem Gemischtwarenladen. »Ich habe etwas im Ivory Rose zu erledigen«, sagte er knapp. »Wenn du etwas kaufen möchtest, laß es auf meine Rechnung schreiben.«

Obwohl Jolie ihr Leben lang immer stolz darauf gewesen war, daß nur wenig sie wirklich erschüttern konnte, war sie den Tränen nahe, als sie vom Wagen stieg und auf den hölzernen Bürgersteig trat. In letzter Zeit schien sie immer weniger Kontrolle über ihre Gefühle zu haben.

Daniel band das Zugpferd an einen Pfosten und überquerte die Straße zum Saloon, wobei er sich nicht ein einziges Mal nach Jolie umsah. Sie hingegen schaute ihm nach, bis er durch die Schwingtüren des Saloons verschwand, aus dem lautes Pianogeklimper auf die Straße drang. Doch dann ermahnte sie sich, daß sie schließlich gekommen war, um ihre Freundin zu besuchen, und machte sich auf den Weg zu ihr.

Nan öffnete selbst die Tür, als Jolie die Stufen zu Mrs. Kraypers Veranda hinaufstieg und anklopfte. Tiefe Schatten lagen unter Nans Augen, und ihre früher so gesunde Gesichtsfarbe war einer krankhaften Blässe gewichen, so daß die Sommersprossen noch deutlicher als sonst hervortraten.

»Jolie«, sagte sie, ihre Stimme nichts als ein heiseres Flüstern.

Jolie nahm ihre Hand. »Wie geht es dir, Nan?« erkundigte sie sich, obwohl sie sich die Antwort darauf selbst hätte geben können. Ihre Freundin schien sich am Rand eines Zusammenbruchs zu befinden.

Nan schob die Hand unter Jolies Arm und geleitete sie zu Mrs. Kraypers Gartenpforte. »Ira will mich nicht mehr heiraten«, gestand sie, als sie sich in sicherer Entfernung vom Haus befanden. Tränen schimmerten in ihren dunklen Augen. »Er dachte, er würde unsere Farm bekommen . . . oder das Geld aus dem Verkauf . . . Es war wohl ein Teil unserer Absprache.«

Am Zaun, wo die großen Fliederbüsche eine gewisse Ungestörtheit garantierten, blieben die beiden Frauen stehen. Jolie überlegte sich ihre Worte sehr genau, bevor sie etwas erwiderte.

»Du brauchst ihn nicht«, sagte sie schließlich. »Vielleicht könntest du in einem der Geschäfte Arbeit finden oder in einem Hotel . . .«

Nan unterbrach sie mit einem Kopfschütteln und vermied es, ihre Freundin anzusehen. »Nicht mit einem Baby, das Pflege braucht.« Dann, obwohl es sie große Überwindung zu kosten schien, richtete sie ihren Blick auf Jolie. »Ich glaube, ich habe keine andere Wahl. Das wenige Geld, das ich bekommen habe, wird nicht mehr lange reichen, und obwohl Alverna Krayper eine anständige Frau ist, könnte sie es sich nicht erlauben, mich ohne Bezahlung in ihrer Pension wohnen zu lassen. Nein, Jolie – ich ziehe morgen zu Mister January. Ich werde seine . . . Haushälterin sein.«

Jolie spürte, wie sie erblaßte. »Du meinst . . .?«

»Ja«, antwortete Nan bedrückt. »Ich werde mehr tun müssen, als für ihn zu waschen und zu kochen. Aber es erspart mir wenigstens, in einem der Saloons zu arbeiten.«

Jolie war nicht der Ansicht, daß die beiden Möglichkeiten sich sehr voneinander unterschieden. Verzweifelt umklammerte sie Nans Arm. »Laß mich mit Daniel sprechen!« flehte sie. »Vielleicht kann er dir helfen.«

Nan hob den Kopf, ihre Augen funkelten von einem stolzen Feuer. »Lieber würde ich ein Zimmer im Ivory Rose belegen, als meinen Freunden zur Last zu fallen!« sagte sie entschieden. »Und ich würde es dir nie verzeihen, wenn du Daniel in diese Geschichte hineinziehst.« Nach diesen Worten, die sie zweifellos sehr ernst gemeint hatte, raffte Nan ihre Röcke und kehrte eilig zum Tor zurück. Eine Minute später war sie im Haus verschwunden.

Jolie blieb noch lange auf dem Bürgersteig stehen und bemühte sich, zu verarbeiten, was sie gerade erfahren hatte; sie fühlte sich, als hätte ihr jemand einen brutalen Schlag in den Bauch versetzt. In diesem Augenblick umfaßte ihr Haß alle Männer dieser Welt, sie verabscheute sie für ihre Macht über die Frauen. Dann jedoch richtete sich ihr Zorn auf Ira January, und sie schwor sich, ihn von seinen abscheulichen Plänen abzubringen.

Das unaufhörliche Kreischen der Sägen aus der Mühle löste schließlich Jolies Starre; das Geräusch zog sie wie magisch an, und wie in Trance folgte sie ihm durch die stillen Straßen. Die Hände zu Fäusten geballt, das Kinn trotzig vorgeschoben, marschierte sie in Richtung Sägewerk, ohne die Passanten, die ihr verwundert nachsahen, auch nur eines Blickes zu würdigen.

Am anderen Ende der Stadt, wo sich Mister Januarys Sägemühle befand, kam Jolie an einem unbeaufsichtigten Wagen vorbei. Eine Pferdepeitsche lag auf dem Sitz, und Jolie nahm sie ohne das geringste Zögern an sich.

Der Sägewerksbesitzer mußte sie kommen gesehen haben, denn er trat aus einem flachen Holzschuppen und strahlte Jolie so freudig an, als käme sie statt mit einer Peitsche in der Hand mit einem Kuchen für ihn. Nur wenige Schritte von ihr entfernt machte er halt, verschränkte die Arme über der Brust und sagte gedehnt: »Das ist aber eine Überraschung, Mrs. Beckham. Was kann ich für Sie tun?«

Jolie dachte an ihre verwitwete Freundin und all das Böse, das dieser Mann ihr anzutun gedachte. Ihre Hand war feucht vor Schweiß, als sie den Peitschengriff umklammerte, und die Muskeln an ihren Schultern und Oberarmen versteiften sich erwartungsvoll. Sie hatte gelernt, mit einer Peitsche umzugehen, als sie Jahre zuvor mit ihrem Vater nach Westen gezogen war – die müden Zugochsen bewegten sich nur, wenn sie das Krachen der Peitsche hörten – aber natürlich hatte sie sie noch nie bei einem Menschen angewandt. Es war das erste Mal in ihrem Leben, daß sie einen Grund dafür sah.

»Sie können Nan Culley in Ruhe lassen ... *das* können Sie für mich tun!« antwortete Jolie scharf.

Mister January zog die Brauen hoch und spreizte die Hände. »Wieso – ich biete der Frau doch nur ein Heim an und eine anständige Möglichkeit, sich ihren Lebensunterhalt zu verdienen.«

Der Griff der Peitsche zuckte in Jolies Fingern. »Vermeiden Sie bitte das Wort *anständig* im Zusammenhang mit dem Leben, das Sie Mrs. Culley anbieten, Mister January«, erwiderte Jolie. »Es paßt nämlich nicht.«

January lachte rauh und ließ seinen Blick auf unverschämte Weise über Jolies Körper gleiten. »Aber, aber, Mrs. Beckham!« meinte er dann mit leisem Vorwurf in der Stimme. »Sie sind weit gekommen, wie ich sehe. Vor ganz kurzer Zeit noch, da wurden Sie als Bankräuberin verurteilt und sollten hängen. Und jetzt schwingen Sie sich zum Moralapostel auf. Sagen Sie, hat dieser Gesinnungswechsel vielleicht etwas mit dem Einfluß Ihres selbstgerechten Ehemanns zu tun?«

Jolie errötete. »Ich bin genauso unschuldig an dem Bankraub, wie Sie es sind, Mister January. Und jetzt, wo Blake Kingston hinter Gittern sitzt, wird die Wahrheit bald ans Licht kommen.« Doch noch während sie die Worte aussprach, kam ihr zu Bewußtsein, daß ihre Theorie eine Menge schwacher Stellen aufwies. Denn unter anderem war es durchaus möglich, daß Blake den Richtern Lügen über ihre Beteiligung an dem Bankraub auftischen würde, um sich für seine Festnahme an ihr zu rächen.

Sie ließ geschickt die Peitsche knallen, um dem Sägewerksbesitzer zu zeigen, daß er es nicht mit einer Frau von schwachen Überzeugungen zu tun hatte. »Sie verschwenden Ihre Zeit, wenn Sie das Thema wechseln«, sagte sie mutig, obwohl sie sich lieber umgedreht hätte und davongelaufen wäre.

»Was genau erwarten Sie eigentlich von mir, Mrs. Beckham?« erkundigte January sich zuvorkommend, und Jolie sah zu ihrem Entsetzen, daß sich eine neugierige Menschenmenge um sie versammelt hatte. Falls Daniel etwas von diesem Vorfall erfuhr ...

»Ich verlange, daß Sie aufhören, meine Freundin zu belästigen«, erklärte Jolie entschieden und wich Mister Januarys spöttischem Blick nicht aus. »Und falls Sie das nicht tun, reiße ich Ihnen mit dieser Peitsche die Haut vom Leib!«

Die Drohung löste ein schallendes Gelächter unter den Zuschauern aus, die sich immer näher drängten.

January trat grinsend einen Schritt auf Jolie zu. »Ich glaube, ich habe mich um die falsche Frau bemüht«, sagte er mit tragender Stimme. »Ich hätte Sie selbst von Hobb Jacksons Heuwagen heben sollen, anstatt Sie Daniel Beckham zu überlassen.«

Was er damit meinte, war so klar wie ein Gebirgsbach zu Beginn des Frühjahrs. Jolie war zutiefst beleidigt. Die Peitsche zischte durch die Luft, als sie sie zurückzog, aber bevor sie ihre Spitze um Mister Januarys Stiefel schlingen und ihm den Schrecken einjagen konnte, den er verdiente, schloß sich eine starke Hand um ihren Arm und hielt sie zurück.

Ihr Instinkt sagte ihr, daß es Daniel war, der hinter ihr stand, lange bevor sie sich nach ihm umzusehen wagte. Angesichts des Zorns in seinen blauen Augen öffnete sie die Hand und ließ die Peitsche fallen, aber ihre Haltung war dennoch alles andere als gefügig.

»Steig in den Wagen!« befahl Daniel und deutete auf den Buggy, der auf Mister Januarys Gelände parkte. »Ich will kein Wort hören – *steig nur in diesen Wagen*!«

Durch seine anmaßende Art machte Daniel es ihr unmöglich, ihm zu gehorchen und dennoch ihre Würde zu bewahren. Denn schließlich schaute praktisch die ganze Stadt zu, genau wie an jenem Tag, als es fast zu ihrer Hinrichtung gekommen wäre.

»Ich denke nicht daran!« begehrte sie auf.

»Eine temperamentvolle Frau haben Sie da, Beckham«, bemerkte Mister January kameradschaftlich, der es jetzt für ungefährlich zu halten schien, sich ihr zu nähern. »Sie zu zähmen, dürfte großen Spaß bereiten, da bin ich mir ganz sicher.«

Daniels zorniger Blick schwenke von Jolie auf January. »Ich wäre Ihnen dankbar, wenn Sie sich nicht einmischen würden«, sagte er mit leiser, drohender Stimme. »Es ist nicht Ihre Angelegenheit.«

»Ich bin bereit zu gehen«, erklärte Jolie großzügig, »sobald Mister January verspricht, Nan Culley nicht mehr zu belästigen.«

»Seine Versprechungen sind keinen Mundvoll Spucke wert«, versetzte Daniel hart, und irgend etwas in seiner Stimme ließ Jolie wünschen, ihren Stolz geschluckt zu haben und in den Wagen gestiegen zu sein, als Daniel es verlangte.

»Mein Angebot, Nan... Mrs. Culley ein anständiges Heim zu bieten, bleibt bestehen«, erklärte January. Sein Blick glitt von Jolie zu Daniel und wieder zurück. »Es sei denn, ich könnte *Sie* überreden, Mrs. Beckham, sich um meinen Haushalt zu kümmern. Daniel will Sie ohnehin loswerden, soviel ich hörte. Das würde ihm eine Menge Ärger ersparen – ganz zu schweigen von den Kosten der Reise.«

Eine solche unverschämte Beleidigung war Jolie in ihrem ganzen Leben noch nicht zugefügt worden, aber bevor sie etwas dazu sagen konnte, packte Daniel Ira am Hemd und schleuderte ihn gegen einen Frachtwaggon.

Mister January grinste schief, als er nach dem harten Aufprall um Atem rang. »War es nicht das, was Sie Pilar sagten, Daniel?« fragte er und wischte sich mit dem Handrücken den Mund ab. »Daß alles wieder wie früher zwischen Ihnen sein würde, sobald Sie Ihre jetzige Braut fortgeschickt hätten?«

Die Worte trafen Jolie wie Stiche eines wütenden Bienenschwarms. Sie hatte gewußt, daß Daniel sie loswerden wollte, er hatte es ihr oft genug gesagt – aber sie hätte sich nie träumen lassen, daß die ganze Stadt darüber informiert war oder er die Angelegenheit sogar mit Pilar besprochen hatte.

Steif, den Kopf unnatürlich hoch erhoben, wandte Jolie sich ab und ging zu Daniels Wagen. Ohne die Stadtbewohner zu beachten, die tuschelten und mit den Fingern auf sie zeigten, kletterte sie auf den Sitz und strich ihre Röcke glatt.

Tante Nissa hatte ihr einmal geraten, die Tugenden zu üben, die sie brauchte, bis sie ihr irgendwann zur zweiten Natur wurden. Und nun, in diesem Moment größten Unglücks, hüllte Jolie sich in ihre vorgetäuschte Würde wie in einen warmen Mantel.

Daniel sagte etwas zu Mister January – was, konnte sie nicht hören – dann kam er zu ihr hinüber und stieg auf den Wagen.

»Was wolltest du eigentlich damit erreichen?« fragte er, als sie sich von der lärmenden Mühle entfernten. »Abgesehen davon, mich wie einen verdammten Narren erscheinen zu lassen?«

Jolie preßte die Lippen zusammen und zwang sich, nicht zu weinen. Sie hatte Nan nur helfen wollen, irgendwie, obwohl sie jetzt natürlich einsah, daß ihr Verhalten unklug und übereilt gewesen war. Sie hatte einfach nicht nachgedacht.

»Ich weigere mich, dir irgend etwas zu erklären, Mister Beckham. Was mich angeht, so bist du kein Freund.«

»Du hast recht, Jolie . . . ich bin nicht dein Freund, sondern dein Mann. Und ich habe ein Recht zu erfahren, was dich dazu getrieben hat, dich vor aller Augen lächerlich zu machen.«

Jolie zuckte trotzig mit den Schultern. »Es wäre nicht klug, dir etwas anzuvertrauen«, entgegnete sie kühl. »Denn du würdest ja doch nur damit zu Pilar laufen und ihr wie eine klatschsüchtige alte Jungfer alles brühwarm erzählen. Und dann dauert es nicht mehr lange, bis auch die ganze Stadt Bescheid weiß.«

Ein harter Zug erschien um Daniels Kinn. »January wollte dich nur ärgern«, antwortete er. Anstatt die Stadt zu durchqueren und sich auf den Heimweg zu begeben, hielt Daniel den Wagen vor dem Büro des Marshals an. »Ich habe nichts von all dem zu Pilar gesagt. Weder zu ihr noch zu irgend jemand anderem.«

Jolie verschränkte die Arme. »Woher weiß er dann, wie eilig du es hast, mich loszuwerden?« entgegnete sie gereizt.

Daniel seufzte. »Ich weiß es nicht, Jolie. Vielleicht hat jemand zugehört, als wir uns unterhielten, und es weitererzählt.«

Sie musterte die Fassade des Gerichtsgebäudes mit Unbehagen, denn hinter diesen Mauern hatte sie darauf gewartet, gehängt zu werden. »Glaub bloß nicht, daß ich deine Entschuldigung annehme«, sagte sie. »Ich werde mir noch überlegen, ob ich dir glauben kann.«

Ihr Mann stellte die Bremse fest und stieg vom Wagen. »Ich

erinnere mich nicht, mich für irgend etwas entschuldigt zu haben«, entgegnete er, bevor er seinen Hut abnahm und mit dem Hemdsärmel seine feuchte Stirn abwischte.

Jolie betrachtete mit schmalen Augen das häßliche eckige Gebäude. Verblichene Plakate mit Fahndungsmeldungen bedeckten die Außenwände. »Was willst du hier?« fragte sie mißtrauisch.

»Der Marshal möchte mit dir reden.« Daniel kam um den Wagen herum und legte seine Hände um Jolies Taille. »Du brauchst keine Angst zu haben.«

Leicht gesagt für jemanden, der noch nie mit einem Strick um den Hals unter dem Galgen gestanden hatte! Jolie rieb ihre feuchten Hände an ihrem Rock. »Daniel . . .«

Er legte beruhigend seine Hand auf ihren Arm. »Ich lasse dich nicht allein«, versprach er. Der Marshal, ein alter Mann mit wäßrigen blauen Augen und einem großen Muttermal auf seiner Glatze, verzichtete darauf, sich zu erheben, als Daniel und Jolie das Büro betraten. Er nickte Daniel zu und rollte das Streichholz, auf dem er kaute, in den anderen Mundwinkel.

»Morgen«, sagte er knapp.

Jolies Panik war zu groß, als daß sie sie hätte verbergen können; sie hielt sich dicht neben Daniel und vermied es, zu den vergitterten Zellen hinzuschauen. Die Gefühle, die sie durchlebt hatte, als sie hier eingesperrt gewesen war – die Angst, die Panik und das Gefühl, nie unbeobachtet zu sein – stellten sich jetzt wieder ein. Sie konnte nichts dagegen tun.

»Nehmen Sie Platz«, sagte Marshal Wilson, der immer noch so tat, als sei Daniel der einzige andere Mensch im Raum.

Doch anstatt sich hinzusetzen, überraschte Daniel den Gesetzesvertreter und seine Frau, indem er um den Schreibtisch herumging, Wilcox am Kragen packte und ihn auf die Beine zog.

»Wenn Mrs. Beckham einen Raum betritt, hat man als Mann aufzustehen«, sagte er in einem falschen freundschaftlichen Ton.

Marshal Wilcox errötete vor Ärger, aber er reagierte schnell.

Er begrüßte Jolie mit einem höflichen: »Guten Morgen, Madam«, und schaute mißtrauisch zu, wie Daniel zu seiner Frau zurückkehrte und ihr die Hand auf die Schulter legte.

Jolie, die sich nun endlich einigermaßen sicher fühlte, riskierte einen Blick auf die Zellen. Blake befand sich in einer von ihnen, hielt mit beiden Händen die Gitterstäbe umklammert und beobachtete Jolie mit einem beunruhigenden Glitzern in seinen Augen.

Der Marshal räusperte sich nervös, nahm wieder hinter seinem Schreibtisch Platz und strich über seinen stoppeligen weißen Bart. »Kingston wird der Prozeß gemacht, sobald der Bezirksrichter wieder in die Stadt kommt«, sagte er. »Man wird Sie fragen, Mrs. Beckham, was Sie über den Raub und den Mord an dem Bankangestellten wissen.«

»Das habe ich schon während des ersten Prozesses ausgesagt«, entgegnete Jolie sachlich. »Nur war leider niemand bereit, mich anzuhören.«

»Sie bleiben also dabei, daß Sie nichts von dem geplanten Überfall gewußt haben?«

»Ja. Es war eine furchtbare Überraschung für mich. Mister Kingston hatte mir nur gesagt, er habe in der Bank etwas zu erledigen. Ich sollte draußen warten und die Pferde halten.«

Daniels Hand glitt von Jolies Schulter, und sie empfand diese kleine Trennung als schmerzhaft.

»Warum sagst du nicht die Wahrheit, Jolie-Mädchen?« rief Blake aus seiner Zelle. »Du wußtest doch, was ich vorhatte. Wir brauchten Geld, wir beide, um in Mexiko ein neues Leben zu beginnen!«

Jolie ignorierte Blake, wie sie eine störende Fliege ignoriert hätte. »Können wir jetzt nach Hause fahren?« erkundigte sie sich leise und mit einem flehenden Blick auf Daniel.

Sein Gesicht war verschlossen, aber er nickte zustimmend. »Ja, wir fahren jetzt.«

Der Marshal entsann sich seiner Manieren, so bescheiden sie auch waren, und rappelte sich auf. »Wir werden Ihnen Bescheid geben, sobald der Richter in der Stadt ist, Mrs. Beckham«, sagte er.

Jolie verzichtete auf eine Antwort, straffte die Schultern und ging zur Tür.

»Sie lügt!« schrie Blake ihr nach, und Daniel versteifte sich. »Sie ist eine Lügnerin – eine Diebin und eine Mörderin! Vergeßt das nie, wenn ihr ihr den Rücken zudreht!«

Daniel riß die Tür auf und wartete stumm, bis Jolie vor ihm hinausgegangen war. Draußen stieg sie ohne seine Hilfe auf den Wagen und dachte, wie entsetzlich dieser Tag doch war – und dabei war noch nicht einmal Mittag!

Weder Daniel noch Jolie sprachen auf der Heimfahrt. Als sie auf der Farm eintrafen, ging Jolie sofort in die Küche, um das Mittagessen für Daniel und Deuter zuzubereiten. Und immer noch dachte sie darüber nach, wie es ihr gelungen sein mochte, ihr Leben in derartige Verwirrungen zu stürzen.

Nach dem Essen brachte Jolie die Küche wieder in Ordnung, dann stieg sie die Treppe in den ersten Stock hinauf und betrat den Raum neben dem Zimmer, das sie mit Daniel teilte. Ihre Absicht war eigentlich nur, sich auf das Bett zu legen und eine Stunde auszuruhen, an einem Ort, der keine Erinnerungen für sie enthielt. Aber dann fiel ihr Blick auf Ilses Truhe, und sie fühlte sich wie magisch davon angezogen.

Sie hatte sich einmal ein Kleid daraus genommen, kurz nachdem sie auf Daniels Farm gekommen war, war bis jetzt jedoch nie auf die Idee gekommen, sich die anderen Dinge anzusehen, die die Truhe enthielt. Heute jedoch, als sie sich so seltsam losgelöst von allem fühlte, kniete sie vor der Truhe nieder und öffnete sie.

Bedächtig legte sie ein gefaltetes Kleidungsstück nach dem anderen beiseite, einen Schal und einen Kissenbezug mit einer nicht beendeten Häkelspitze. Darunter entdeckte sie ein gerahmtes Bild von Daniel, auf dem er sehr viel jünger war und eine Uniform der Südstaatenarmee trug. Die beiden obersten Knöpfe des Rocks waren geschlossen, der letzte fehlte.

Jolie berührte das junge, unschuldige Gesicht auf dem Foto und fühlte sich Ilse Beckham plötzlich sehr nahe, weil auch diese Frau gewußt hatte, was es hieß, Daniel zu lieben. Indem sie ihm ihren Körper schenkte, hatte sie ihm ganz unbewußt auch ihre Seele zum Geschenk gemacht.

Vier Worte standen in zierlicher Handschrift auf der Rückseite der Fotografie: »Mein tapferer, geliebter Daniel.«

Nachdem sie das Bild behutsam auf einen Stapel nach Lavendel duftender Unterwäsche gelegt hatte, griff Jolie noch tiefer in die Truhe. Diesmal schlossen ihre Finger sich um ein Buch.

Sie nahm es heraus und sah, daß es in kostbares Leder gebunden war und über ein blaues Seidenband verfügte, das als Lesezeichen diente. Mit dem Gefühl, einen Brief zu lesen, der an sie persönlich gerichtet war, statt in die Intimsphäre eines ihr unbekannten Menschen einzudringen, klappte Jolie das Buch auf und erkannte Ilses fließende, selbstbewußte Handschrift.

Es war das Tagebuch der ersten Mrs. Beckham.

Jolie schloß das Buch und legte es beiseite, nur um es gleich darauf wieder von neuem aufzuschlagen. Eine warme Septemberbrise blähte die Spitzengardinen am Fenster und ließ Lavendeldüfte aus der Truhe aufsteigen. Es war fast so, als hielte sich Ilse mit ihr in diesem Zimmer auf.

Die ersten Worte, die Jolies Aufmerksamkeit erregten, waren folgende: ›*Ich bin froh, daß ich Daniel nicht kannte, als er Soldat war. Ich hätte den Gedanken, ihn an die Kugel eines Feindes zu verlieren, keine Sekunde lang ertragen.*‹

Obwohl es Jolie anstrengte, die verschnörkelte Handschrift zu entziffern, las sie weiter, schlug hier eine Seite auf und dort eine. Schließlich gelangte sie zu dem Tag, an dem Daniels und Ilses erstgeborenes Kind gestorben war.

›*Ich will nicht mehr leben*‹, hatte Ilse geschrieben, und die unregelmäßiger gewordene Schrift verriet ihre Qual und Trauer. ›*Es ist doch sinnlos, wenn alles, was man liebt, uns von einem Moment zum anderen genommen werden kann. Vielleicht stimmt es ja, was sie über den Himmel sagen. Vielleicht werde ich wieder bei meiner lieben kleinen Eugenia sein, wenn ich sterbe.*«

Jolies Augen waren feucht geworden, sie wischte sie rasch mit dem Ärmel trocken. Dann blätterte sie einige Seiten weiter, in der Hoffnung, Ilse möge von ihrer Trauer genesen sein.

›*Ich werde ein zweites Kind haben. Ich habe es Daniel erzählt, und ich weiß, daß er sich freut, weil er glaubt, daß es seine Frau zu ihm zurückbringen wird. Ich wage gar nicht, ihm zu gestehen, daß ich vergessen habe, was Hoffnung ist* ...‹

Eine unsagbare Trauer schnürte Jolies Kehle zu. Sie schloß das Buch und legte es in die Truhe zurück, zusammen mit der Fotografie von Daniel und den Kleidern, die Ilse getragen hatte.

Als Gemma und Hank mit Deuter nach Hause kamen, gab Jolie ihnen Haferflockenplätzchen und lauschte ihren Berichten über den ersten Schultag.

Hank erklärte, die Schule so lange besuchen zu wollen, bis er rechnen konnte, während Gemma der Ansicht war, das Schreiben sei viel wichtiger.

Während des Abendessens, als Daniel und Deuter über das kommende Frühjahr sprachen und die Kinder gähnend vor ihren Tellern saßen, ertönte plötzlich ein lautes Klopfen an der Eingangstür.

Stirnrunzelnd schob Daniel seinen Stuhl zurück und stand auf. Hank und Gemma folgten ihm neugierig, als er in die Halle ging, um zu öffnen.

»Ich hörte, daß Sie Ira January heute morgen beinahe ausgepeitscht hätten«, bemerkte Deuter, den die Aussicht auf Besuch nicht im geringsten zu beunruhigen schien. »Zu schade, daß Daniel sich eingemischt hat.«

Trotz allem mußte Jolie lächeln. »Mister January scheint nicht sehr beliebt zu sein in dieser Gegend«, entgegnete sie. »Außer bei Pilar vielleicht.«

Deuter schüttelte den Kopf. »Sie mag ihn auch nicht. Er hat ihr einmal ein blaues Auge geschlagen.« Stirnrunzelnd strich er

Butter auf sein Brot. »Ein Mann hat kein Recht, eine Frau zu schlagen«, stellte er nachdenklich fest.

Jolie stimmte ihm aus vollem Herzen zu, aber sie hielt es nicht für nötig, es laut auszusprechen.

Aus dem anderen Teil des Hauses drangen Stimmen, Daniels und eine andere, männliche, die sie nicht erkannte. Doch irgend etwas daran flößte ihr Unbehagen ein.

Als Daniel kurz darauf zurückkam, wirkte er sehr ernst, aber das war bei ihm nichts Neues.

»Du solltest mich ins Arbeitszimmer begleiten«, sagte er zu Jolie. »Die Kinder sind oben und packen ihre Sachen.«

Jolie erschrak; ihr wurde so schwindelig, daß sie die Kaffeekanne auf den Tisch stellte und haltsuchend einen Stuhl umklammerte. »Was?« flüsterte sie.

Aber Daniel erwiderte nichts und gab ihr bloß mit einer Handbewegung zu verstehen, daß sie vorangehen sollte.

Ein gutaussehender blonder Mann saß vor Daniels Schreibtisch und trank so gierig einen Brandy, als erwartete er, einen solch guten Tropfen nie wieder zu kosten. Sein Haar war zu lang, seine Kleidung ungepflegt und schmutzig, aber das waren Dinge, die Jolie zu akzeptieren vermochte, weil sie wußte, wie rasch das Glück sich für einen Menschen wenden konnte.

»Das ist Bill Springer«, sagte Daniel schroff.

Der Besucher mochte schon einiges getrunken haben, aber er erhob sich und nickte Jolie grüßend zu. »Madam«, meinte er höflich.

»Mister Springer sagt, er sei Hanks und Gemmas Onkel.«

Jolie schaute auf das leere Glas in Mister Springers Hand. »Und jetzt ist er gekommen, um sie abzuholen«, stellte sie fest, und in jenem Augenblick lernte auch sie jene Verzweiflung kennen, von der Ilse in ihrem Tagebuch geschrieben hatte. Jolie hätte Hank und Gemma nicht mehr lieben können, wenn sie ihnen selbst das Leben geschenkt hätte, und der Gedanke, sie zu verlieren, tat unglaublich weh.

# 17

»Besitzen Sie Dokumente, anhand derer Sie beweisen können, daß Sie mit den Kindern verwandt sind?« Ihre Verzweiflung machte Jolie starrsinnig. Hank und Gemma bedeuteten ihr zuviel, als daß sie sie kampflos gehen lassen würde. Und sie nahm Daniel seine offensichtliche Bereitschaft, die Kinder abzugeben, sehr übel.

Mister Springer lachte und zupfte an einer Locke seines blonden Haars. Obwohl es mit Straßenstaub bedeckt und schmutzig war, konnte Jolie sehen, daß es die gleiche Farbe hatte wie Hanks und Gemmas Haar. »Nein, Madam, Papiere habe ich nicht. Nur dieses Haar und mein Gesicht. Wissen Sie, die Mutter der Kleinen war meine Schwester, Shallie.«

Jolie wußte, daß er die Wahrheit sprach – die Ähnlichkeit zu den Kindern war verblüffend –, und hegte dennoch starke Zweifel an seinen Motiven. »Kinder aufzuziehen erfordert eine Menge Einsatz, Mister Springer. Sie brauchen regelmäßige Mahlzeiten, saubere Kleidung und ein warmes Bett.«

Der Blick des Besuchers glitt verlangend zu der Brandyflasche auf Daniels Schreibtisch. Er befeuchtete seine trockenen

Lippen und schloß die Hände um sein leeres Glas. »Ja, Madam. Aber Familie ist Familie, und die Kinder und ich gehören zusammen.«

Jolie setzte zu einer Entgegnung an, aber Daniel brachte sie zum Schweigen, indem er eine Hand auf ihren Arm legte.

»Warum gehst du nicht hinauf zu Hank und Gemma und siehst nach, ob sie zurechtkommen?« schlug er vor.

Der Gedanke an den bevorstehenden Abschied schnürte Jolie die Kehle zu; kein Wort wollte über ihre Lippen kommen. So nickte sie nur stumm und verließ den Raum.

Hank und Gemma saßen auf dem Bettrand. Der Kopf des kleinen Mädchens ruhte an der Schulter seines Bruders, die Puppe hielt es fest an seine Brust gepreßt.

»Ich lasse meinen Wagen hier«, erklärte Hank tapfer. »Sie und Mister Dan werden sicher irgendwann einmal einen Jungen haben.«

Jolie war so erschüttert, daß sie den Blick von ihm abwenden mußte. Aber dann kniete sie sich vor die Kinder und ergriff ihre Hände.

»Der Mann, dieser Mister Springer . . . kennt ihr ihn? Ist er ein anständiger Mensch?«

Eine Träne rollte über Gemmas Wange, aber sie sagte nichts und schaute Jolie auch nicht an.

Es war schließlich Hank, der die Frage beantwortete. »Er ist so, wie Papa war. Er trinkt und treibt sich mit Frauen herum. Irgendwann wird er uns bestimmt wieder im Stich lassen.« Das schmale, sommersprossige Gesicht des Jungen hellte sich ganz unvermittelt auf. »Vielleicht finden Gemma und ich dann den Weg hierher zurück! Wir wären beide größer und stärker, und Mister Dan könnte uns dann als Hilfe auf der Farm gebrauchen.«

Jolie schluckte. Sie hatte in ihrem Leben genug Männer wie Mister Springer kennengelernt, ihren eigenen Vater mitgerechnet, und ihr war klar, daß es keine noblen Motive waren, die ihn dazu bewogen, die Kinder abzuholen. Wortlos stand sie auf, wandte sich ab und verließ entschiedenen Schrittes den Raum.

Daniel hielt sich noch immer mit Mister Springer im Arbeitszimmer auf und schaute stirnrunzelnd zu, wie sein Gast den vierten oder fünften Brandy hinunterstürzte.

»Es tut mir leid, Mister Springer«, sagte Jolie, als sie den Raum betrat, »aber Sie können Gemma und Hank heute abend nicht mitnehmen. Mister Beckham und ich möchten zuerst Beweise sehen, daß Sie wirklich imstande sind, anständig für die Kinder zu sorgen.«

Jolie wagte nicht, Daniel anzusehen, sie konnte nur ein stummes Gebet zum Himmel schicken, daß er einer Meinung mit ihr sein möge. Was jedoch nicht sehr wahrscheinlich war angesichts der Tatsache, daß er so oft geäußert hatte, die Kinder müßten fort.

Springer strich sich mit fahrigen Händen durch das Haar. Sein unterwürfiges Lächeln erinnerte Jolie an einen Hund, der winselnd um einen Knochen bettelte. »Ich gebe zu, daß ich kein Geld habe«, sagte er lauernd. »Und ohne Geld kommt man nicht weit . . .«

Jolie versteifte sich innerlich, obwohl sie sich die größte Mühe gab, nach außen hin kühl und gelassen zu erscheinen. Geld war ihr nie wichtig gewesen, doch in diesem Augenblick hätte sie viel darum gegeben, eine vermögende Frau zu sein. Denn wenn sie Mister Springer richtig verstanden hatte, schien er bereit, die Kinder zu *verkaufen*, und die bloße Vorstellung erfüllte sie mit einer seltsamen Mischung aus Triumph und Zorn.

Daniel ergriff die Brandyflasche und füllte Mister Springers Glas auf, aber weder seine Miene noch sein Verhalten ließen darauf schließen, was in ihm vorging. »Sie wären also bereit, sich für immer von Gemma und Hank zu trennen . . . gegen einen gewissen Geldbetrag?« fragte er.

Springer schaute sich um und lächelte unterwürfig. »Das hier ist ein schönes Haus, und ich sehe, daß Sie anständige Menschen sind. Ja, Sir, ich glaube, es wäre ein Trost für meine arme tote Schwester, wenn ihre Kinder in einer solchen Umgebung aufwachsen würden.«

Abgesehen davon, daß Daniel leicht die Schultern versteifte, als er sich abwandte, vermochte Jolie keine Reaktion bei ihm zu erkennen.

Was sie selbst anging, pochte ihr Herz so ungestüm vor Aufregung und Hoffnung, daß sie befürchtete, die anderen müßten es hören. Gleichzeitig jedoch hätte sie Mister Springer für seine skrupellose Geldgier am liebsten ermordet. Doch als sie dazu ansetzte, ihre Gedanken auszusprechen, warf Daniel ihr einen Blick zu, der sie zum Schweigen brachte. Ihr stockte der Atem, als er eine Brieftasche aus der Schreibtischschublade holte und ihr eine Zwanzigdollarnote entnahm, und Jolie schwankte vor lauter Angst, die Geste falsch interpretiert zu haben.

Mister Springer befeuchtete die Lippen, als Daniel ihm das Geld hinhielt; die Gier, es ihm zu entreißen, verriet sich in jeder Linie seines Körpers.

»Denken Sie an meine Worte, Mister Springer«, warnte Daniel. »Der Handel, den wir beide heute nacht abschließen, behält Gültigkeit, bis Hank und Gemma erwachsen sind. Sollte es Ihnen einfallen, sie in irgendeiner Weise zu belästigen oder auch nur je wieder einen Fuß auf mein Land zu setzen, werde ich dafür sorgen, daß Sie es bitterlich bereuen. Ist das klar?«

Springer streckte die Hand aus und nahm den Geldschein an sich. Im nächsten Augenblick war er an der Tür. »Völlig klar, Mister Beckham«, erwiderte er hastig. »Sie werden mich nie wiedersehen.«

»Warten Sie.«

»Ja, Sir?«

»Haben die Kinder noch mehr Verwandte, oder sind Sie der einzige?«

»Es gibt niemanden mehr«, versicherte Mister Springer. »Der Vater der Kleinen wurde vor zwei Jahren ermordet, oben in Tylerville.«

Als Mister Springer hinausgegangen war und Jolie hörte, wie sich die Haustür hinter ihm schloß, wandte sie sich mit Tränen in den Augen zu Daniel um. »Danke«, sagte sie bewegt.

Er wich ihren Blicken aus. »Mach dir keine falschen Hoffnungen, Jolie«, ermahnte er sie. »Ich habe auch jetzt nicht vor, diese Kinder aufzuziehen. Aber ich werde sie auch nicht einem Kojoten wie diesem Springer ausliefern.« Er ließ sich hinter seinem Schreibtisch nieder und öffnete eine Akte, so gelassen, als spräche er mit Deuter über den Preis des Korns. »Sie haben morgen Schule. Kümmere dich darum, daß sie ins Bett kommen.«

Seine abweisende Haltung konnte Jolies Freude und Erleichterung nicht beeinträchtigen. Sie ging zu ihm und küßte ihn auf die Wange. »Ich liebe dich, Dan«, sagte sie, und erst als sie den Raum verließ, kam ihr die volle Bedeutung ihrer Worte zu Bewußtsein.

Ihre Wangen brannten vor Beschämung, als sie ihre Röcke raffte und die Treppe hinaufeilte, um Hank und Gemma mitzuteilen, daß ihr Onkel fort war.

Kaum hatte sie ausgesprochen, fiel Gemma ihr um den Hals und bedeckte ihr Gesicht mit Küssen wie ein kleiner, eifriger Hund, während Hank ein Triumphgeheul ausstieß. Als ihre erste Erregung sich gelegt hatte, erzählte Jolie ihnen die Geschichte über einen bärbeißigen, aber freundlichen Riesen, der allein in einer Höhle in einem Wald hauste. Zu Beginn der Erzählung war der Riese reizbar und einsam. Gegen Ende hatte er eine Frau und zwei Kinder, die ihn sehr liebten, und alle vier lebten glücklich miteinander bis ans Ende ihrer Tage.

Jolie saß vor dem Spiegel, als Daniel ins Schlafzimmer kam. Wie immer beschleunigte sich ihr Puls, aber sie summte heiter vor sich hin und bürstete ihr Haar, als hätte sie Daniels Anwesenheit gar nicht bemerkt.

Die Scharade wurde jedoch unhaltbar, als er hinter sie trat, ihr beide Hände auf die Schultern legte und stirnrunzelnd auf sie herabschaute.

»Ich will dich nicht lieben, Jolie«, sagte er nach langem Schweigen. »Und dazu wird es auch nicht kommen. Aber ich halte es für an der Zeit, uns darüber klarzuwerden, daß wir einander gegenseitig brauchen.«

Jolie ließ die Bürste sinken. In der kühlen Brise, die durch das offene Fenster kam, richteten sich ihre Brustspitzen unter dem dünnen Stoff des Nachthemds auf. Oder war es eine Reaktion auf Daniels Nähe?

»Was hast du gesagt, Daniel?«

»Ich möchte, daß du hierbleibst – als eine Art Partner. Du wirst mein Bett teilen, und wir werden so viele Kinder aufziehen wie der Herrgott bereit ist, uns zu schenken.«

Wenn das alles nicht so sehr nach einer geschäftlichen Vereinbarung geklungen hätte, wäre Jolie begeistert gewesen. Doch so reagierte sie mit Zurückhaltung. »Du wirst jemanden haben, der kocht und dein Haus sauberhält«, sagte sie ruhig und erhob sich. »Dir wird nie der Trost fehlen, den eine Frau zu spenden vermag. Aber was habe ich davon, Daniel? Und sag jetzt nicht, ein Dach über dem Kopf, Kleider und genug zu essen, denn das könnten hundert andere Männer mir auch geben.«

Jolie wagte nicht, Daniel an Ira Januarys skandalöses Angebot von diesem Morgen zu erinnern. Aber das war auch gar nicht nötig; er preßte die Lippen zusammen, um seinen Mund erschien eine feine weiße Linie.

»Ich weiß nicht«, antwortete er schließlich. »Mein Haus, mein Land, mein Name . . . Etwas anderes habe ich dir nicht zu bieten.«

Jolie dachte an das Hochzeitsfoto, das noch immer auf dem Kaminsims stand, und an Daniels regelmäßige Besuche an Ilses Grab. Mit leiser, aber kalter Stimme antwortete sie: »Doch, das hast du, Dan. Aber als gute Farmersfrau werde ich warten, bis die Saat aufgeht.«

Daniels Blick glitt unwillig über ihre schon etwas plumpere Figur. »Falls du je beschließen solltest fortzugehen, wirst du meinen Sohn hierlassen!«

»Dein Sohn«, entgegnete Jolie hart, »könnte sehr gut eine Tochter sein. Und bevor ich irgendwelche Zusagen mache, Daniel, verlange ich, daß du mir etwas versprichst.«

Er zog eine Braue hoch und musterte sie argwöhnisch. »Und das wäre?«

»Du wirst mir bei allem, was dir heilig ist, schwören, daß du nie wieder die Saloons aufsuchst und keine Beziehungen mehr zu Frauen wie Pilar unterhältst.«

Ihr Mann dachte nach – viel zu lange, wie es Jolie schien. »Ein Mann hat . . .«

»Wage bloß nicht, mir zu sagen, ein Mann hätte Bedürfnisse!« unterbrach sie ihn empört. »Die hat eine Frau nämlich auch, und ihrem Mann vertrauen zu können, gehört dazu!«

Daniel grinste und wich zurück, als hätte sie ihn geschlagen. Dann wurde er ernst. »So lange wie du mir eine gute Frau bist, werde ich dir ein guter Mann sein«, sagte er. »Das ist alles, was ich dir versprechen kann.«

Seine Antwort befriedigte Jolie nicht, doch sie sagte sich, daß sie für heute genug erreicht hatte. Daniel hatte sich endlich dazu durchgerungen, sie nicht mehr fortzuschicken, und mit ein bißchen Glück würde er sich so an Hank und Gemma gewöhnen, daß er auch sie behalten würde. Sie hob die Hand, um den obersten Knopf an seinem Hemd zu öffnen. »Ich würde gern hören, was du dir unter einer *guten* Frau vorstellst, Daniel«, meinte sie.

Ein Frösteln erfaßte seinen Körper, als er Jolies sanfte Hände auf seiner nackten Brust spürte. »Jolie . . .«

Sie knöpfte sein Hemd auf, bis es bis zur Taille offenstand, und er versuchte nicht, sie davon abzuhalten. Als sie den Stoff beiseite schob und schamlos ihre Zungenspitze über eine seiner Brustwarzen gleiten ließ, stöhnte er gequält auf.

»Sag mir, was eine gute Frau tut, Daniel!«, neckte sie ihn und setzte ihre verführerischen Liebkosungen fort.

Daniel umklammerte Jolies Schultern, er drückte sie sanft auf die Matratze nieder, aber so, daß ihre Beine über den Rand baumelten. Er streifte ihr das Nachthemd ab, und ihr nur teilweise geflochtenes Haar löste sich und breitete sich wie ein Schleier über ihren Brüsten und ihrem Bauch aus.

»Sie gibt«, antwortete er rauh. »Sie gibt und nimmt und gibt noch ein bißchen mehr.« Während er sein Hemd auszog, küßte er sie und löste damit einen solch süßen Erregungszustand in ihr aus, daß sie sich später nicht erinnerte, wann er den Rest seiner Kleidung ausgezogen hatte.

Mit der gemurmelten Bemerkung, Jolies Haut schimmere wie Honig im sanften Lampenlicht, kniete er vor dem Bett nieder und legte beide Hände um ihre Knöchel. Und als seine Lippen ihre empfindsamste Stelle fanden, war es um Jolie geschehen. Die Fersen tief in die Matratze gepreßt, krümmte sie die Hüften und bog Daniel ihren Schoß entgegen, als er sie mit Lippen, Händen und Zunge zu verwöhnen begann. Irgendwann drehte er sie so um, daß sie vor ihm kniete, und setzte seine erotischen Zärtlichkeiten fort, bis Jolie mit einem heiseren Aufschrei den Höhepunkt ihrer Ekstase erreichte.

Es dauerte lange, bis der Sturm abebbte, aber Daniel war geduldig und legte sich neben sie, um sie zu streicheln und zu liebkosen, bis ihr aufgeregter Herzschlag sich beruhigt hatte.

Als sie wieder vollkommen entspannt war, rollte er sich behutsam auf sie und spreizte ihre Schenkel. Beide wußten, daß die Flamme der Lust schon im ersten Augenblick der Vereinigung wieder in ihr auflodern würde, denn so war es immer, ganz gleich, wie gründlich Daniel Jolie zuvor befriedigt hatte.

Die heutige Umarmung bildete keine Ausnahme. Doch anders als sonst unternahm Daniel diesmal keinen Versuch, ihre lustvollen Schreie zu ersticken.

Ein leichter Frost hing am nächsten Morgen in der Luft, und dichter Nebel hüllte die Felder ein, als Deuter zurückkam, nachdem er die Kinder zur Schule gebracht hatte.

Daniel schien seine morgendlichen Aufgaben bereits erledigt

zu haben, als Jolie einen Krug mit Sahne ins Kühlhaus trug. Er folgte ihr schamlos, zog ihre Röcke hoch und führte sie von neuem auf den Gipfel ihrer erotischen Empfindungen. Die kalte, feuchte Luft im Kühlhaus verwandelte sich in tropische Hitze, als Jolie sich mit Daniel im uralten Rhythmus der Liebenden bewegte.

Gegen Mittag fuhr Verena Dailey in ihrem Einspänner vor, ein großer Weidenkorb ruhte zu ihren Füßen. »Komm, laßt uns die neuen Nachbarn besuchen«, rief sie Jolie zu, die gerade die Hühner fütterte. »Ich weiß zwar, daß ich am Sonntag nach der Kirche ihre Bekanntschaft machen werde, aber so lange will ich nicht mehr warten.«

Jolie nickte ihr lächelnd zu und ging ins Haus, um eine der Rhabarbertorten zu holen, die sie am Morgen gebacken hatte.

Enoch hämmerte geschäftig in der Scheune, als die beiden Frauen in Verenas Wagen vorfuhren. Mary kam aus dem Haus und eilte ihnen freudig entgegen, ein schüchternes Lächeln auf ihrem hübschen Gesicht.

Jolie stellte die Frauen einander vor, und Mary bedankte sich für den Korb voller Eingemachtem, den Verena ihr schenkte, und für den Kuchen, den ihre Schwägerin gebacken hatte. Alle drei plauderten angeregt, bis Enoch hereinkam, um sich die Hände zu waschen, und mit unverhohlenem Interesse den Kuchen betrachtete.

Er wurde Verena vorgestellt, und sie war entzückt von seinem Charme und seinem guten Aussehen.

»Wir erwarten dich und Daniel am Sonntag zum Mittagessen«, sagte Mary, als Jolie und Verena aufbrachen. »Und ich würde mich sehr freuen, wenn Sie auch kämen, Mrs. Dailey.«

Verena lächelte und nahm die Einladung dankend an.

»Es gibt keine charmanteren Menschen als Südstaatler«, bemerkte sie, als sie mit Jolie ihren Buggy bestieg. »Dieser Enoch wäre imstande, einer alten Jungfer die Strumpfbänder abzuschmeicheln, und Mary gibt einem das Gefühl, daß sie nur dafür *lebt*, Besucher zu bewirten.«

»Ja, sie sind beide sehr nett«, antwortete Jolie zerstreut, weil sie an Nan dachte. Ob sie tatsächlich die Pension verlassen hatte und zu Mister January gezogen war?

»Aber?« forschte Verena sanft.

»Die Culleys waren auch sehr nette Menschen«, entgegnete Jolie leise. »Sie waren genauso glücklich wie Enoch und Mary.«

Verena nickte verständnisvoll, aber ihre Worte waren eher praktischer Natur. »Es gibt Dinge im Leben, die muß man so akzeptieren, wie sie sind, Jolie. Man kann nur darauf hoffen, daß sich zum Schluß alles zum Besten wendet. Ich glaube, unser Herrgott ist der Meinung, daß es eine Menge Dinge gibt, die wir nicht zu wissen brauchen, und vermutlich hat er recht damit.«

Jolie begann Daniels Zurückhaltung etwas besser zu verstehen, denn auch sie spürte in sich eine leise Angst, Enoch und Mary auf die gleiche Weise in ihr Herz zu schließen, wie sie es mit Nan und Joe Culley getan hatte. Das Leben war so kurz für einige und zerbrechlich wie die Flügel eines Schmetterlings. »Ich glaube, Daniel und ich werden ein Kind haben«, vertraute sie Verena an, um die Unterhaltung in glücklichere Bahnen zu lenken.

»Wann?«

»Irgendwann im Mai.«

Verena nickte lächelnd. »Gut, daß Daniel dich hat. Das Strahlen, das von dir ausgeht, zeigt mir, daß ihr euch in letzter Zeit besser versteht.«

In gewisser Weise stimmte es, Jolie *war* tatsächlich ruhiger geworden und empfand ein stilles Glück, obwohl ihr klar war, daß sie nie eine Bilderbuchehe führen würde. »Ja, wir verstehen uns«, bestätigte sie und wandte den Kopf ab, um ihr Erröten zu verbergen.

Die folgenden Tage gehörten zu den glücklichsten in Jolies ganzem Leben. Während Daniel und Deuter die Felder für die Frühlingsaussaat vorbereiteten, kochte sie, kümmerte sich um das Haus und nähte viel. Ihr Bauch wölbte sich zusehends, und

Blake Kingston wurde nach Fort Deveraux überführt, weil die Armee ihm den Raub einiger Pferde vorwarf.

Das einzige, was Jolie in dieser schönen Zeit beunruhigte, war die Tatsache, daß Nan in Mister Januarys prächtiges Stadthaus eingezogen war. Jedesmal, wenn Jolie versuchte, ihrer Freundin einen Besuch abzustatten, wurde sie von dem chinesischen Boy, den Ira aus San Francisco mitgebracht hatte, mit der Bemerkung abgefertigt: »Mrs. Culley empfängt heute nicht.«

Doch Jolies Leben war ausgefüllt und geschäftig, und so stellte sie nach einer Weile die Besuche ein, weil sie stets erfolglos waren.

Gegen Ende Oktober, als der erste Schnee fiel, hatte Jolie fast vergessen, daß Rowdy Fleet noch existierte. Doch dann, als sie mit dem Wagen in die Stadt fuhr, um Hank und Gemma von der Schule abzuholen, ritt der Bandit plötzlich hinter einem verlassenen Haus hervor und stellte sich ihr in den Weg.

Vor Angst begann Jolie zu schwitzen, aber natürlich ließ sie sich nichts anmerken. Mit einem hochmütigen Blick auf Rowdy zog sie den Revolver aus den Falten ihres Rocks hervor.

Rowdy lachte, als sie die Waffe auf ihn richtete. »Eine temperamentvolle Frau wie du könnte einen Mann fast auf den Gedanken bringen, ein anständiges Leben zu beginnen«, sagte er. Falls er Angst empfand, verstand er sie ebensogut zu verbergen wie Jolie. Sein Pferd tänzelte nervös, es schien die innere Erregung seines Herrn zu spüren. »Wo hat er das Geld versteckt, Jolie?«

Jolie rümpfte die Nase; über ihrem Erstaunen vergaß sie ihre Furcht. »Wo hat er welches Geld versteckt?«

Rowdy spuckte ärgerlich auf die Erde. »Kingston – wer sonst? Er hatte die fünfhundert Dollar, die wir auf der Bank erbeuteten, in einer Tonne in eurer Scheune versteckt. Doch als ich zurückkehrte, um das Geld zu holen, war alles weg.« Ignorierend, daß Jolie ihn mit ihrer Waffe bedrohte, zog er seinen Revolver und entsicherte ihn. »Das habt ihr beide euch fein ausgedacht, du und Blake! Wie oft hat er davon gesprochen, irgendwo weit fort von hier ein neues Leben mit dir beginnen zu wollen! Mit dem Geld wäre es euch gelungen.«

Jolie war mehr als verblüfft, daß Rowdy und Blake die Beute aus dem Bankraub auf Daniels Land versteckt hatten, aber andererseits war es natürlich die Erklärung dafür, warum sie ein paarmal zurückgekommen waren. Sie hatten nachgesehen, ob das Geld noch da war.

»Blakes Gerede, mit einer Frau ein neues Leben anfangen zu wollen, war nichts als ein Traum von ihm«, entgegnete sie mit einer Gelassenheit, die sie nicht empfand. »Das wußtest du schon lange vor mir, Rowdy. Und du wußtest auch, daß er mir nie genug vertrauen würde, um mir zu verraten, wo sich das Geld befand. Anscheinend hatte er vor, dich auszubooten und die gesamte Beute für sich zu behalten.«

Ein Muskel zuckte in Rowdys Gesicht. »Damit kommt er nicht durch!«

Jolie zuckte mit den Schultern. »Mir scheint, es ist ihm schon gelungen.«

Das Knarren eines sich nähernden Wagens erschreckte Rowdys Pferd, es bäumte sich auf, und sein Reiter schwenkte drohend die Waffe. »Ich werde mich drüben hinter den Bäumen verbergen. Und wenn du irgend jemandem sagst, daß du mich gesehen hast, schieße ich ihm eine Kugel zwischen die Augen. Und danach bist du dran.«

Jolie schluckte. Rowdy hatte schon einmal einen Menschen getötet, daher wußte sie, daß seine Worte keine leere Drohung waren. »Ich werde schweigen«, antwortete sie und hielt den Atem an, als der Bandit auf den Schutz einiger hoher Pappeln zuritt.

Nach kurzem Zögern dachte sie, daß es merkwürdig erscheinen mußte, wenn sie mit dem Wagen mitten auf der Straße stand, und pfiff leise, um das Pferd wieder anzutreiben.

Kurz darauf erschien Enochs Wagen auf der Hügelkuppe, und als sie sich begegneten, hielt Enoch neben Jolie an. Eine dünne Schneedecke glitzerte auf der Ladefläche seines Wagens, und Schneeflocken lagen auf dem breiten Rand seines Huts. Er lächelte Jolie an.

»Falls du vorhast, Gemma und Hank zu holen«, sagte er, »kannst du dir die Mühe sparen. Sie sind mit Daniel im Laden und lutschen Pfefferminzstangen, während er am Ofen steht und sich mit den anderen Männern bespricht, wann die beste Zeit zur Aussaat ist.«

Jolie lächelte nur schwach; mit Rowdy in der Nähe war sie nicht imstande, eine normale Unterhaltung mit Enoch zu führen. Der Bandit überlegte vielleicht gerade, ob er Enoch in den Kopf oder ins Herz schießen sollte, und wenn auch nur, um seinen Spaß zu haben. »Ich fahre trotzdem weiter«, sagte sie mit einer Stimme, die sie kaum als ihre eigene erkannte. »Ich brauche ein Glas Sirup und eine Rolle blaues Garn.«

Enoch tippte sich an den Hut, löste die Bremse, die er mit einem Fuß gehalten hatte, und fuhr weiter. Es kostete Jolie große Überwindung, sich nicht umzuwenden und ihm nachzusehen. Ihr Körper war steif vor Anspannung, als sie ihren Einspänner wieder in Bewegung setzte. Jeden Augenblick erwartete sie, einen Schuß zu hören.

Als sie Pferd und Wagen vor dem Gemischtwarenladen anhielt, hatte es heftig zu schneien begonnen, und sie zitterte vor Kälte.

In ihren schweren wollenen Umhang gehüllt, die Wangen vom Frost gerötet, trat sie ein und schaute sich nach Daniel um. Er stand am Ofen, trank Kaffee und hörte sich an, was Elden Small über ›die guten alten Zeiten, als alles noch nicht so verdammt modern war‹ zum Besten gab.

Jolies Lippen formten Daniels Namen, aber sie wußte nicht, ob sie ihn ausgesprochen oder nur gedacht hatte. Manchmal war es auch gar nicht nötig, denn Daniel konnte ihre Gedanken erraten, als hätte sie sie laut ausgesprochen. Und ihr erging es bei ihm nicht anders.

Seine Brauen zogen sich für einen Moment zu einem düsteren Stirnrunzeln zusammen, dann setzte er den Kaffeebecher auf die Ofenplatte und näherte sich Jolie.

»Was ist?« fragte er, und sie atmete erleichtert auf, als seine starken Hände sich um ihre Oberarme schlossen. »Was ist passiert, Jolie?«

Der Gedanke, Daniel von ihrer Begegnung mit Rowdy Fleet zu erzählen, flößte ihr neue Angst und Panik ein. Wenn sie auch nur ein Wort von dem verriet, was vorgefallen war, würde Daniel nicht zögern, sich auf die Jagd nach dem Banditen zu begeben. Aber trotz seiner bemerkenswerten Kraft und Charakterstärke war er einem Mann wie Rowdy nicht gewachsen; er würde dessen hinterhältige Handlungsweise und tierischen Instinkte nie begreifen.

Sie dachte nach, schnell und verzweifelt, und platzte dann heraus: »Ich bin zur Schule gefahren, um Hank und Gemma abzuholen. Aber sie waren nicht mehr da.« Es war eine armselige Lüge, und Jolie wußte es, aber auf die Schnelle fiel ihr nichts Besseres ein. Falls Enoch Daniel erzählte, daß sie sich begegnet waren, bestand die Möglichkeit, daß er auch erwähnte, Jolie gesagt zu haben, daß die Kinder mit seinem Bruder im Laden waren.

Daniels Blick drückte noch immer leichte Besorgnis aus, obwohl er lächelte. »Sie sind hier«, versicherte er ihr rasch. »Hab keine Angst, es ist ihnen nichts geschehen.«

Jolie schlug die Augen nieder, um Daniel nicht erkennen zu lassen, daß sie ihn belogen hatte und ihre Erleichterung und Überraschung nur gespielt waren. »Gott sei Dank!« sagte sie, und das kam von Herzen, weil Daniel, die Kinder und sie selbst sich im Augenblick in Sicherheit befanden.

»Setz dich«, sagte Daniel ruhig, als er bemerkte, daß sie vor Kälte zitterte. Er schob sie zu dem Kreis der Männer um den Ofen und zog ihr einen Stuhl heran. Sie selbst hätte dergleichen nie gewagt, so mutig sie sonst war. Aber einem ungeschriebenen Gesetz nach war der Platz am Ofen den männlichen Kunden des Ladens vorbehalten.

Es war die reinste Qual, Daniels freundliche Fürsorge ertragen zu müssen, während ihr bewußt war, wie zornig er gewesen wäre, wenn er gewußt hätte, daß Rowdy Fleet wieder einmal entkommen war, weil Jolie ihrem Mann die Begegnung mit dem Banditen verschwiegen hatte. Männer dachten anders als Frauen, das hatte sie gelernt, und es bestand kein Grund zur Annahme, daß Daniel für eine Lüge Verständnis zeigen würde, nur weil sie ihm vielleicht das Leben rettete.

Durch die Ladenfenster sah sie das Schneetreiben auf der Straße, das immer heftiger und dichter wurde. Als Daniel die Kinder rief – sie hockten im Hintergrund des Ladens vor einer Kiste bei einem Wurf junger Hunde – schüttelte Jolie die Starre ab, die sie befallen hatte, stand auf und zog den Umhang fester um die Schultern.

Du hast richtig gehandelt, indem du Daniel nichts von der Begegnung mit Rowdy erzählt hast, sagte sie sich immer wieder, als sie mit dem schwerbeladenen Wagen ihrem Mann durch das dichte Schneetreiben folgte.

Ja, sie hatte zweifellos das Richtige getan.

# 18

Da Daniel auf seinem großen grauen Wallach in die Stadt geritten war, ritt er voraus, Hank vor sich im Sattel, während Jolie und Gemma ihm langsamer im Wagen folgten.

Als sie an dem kleinen Pappelwäldchen vorbeikamen, wo Rowdy sich Jolie in den Weg gestellt hatte, erschauerte sie, aber nicht vor Kälte, sondern aus Angst. Und noch andere Emotionen quälten sie ... Reue ... Verwirrung ...

Als sie die Farm erreichten, fiel der Schnee so dicht, daß die Umrisse des Hauses und der Nebengebäude kaum noch zu erkennen waren.

»Nimm die Kinder und geh hinein«, befahl Daniel, als er sie vom Wagen hob. »Ich kümmere mich um die Pferde.«

Jolie wäre lieber bei ihm geblieben, trotz der beißenden Kälte dieser Halloweennacht, aber sie wußte, daß sein Vorschlag vernünftig war. Sie zog Hank und Gemma unter ihren Umhang und eilte mit ihnen ins Haus. Deuter war schon in der Küche und hatte zwei riesige Kürbisse aus dem Keller geholt. Hank stieß einen Freudenschrei aus, während Gemma Jolie nur verständnislos und mit großen Augen ansah.

»Werden wir jetzt Fackeln schnitzen?« rief Hank, während er Mantel, Mütze, Schal und Handschuhe auszog.

»Richtig!« stimmte Deuter lachend zu. »Und wir werden ihnen ein so furchterregendes Aussehen geben, daß sie alle Hexen und Geister vertreiben werden, die heute nacht draußen herumspuken.«

Was ist mit Banditen? dachte Jolie unglücklich. Würden die Fackeln auch Rowdy Fleet abschrecken? »Daniel könnte Hilfe im Stall gebrauchen«, sagte sie ruhig, während sie Stühle an den Ofen zog und die nassen Sachen der Kinder darauf ausbreitete.

Deuter trug keinen Hut, tat jedoch so, als ob er sich an die Krempe tippte. »Ja, Madam.«

Hank hatte Gemma inzwischen einiges über die Herstellung von Halloweenfackeln erklärt, und beide Kinder waren so aufgeregt, daß sie kaum noch zu beruhigen waren. Jolie setzte sie schließlich mit strenger Miene an den Tisch, wo sie die orangefarbenen Riesenkürbisse bewundern konnten, und bereitete heiße Schokolade gegen die winterliche Kälte zu.

Während die Kinder ihren Kakao tranken und Hank sich damit brüstete, daß niemand in dieser Gegend größere oder furchteinflößendere Hollweenfackeln haben würde als sie, schälte Jolie Kartoffeln und schnitt geräucherten Schinken auf.

Die Küche war warm und gemütlich und roch nach gutem Essen, als Daniel und Deuter aus der Scheune kamen. Jolies Herz klopfte schneller, als sie Daniel vor der Tür den Schnee von den Stiefeln abklopfen hörte.

Sie brachte die Kürbisse in die Speisekammer, um Platz zum Essen zu schaffen, und deckte den Tisch. Da sie vorher das Heißwasserreservoir des Herds gefüllt hatte, war genug warmes Wasser für die Männer da. Sie wuschen sich über der Spüle und verspritzten eine Menge Seifenwasser auf dem Boden, bevor sie sich endlich am Tisch niederließen und den heißen, starken Kaffee tranken, den Jolie für sie aufgebrüht hatte.

Jolies schlechtes Gewissen und ihre angeborene Neigung für das Praktische fochten einen harten Kampf in ihrem Bewußtsein aus, als sie das Essen auftischte. Natürlich würde Daniel sich in Gefahr begeben, falls er Rowdy folgte, was er ganz ohne Zweifel tun würde, wenn er erfuhr, daß der Bandit noch irgendwo in dieser Gegend lauerte. Aber brachte die Tatsache, daß er nichts davon wußte, ihn nicht andererseits in noch größere Gefahr?

Während der abendlichen Mahlzeit schweifte Daniels Blick immer wieder zu seiner Frau, als spürte er, daß sie etwas vor ihm verbarg, und jedesmal wandte Jolie beschämt den Kopf ab. Sie hatte das ungute Gefühl, daß Daniel – falls sie zuließ, daß er ihr in die Augen schaute – sofort erraten würde, welches Geheimnis auf dem Grunde ihrer Seele brannte.

Sobald alle gegessen hatten, räumten Hank und Gemma den Tisch ab, und während Jolie das Geschirr abwusch, holte Deuter die Kürbisse aus der Speisekammer. Das gute Tischtuch wurde entfernt und die Tischplatte mit alten Zeitungen bedeckt, damit sie keinen Schaden erlitt.

Mit großen Augen schauten Gemma und Hank zu, wie Daniel auf einen Schleifstein spuckte und sein Jagdmesser daran schärfte. Deuter zeigte den Kindern, wie man ein Muster auf den Kürbis zeichnete, um ein Gesicht daraus zu schnitzen, und sie machten sich mit solchem Eifer an die Arbeit, daß ihre Hände zitterten.

Hinter dem Fenster trieben dicke Schneeflocken vorbei, die im Lampenlicht wie winzige Gespenster erschienen. Jolies Kehle wurde eng, sie mußte die Tränen zurückhalten, denn das war alles, was sie sich je gewünscht hatte – Kinder, ein Heim und einen guten Mann zum Lieben –, und es war schrecklich, daß jemand wie Rowdy Fleet die Macht besaß, ihr all das zu nehmen.

Die hell erleuchtete, warme Küche summte von Stimmen und Gelächter, von Daniels tiefer, dunkler Stimme und den helleren der Kinder. Jolie setzte sich auf den Schaukelstuhl beim Herd und nahm den Nähkorb auf den Schoß, um ein Loch in einem grauen Arbeitssocken zu stopfen. Im Augenblick, für diesen

Abend jedenfalls, wollte sie nicht über die Zukunft nachdenken und verdrängte diese erschreckenden Möglichkeiten, die sie bot. Aber auch die Vergangenheit mit ihrer Qual und ihrem Unglück verbannte sie aus ihrer Erinnerung und lebte nur für den Moment, diesen wundervollen, so tröstlichen Moment, der ihr gehörte, um ihn in seiner ganzen Fülle auszukosten. Hank und Gemma waren noch bei ihr, sie trug Daniels Baby unter dem Herzen, und alle befanden sich sicher und vor Kälte geschützt in diesem großen, soliden Haus. Das war für den Augenblick genug.

Endlich, nach langem Hin und Her, waren die Fackeln fertig, und es wurden dicke Talgkerzen herausgesucht, um sie zu erleuchten. Schwarzer Rauch kräuselte sich aus den winzigen Löchern in den Kürbisdeckeln, helles Licht strömte aus ihren Augen und aus ihren Mündern.

Jolie erlaubte Hank und Gemma, etwas länger als gewöhnlich aufzubleiben, damit sie ihre Werke noch etwas bewundern konnten. Dennoch gingen sie später, als der Moment gekommen war, nur unter Protest zu Bett. Als Jolie mit den Kindern die Gebete gesprochen hatte und in die Küche zurückkehrte, hatte Deuter sich schon in sein Zimmer in der Scheune zurückgezogen, und Daniel schürte das Feuer im Herd.

Jolie blies die Fackeln aus, und der aromatische Kürbisduft im Raum verstärkte sich.

»Danke, Daniel!« sagte sie leise.

Ihr Mann, der die Kaffeekanne zur Tür gebracht hatte, um ihren Inhalt im schneebedeckten Hof auszuschütten, drehte sich erst nach ihr um, als er die Kanne ausgespült und sie mit frischem Wasser für den Morgenkaffee gefüllt hatte. »Gern geschehen, Mrs. Beckham«, antwortete er, »obwohl ich zugeben muß, daß ich nicht weiß, wofür du dich bedankst.«

Jolie wandte ihm den Rücken zu und schaute aus dem Fenster in die Nacht hinaus, obwohl sie nicht weiter als wenige Meter sehen konnte. Sie legte die Hand auf eine der noch warmen, grinsenden Halloweenmasken und schluckte.

»Du und Deuter, ihr habt den Kindern eine wunderschöne Erinnerung geschenkt, an die sie später oft zurückdenken werden«, sagte sie gerührt.

Trotz seiner Größe verstand Daniel sich mit der Geschmeidigkeit einer Raubkatze zu bewegen. Jolie versteifte sich vor Überraschung, als sie seine Hände auf ihren Schultern spürte. »Und du?« fragte er, nachdem er sie sanft zu sich herumgedreht hatte. Seine Nähe, sein großer, harter Körper so dicht an ihrem, raubte ihr den Atem. »Bist du heute abend glücklich?«

Jolie dachte an ihren Schwur, heute nur für den Moment zu leben und schluckte den Klumpen, der in ihrer Kehle steckte. »Ja. Egal, was geschieht, ich werde nie vergessen, wie ihr mit den Kindern Kürbisse geschnitzt habt. Es war schwer zu sagen, welche Gesichter am hellsten geleuchtet haben, die der Kinder oder die der Kürbisse.«

Daniels Lippen streiften ihre Stirn, seine Hände legten sich um ihren Körper, ganz dicht unter ihren Brüsten. Jolie hielt den Atem an, mit einer einzigen Bewegung seiner Daumen konnte er ihre Brustspitzen erreichen, die sich ihm bereits erwartungsvoll entgegendrängten.

Er lachte, aber es klang eine Spur zurückhaltend. Oder mißtrauisch. »Irgend etwas belastet dich, Jolie, und morgen früh wirst du mir sagen, was es ist. Heute nacht verlange ich nichts anderes von dir, als daß du warm und nackt in meinem Bett liegst.«

Jolie zitterte, doch nicht vor Empörung, sondern in lustvoller Erwartung der Freuden, die in ihrer Intensität oft unerträglich waren. Als Daniel sie küßte, als er sanft ihre Lippen teilte und seine warme Zunge ihren Mund erforschte, wichen alle Sorgen und Ängste aus ihrem Bewußtsein. Nichts anderes existierte mehr für sie als die lodernde Flamme in ihrem Inneren, die ihr Blut erhitzte und es wie flüssiges Pech durch ihre Adern strömen ließ.

Als sie schon glaubte, unter Daniels Küssen und Liebkosungen den Verstand zu verlieren, löste er sich von ihr und löschte die Lampen. In der darauffolgenden Finsternis ergriff er zärtlich ihre Hand.

Sie hatte damit gerechnet, daß er sie nach oben führen würde, ins Schlafzimmer, aber statt dessen zog er sie in den Raum, den er zum Lesen und Arbeiten benutzte. Hier war es dunkel, und kein Feuer brannte im Kamin, doch Jolie spürte nichts von der Kälte und Dunkelheit, sie trug höchstens noch zu ihrem Gefühl der Feierstimmung und Verzauberung bei.

Ganz langsam und mit stiller Ehrfurcht begann Daniel seine Frau auszukleiden. Er überraschte sie, indem er ihre Flechten löste und mit den Fingern durch ihr langes Haar fuhr. Dann öffnete er die winzigen Knöpfe an ihrem Mieder und schob den Stoff über ihre Schultern.

Jolie erschauerte in der kühlen Luft. Die zarten Knospen ihrer Brüste richteten sich unter dem dünnen Musselin ihres Hemdchens verlangend auf, aber Daniel nahm sich Zeit und löste gemächlich einen Knopf nach dem anderen. Dann, endlich, war auch diese letzte Barriere gefallen.

Mit fast ehrfürchtiger Bewunderung streichelte er ihre nackten Brüste. Jolie kam sich wie eine Göttin vor im Widerschein des silbernen Mondlichts und des funkelnden weißen Schnees. In stummer Hingabe legte sie den Kopf weit zurück.

Eine Hand um ihre Taille, die andere unter ihren vollen Brüsten, senkte Daniel den Kopf und schloß die Lippen um eine der rosigen Knospen. Ein lustvolles Stöhnen entrang sich Jolie, sie verschränkte ihre Hände in seinem Haar und umklammerte aufstöhnend seinen Kopf.

Während er sie küßte und liebkoste, entfernte Daniel ihre letzten Kleidungsstücke. Auch sein Hemd mußte er dabei abgelegt haben, denn sie erinnerte sich später nur, seine nackte Brust unter ihren streichelnden Händen gespürt zu haben.

Der große Ledersessel ächzte, als Daniel sich darauf niederließ und Jolie auf den Schoß zog. Ihr Herz setzte einen Schlag aus, sie schloß lustvoll die Augen, während sie Daniel langsam in sich aufnahm, und er stöhnte leise auf.

»Jolie«, keuchte er und umklammerte ihre Hüften, um sie daran zu hindern, in einem sinnlichen Rhythmus an ihm auf und ab zu gleiten.

Doch Jolie war bereits in einem Meer von Emotionen verloren und keinen vernünftigen Überlegungen mehr zugänglich. Ihre weiblichen Instinkte hatten Oberhand gewonnen, ihr Körper handelte aus einem ureigenen Antrieb heraus. Ein heiserer Schrei, ein Schrei der Lust und des Triumphes entrang sich ihrer Kehle. Sie schüttelte Daniels Hände ab und glitt in fieberhafter Verzückung an ihm auf und nieder.

Sie hörte seinen erstickten Schrei und spürte, wie er sich ihren verführerischen Bewegungen überließ, aber es war ihr unmöglich, sein Gesicht zu sehen, weil sie zu sehr in ihrem eigenen lustvollen Entzücken gefangen war.

Im gleichen Augenblick und ohne in ihren leidenschaftlichen Küssen und Berührungen innezuhalten, erreichten sie den Höhepunkt ihrer Ekstase. Und jeder erstickte mit seinen Lippen den triumphierenden Schrei des anderen.

Als der Sturm der Gefühle, der sie durchtobte, schließlich nachließ, sank Jolie an Daniels Brust, und er schloß sie in die Arme – was in gewisser Weise das Schönste von allem war.

Am nächsten Morgen verschlief Jolie, und als sie die Augen öffnete, sah sie die verzauberten Muster der Eisblumen, die der Frost an die Fensterscheiben gemalt hatte. Dahinter lag eine Welt aus glitzerndem Weiß.

In der Küche war es warm, auf dem Ofen stand eine Kanne frisch aufgebrühten Kaffees. Jolie schenkte sich eine Tasse ein, legte ihren wollenen Umhang um und trat neugierig auf den Hof hinaus.

Die Wagenspuren im frischgefallenen Schnee verrieten, daß Deuter die Kinder bereits zur Schule gefahren hatte. Das rhythmische Schlagen einer Axt klang durch die kristallklare Luft.

Jolie folgte dem Geräusch zum Holzschuppen, wo Daniel

Feuerholz für den Küchenherd zurechtschlug. Sein Atem bildete bei jedem Luftholen eine weiße Wolke.

»Warum hast du mich nicht geweckt?« fragte sie, bereit, sich zu verteidigen, falls Daniel beschließen sollte, ihr einen Vortrag über die Pflichten einer Farmersfrau zu halten.

Doch er hielt nicht einmal in seiner Arbeit inne. Ein leises Lächeln spielte um seine Lippen, seine blauen Augen blitzten, als er flüchtig seine Frau anschaute. »Du sahst so verlockend aus wie ein reifer Pfirsich an einem heißen Augusttag, als du im Bett lagst und schliefst. Ich konnte mich einfach nicht dazu überwinden, dich zu stören.«

Jolie betrat den kleinen Schuppen, und sogleich war die beißende Kälte weniger intensiv. Ein Puls zuckte an ihrer Kehle, als sie daran dachte, mit welch rückhaltloser Hingabe sie auf Daniels Liebkosungen reagiert hatte, zuerst in seinem Arbeitszimmer und dann später in seinem Bett. Er hatte sie sehr, sehr lange wachgehalten und auf köstliche Weise beschäftigt. Die Erinnerung daran löste ein warmes Flattern in ihrem Magen aus.

»Wenn ich nicht bereits ein Kind von dir unter dem Herzen trüge, Daniel«, entgegnete sie leise, »wäre es gestern nacht gezeugt worden.«

Er legte ein neues Stück Holz auf den Bock, und das Lächeln, das dabei um seine Lippen spielte, war eines frommen Presbyterianers völlig unwürdig. Seine Worte sogar noch mehr. »Ich würde dir nicht empfehlen, mich wegen dieser Nacht zu necken«, sagte er. »Die Erinnerung daran könnte mich nämlich auf den Gedanken bringen, dich über den Holzblock zu legen und dafür zu sorgen, daß du schreist und stöhnst wie gestern abend.«

Jolie konnte sich sehr gut vorstellen, so etwas zu tun, sogar hier im Schuppen, und die Vorstellung war so beschämend, daß sie unwillkürlich einen Schritt zurückwich. »Ich habe nicht *geschrien*«, entgegnete sie und spreizte in hilfloser Entrüstung ihre Hände.

Daniels Lächeln wurde noch ausgeprägter und verwandelte sich dann in ein Grinsen. »O doch, das hast du, Mrs. Beckham«, entgegnete er. »Soll ich dir wiederholen, was du gesagt hast?«

»Nein!« rief Jolie entsetzt, denn sie erinnerte sich ebensogut ihrer Worte wie ihrer leidenschaftlichen Umarmungen. Anständige Frauen hörten sich so etwas niemals an, selbst wenn sie es in einem Augenblick höchster Lust selbst ausgesprochen hatten!

Daniel lachte und hieb die Axt noch tiefer in den Bock. Dann drehte er sich zu Jolie um, stützte die Hände in die Hüften und betrachtete seine Frau mit schiefgelegtem Kopf und glitzernden Augen.

»Komm zu mir, Jolie«, sagte er.

Sie versuchte, ihm zu widerstehen, gab sich wirklich Mühe. Aber seine Anziehungskraft war so rätselhaft und urgewaltig wie Blitz und Donner, und zum Schluß blieb ihr nichts anderes übrig, als sich ihm zu ergeben.

Eine verräterische Röte bedeckte noch zwei Stunden später ihre Wangen, als Jolie in der Küche Sandwiches und Pasteten für das Mittagessen zubereitete. Als sie Mary auf den Hof reiten sah, tauchte sie die Hand in einen Eimer mit eiskaltem Brunnenwasser und legte sie an ihr Gesicht, um es zu kühlen.

Holt, das ältere der beiden Beckhamkinder, ritt hinter Mary und umklammerte ihre immer rundlicher werdende Taille. Das kleine Mädchen saß, halb unter dem Umhang der Mutter verborgen, vorn im Sattel.

Während Jolie vorsichtig die eisbedeckten Küchenstufen hinunterstieg, kam Daniel aus der Scheune, um seiner Schwägerin vom Pferd zu helfen.

»Wo ist Enoch?« hörte Jolie ihren Mann fragen und spürte die Besorgnis in seiner Stimme, obwohl Mary ganz offensichtlich nichts davon zu merken schien.

»Er sitzt zu Hause am Kamin und trinkt heiße Zitrone«, antwortete Mary lächelnd. »Er hat sich ein bißchen erkältet, glaube ich.« Sie strahlte, holte tief Luft und schaute sich um, als entdeckte sie ein verzaubertes Königreich aus einem Märchenbuch. »Ich habe es einfach nicht mehr ausgehalten in unseren vier Wänden. Es ist viel zu schön draußen, um im Haus herumzusitzen.«

Daniel hob die Kinder aus dem Sattel und kitzelte sie, bis sie vor Entzücken quietschten, aber er war sehr sanft, als er Mary die Hände reichte, und Jolie war gerührt über den Anblick. Es war pures Glück, daß ausgerechnet Daniel Beckham, der beste Mann diesseits des Mississippis, sie vor dem Galgen bewahrt und mit heimgenommen hatte, damit sie für ihn kochte und sein Bett mit ihm teilte.

Im nächsten Augenblick jedoch fiel ihr ein, daß Rowdy Fleet noch existierte, und der Gedanke an ihn überschattete ihre Seele wie eine dunkle Wolke. Ihr Lächeln verblaßte.

Mary und ihre Kinder hätten dem Banditen auf dem Weg begegnen können. Die Vorstellung ließ Jolie erschauern, sie wußte, daß Daniel ihr nie verziehen hätte, wenn seiner Schwägerin und seinen Neffen etwas zugestoßen wäre. Auch sie selbst wäre niemals darüber hinweggekommen.

Mary blieb zum Mittagessen, und Jolie freute sich über ihre Gesellschaft, obwohl sie die ganze Zeit sehr unruhig war, weil sie sich um Marys Sicherheit auf dem Heimweg sorgte. Sie fragte sich, wie sie Daniel nahelegen konnte, seine Schwägerin zu begleiten, ohne zuviel von ihrem Geheimnis preiszugeben.

Doch als Mary und die Kinder sich zum Aufbruch bereitmachten, war Deuter aus der Stadt zurückgekehrt. Er band Marys Pferd hinten an den Wagen und fuhr sie und die Kleinen zu Enochs Farm zurück.

Die Sonne schien hell und schmolz den Schnee, als Jolie in der Küchentür stand und dem Wagen nachsah, der sich über Eis bewegte, das sich bald in Schlamm verwandeln würde. Sie erschrak, als Daniel plötzlich hinter ihr erschien.

»Seit gestern bist du nervös wie eine Katze, die nicht an den Sahnetopf herankommt«, sagte er. »Was beunruhigt dich so, Jolie?«

Nun war also der Moment gekommen, da er Aufklärung über ihre merkwürdige Stimmung vom Vortag von ihr verlangte. Jolie befeuchtete ihre Lippen und schaute zu Daniel auf, überzeugt, daß sich in ihren Augen alles verriet, was sie bewegte.

»Ich sage es dir nicht gern«, gestand sie und strich mit einer nervösen Geste ihre Schürze glatt, bevor sie sich zum Haus zurückwandte. »Aber ich glaube, jetzt bleibt mir nichts anders mehr übrig.« Sie wartete, bis Daniel ihr in die Küche gefolgt war und die Tür geschlossen hatte. Dann trat sie hinter einen Stuhl, umklammerte haltsuchend die Lehne und schaute zu, wie Daniel am Tisch Platz nahm. »Gestern habe ich Rowdy Fleet gesehen, auf dem Weg in die Stadt. Anscheinend hatten er und Blake das Geld aus dem Raub in deiner Scheune versteckt, aber Blake muß es entfernt haben, denn Rowdy kam zurück, um es zu suchen.«

Daniel wurde leichenblaß. Für einen Moment lang konnte Jolie sich vorstellen, wie er als Toter aussehen würde, aufgebahrt zu seiner Beerdigung. Dann erhob er sich langsam von seinem Stuhl und ballte die Fäuste.

Jolie wich nicht vor ihm zurück; sie wußte, daß er sie niemals schlagen würde, nicht einmal dann, wenn sie ihn vor ganz Prosperity beschämte. Dennoch umklammerte sie die Stuhllehne fester. »Ich war auf dem Weg in die Stadt und kam an dieser verlassenen Scheune vorbei ... du weißt schon, das Land, das heute zu deiner Farm gehört ... Und plötzlich kam Rowdy hinter den Bäumen hervor und richtete seine Waffe auf mich. Er erzählte mir von dem Geld und wollte wissen, ob ich es gefunden hätte. Dann drohte er, dich umzubringen, falls ich dir irgend etwas erzählte.«

Sie hielt inne, atmete tief ein und studierte das Muster der Tischdecke, als sei dort eine Erklärung für ihr Verhalten zu finden. »Rowdy hatte das alles kaum gesagt, als wir ein Pferd und einen Wagen kommen hörten. Und wieder drohte er, mich und denjenigen, der sich uns näherte, zu töten, falls ich ihn verriet, und als der Wagen über die Hügelkuppe kam, sah ich, daß es Enoch war. Ich hatte solche Angst, daß Rowdy ihn töten würde, und konnte einfach nicht klar denken . . .«

»Du lieber Himmel!« murmelte Daniel rauh, drehte sich auf dem Absatz um und eilte in die Diele.

Jolie lief ihm nach, ihre Augen weiteten sich vor Furcht, als sie ihn das Gewehr aus der Wandhalterung nehmen sah. Nachdem er überprüft hatte, ob es geladen war, nahm er Patronen aus der Schreibtischschublade und führte sie in die Kammer ein.

»Pack ein paar Sachen für dich und die Kinder!« befahl er, ohne Jolie anzusehen, schob sich an ihr vorbei und hastete auf die Küchentür zu.

Jolies Herzschlag war so laut, daß er in ihren Ohren dröhnte. Das Schlimmste war geschehen. Daniel war nicht nur fest entschlossen, Rowdy zu verfolgen, sondern schickte jetzt auch endgültig sie und die Kinder fort, vermutlich sogar für immer. Er hatte genug von ihnen.

»Wir bleiben hier!« schrie sie, fast hysterisch in ihrer Not. Sie wußte, daß sie Daniel aufhalten mußte, aber ihr war auch bewußt, daß jeder Versuch, ihn von seinem Vorhaben abzubringen, sinnlos war. »Wir gehören hierher – zu dir!«

»Nicht solange Fleet da draußen frei herumläuft! Ich kann nicht ihn verfolgen und gleichzeitig auf euch drei aufpassen. Los, packt jetzt eure Sachen! Ich bringe euch in die Stadt und besorge euch ein Zimmer in Mrs. Kraypers Pension.« Er legte das Gewehr kurz ab, um Mantel und Hut anzuziehen. »Und ob es ihnen paßt oder nicht, Enoch wird das gleiche mit seiner Familie tun müssen!«

Unter anderen Umständen wäre Jolie vor Erleichterung ganz schwach ums Herz geworden, denn anscheinend hatte Daniel doch nicht beschlossen, sie nach San Francisco und die Kinder in ein Waisenhaus zu schicken. Aber so, wie die Dinge lagen, nagte noch immer die entsetzliche Furcht an ihr, daß Daniel und Enoch auf ihrer Jagd nach Rowdy aus dem Hinterhalt erschossen werden könnten.

Sie versuchte, so sachlich wie möglich auf Daniel einzureden, obwohl sie von vornherein wußte, daß jeder Versuch, ihn umzustimmen, fehlschlagen würde. »Rowdy ist wie ein tollwütiger Hund, Daniel. Er tötet *gern*.«

»Das ist genau der Grund, warum ich ihn aufspüren muß«, entgegnete Daniel. »Tu, was ich dir sage, Jolie. Ich komme zurück, um euch zu holen, sobald ich mit Enoch gesprochen habe.«

Es war jedoch nicht Daniel, der eine Stunde später zur Tür hereinkam, sondern Deuter. Schweigend lud er die Sachen, die Jolie für sich und die Kinder eingepackt hatte, auf den Wagen. Mit einem letzten Blick auf die Halloweenfackeln, die jetzt ein wenig schief und verloren aussahen, verließ sie das Haus.

Bald darauf hatte Jolie sich in einem kleinen Zimmer in Mrs. Kraypers Pension eingerichtet. Hank und Gemma hockten auf dem schmalen Bett, das ihrem gegenüberstand, ließen die Füße baumeln und schauten sich mit düsteren Mienen um. Das einzig Tröstliche an ihrer Lage war die Tatsache, daß Mary mit ihren Kindern ein ebenso winziges Zimmer auf der anderen Korridorseite bewohnte.

Als es Zeit zum Abendessen wurde, gesellten die beiden Frauen und die Kinder sich zu den anderen Gästen im Speisesaal. Jolie hatte das unbestimmte Gefühl, sich wieder in der Schule zu befinden, als sie sich den strengen Blicken der Pensionsinhaberin und ihrer Gäste ausgesetzt sah.

Der Abend war nur erträglich, weil Mary entschlossen schien, sich mit sämtlichen Gästen anzulegen. Sie begann beim Schulmeister, dem sie in scharfem Ton erklärte, es sei eine Sünde, linkshändige Kinder zu zwingen, ihre rechte Hand zu benutzen. Dann fing sie eine hitzige Diskussion mit einem Prediger an, der sich auf der Durchreise nach Fishtrap befand. Sie könne nicht begreifen, wetterte die sonst so schüchterne Mary, was der heilige Paul sich dabei gedacht hatte, als er bestimmte, daß Frauen in der Kirche nichts zu sagen hatten.

Der Schnee war bei Einbruch der Nacht geschmolzen, von der warmen Herbstsonne aufgelöst, aber Jolie fand keine Ruhe in ihrem Zimmer. Nachdem sie die Kinder zu Bett gebracht hatte, ging sie zu Mary und bat sie, nach Hank und Gemma zu sehen, während sie einen kurzen Spaziergang machte.

Marys Sohn und Tochter schliefen schon, sie selbst las beim Schein einer Petroleumlampe. »Daniel und Enoch haben gesagt, wir sollen hierbleiben«, entgegnete sie stirnrunzelnd. »Egal, was geschieht.«

»Ich bleibe ja nicht lange«, beharrte Jolie, die unbedingt ein wenig frische Luft schnappen und für eine Weile der Enge ihres winzigen Zimmers entkommen wollte. »Und ich verspreche dir, daß ich nicht weit gehe.«

Mary zuckte mit den Schultern und beugte sich wieder über ihr Buch, als Jolie zurücktrat und die Tür hinter sich schloß.

Die Luft draußen war frisch und klar wie an einem Frühlingsmorgen, am Himmel funkelten die Sterne wie Murmeln auf einem dunklen Teppich. Weil die Straße sich in eine einzige riesige Schlammlache verwandelt hatte, wich Jolie nicht vom Bürgersteig ab und hielt ihre Röcke gerafft. Sie empfand die hellen Lichter der Häuser als ausgesprochen wohltuend und genoß sogar die rauhe Musik, die aus den geöffneten Türen der Saloons drang.

Ira Januarys Haus wirkte so imposant wie immer, schließlich war es auch das größte Haus in der ganzen Stadt, aber Jolie stieß das Tor auf und ging furchtlos auf die Eingangstür zu. Viel Zeit war vergangen seit ihrem letzten Versuch, mit Nan zu sprechen, und diese Gelegenheit erschien ihr ebensogut geeignet wie jede andere.

Im hellen Schein der beiden großen Windlichter seitlich der Türen stieg sie die Stufen zur Eingangstür hinauf und zog heftig an der Klingel. Als auch nach einer Weile niemand geöffnet hatte, klingelte sie noch einmal und wartete erneut.

Sie war schon im Begriff, sich abzuwenden und eine weitere Niederlage einzugestehen, als sich die Tür einen Spalt breit öffnete und Nans bleiches Gesicht zu sehen war. Nan benahm sich sehr sonderbar, fast wie ein Reh, das Hunger oder Durst aus seinem üblichen Versteck getrieben hatten.

»Komm herein«, flüsterte sie, während sie sich besorgt umschaute, als erwartete sie, daß jemand käme und ihr verbieten würde, ihre Besucherin einzulassen. »Beeil dich!«

Sie nahm Jolie bei der Hand und zog sie in einen düsteren Salon, wo die schwarzen Samtvorhänge gegen die abendliche Kälte zugezogen waren. Erst als die beiden Frauen hinter einem kunstvoll geschnitzten Wandschirm standen, wagte Nan wieder, etwas zu sagen.

»O Jolie«, flüsterte sie, »du hattest recht! Ich hätte niemals hierherkommen dürfen ...«

»Das ist ein Problem, das leicht zu lösen ist«, erklärte Jolie, ohne ihre Stimme auch nur im geringsten zu dämpfen. »Wir gehen einfach ... jetzt, sofort. Ich bin sicher, daß Mrs. Krayper noch ein Zimmer für dich hat, und wenn nicht, kannst du bestimmt bei Reverend Watman und seiner Frau bleiben, bis wir beschlossen haben, was zu tun ist.«

Doch Nan schüttelte den Kopf und hob bittend – nein, *flehend* – den Finger an die Lippen. »Du verstehst es nicht, Jolie. Er würde mir folgen. Er würde mich hierher zurückbringen, und dann wäre es noch schlimmer für mich, als wenn ich nie fortgegangen wäre!«

Kaltes Entsetzen erfaßte Jolie, als sie ihrer Freundin in die Augen schaute und sah, daß Nan bereits aufgegeben hatte. Gott allein mochte wissen, was sie dazu veranlaßt hatte, ihre Freundin endlich doch ins Haus zu lassen und sich ihr anzuvertrauen, selbst wenn es nicht allzuviel war, was sie preisgegeben hatte.

»Ich lasse dich nicht hier«, antwortete Jolie wütend, weil sie es haßte, sich vor Ira January verbergen zu müssen, um ihre Freundin zu retten. Am liebsten wäre sie zu ihm gegangen, um ihm ins Gesicht zu spucken. »Es schickt sich nicht, Nan. Und schau dich an . . . du bist dünn wie eine Vogelscheuche und hast riesige dunkle Schatten unter deinen Augen!«

Nan stemmte sich gegen den Boden, als Jolie versuchte, sie zur Tür zu ziehen. »Ich muß bleiben«, flüsterte sie verzweifelt. »Wenn ich nicht bleibe, bekomme ich die Medizin nicht. Ich *brauche* meine Medizin!«

»Welche Medizin?« fragte Jolie entgeistert, doch dann stieg eine neue, noch entsetzlichere Angst in ihr auf. »Nan – was hat dieser Mann dir gegeben? Laudanum?«

Nan befeuchtete ihre schmalen Lippen, und jetzt sah Jolie, daß ihre Augen einen fiebrigen Glanz ausstrahlten und seltsam glasig wirkten. »Ich weiß nicht, was es ist. Es hilft mir, einzuschlafen, und wenn ich schlafe, bin ich wieder bei Joe.«

Diesmal ließ Jolie keine Einwände mehr gelten. Nan war stark, oder war es zumindest einmal gewesen, aber Jolie war stärker, und wenn sie ihre Freundin an den Haaren aus diesem Haus zerren mußte, dann sollte es so sein.

Sie hoffte, daß es kein böses Omen für kommende Ereignisse war, daß ausgerechnet in diesem Augenblick, als sie Nan durch die Tür ins Freie zog, Ira January durch die Gartenpforte trat.

Eine andere Waffe als ihren Mut und ihre Verachtung für diesen Mann hatte Jolie leider nicht. »Gehen Sie mir aus dem Weg, Mister January«, forderte sie ihn kühl auf. »Mrs. Culley zieht aus und wird niemals zurückkehren.«

Iras Augen glitzerten im fahlen Mondschein, als er die Arme über der Brust verschränkte. »Geh ins Haus zurück, Nan«, sagte er gelassen. »Über deine kleine Rebellion werden wir später reden.«

Zu Jolies Entsetzen riß Nan sich los und huschte ins Haus zurück. Die Tür fiel hinter ihr ins Schloß, und Jolie war klar, daß sie verriegelt sein würde, falls sie noch einmal versuchte, zu ihrer Freundin vorzudringen.

Jolie machte einen großen Bogen um January herum. »Wenn Sie Nan oder ihrem Baby etwas antun«, schrie sie ihm dann aus sicherer Entfernung zu, »werden Sie sich dafür zu verantworten haben. Und Sie werden nicht nur mir, sondern auch Daniel Rechenschaft über Ihr Tun ablegen müssen!«

Der Sägewerksbesitzer lachte. »Mit Daniel möchte ich lieber nichts zu schaffen haben«, entgegnete er belustigt. »Aber was Sie betrifft, Mrs. Beckham, so kann ich Ihnen versichern, daß *Rechenschaft* ablegen nur eins der Dinge ist, die ich gern mit Ihnen tun würde. Was allerdings Nancy angeht, so ist das Gesetz ganz eindeutig auf meiner Seite. Sie können sich den Weg zum Marshal sparen. Mrs. Culley ist nicht mehr ›Mrs. Culley‹. Sie ist seit heute Mrs. January.«

# 19

Jolie war erfüllt von Entsetzen über die Nachricht, daß Nan dieses Ungeheuer *geheiratet* hatte. Vor ihr ragte das Haus auf, düster und unheilverkündend, als führten die Stufen zur Eingangstür auf direktem Wege in die Hölle. Irgendeine ihr unverständliche, aber teuflische Kraft schien an ihr zu zerren und sie ins Haus zurückziehen zu wollen.

Doch es gelang Jolie, sich nicht einschüchtern zu lassen und Ira Januarys zornigen Blick unerschrocken zu erwidern. »Sie sagten, Sie wollten Nan nicht heiraten«, protestierte sie. »Sie waren wütend, weil sie weder Geld noch Land besaß, das sie in die Ehe einbringen konnte.«

January lächelte, in der Dunkelheit glitzerten seine Zähne wie die Fänge eines angriffslustigen Wolfs. »Ich habe es mir anders überlegt«, entgegnete er mit einem Schulterzucken. »Das mag zwar das Vorrecht der Frauen sein, aber warum sollte ein Mann es nicht auch hin und wieder für sich in Anspruch nehmen?«

Jolies Hand verkrampfte sich um das Gartentor, bevor sie es aufstieß und auf die Straße trat. »Glauben Sie bloß nicht, ich würde vergessen, was ich Ihnen heute abend gesagt habe, Mister January«, warnte sie. »Es gibt Mittel und Wege, Nan zu helfen, und Sie können sich darauf verlassen, daß ich sie finden werde.«

Der Spieler lachte. »Dem Gesetz nach gehört eine Frau zum Eigentum ihres Mannes wie sein Haus oder sein Vieh. Ich kann mit ihr tun, was ich will, Mrs. Beckham, das wissen Sie so gut wie ich.« Damit wandte er sich ab, stieg die Stufen zum Haus hinauf, schloß die Tür auf und trat ein.

Jolie stand zitternd auf dem Bürgersteig. Es war nicht auszudenken, welch schreckliche Bestrafungen er Nan auferlegen würde, weil sie seinen Anweisungen getrotzt hatte. Die Tatsache, daß Jolie nicht das geringste dagegen unternehmen konnte, verursachte ihr körperliche Übelkeit.

Leider waren Mister Januarys Feststellungen in bezug auf seine Freiheit, mit Nan tun zu können, was er wollte, nur zu korrekt. Frauen und Kinder waren nach dem Gesetz Eigentum ihrer Männer und Väter und durften, ähnlich wie Haustiere, ganz nach Gutdünken des Familienoberhauptes bestraft werden.

Als die Lichter von Mrs. Kraypers Pension auftauchten, kam Jolie wieder einmal mit eindringlicher Klarheit zu Bewußtsein, wie glücklich sie sich schätzen konnte, daß es Dan Beckham gewesen war, der sie an jenem Tag vor dem Galgen bewahrt hatte. Denn lieber wäre sie gestorben, als mit einem Schurken wie Mister January zu leben.

Beim Eintreten sah Jolie, daß Daniel und Enoch in dem kleinen Salon der Pension warteten. Sie hätte versucht, sich zur Treppe zu schleichen, wenn Enoch sie nicht schon erblickt hätte. Er stieß seinen Bruder an und deutete auf Jolie, und seufzend gab sie jegliche Hoffnung auf Entkommen auf.

»Wo hast du gesteckt?« fuhr Daniel sie an und schaute drohend auf sie herab.

»Ich bin froh, daß du fragst«, erwiderte Jolie und nahm seinen Arm. »Obwohl ich auch ziemlich sicher bin, daß die Antwort dir nicht gefallen wird.« Sie führte ihn auf die Veranda hinaus, um ungestört mit ihm reden zu können. »Ich habe Nan aufgesucht, Daniel. Sie lebt jetzt bei Mister January.« Als sie Daniels Augen zornig aufblitzen sah, hob sie bittend die Hand. »Du hattest ganz recht, Daniel ... er ist ein böser, schlechter Mensch. Er hat Nan geheiratet, obwohl sie kein Geld in die Ehe mitbrachte, und er mißhandelt sie. Sie ist schrecklich abgemagert und verängstigt, und er gibt ihr eine Droge ... ich glaube, es ist Laudanum. Daniel, ihr zuliebe und Joes Kind zuliebe müssen wir ihr helfen!«

Ein hilfloser Ausdruck huschte über Daniels markante Züge. »Wir haben keine Möglichkeit dazu«, sagte er nach langer Pause. »Sie ist seine Frau.«

Jolie war schockiert, obwohl sie wußte, daß die meisten Männer ähnlich dachten, wenn es um Hunde, Mestizen oder Frauen ging. »Daniel ...«

»Wir haben kein Recht, uns in eine Ehe einzumischen«, unterbrach ihr Mann sie in einem Ton, der sehr endgültig klang.

»Und ob wir das haben!« versetzte Jolie empört. »Wir sind ihre Freunde! Wer soll sich denn um Nan kümmern, wenn nicht wir?«

Daniel seufzte schwer und starrte zum glitzernden Sternenhimmel auf. Als er Jolie wieder das Gesicht zuwandte, erkannte sie düstere Resignation auf seinen Zügen. »Hat Mrs. Culley dich um Hilfe gebeten?« fragte er, und sein Ton verriet, daß er die Antwort bereits kannte.

»Nein«, erwiderte sie mit gesenktem Kopf. Zuerst schien Nan tatsächlich Jolies Hilfe gesucht zu haben, aber als es darum ging, die Angelegenheit zu klären, hatte sie den Mut verloren.

»Bis sie uns um Hilfe bittet, Jolie«, erklärte Daniel entschieden, »werden wir uns um unsere eigenen Angelegenheiten kümmern. Wie geht es Hank und Gemma?«

Jolie seufzte. »Sie wollen zur Farm zurück, genau wie ich. Wie lange müssen wir hier noch bleiben, Daniel?«

»Ich weiß es nicht«, antwortete er müde. »Falls Fleet noch irgendwo in der Nähe ist, hält er sich gut verborgen.«

»Ist es dir gelungen, Hilfe zu finden, oder hast du dich ganz allein mit Enoch auf die Suche nach ihm gemacht?« Aus verständlichen Gründen setzte Jolie sehr wenig Vertrauen in die Fähigkeiten des Marshals. So wie sie ihn einschätzte, lungerte der Mann doch nur in seinem Büro herum und beschränkte sich darauf, ab und zu jemanden aufzuhängen, der ihm als schuldig präsentiert wurde. »Sie haben eine Truppe zusammengestellt«, sagte Daniel, aber es klang mutlos. Jolie wußte ebensogut wie er, daß ein Suchtrupp, der sich aus Farmern und Saloonbesitzern zusammensetzte, keine Bedrohung für eine wendige kleine Schlange wie Rowdy Fleet war.

Unwillkürlich legte Jolie ihrem Mann die Hände auf die Arme. »Laß es sein, Daniel, ich flehe dich an! Rowdy ist so bösartig wie ein verwundeter Grizzlybär, und er ist imstande, ohne jegliche Gewissensbisse auf jeden zu schießen, der seinen Weg kreuzt!«

Daniel küßte Jolie auf die Stirn. »Deshalb müssen wir ihn ja auch finden«, antwortete er. »Fleet frei herumlaufen zu lassen, wäre das gleiche, als ließe man einen tollwütigen Hund am Leben.«

»Aber du vertrittst nicht das Gesetz!« wandte Jolie ein. »Es ist nicht deine Aufgabe . . .«

»Nein?« fiel Daniel ihr grob ins Wort. »Ich habe ebensoviel zu verlieren wie alle anderen. Und ich beabsichtige, zu schützen, was mir gehört.«

Es war sinnlos; Daniel würde auf keines ihrer Argumente hören. Also nickte Jolie nur.

»Geh hinein«, sagte Daniel nach einem langen spannungsgeladenen Moment des Schweigens. »Es wird allmählich kalt hier draußen, und ich möchte nicht, daß du dir den Tod holst.«

Ein Einwand kam ihr noch in den Sinn – schließlich war sie nicht empfindlicher gegen Kälte als er – aber sie schwieg, weil sie wußte, daß es sinnlos gewesen wäre, ihn darauf hinzuweisen. »Gute Nacht, Daniel«, sagte sie und ging ins Haus.

Der Morgen brachte strahlenden Sonnenschein, wie so oft an späten Herbsttagen. Jolie beaufsichtigte Hank und Gemma beim Anziehen und Waschen, und nachdem sie in Mrs. Kraypers Küche gefrühstückt hatten, begleitete sie die Kinder zur Schule. Gemma und Jolie hielten sich an den Händen und gingen leichten Schritts voraus, während Hank in einiger Entfernung hinter ihnen hertrottete. Er betrachtete Jolie und seine Schwester mit liebevoller Herablassung und schüttelte ab und zu den Kopf, damit jeder, der sie beobachtete, gleich erkannte, wie albern er Frauen fand.

Bei Jolies Rückkehr von der Schule, während sie tief in Gedanken versunken dahinschritt, weil sie sich um Nan sorgte und über die Bedrohung nachdachte, die Rowdy Fleet darstellte, kam ihr plötzlich eine Erleuchtung.

Es gab nur eins, was Rowdy interessierte, ein einziges Thema nur, und das war das Geld, das er und Blake im vergangenen Frühjahr aus der Bank geraubt hatten. Sie hatten die Beute in Daniels Scheune versteckt, und Blake hatte sie, ohne seinem Partner etwas davon zu sagen, an einen anderen Platz gebracht. Rowdy war mutig und gewissenlos, aber sehr intelligent konnte er nicht sein, denn sonst hätte er gewußt, wann der Moment gekommen war, sich mit seinen Verlusten abzufinden und das Weite zu suchen. Jolie lächelte fast, als sie zur Pension weitereilte. Sie würde die gesamte Farm auf den Kopf stellen, falls es nötig war, das Geld finden und es Rowdy übergeben. Er war gierig und wild wie eine hungrige Ratte und sicherlich auch verzweifelt genug, um zu versuchen, den Käse aus der Falle zu holen.

Über einige der anderen Dinge, zu denen Fleet in seiner Verzweiflung fähig sein mochte, wollte Jolie lieber nicht nachdenken. Für sie stand eine Menge auf dem Spiel, und so verängstigt sie auch sein mochte, es kam nicht in Frage, daß sie untätig in Mrs. Kraypers Pension herumsaß und darauf wartete, daß die Männer die Angelegenheit in Ordnung brachten.

Und dann waren auch noch Nans tragische Lebensumstände

zu bedenken. Die Lösung *dieses* Problems würde sie auf keinen Fall der männlichen Bevölkerung dieser Stadt überlassen.

Von dem Haushaltsgeld, das Daniel ihr gegeben hatte, mietete sie ein Pferd und einen kleinen Wagen und brach zur Farm auf. In der Hoffnung, daß Gott den Tapferen beistand und ihnen den Weg pflasterte, durchquerte sie hocherhobenen Kopfes die Stadt und ignorierte die neugierigen Blicke der Passanten.

Aus dem Augenwinkel sah sie, daß einige Leute sich kopfschüttelnd nach ihr umdrehten, aber niemand versuchte, sie aufzuhalten, und das allein war Jolie schon ein stummes Dankgebet wert.

Sie hielt nicht an vor Daniels Haus, obwohl sie sich nach dem Schutz seiner soliden Mauern sehnte, sondern fuhr unverzüglich zu Verenas Farm weiter.

Ihre Nachbarin trug wie üblich strenges Schwarz. Ihr kleines Haus war still, außer dem Ticken einer Standuhr war kein Laut zu hören. Als sie ihrer unerwarteten Besucherin die Tür öffnete, wurden ihre Augen ganz schmal vor Überraschung.

»Warum bist du nicht bei Alverna, wo du hingehörst?«

»Ich gehöre nicht in eine Pension«, entgegnete Jolie brüsk. »Genausowenig wie du.«

Verena seufzte und deutete auf einen Schaukelstuhl beim Fenster. »Glaubst du etwa, Daniel hätte mir keine Predigt gehalten, daß ich nicht ganz allein hier draußen bleiben soll?« versetzte die alte Dame. »Aber ich lasse mich nicht von einem Lumpen wie diesem Rowdy Fleet von meinem Land vertreiben. Möchtest du eine Tasse Tee?«

Jolie schüttelte den Kopf und strich nervös ihre Röcke glatt. »Ich komme wegen Nan«, sagte sie und erzählte Verena alles, was sie über die Situation ihrer Freundin wußte. »Daniel sagt, es ginge uns nichts an, wir hätte kein Recht, uns einzumischen«, schloß sie. »Aber Nan befindet sich in einer schrecklichen Lage.«

Verena nickte traurig. »Ja.«

»Ich dachte, wir könnten sie entführen und zu dir bringen. Sobald die Wirkung der Droge, die January ihr gibt, nachläßt, wird Nan wieder zur Besinnung kommen und vernünftigen Argumenten zugänglicher sein. Sie könnte sich in eine Kutsche nach Spokane setzen und dort ein neues Leben anfangen.«

Verena blickte lange aus dem Fenster, aber Jolie wußte, daß sie nicht die Rosensträucher in ihrem gepflegten Garten sah. Sie dachte nach.

Schließlich sagte sie: »Es wird einige Wochen dauern, bis es Nan wieder bessergeht, und ich weiß nicht, wie wir mit Ira January fertig werden sollen, aber wir müssen etwas unternehmen. Wenn es dir gelingt, sie aus diesem Haus herauszuholen, dann bring sie sofort zu mir.«

Jolie beugte sich vor und drückte ihrer Freundin die Hand. »Ich danke dir, Verena.«

»Mach nicht den Fehler, Mister January zu unterschätzen«, warnte Verena. »Er ist kein guter Mensch. Er kann sogar ausgesprochen rücksichtslos sein.«

Eine kalte Hand schien über Jolies Rückgrat zu streichen. »Ich werde vorsichtig sein, Verena, darauf kannst du dich verlassen.«

Danach sprachen die beiden Frauen über allgemeinere Dinge, und Jolie erzählte ihr, wie unglücklich sie in der Pension war und wie gern sie auf die Farm zurückgekehrt wäre. Verena, die froh über die Gesellschaft war, servierte Tee und Zitronenplätzchen, und als Jolie sich auf den Rückweg machte, erschien ihr das Leben nicht mehr ganz so hart wie noch kurz zuvor.

Obwohl die Tiere noch in der Scheune waren und Daniel wie immer im Haus lebte, strahlte die Farm eine einsame, verlassene Atmosphäre aus, als Jolie den Wagen vor der Haustür parkte. Das Gefühl wäre vielleicht noch viel unerträglicher gewesen, wenn nicht der alte Leviticus erschienen wäre. Er schlenderte langsam auf sie zu und rieb sich mit einem kläglichen Miauen an ihren Beinen.

Jolie lächelte traurig. »Ich wette, daß du weißt, wo Blake das

Geld versteckt hat!« sagte sie zu dem Kater. »Du bist bestimmt über alles im Bild, was auf dieser Farm geschieht.« Sie machte eine Pause und seufzte schwer. »Wenn du bloß reden könntest!«

*»Miau«*, erwiderte Leviticus großzügig.

»Ich fürchte, das hilft mir nicht viel weiter«, antwortete Jolie, bevor sie ihre Röcke raffte und den Weg zur Scheune einschlug.

Sie schaute in jedem möglichen Versteck nach, hielt nach losen Bodenbrettern Ausschau und spähte hinter Säcke voller Saatgut. Sie nahm sogar die Sättel von ihren Halterungen an den Wänden und die Deckel von Tonnen und Holzkisten. Das Licht aus der offenen Tür drang tiefer in die Scheune und begann sich schließlich wieder zurückzuziehen. Und Jolie hatte noch immer nichts gefunden. Schließlich ging sie hinaus, wischte sich die staubigen Hände ab und schaute sich nachdenklich um. Sie konnte sich nicht vorstellen, daß Blake dreist genug gewesen war, die Beute im Haus zu verstecken, doch andererseits hatte er vor seiner Gefangennahme herzlich wenig Hemmungen bewiesen, Dans Haus zu betreten. Angesichts seiner zahlreichen Besuche war es sogar möglich, daß er es als großen Spaß betrachtete, das bei dem Bankraub erbeutete Geld direkt unter der Nase eines der angesehensten Mitglieder der Gemeinde zu verstecken.

Jolie betrat das Haus, und beim Anblick der vertrauten Gegenstände wurde ihr ganz warm ums Herz. Der typische Geruch des Hauses hüllte sie ein wie liebende Arme. Obwohl es erst ein Tag war, den sie nicht auf der Farm verbracht hatte, erfaßte sie ein solch intensives Heimweh, daß ihr die Tränen kamen.

So gründlich wie möglich durchsuchte sie alle Räume. Sie suchte hinter den Büchern in Daniels Arbeitszimmer und schaute unter dem Lederkissen des Sessels nach, in der er sie erst wenige Nächte zuvor auf solch skandalöse Weise geliebt hatte. Sie öffnete die Schubladen seines Schreibtisches und hob die Kanten des Teppichs auf.

Sie durchsuchte gerade die Speisekammer, wo sie in jede

Blechdose und jeden Sack schaute, als hinter ihr eine Stimme erklang.

»Ich will verdammt sein, wenn du mehr Verstand besitzt als ein Affe in der Paarungszeit«, sagte Daniel.

Erschrocken drehte Jolie sich zu ihrem Mann um, der mit über der Brust verschränkten Armen im Türrahmen lehnte. Das Blut stieg ihr in die Wangen, aber sie hielt trotzig das Kinn erhoben.

»Was machst du hier, Jolie? Habe ich dir nicht gesagt, daß du in der Pension zu bleiben hast, außer wenn du Hank und Gemma zur Schule begleitest?«

»Ich hatte Appetit auf Hafermehlplätzchen«, redete sie sich rasch heraus. »Du weißt doch, wie es ist, wenn eine Frau in anderen Umständen ist . . .«

Daniels Blick bewies Zweifel und ein beträchtliches Maß an Ärger. »›In anderen Umständen‹ zu sein, ist höchstens ein Grund mehr, seinem Ehemann zu gehorchen«, entgegnete er gereizt.

Jolie erhob sich auf die Zehenspitzen und schaute Daniel offen in die Augen. »Selbst wenn der Ehemann sich irrt?«

»Ja«, entgegnete Daniel unbeirrt. »Was natürlich nicht heißen soll, daß ich mich irre.«

»Selbstverständlich nicht«, versetzte Jolie. Ihre Wangen waren hochrot vor Entrüstung.

Daniel betrachtete sie sinnend. »Was suchst du wirklich hier, Jolie? Und sag jetzt nicht ›Hafermehlplätzchen‹, denn sonst vergesse ich mich und lege dich übers Knie!« Er beugte sich zu ihr vor, bis seine Nasenspitze nur noch Millimeter von ihrer entfernt war. »Und lüg mich nicht an!«

Jolie biß sich auf die Lippen. Daniel verfügte über das fast unheimliche Talent, ihre geheimsten Gedanken zu erraten, und außerdem brauchte sie seine Hilfe, wenn sie ihren Plan in die Tat umsetzen wollte. Das einzige Problem war, daß er vielleicht beschließen würde, die ganze Sache sei zu riskant, und ihr verbot, sich weiter damit zu befassen. »Ich habe das Geld gesucht.«

Mißtrauisch runzelte Daniel die Stirn. »Welches Geld?«

»Die fünfhundert Dollar, die Rowdy und Blake bei dem Bankraub erbeutet haben«, erwiderte Jolie schnell. »Sie hatten es in der Scheune versteckt, aber dann muß Blake wohl beschlossen haben, Rowdy auszubooten, und hat das Geld an einen anderen Platz gebracht. Natürlich erzählt er dem Marshal nicht, wohin, und Rowdy kommt nicht an ihn heran, um ihn danach zu fragen.«

Daniel schaute sie drohend an. »Willst du damit sagen, daß Geld hätte sich die ganze Zeit auf meinem Land befunden?« fragte er heiser, und seine Wangen röteten sich vor Zorn.

Jolies Mut begann sie zu verlassen. »Es ist ja nicht so, als hätte ich es *gewußt*«, entgegnete sie kläglich, machte eine Pause und runzelte die Stirn. »Aber Rowdy glaubt natürlich, ich würde mit Blake unter einer Decke stecken, und das, vermute ich, macht ihn noch viel gefährlicher.«

Daniel verdrehte die Augen. Dann wandte er sich ab und ging hinaus, aber nicht ohne Jolie am Arm zu packen und mit sich zu ziehen. In der Küche drückte er sie recht grob auf einen Stuhl. »Ich nehme an, daß du noch nichts gefunden hast«, sagte er. »Was hattest du übrigens mit den fünfhundert Dollar vor, falls du sie gefunden hättest?«

»Ich wollte Rowdy eine Falle stellen, das ist doch klar. Er wäre gekommen, um das Geld zu holen, und Enoch und der Rest der Truppe hätte ihn dann hier erwartet.«

Daniels Gesichtsausdruck verriet ein Gefühl, das Erleichterung sehr nahekam, aber sein Ton ließ nichts dergleichen erkennen. »So?« höhnte er. »Und wie wolltest du dich mit diesem Kerl in Verbindung setzten, um ihm die gute Nachricht zu überbringen? Ich sage dir nur eins, Jolie – wenn du die ganze Zeit gewußt hast, wo dieser Schurke sich verbirgt . . .«

»Rowdy wird sich mir wieder nähern« entgegnete sie ruhig und ignorierte Daniels Anspielungen. Sie war sich keiner Schuld bewußt: das einzige Motiv, das sie bewegte, war die Sorge um Daniels, Hanks und Gemmas Sicherheit. »Wie ich schon sagte, glaubt er, daß ich wüßte, wo das Geld ist.«

Daniel fluchte verhalten, seufzte und ging zur Tür. »Komm jetzt, Mrs. Beckham«, sagte er. »Wir fahren in die Stadt zurück.«

Jolie rührte sich nicht vom Fleck. Sie blieb einfach sitzen, die Arme auf die Tischplatte gestützt, und wartete gelassen, bis Daniel merkte, daß sie ihm nicht folgte.

Manchmal war er schlimmer als ein sturer Esel.

Als Dan feststellte, daß er allein im Hof stand, kehrte er zurück. »Was ist denn jetzt schon wieder?« rief er ungehalten.

»Ich bin hier zu Hause«, erklärte Jolie ungerührt. »Es ist das erste wirkliche Zuhause, das ich je besessen habe, abgesehen von der kurzen Zeit, als ich bei Onkel Franklin und Tante Nissa lebte. Und ich habe gerade beschlossen, daß kein Galgenvogel wie Rowdy Fleet mich aus meinem Heim vertreiben wird.«

Jolie sah einen flüchtigen Moment lang so etwas wie Respekt in Daniels Augen aufblitzen, aber natürlich auch den erwarteten Ärger.

Ebensowenig wie sie selbst war er zum Nachgeben bereit. »Ich brauche dich nur über die Schulter zu werfen und hinauszutragen, Jolie. Es ist nicht so, als hättest du irgendeine Wahl.«

Sie war bereit, sich einzugestehen, daß er recht hatte. Er war größer als sie und stärker, aber falls er tatsächlich versuchen sollte, sie aus diesem Raum zu tragen, würde es ihn einige Anstrengung und Schweiß kosten. Ungefähr so, als versuchte er, eine Wildkatze in einen Fleischwolf zu pressen.

»Du würdest doch nicht zulassen, daß Rowdy dein Vieh stiehlt, deine Scheune niederbrennt oder deine Kornfelder zerstampft?« hielt sie ihm vor und schwenkte zornig die Arme. »Und doch bist du anscheinend bereit, die Kinder und mich durch das ganze Land zu hetzen! Obwohl wir die einzige Familie sind, die du hast!«

Zu ihrem Erstaunen kam Daniel ganz ruhig zum Tisch, zog sich einen Stuhl heran und setzte sich. Er nahm seinen Hut ab, legte ihn beiseite und musterte Jolie verwundert. »Bedeutet es dir soviel . . . hier zu bleiben, meine ich?«

Wie sehr sie diese Farm und dieses Land liebte, war Jolie erst so richtig zu Bewußtsein gekommen, als sie sich gezwungen sah, mit Mrs. Kraypers winzigem Zimmerchen vorlieb zu nehmen. »Ja, Daniel«, antwortete sie ruhig. »Es bedeutet mir sehr viel.«

Er seufzte und kratzte sich verwirrt am Kopf. »Es wäre ein Risiko . . . Ich kann nicht ständig hier sein und euch beschützen.«

»Ich habe mich fast mein ganzes Leben lang selbst beschützt«, entgegnete Jolie, »und mein nächster Atemzug ist auch ein Risiko. Wie mein nächster Herzschlag. Wir alle müssen Risiken eingehen, auf die eine oder andere Art.«

Daniel rieb sich das Kinn und tat, als dächte er über die Sache nach, aber Jolie wußte, daß er bereits beschlossen hatte, sie und die Kinder zum Haus zurückkehren zu lassen. Das warme Gefühl der Erleichterung, das sie erfaßte, war so überwältigend, daß sie die Augen schloß und leise seufzte.

»Nun ja, ich nehme an, daß du mir nur noch mehr Ärger und Probleme bereiten wirst, wenn ich darauf bestehe, daß du mit den Kindern bei Alverna bleibst«, sagte Daniel widerstrebend.

Um Jolies Lippen zuckte es, aber sie lächelte nicht. »Ganz recht, Mister Beckham.«

Ihr Mann klopfte mit einem Finger auf die Tischplatte. »Na schön«, sagte er mit Märtyrerstimme, »dann soll es wohl so sein. Aber denk daran, daß ich dich gewarnt habe.«

Jolie nickte und sprang auf. »Ich glaube, ich werde zuerst ein bißchen Staub wischen, und dann backe ich einen Apfelkuchen für das Abendessen.«

Daniels blaue Augen schienen sie einen langen Moment zu streicheln und funkelten vor innerer Belustigung, wie es bei Enoch so oft der Fall war. Die Liebe zu ihrem Mann stieg in Jolie auf wie eine warme Quelle, beschwingte ihren Schritt und zauberte eine sanfte Röte auf ihre Wangen.

»Behalte ihn stets in deiner Nähe«, ordnete Daniel an, als er seiner Frau den .45er Revolver überreichte, den er aus dem Arbeitszimmer geholt hatte.

Jolie steckte die Waffe in die Schublade unter der Tischplatte. »Um mich brauchst du dich nicht zu sorgen, Daniel«, versicherte sie ihm strahlend. »Ich bin ein guter Schütze.«

»Angesichts der Tatsache, daß noch immer viele Leute glauben, du hättest den armen alten Hamish Frazer am Tag des Bankraubs ins Jenseits befördert, würde ich dir raten, lieber nicht mit deinen Schießkünsten zu prahlen.«

Nachdem Jolie sich die Hände gewaschen und eine saubere gestärkte Schürze vorgebunden hatte, ging sie in die Speisekammer und holte ein Glas mit getrockneten Apfelscheiben. Sie war so glücklich, daß es ihr schwerfiel, Daniels Bemerkung zu überhören. »Wirst du Deuter bitten, die Kinder von der Schule abzuholen?«

»Ja«, antwortete Daniel, noch immer leicht verwirrt. »Ich lasse ihn auch deine Sachen aus der Pension herbringen.«

»Danke.« Enttäuscht stellte Jolie fest, daß die Kiste, in der das Brennholz für den Herd aufbewahrt wurde, leer war. Als Daniel das Haus verließ, folgte sie ihm und ging mit schnellen, beschwingten Schritten zum Holzschuppen hinüber. Das Blut stieg ihr in die Wangen bei der Erinnerung an die stürmische Vereinigung mit ihrem Mann an eben diesem Ort, und sie ergriff hastig einige Holzstücke, die für den Abend reichen mußten.

Nachdem das Feuer im Herd brannte und das Wasserdepot gefüllt war, fühlte Jolie sich schon besser. Summend mischte sie Mehl, Schweinefett, Essig und Wasser zu einem Teig für Fleischpasteten.

Als sie im Ofen standen, setzte sie ihre Suche nach dem Geld fort, das Blake hier irgendwo versteckt haben mußte. Sie schaute in jeder Schublade, in allen Truhen und Schränken nach, sogar hinter den Möbeln. Zum guten Schluß drehte sie noch die Matratzen um, für den Fall, daß Blake eine von ihnen aufgeschlitzt hatte, um das Geld hineinzustopfen.

Am späten Nachmittag kam Deuter mit den Kindern und dem Gepäck, das Jolie in der Pension zurückgelassen hatte. Beide Kinder zogen sich sogleich um und begannen ein ausgelassenes Spiel auf dem Hof, weil sie überglücklich waren, wieder daheim zu sein. Enoch und Mary kamen zum Abendessen, und zur Feier des Tages schlachtete Daniel zwei fette Hühner.

»Wie hast du das bloß geschafft?« flüsterte Mary Jolie zu, als die beiden Frauen die Hühner zum Braten vorbereiteten. »Daniel und Enoch waren doch so sehr dagegen, daß wir die Pension verließen, bevor dieser Bandit gefangen ist!«

»Ich habe Daniel ganz einfach gesagt, daß ich keinen Tag länger in der Stadt bleibe«, antwortete Jolie stolz. Es kam leider nur sehr selten vor, daß sie ihren Willen bei Daniel durchsetzte, und wenn es dann tatsächlich einmal geschah, würde der Herrgott ihr schon das bißchen Stolz verzeihen.

Mary lächelte. »Ich bemühe mich immer, Enochs Anordnungen zu befolgen«, gestand sie. »Aber immer gelingt es mir natürlich auch nicht.«

Daniel und sein Bruder saßen am Tisch, ölten Zaumzeug und diskutieren über Politik. Enoch hielt eine Pfeife zwischen den Zähnen, und ein angenehmer Geruch nach Tabak erfüllte die Küche.

»Ich glaube, die Frauen verschwören sich gegen uns, Daniel«, bemerkte Enoch augenzwinkernd.

Daniel seufzte nachsichtig und gab etwas Öl auf den Lappen, den er benutzte. »Das wird wohl leider nicht zu verhindern sein. Ein erschreckender Gedanke, was alles auf uns zukommen wird, wenn sie den Frauen erst das Wahlrecht zugestehen.«

Enoch lachte. »Sie würden dafür sorgen, daß die Saloons geschlossen und die Barmädchen ins Kloster geschickt würden, um über ihre Sünden nachzudenken.«

»Es würde keine Kriege mehr geben«, warf Mary mit gutmütigem Trotz ein. »Und Kinder würden nicht mehr vom frühen Morgen bis zum späten Abend in Fabriken schuften.« Sie warf einen liebevollen Blick auf ihre kleine Tochter, die im Schaukelstuhl saß und mit einer Stoffpuppe spielte. »O ja, Enoch Beckham, es wäre eine bessere Welt, wenn die Frauen das Sagen hätten.«

»Ich glaube, man wird uns das Wahlrecht irgendwann zugestehen«, stellte Jolie nachdenklich fest.

Wieder lachte Enoch: das ganze Leben schien für ihn ein einziger Anlaß zur Belustigung zu sein. »Und ungefähr um die gleiche Zeit, wenn das geschieht, wird der Kongreß eine Steuer auf die Einkünfte des Mannes erheben und sich ein gutes Stück von seinem Verdienst nehmen, bevor er ihn überhaupt gesehen hat.«

»Das sollten sie lieber nicht versuchen«, brummte Daniel.

An jenem Abend begann es wieder zu schneien, und Jolie versuchte, Enoch und Mary zum Bleiben zu überreden. Aber sie lehnten die Einladung ab, weil sie Tiere hatten, die gefüttert werden mußten, und machten sich auf den Weg nach Hause. Jolie blieb am Fenster stehen und schaute ihnen nach, bis die Lichter des Wagens im Dunkeln verschwunden waren.

Die ganze Nacht fiel Schnee, und gegen Morgen lag er so hoch, daß Daniel Schneeschuhe anziehen mußte, um sich zwischen Haus und Scheune bewegen zu können. Gemma und Hank blieben natürlich der Schule fern und saßen in der Küche über ihren Aufgaben.

Jolie knetete Teig für Brot und dachte über die Probleme nach, für die sie eine Lösung finden mußte. Sie hatte die Idee, das Geld aus dem Bankraub zu finden, noch nicht aufgegeben, aber inzwischen wußte sie nicht mehr, wo sie sonst noch suchen sollte. Während sie den Teig knetete und schlug, dachte sie an Nan. Irgendwie mußte sie ihre Freundin von diesem schrecklichen Mann entfernen, zumindest so lange, bis Nan sich von den verhängnisvollen Auswirkungen der Droge erholt hatte und wieder zur Vernunft gekommen war.

Das winterliche Wetter setzte sich jedoch bis Samstag fort. Um Hank und Gemma zu baden, mußte Jolie Schnee schmelzen, da die Rohre beider Pumpen – sowohl im Brunnenhaus als auch draußen vor der Küchentür – zugefroren waren.

Am Sonntag war es so bitterkalt, daß nicht einmal Daniel geneigt schien, die lange Fahrt zur Kirche anzutreten.

Am Montag fiel ein kalter Regen und hinterließ eine solide Eisdecke auf dem gefrorenen Schnee. Jolie begann allmählich unter Hüttenfieber zu leiden. Sie hatte sämtliche Näh- und Stopfarbeiten erledigt und alle Rezepte ausprobiert, die ihr zur Verfügung standen.

Am Dienstag abend begann das Eis auf dem Bach zu schmelzen, und am Mittwoch ging strahlend die Sonne auf und brachte einen warmen Wind mit sich. Jolie fuhr Hank und Gemma selbst zur Schule, obwohl die ganze Straße nur noch aus tiefem Matsch bestand und es keine einfache Aufgabe war, den Wagen so hindurchzulenken, daß er nicht steckenblieb.

Im Vorbeifahren sah sie Ira January vor der Sägemühle mit zwei Männern verhandeln, die mit einem vollbeladenen Wagen voller Proviant gekommen waren. Wild entschlossen lenkte Jolie den Wagen auf das prächtige Haus zu, in dem Nan als willige Gefangene gehalten wurde.

# 20

Eine Bewegung hinter der Gardine im ersten Stock des Hauses sagte Jolie, daß Nan ihre Ankunft beobachtet zu haben schien. Jetzt blieb nur noch festzustellen, ob es dem chinesischen Diener gelingen würde, die beiden Freundinnen weiter voneinander fernzuhalten.

Jolie lenkte den Wagen dicht ans Tor, zog die Bremse, strich ihre Röcke glatt und stieg vom Bock. Bei jedem Schritt klopfte ihr Herz heftiger ... durchs Tor, die Eingangsstufen hinauf, über die Veranda zur Tür. Nur die feste und sichere Überzeugung, daß Nan und auch ihr unglückseliges Kind sterben würden, wenn nichts unternommen wurde, half Jolie, nicht den Mut zu verlieren.

Zu ihrem fassungslosen Erstaunen war es Nan persönlich, die auf ihr energisches Klopfen öffnete. Sie sah im hellen Tageslicht noch viel kränker aus als bei jenem anderen Besuch am Abend.

»Um Himmels willen, Jolie«, meinte sie und bewies damit wenigstens eine Spur ihres früheren Temperaments, »hast du den Verstand verloren? Mister January hat dir deutlich zu verstehen gegeben, daß er dich hier nicht mehr sehen will ...«

Jolie packte ihre Freundin am Arm und gab ihr damit zu verstehen, daß sie sich nicht fortschicken lassen würde. »Ich pfeife auf Mister January«, sagte sie verächtlich und zog und zerrte Nan die Eingangsstufen hinunter zum Tor. Es kümmerte sie dabei nicht im geringsten, daß Mrs. January ein Nachthemd trug und ihr Haar ihr unordentlich über die Schulern fiel. »Du hast diesen Kerl und dieses Mausoleum, das er Haus nennt, zum letzten Mal gesehen!«

Nan versuchte nicht, ihr Widerstand entgegenzusetzen... ihre Erfahrungen mit Mister January mußten sie gelehrt haben, daß derartige Anstrengungen sinnlos waren. Sie ließ sich von Jolie durch das Tor schieben und auf den Wagen ziehen. Als sie in der morgendlichen Kälte erschauerte und fröstelnd die Schultern zusammenzog, bedauerte Jolie, keinen Mantel für Nan mitgebracht zu haben.

In diesem Augenblick kam der chinesische Diener aus dem Haus gestürzt und schrie Ihnen in seiner Aufregung unverständliche Worte in seiner eigenen Sprache zu. Jolie preßte die Lippen zusammen, ließ die Zügel hart auf den Pferderücken klatschen und rief dem Tier einen rauhen Befehl zu, wie sie es bei Daniel gehört hatte.

Der Chinese rannte ihnen über die Straße nach, sein langer Zopf flatterte im Wind, und als Jolie sich einmal kurz umschaute, schnürte ihr Panik für einen Moment die Kehle zu. Einige Male, bevor das Pferd in einen flotten Trab verfiel, hätte der kleine Mann sie fast erreicht. Es war nur allzu leicht, sich vorzustellen, wie er auf den Wagen sprang und Jolie zum Anhalten zwang.

Doch das Schicksal schien ihnen gnädig, und die Entfernung zwischen dem aufgebrachten Diener und dem Wagen begann sich langsam zu vergrößern.

»Halt dich fest!« schrie Jolie Nan zu, die den Wagenrand umklammerte und sich mit großen, verwirrten Augen umschaute. Obwohl ihr Verfolger zurückgefallen war, würden die beiden Frauen nicht eher sicher sein, bis sie die Farm erreichten. Der Chinese brauchte nur zum Sägewerk zu laufen und Mister January zu berichten, was sich ereignet hatte, und es würde nicht lange dauern, bis sie Reiter auf den Fersen hatten.

Lose Haarsträhnen peitschten Jolies Gesicht, als sie das Pferd zu einer immer schnelleren Gangart antrieb, bis es in vollem Galopp die Stadt durchquerte und sie dann endlich hinter sich ließ.

Sie befanden sich in der Nähe von Enochs und Marys Farm, als ein Blick zurück Jolies schlimmste Befürchtungen bestätigte. Ira January und zwei Männer jagten den Wagen auf schnellen Pferden und holten zusehends auf.

Jolie riß die Zügel zur Seite und jagte das Pferd von der Straße auf die Felder, wo der Wagen holpernd und ächzend durch die Ackerfurchen glitt. Der Rauch, der aus Enochs Schornstein drang und sich wie eine dünne Fahne gegen den blauen Himmel abhob, diente Jolie als Signal.

Sie begann zu schreien und zu rufen und hoffte, daß der Lärm ausreichte, um Enoch mit einem geladenen Gewehr in der Hand aus der Scheune oder dem Haus zu treiben. Mister January und seine Freunde waren gefährlich dicht hinter ihnen.

Nan starrte auf das Haus, das einst ihr und Joes Heim gewesen war, und Jolie glaubte, so etwas wie Vernunft in den glasigen Augen ihrer Freundin aufblitzen zu sehen. Aber ihr blieb keine Zeit, darüber nachzudenken, denn Mister January lenkte sein Pferd neben den Wagen und beugte sich vor, um ihr die Zügel abzunehmen.

In ihrer Angst und ihrer Wut stieß sie einen Schrei aus und sah Daniel, Deuter und Enoch von den Feldern auf das Haus zurennen. Zum Glück war Mary inzwischen in der Tür erschienen und richtete ein Gewehr auf die unerwünschten Besucher.

Schweigend entsicherte sie die Waffe und zielte auf Januarys Kopf.

Ira ließ die Zügel los und bedachte Jolie mit einem wütenden Blick. »Von Daniel brauchen Sie keine Hilfe zu erwarten, er wird Sie nicht unterstützen«, sagte er gepreßt. »Nancy ist meine Frau, ich kann mit ihr machen, was ich will.«

»Nicht auf diesem Grund und Boden«, entgegnete Mary ruhig und gab einen Schuß in die Luft ab, um Ira zu beweisen, wie ernst es ihr gemeint war.

Daniel und die anderen hatten inzwischen den Hof erreicht, und Jolie schaute die vom Laufen keuchenden Männer mit unverhohlenem Ärger an. Gut, daß sie sich auf *ihre* Hilfe nicht verlassen hatte! »Was, zum Teufel, geht hier vor?« fragte Daniel, während er sich dem Wagen näherte. Obwohl seine ganze Aufmerksamkeit auf Mister January gerichtet war, gelang es ihm irgendwie, Jolie vom Wagen zu heben.

Im gleichen Moment streckte Deuter die Arme nach Nan aus, und Enoch nahm Mary das Gewehr aus der Hand. Wortlos trat er neben seinen Bruder, um ihm Deckung zu verschaffen.

»Diese lästige kleine Banditin, die Sie Ihre Frau nennen, hat meine Frau entführt – das ist es, was hier vorgeht!« entfuhr es Ira January, dessen Gesicht vor Zorn und Hilflosigkeit rot angelaufen war. Die beiden Männer, die ihn begleitet hatten, hielten sich im Hintergrund und schienen sich äußerst unbehaglich zu fühlen.

Der Blick, den Daniel seiner Frau zuwarf, war giftig wie Petroleum, und dennoch bezog sie ungeheuren Trost aus Daniels Kraft und Stärke. Als sie an seine Seite trat, legte er den Arm um ihre Schultern.

»Schau dir Nan an, Daniel!« sagte Jolie bittend. »Sieh dir an, was er aus ihr gemacht hat. Das ist das einzige, worum ich dich bitte.«

Daniel wurde blaß, als er den Blick auf seine frühere Nachbarin richtete. Mary hatte fürsorglich eine Decke um Nans zitternde Schultern gelegt und führte sie ins Haus.

»Mein Gott«, flüsterte Daniel, und ein harter Zug erschien um seinen Mund. Als er sich langsam zu Mister January umwandte, war ihm anzusehen, daß er den Sägewerksbesitzer am liebsten vom Pferd gerissen hätte, um ihn mit den Fäusten zu bearbeiten.

»Ich warne Sie, Beckham – das lasse ich mir nicht gefallen«, erklärte January bitter und mit haßverzerrter Miene.

»Sie sind uns hier nicht willkommen, Mister«, warf Enoch gelassen ein. »Es wäre besser, wenn Sie unverzüglich meine Farm verließen.«

January richtete sich in den Steigbügeln auf und ließ den Blick über das Land und das solide kleine Haus schweifen, das einst beinahe in seinen Besitz übergegangen wäre. Dann schaute er Jolie an, und eine unverhohlene Drohung trat in seinen Blick.

»Bilden Sie sich bloß nicht ein, daß es damit erledigt ist, Daniel«, wandte er sich schließlich an Jolies Mann, bevor er sein Pferd wendete und davonritt. Seine beiden Begleiter folgten ihm mit einem Eifer, der ganz eindeutig ihre Erleichterung verriet.

»Du hast mir einiges zu erklären!« sagte Daniel zu Jolie, als sein Bruder und Deuter ins Haus gegangen waren.

»Wohl kaum«, entgegnete Jolie. »Du hast selbst gesehen, in welchem Zustand sich Nan befindet. Es ist völlig klar, daß mir nichts anderes übrigblieb, als sie aus diesem Haus zu holen!«

»Er hätte euch *umbringen* können, dich und Nan«, murmelte Daniel, während er den sich entfernenden Reitern nachsah.

»Ich mußte etwas unternehmen!« beharrte Jolie und begann auf das Haus zuzugehen.

Nan saß dicht beim Feuer in einem Schaukelstuhl und trank Tee aus einer von Marys feinsten Porzellantassen. »Ich habe auch einmal in einem solchen Haus gelebt«, sagte sie mit eigenartiger Kleinmädchenstimme.

Jolie schaute sich mit Tränen in den Augen zu Daniel um, dann durchquerte sie den kleinen, überfüllten Raum, trat hinter Nan und legte ihrer Freundin die Hände auf die Schultern. »Sobald du dich ein bißchen aufgewärmt hast«, sagte sie beruhigend und mit einer Munterkeit, die sie nicht empfand, »bringen Daniel und Enoch dich zu einem langen Besuch zu Verena. Das möchtest du doch sicher gern, nicht wahr, Nan?«

Nan nickte, obwohl für alle ersichtlich war, daß sie sich weder entsann, wer Verena war, noch sonst irgend etwas von den Vorgängen um sie herum verstand.

Die Männer gingen schließlich hinaus, und Mary und Jolie zogen Nan ein warmes Wollkleid an, das Mary an kalten Wintertagen zur Kirche trug. Sie legten ihr auch einen warmen Umhang um, und dann, mit Daniel, der den Wagen lenkte, und Deuter, der ihnen zu Pferd folgte, machten Jolie und Nan sich auf den Weg zu Verena.

Die alte Dame kam eilig aus dem Haus, als sie den Wagen vorfahren hörte, und schüttelte den Kopf über den Zustand, in dem sich Nan befand.

»Joe Culley wird sich im Grab umdrehen«, flüsterte Verena Jolie zu, nachdem sie die zitternde Nan in den ersten Stock geführt und sie in einem der Schlafzimmer untergebracht hatten. Eine kleine Petroleumlampe verbreitete sanftes Licht und ein bißchen Wärme, während Verena das Bett frisch überzog und Decken bereitlegte.

Nan saß still in ihrem Schaukelstuhl und starrte aus dem Fenster. Sie schien weder die Frauen im Zimmer noch ihre Unterhaltung wahrzunehmen.

Jolie nickte nur. »Ira January hat uns bis zu Enochs und Marys Farm verfolgt«, vertraute sie der alten Dame flüsternd an. »Ich glaube, ich habe nicht mehr soviel Angst gehabt, seit ich unter dem Galgen stand.« Was nicht ganz der Wahrheit entsprach, wie sie sich eingestehen mußte, denn ihre Begegnungen mit Rowdy Fleet und mit Blake Kingston waren ebenfalls recht beängstigend gewesen.

»Ich bin ziemlich sicher, daß Ira hier erscheinen wird, sobald er herausgefunden hat, daß Nan nicht bei dir und Daniel ist«, sagte Verena, während sie zwei dicke Wolldecken auf dem Bett ausbreitete. »Du solltest jetzt sehr vorsichtig sein, Jolie, denn falls Mister January dich je in die Finger kriegt, wirst du noch bitter bereuen, ihn verärgert zu haben.«

Das brauchte Jolie niemand zu sagen. Sie bemühte sich, die

ganze Angelegenheit aus ihrem Bewußtsein zu verdrängen, während sie und Verena Nan ein warmes Flanellnachthemd anzogen und sie ins Bett brachten.

»Ich brauche meine Medizin«, sagte Nan und schaute mit großen, leeren Augen zu Verena auf.

Verena drückte beruhigend ihre Schulter. »Natürlich, Liebes«, erwiderte sie. »Du machst es dir jetzt ganz bequem, und ich hole dir deine Medizin.« Ohne ein Wort der Erklärung oder auch nur einen Blick auf Jolie ging die alte Dame hinaus und kehrte kurz darauf mit einem Löffel und einer braunen Flasche zurück.

»Das kannst du doch nicht tun!« protestierte Jolie entsetzt, als sie Verena Nan eine Dosis Laudanum verabreichen sah. »Sie ist . . .«

»Wir können ihr nicht von einem Augenblick auf den anderen die Droge nehmen«, unterbrach Verena sie scharf, während sie den Löffel an Nans Lippen hielt. »Ich kenne dieses Problem, ich habe es schon früher erlebt. Es ist nicht leicht zu behandeln. Wir müssen sie ganz allmählich entwöhnen.«

Jolies Herz krampfte sich vor Schmerz zusammen, aber sie sah ein, daß Verena recht hatte, und nickte stumm.

Nan ließ sich auf die weichen Federkissen zurücksinken, schloß die Augen und seufzte zufrieden wie ein schläfriges Kind. Verena setzte sich auf die Bettkante und strich ihr zärtlich das Haar aus der Stirn, während sie eine sanfte Melodie summte.

Als Nan schlief, löschte Verena die Petroleumlampe und verließ mit Jolie den Raum.

Daniel war unten in der Küche, trank Kaffee und wartete auf die Frauen. Er erhob sich von seinem Stuhl, als sie den Raum betraten.

»Es ist sehr gefährlich, was du tust, Verena«, meinte er besorgt, als Jolie sich zu ihm setzte und ihre Gastgeberin den Teekessel aufsetzte. »Ira January ist kein Mensch, der mit sich scherzen läßt.«

»Das gleiche könnte ich dir auch sagen, Dan«, entgegnete Verena, während sie duftende Teeblätter in eine mit Rosen bemalte Porzellankanne gab. »Vielleicht würde Ira dich nie zum offenen Kampf herausfordern, aber er verfügt über mehr Geld als die meisten Bürger von Prosperity zusammen. Er kann dir und Enoch eine Menge Probleme bereiten, falls ihm danach zumute ist.«

Ein Blick auf ihren Mann verriet Jolie, daß Daniel sich darüber durchaus im klaren war, und ein Frösteln erfaßte sie, das so gar nicht zu der gemütlichen Wärme in der kleinen Küche paßte. Nicht ein einziges Mal hatte sie bisher bedacht, daß ihre Handlungsweise Daniel schaden könnte, und fast wünschte sie, nicht so rücksichtslos und unbedacht gewesen zu sein. »Was könnte Mister January denn tun?« erkundigte sie sich zaghaft. »Um euch Schaden zuzufügen, meine ich?«

Daniel betrachtete seine Frau sehr lange, bevor er antwortete. »Er könnte auf ähnliche Weise reagieren, Jolie, indem er dich oder die Kinder entführt und festhält, bis ich ihm Nan übergebe.«

Jolie erschauerte, obwohl sie selbst bereits an diese Möglichkeit gedacht hatte. »Das wäre gegen das Gesetz«, entgegnete sie schwach.

Ihr Mann zog eine seiner dichten blonden Brauen hoch. »Und was du getan hast, etwa nicht?« versetzte er, jedoch ganz ohne Groll.

Jolie schlug die Augen nieder. »Mag sein«, gab sie zu, »aber es gibt Gesetze, die so oft gebrochen werden sollten, bis sie nicht mehr zusammenzufügen sind. Sie fordern geradezu dazu heraus weggefegt zu werden wie Schmutz auf einem frischgeschrubbten Boden.«

Daniel überraschte seine Frau mit einem schwachen Lächeln, aber dann sah er Verena an. »Ich lasse Deuter zu eurem Schutz hier«, erklärte er ernst. »Trotzdem solltest du vorsichtiger sein als je zuvor in deinem Leben, Verena!«

Die alte Dame goß kochendes Wasser in die Teekanne und

brachte sie zum Tisch, zusammen mit Tassen, Untertassen, Zucker und Sahne. »Das weiß ich, Daniel«, erwiderte sie im gelassenen Tonfall einer Lehrerin, die sich bemühte, einem Erstkläßler etwas zu erklären. »Trink deinen Tee, Daniel.«

»Warum mußtest du ausgerechnet zu dem Zeitpunkt, als ich glaubte, ich hätte mir jetzt ein paar Tage Ruhe erkauft, hingehen und mit beiden Händen in ein Hornissennest greifen?« erkundigte sich Daniel seufzend, als sie eine halbe Stunde später auf dem Heimweg waren.

Es klang nicht ärgerlich, höchstens bestürzt und ein wenig verwundert. Jolie legte eine Hand auf seinen Arm, bevor sie antwortete: »Ich konnte nicht anders, Daniel. Es gibt so vieles, was einer Änderung bedarf.«

Er seufzte. »Ich müßte eigentlich wütend auf dich sein, aber irgendwie habe ich das Gefühl, als hätte Joe Culley sich auch um dich gekümmert, wenn ich an seiner Stelle gestorben wäre und du dich mit einem Kerl wie January eingelassen hättest.«

»Ich hatte dir doch schon gesagt, wie schlecht es Nan ging«, hielt Jolie ihm vor. »Aber du meintest, wir hätten keine Möglichkeit, etwas zu unternehmen, solange Nan Mister Januarys Frau ist. Was hat dich dazu bewogen, deine Einstellung zu ändern?«

»Ich habe Nan gesehen«, sagte Daniel schlicht, nachdem er eine Zeitlang geschwiegen und auf die Straße gestarrt hatte. »Es fiel mir nicht schwer, mir dich in ihrer Lage vorzustellen.«

Das kam einem Eingeständnis zarter Gefühle bei Daniel so nahe, wie es überhaupt möglich war, und Jolie wurde ganz leicht ums Herz, trotz der erschöpfenden Anforderungen dieses Tages.

Zu Hause angelangt, begann sie Hemden, Hosen und Unterwäsche zu waschen, wie sie es an jedem anderen kalten, aber sonnigen Tag getan hätte, während Daniel seinen eigenen Aufgaben nachging. Als die Sonne langsam tiefer sank, befahl er

Jolie, ins Haus zu gehen und dort zu bleiben, bis er Hank und Gemma von der Schule abgeholt hatte und mit ihnen auf die Farm zurückgekehrt war.

Jolie wartete, bis der Wagen nicht mehr zu sehen war, und trug dann einen weiteren Korb mit frischgewaschener Wäsche auf den Hof. Es würde nicht mehr lange hell sein, und sie wollte nicht all diese feuchten Kleider in der Küche aufhängen.

Nachdem die Wäsche auf den Leinen hing, sammelte Jolie die Eier ein und ging ins Kühlhaus, um Sahne für Daniels abendlichen Kaffee zu holen, den er gern so hell wie möglich trank. Wie schon so oft, verfing sich Jolies Rocksaum in dem lockeren, vorstehenden Bodenbrett, und Jolie löste ihn mit einer ungeduldigen Bewegung, bevor sie ins Wohnhaus zurückkehrte.

Es erschien ihr alles ganz wunderbar und ganz normal an diesem Nachmittag, als Daniel die Kinder heimbrachte und sie ins Haus stürmten, um sich am Herd zu wärmen und dicke Stücke Apfelkuchen zu verschlingen. Die friedliche, sehr familiäre Atmosphäre und Daniels und der Kinder Nähe erfüllten Jolies Herz mit einem fast schmerzhaften Gefühl des Glücks.

Etwa eine Stunde vor Sonnenuntergang, als Jolie die letzten Kleidungsstücke von den Wäscheleinen nahm, zog sich der Himmel zu, und es begann zu schneien. Kurz darauf erschien Enoch auf einem der großen Ackerpferde, die seinen Wagen von St. Louis bis hierher gezogen hatten.

»Es muß wohl die Aufregung gewesen sein«, sagte er ohne Einleitung zu Jolie und schwang sich aus dem Sattel, als Daniel aus der Scheune kam. »Marys Wehen haben eingesetzt.«

Nur ihre Geistesgegenwart bewahrte Jolie davor, Daniels saubere Hemden und Hosen auf die schmutzige Erde fallen zu lassen. »Und du hast sie allein gelassen!« rief sie entsetzt.

Enoch wirkte sehr erschüttert und verwirrt, seine Augen blickten ungewöhnlich ernst. »Ich kann mithelfen, ein Kalb zur Welt zu bringen oder ein Fohlen«, gestand er nervös, »aber wenn es sich um Menschen handelt, bin ich einfach zu ungeschickt.«

Jolie schüttelte den Kopf und machte sich mit ihrer Wäsche eilig auf den Weg ins Haus, wo sie alles auf einen Sessel legte, um sich später darum zu kümmern. Vor Jahren, auf der langen Wagenfahrt nach Westen, hatte sie bei vielen Geburten mitgeholfen, aber sie betrachtete sich als alles andere als erfahren in dieser Kunst. Soweit sie sich erinnern konnte, bestand die ganze Angelegenheit hauptsächlich aus Schreien, Schwitzen und einer Menge Blut.

»Ich begleite dich zur Farm zurück«, sagte sie zu ihrem Schwager, während sie nach ihrem Umhang griff und die Bänder ihrer Haube unterm Kinn befestigte. Hank und Gemma saßen am Tisch, Hank beschäftigte sich mit seinen Rechenaufgaben, während Gemma die ersten fünf Buchstaben des Alphabets übte.

»Du bleibst hier bei den Kindern«, sagte Jolie zu ihrem Mann, der unschlüssig in der Tür stand. »Morgen früh bin ich wieder zu Hause.«

Daniel schien etwas entgegnen zu wollen, aber Jolie wartete nicht ab, was er zu sagen hatte. Sie folgte Enoch nach draußen und ließ sich von ihm auf das große Pferd heben. Dann schwang ihr Schwager sich hinter ihr in den Sattel.

»Achte darauf, daß die Kinder sich waschen«, rief Jolie ihrem Mann zu, als Enoch das Pferd in Richtung Straße lenkte. »Und Gemma muß auf den Topf, bevor sie schlafen geht!«

Daniel stand im Schneetreiben auf dem Hof und winkte Jolie zu, als sie sich über Enochs Schulter hinweg noch einmal nach ihm umschaute. Sein Lächeln wirkte etwas verzerrt.

»Auf dem Herd steht ein Topf mit Hühnersuppe!« fügte Jolie noch hinzu, weil es ihr plötzlich das Herz zerriß, von Daniel getrennt zu sein, und wenn auch nur für eine Nacht. »Paß auf, daß die Kinder sich nicht mit Apfelkuchen vollstopfen – dann essen sie nichts mehr von der Suppe!«

Daniel nickte nur. Enoch trieb das Pferd zu einem Galopp an, und Jolie versuchte sich am Sattel festzuhalten. Es war schon dunkel, als endlich die Lichter der Farm vor ihnen auftauchten.

Jolie war schon aus dem Sattel geglitten und eilte auf das Haus zu, bevor Enoch das Pferd noch ganz zum Halten gebracht hatte.

Die Kinder saßen am Küchentisch und aßen brav ihr Brot und ihre Bohnen, sie waren noch zu klein, um zu begreifen, daß sich ein bedeutendes Ereignis ankündigte. Jolie küßte beide auf den Scheitel und ging gleich in das kleine Schlafzimmer weiter. Auf dem Weg legte sie ihren Umhang ab und löste die Bänder ihrer Haube.

Mary lag auf dem Bett, noch immer in dem Kattunkleid, das sie am Morgen getragen hatte: ihr Haar war feucht, und auf ihrer Stirn stand Schweiß. Ihre Augen waren groß vor Angst, aber als sie Jolie sah, lächelte sie.

»Ein denkwürdiger Tag, nicht wahr?« brachte sie mühsam hervor. Als ihr gewölbter Bauch sich unter dem dünnen Stoff ihres Kleides sichtbar zusammenzog, holte sie zischend Atem, verkrampfte beide Hände um das Bettlaken und warf den Kopf zurück, um sich ihrem Schmerz zu überlassen.

»Ja, das kann man wohl sagen«, stimmte Jolie zu, während sie ihren Umhang beiseite legte und eine polierte Holztruhe öffnete, die am Fußende des Bettes stand. »Und so wie es aussieht, ist er noch nicht vorbei.«

Mary lachte, bevor sie unter einer neuen Wehe aufstöhnte. Als der Schmerz nachließ, keuchte sie vor Anstrengung.

Jolie, die ein frisches Nachthemd in der Truhe gefunden hatte, half Mary, sich auf dem Bett aufzurichten und ihr Kleid auszuziehen.

»Bitte«, flehte Mary heiser und ergriff Jolies Hand. »Sieh zuerst nach Enoch und den Kindern!«

Jolie nickte und ging in die Küche. Enoch saß im Schaukelstuhl beim Kamin, beide Kinder auf dem Schoß, und starrte gedankenverloren in die Flammen.

Als Jolie zu ihrer Schwägerin in die kleine Kammer zurückkehrte, krümmte Mary sich unter einer neuen Wehe. Julie nahm ein Tuch, befeuchtete es in einer Schüssel mit kühlem Wasser und legte es sanft auf Marys Stirn, während sie beruhigend auf sie einsprach. Mary entspannte sich wieder, aber Jolie wußte, daß dies eine Sache der Natur war und keineswegs ihr Verdienst.

»Mrs. Culley . . .« stieß Mary mühsam in einer der kleinen Pausen zwischen den Wehen hervor. »Geht es ihr gut? Hast du sie zu Mrs. Dailey gebracht?«

Jolie war gerührt, daß Mary sich trotz ihrer eigenen Qualen um das Wohlergehen anderer sorgte. »Ja«, antwortete sie sanft. »Als ich mit Daniel nach Hause fuhr, schlief Nan.« Ein leiser Schmerzensschrei entrang sich Marys Lippen, als eine neue Wehe ihren Körper erfaßte; sie verkrampfte sich und biß die Zähne zusammen.

»Schrei nur, wenn dir danach ist«, sagte Jolie aufmunternd.

Als der schmerzhafte Moment vorbei war, drehte Mary sich auf die Seite. »Mein Rücken tut so weh«, gestand sie leise, und Jolie fragte sich, ob sie genauso tapfer wie Mary sein würde, wenn ihre Stunde kam.

Sie trat an die andere Seite des Betts und begann behutsam die angespannten Muskeln an Marys Rücken zu massieren. Dabei sah sie, daß eine einzelne Träne über ihre Wange lief.

»Ich habe solche Angst!« bekannte Mary. »Ich will nicht schreien und stöhnen und Holt und Ruthie erschrecken . . . Aber vielleicht werde ich mich nicht beherrschen können . . .«

»Versuch es erst gar nicht«, riet Jolie und begann Marys Gesicht wieder mit dem feuchten Tuch zu kühlen.

»Aber die Kinder . . .«

Jolie lächelte. Auch sie würde sich um Hank und Gemma sorgen, wenn der Moment gekommen war, Daniels Kind zur Welt zu bringen. »Weißt du was? Enoch kann sich eine Weile zu dir setzen, während ich den Kleinen ein Märchen erzähle und sie ins Bett bringe. Was hältst du davon?«

Mary war anzusehen, wieviel Beherrschung es sie kostete, nicht laut aufzuschreien. Aber sie nahm Jolies Hand und drückte sie. »Du bist ein Engel, Jolie, den der Himmel mir geschickt hat. Du ahnst ja nicht, welche Erleichterung es für mich ist, eine Schwester zu haben an diesem neuen Ort, in diesem neuen Leben!«

Wieder füllten Jolies Augen sich mit Tränen. »Falls mich der Himmel geschickt hat, dann auf einem Umweg«, antwortete sie rauh. »Engel findet man im allgemeinen nicht auf der Ladefläche eines Heuwagens und mit einer Schlinge um den Hals.« Sie bückte sich und küßte Marys feuchte Stirn. »Was allerdings den Rest betrifft, so bist du genau die Schwester, die ich mir gewünscht hätte, wenn man mir die Wahl gelassen hätte.«

Enoch schaute besorgt auf, als Jolie aus dem kleinen Schlafzimmer in die Küche kam und die kleine Ruthie von seinem Schoß hob. Holt hat sich bereits auf seiner schmalen Liege an der Wand zusammengerollt und schlief tief und fest.

»Es wird noch eine Weile dauern«, sagte Jolie leise zu ihrem Schwager. »Aber Mary würde dich gern sehen.« Das kleine Mädchen ließ den Kopf auf Jolies Schulter sinken und gähnte.

Während Enoch bei Mary war, zog Jolie Ruthie aus, streifte ihr ein Nachthemd über und setzte sie auf ihren Nachttopf. Dann wusch sie ihr Gesicht und Hände und brachte sie zu Bett. Als Ruthie versorgt war, ging Jolie zu Holt, zog ihm die kleinen schwarzen Schuhe aus und deckte ihn behutsam mit einer warmen Decke zu.

Einige Zeit später, als sie sich gerade Kaffee eingeschenkt hatte und am Fenster stand, kam Enoch wieder in die Küche.

»Mary braucht dich«, sagte er flach.

Jolie nickte und folgte ihm in den kleinen Anbau, den sie als Schlafzimmer benutzten. Obwohl sie froh war, daß Enoch und Mary nach Westen gekommen waren und in ihrer Nähe lebten, konnte sie einfach nicht vergessen, daß dies einmal Nan und Joe Culleys Haus gewesen war. Wäre er nicht im Sommer von der Schlange gebissen worden, hätte Nan hier in diesem kleinen Haus in Ruhe ihr Kind zur Welt bringen können, und Joe wäre dagewesen, um ihre Hand zu halten.

Die Tatsache jedoch, daß Marys Wehen jetzt in immer kürzeren Abständen kamen, lenkte Jolie von allem anderen ab. Es blieb ihr einfach keine Zeit mehr, über die Culleys nachzudenken.

Enoch sprach beruhigend auf Mary ein, während sie kämpfte, um ihr Kind zur Welt zu bringen, und reichte ihr seine Hände, wenn sie sie brauchte, um sich daran festzuhalten. Nach etwa zwei Stunden – Jolie wußte, daß das eine relativ kurze Zeit für eine Geburt war – erschien der Kopf des Babys.

Mit Tränen in den Augen beugte Enoch sich über seine Frau und lächelte sie aufmunternd an. »Du hast es fast geschafft, mein Liebling«, flüsterte er heiser. »Es ist fast geschafft.«

Jolie fragte sich, ob Daniel auch so zärtlich und aufmerksam wie Enoch sein würde, wenn der Augenblick ihrer Niederkunft kam, oder ob er sich in der Scheune verbergen oder sogar in die Stadt fahren würde, um sich zu betrinken, während sie sein Kind gebar. Einige Männer ertrugen einfach nicht die natürlichen Anforderungen einer Geburt, wie stark und entschlossen sie auch im Hinblick auf andere Dinge sein mochten.

»Pressen, Mary«, mahnte Jolie. Und da geschah das Wunder – der winzige Kopf erschien ... die Schultern ... ein magerer kleiner Körper.

Jolie nahm das Kind sanft auf ihre Arme. »Ein Mädchen«, sagte sie gerührt. »Ein wunderschönes, gesundes Mädchen.«

Mary schluchzte vor Freude und Erleichterung, und auch Enoch verbarg seine Tränen nicht. Jolie säuberte Mund und Nase des Babys, band die Nabelschnur ab und durchschnitt sie. Nachdem sie das Kind in eine warme Decke eingewickelt hatte, ließ sie Enoch und Mary mit ihrer neugeborenen Tochter allein.

In der Küche beschäftigte sie sich damit, Wasser zu erhitzen, und als sie ihre Hände und Arme gewaschen hatte, brachte sie eine Schüssel mit heißem Wasser in Marys Zimmer. Enoch mit seinen großen, rauhen Farmerhänden badete den Säugling zärtlich, als Jolie das Zimmer wieder verließ.

Von einer lähmenden Erschöpfung beherrscht, aber glücklich, sank Jolie auf einen Stuhl in der Nähe des Kamins und starrte in die ersterbende Glut. Sie legte die Hände auf ihren rundlichen Bauch, schloß die Augen und träumte von dem Tag, an dem ihr Kind geboren werden würde.

Daniel erschien schon früh am nächsten Morgen, seine Wagenräder hinterließen tiefe Furchen in dem tiefen Pulverschnee. An jeder Seite von ihm hockte ein warm eingepacktes Kind.

»Ich liebe dich, Daniel«, murmelte Jolie, während sie ihrer kleinen Familie entgegenging.

»Ist das Baby schon da?« rief Daniel ihr zu.

Jolie nickte strahlend. »Enoch und Mary haben eine gesunde kleine Tochter«, erwiderte sie, und als Daniel näher kam, überraschte sie sich selbst mindestens so sehr wie ihn, indem sie sich stürmisch in seine Arme warf.

# 21

Daniels Arme schlossen sich für einen Moment fest um Jolies Taille, bevor sie die Hände wieder von seinen Schultern nahm. Sie war ganz außer Atem, und erst als sie wieder auf den hölzernen Dielenbrettern der Veranda stand, kam ihr zu Bewußtsein, daß Daniel sie aufgehoben und im Kreis geschwenkt hatte.

Eine heiße Röte pulsierte in ihren Wangen. »Komm herein«, sagte sie und wandte unter Daniels ruhigem, wissenden Blick die Augen ab. Mit einem Lächeln drehte sie sich zu den Kindern um und legte warnend einen Finger an die Lippen. »Ihr müßt ganz still sein, weil Mary und das neue Baby schlafen.«

Später, als Enoch und Daniel gemeinsam die morgendlichen Arbeiten erledigt hatten und Jolie das Frühstück auf den Tisch brachte, erwachte das neueste Mitglied der Beckhamfamilie. Damit Mary noch ein wenig schlafen konnte, brachte Enoch seine jüngste Tochter in die Küche und legte sie in die geschnitzte Wiege, die er aus der Scheune hereingeholt hatte.

Die vier älteren Kinder drängten sich neugierig um das winzige Bettchen.

»Können wir auch so etwas haben?« wollte Gemma wissen und schaute Jolie aus großen, ernsten Augen an. Es war klar, daß sie das Baby meinte, nicht die Wiege, und Jolie spürte, wie ihr wieder das Blut in die Wangen strömte.

Daniel räusperte sich und wandte rasch den Blick ab, während Enoch sein gewohntes belustigtes Kichern zum Besten gab.

Gemmas Frage wurde jedoch nie beantwortet.

Es lag hoher Schnee an jenem Tag, aber die Sonne schien so hell und warm, daß Daniel die Kinder in die Schule brachte. Jolie verbrachte den Morgen damit, sich um das Neugeborene zu kümmern und Mary zu pflegen, die sich jedoch bereits von den Anstrengungen der Geburt erholte. Sie hatte einen gesunden Appetit und Sinn für Humor, und niemand, nicht einmal Enoch, konnte sie schließlich davon abhalten, aufzustehen.

Gegen Mittag kehrte Daniel zurück, und Jolie war überglücklich, ihn zu sehen, obwohl sie sich den Anschein gleichmütigen Desinteresses gab.

»Ich glaube nicht, daß du gestern nacht viel Schlaf bekommen hast«, sagte er, als sie schließlich in seinem Wagen saßen und über die schneebedeckte Straße nach Hause fuhren.

Jolie seufzte und schüttelte den Kopf. »Nein. Ich habe nur im Schaukelstuhl ein bißchen gedöst.«

Daniel nickte, aber Jolie sah ihm an, daß er in Gedanken ganz woanders war. Immer wieder schaute er sich prüfend um, und zu seinen Füßen lag griffbereit ein Jagdgewehr.

Zu Hause wärmte Jolie Wasser für ein Bad, während Daniel das Pferd versorgte und den Wagen in die Scheune brachte. Als er, begleitet von einem kalten Luftzug, in die Küche kam, fand er seine Frau in der Badewanne vor, die sie mitten in den Raum gestellt hatte.

Unwillkürlich blieb er stehen und betrachtete Jolie mit einem solchen Verlangen, als hätte er sie noch nie nackt gesehen. »Du hättest mich warnen können.«

Jolie lächelte, streckte ein Bein aus und ließ warmes Seifenwasser aus dem Schwamm auf ihren Schenkel tropfen. »*Warnen?*« entgegnete sie. »Ich tue nichts Gefährliches, Daniel Beckham; ich bade nur.« Fast widerstrebend verließ er seinen Platz an der Tür und ging zum Herd, auf dem die Kaffeekanne stand.

Etwas sehr Bedeutsames hatte sich durch die Geburt von Enochs und Marys Kind zwischen Daniel und Jolie geändert, doch so unterschwellig, daß es kaum zu spüren war. Jolie war nicht sicher, ob ihr Mann es auch gemerkt hatte, obwohl ihr Instinkt ihr sagte, daß es so sein mußte.

Sie legte sich in das rasch abkühlende Wasser zurück, ohne den Versuch zu unternehmen, ihren Busen zu verbergen, und schloß die Augen. Es war eine ausgesprochen sinnliche Erfahrung, mit Daniel im gleichen Raum zu sein, obwohl sie viel zu erschöpft war, um an körperliche Liebe zu denken.

»Schlaf mir nicht mitten in der Küche ein«, knurrte Daniel. Sie hörte ihn hinausgehen, und als er zurückkam, brachte er eins der guten weißen Frotteetücher mit.

Zärtlich ergriff er Jolies Hände und half ihr aufzustehen. Ein warmes Prickeln erfaßte ihren Körper, als Daniel sie abtrocknete, denn nie hatte er sie auf intimere Weise berührt, auch wenn nichts Forderndes in seinen Liebkosungen lag.

Daniel hatte außer dem Handtuch auch eine Decke mitgebracht, in die er Jolie nun sehr sanft einhüllte. Dann hob er sie auf seine Arme, und sie legte ihren Kopf an seine Schulter.

Seine Lippen streiften ihre Stirn. »Du hast dir deine Ruhe verdient, Mrs. Beckham«, flüsterte er ihr mit heiserer Stimme zu.

Eine wohlige Trägheit erfaßte Jolies Glieder, als Daniel sie vorsichtig auf dem Bett niederlegte, ihr ein Nachthemd anzog und sie warm zudeckte. Die Wolldecken rochen noch ganz leicht nach Mottenpulver, obwohl Jolie sie nach der Ernte lange auf der Wäscheleine gelüftet hatte.

»Daniel!« sagte sie nur, weil sie für mehr zu müde war, aber dieses eine Wort drückte alles aus, was sie für ihren Mann empfand. Er küßte sie, ohne Leidenschaft, aber mit dem Versprechen kommender Wonnen. »Ruh dich aus«, sagte er und verließ dann still den Raum.

Jolie drehte sich genüßlich und rollte sich zum Schlafen auf den Bauch, und als sie erwachte, stieg ihr das köstliche Aroma von Geflügelsuppe in die Nase. Sie öffnete die Augen und schaute zu, wie Daniel sich mit einem beladenen Tablett durch die Tür zwängte. Er hatte die Suppe erhitzt, damit Jolie nicht auf ihr Mittagessen verzichten mußte. Aber dann war es ja vielleicht gar nicht mehr Mittag, sondern schon Abend oder früher Morgen.

Gähnend richtete sie sich auf, strich ihr Haar zurück und richtete den Blick auf das Fenster. Entweder war es ein düsterer, bewölkter Tag, oder es war bereits dunkel geworden, denn hinter den Glasscheiben war alles schwarz.

Jolie war beunruhigt. »Gemma und Hank . . .?« fragte sie.

»Sie sind unten«, antwortete Daniel und trat an Jolies Bett, als er merkte, daß sie aufstehen wollte, um selbst nach den Kindern zu sehen. Mit einem strengen Blick hielt er sie zurück. »Du bleibst im Bett und wirst dich ausruhen, Jolie.«

Stirnrunzelnd dachte sie an all das, was sie heute hatte erledigen wollen. »Wie spät ist es?«

»Halb neun«, antwortete Daniel.

Jolie war entsetzt. *Halb neun.* Sie hatte Hemden zu bügeln, und der Wohnzimmerboden mußte gefegt und geschrubbt werden. Nicht nur das, auch Verena, die sich ganz allein um Nan kümmerte, war zu bedenken, und Marys Haushalt mußte sich ohne die lenkende Hand einer Frau in einem schlimmen Aufruhr befinden . . .

Daniel stellte das Tablett auf ihren Schoß. »Iß!« befahl er.

Jolie sah ihm an, daß er keinen Widerstand dulden würde, und außerdem war sie ausgehungert wie ein Bär nach einem langen Winterschlaf. Sie nahm den Löffel in die Hand.

»Verena und Nan . . .«

»Alles bestens«, versicherte Daniel. »Deuter hält bei ihnen Wache. Und Mary geht es auch gut.«

»Haben sie sich schon auf einen Namen für das Baby geeinigt?«

Daniel nickte. »Rachel Anne«, antwortete er. »Unsere Mutter hieß Rachel, und Marys Mutter Anne.«

Während sie ein Stückchen Huhn kaute, dachte Jolie nach. »Und wie wird unser Kind heißen?«

Die Frage, die an sich harmlos genug war, löste eine Reaktion bei Daniel aus, mit der Jolie nie gerechnet hätte. Er sprang so heftig auf, daß er fast das Tablett umgeworfen hätte, und blieb dann mit dem Rücken zu Jolie stehen, ohne sie anzusehen. Dennoch sah sie ihm seine innere Erregung an.

»Daniel?« fragte Jolie zaghaft.

Er antwortete nicht und schaute sich auch nicht nach ihr um. Er ging einfach hinaus.

Jolie blieb lange Zeit bewegungslos im Bett sitzen, ihr Appetit war verflogen. Sie hatte sich also nur *eingebildet*, daß sich zwischen ihr und Daniel etwas geändert hatte, nachdem er Marys und Enochs neugeborenes Kind gesehen hatte, stark, gesund und entschlossen, sich ans Leben zu klammern.

Nach einer Weile stellte sie das Tablett fort, stand auf und begann sich anzuziehen. Während sie ihr langes Haar bürstete, vernahm sie das Wiehern eines Pferdes und sah durch das Fenster, wie Daniel auf seinem Wallach aus dem Hof ritt.

Sie flocht ihr Haar und steckte es zu einer Krone auf, dann ging sie hinunter.

Hank und Gemma spielten Murmeln auf dem Wohnzimmerboden. Alle Lampen brannten, und im Kamin prasselte ein anheimelndes Feuer, und dennoch kam der Raum Jolie so kalt vor wie ein Grabgewölbe.

»Hat Daniel gesagt, wohin er wollte?« erkundigte Jolie sich leichthin.

Die Kinder schienen sehr erleichtert, sie zu sehen.

»In die Stadt«, antwortete Hank. »Wir sollen niemanden ins Haus lassen, während er fort ist.«

Jolie nickte schweigend und nahm ihren Nähkorb auf den Schoß. Es bedurfte keiner großartigen Phantasie, sich vorzustellen, daß Daniel zu Pilar geritten war, um dort seinen Trost zu suchen; immerhin verursachte seine Frau ihm nichts als Probleme.

Jolie rechnete damit, daß er die ganze Nacht fortbleiben würde, wie es während der Ernte ein- oder zweimal geschehen war, aber er kehrte kurz nach eins zurück. Jolie lag schon im Bett, sämtliche Lampen waren gelöscht, und sie gab vor zu schlafen.

Sie lag ganz still, atmete gleichmäßig und horchte auf jede von Daniels Bewegungen. Er zog seine Stiefel aus, dann die Hosen, und als er sich neben Jolie niederließ, tat sie, als bewegte sie sich im Schlaf und schmiegte sich an ihn.

Er fühlte sich warm und solide an, wie immer, aber er roch nicht nach dem süßlichen Parfüm, das sie an Pilar wahrgenommen hatte, und auch nach keinem anderen.

Jolie schob eine Hand auf seinen Schenkel und spürte, wie seine Muskeln sich unter der Berührung verkrampften. Er wußte jetzt, daß sie wach war, daran war nichts zu ändern, aber sie schwieg weiterhin, weil sie Angst hatte, das Falsche zu sagen und ihn wieder abzuschrecken. »Blake Kingston ist aus dem Gefängnis ausgebrochen«, sagte er. »Der Marshal glaubt, daß er auf dem Weg hierher ist.«

Die Nachricht traf Jolie wie ein Schlag. Es war schlimm genug, sich wegen Rowdy und Mister January sorgen zu müssen. Daß sie sich nun auch noch vor einem dritten Mann vorsehen mußte, war einfach zuviel für sie. Sie kam sich vor wie ein Tier in der Falle. »Ja«, sagte sie und strich ganz sachte über Daniels Schenkel, nicht um ihn zu erregen, sondern weil seine Kraft ihr Zuversicht vermittelte. »Ja, er wird herkommen, um das Geld zu holen. Und Rowdy wird ihm auflauern.«

Daniel stöhnte leise, machte jedoch keinen Versuch, Jolies Liebkosungen zurückzuweisen. Sein Aufstöhnen löste ein drängendes Verlangen in ihr aus, und sie legte die Hand um seine intimste Körperstelle.

»Jolie!« stieß er keuchend hervor.

Ihre Liebkosungen, so schlicht und natürlich sie auch waren, vermittelten ihr auf seltsame Weise Trost und Stärke, und schließlich glitt sie unter die Laken, um Daniels Brust zu küssen und seinen flachen Bauch.

Wieder murmelte er fast verzweifelt ihren Namen.

Jolie kniete sich über seine Schenkel und beugte sich vor, um ihn mit der Zunge zu liebkosen. Daniel krümmte den Rücken und stöhnte heiser auf, und als er es nicht mehr zu ertragen glaubte, umfaßte er Jolies Taille und zog sie höher, um seine Lippen um eine ihrer Brustspitzen zu schließen.

In den nächsten Minuten erregte Daniel Jolie so gründlich und unerbittlich, wie sie es zuvor mit ihm getan hatte, und Jolie preßte die Lippen zusammen, um ihre lustvollen Schreie zu ersticken. Doch das Liebesspiel hatte gerade erst begonnen. Als Daniels große Hand zwischen ihre Schenkel glitt und ihre empfindsamste Stelle berührte, ging ein so heftiges Erschauern durch ihren Körper, daß ihr der Atem stockte.

»Einmal ist nicht genug, Jolie«, warnte Daniel rauh. »Und zweimal auch nicht. Wenn der Morgen kommt, wirst du noch immer mehr Lärm veranstalten als die Hähne.«

Ein dünner Schweißfilm überzog Jolies Körper, sie fragte sich, wann Daniel ihr das Nachthemd ausgezogen hatte. Ihr Atem kam schnell und unregelmäßig, ihre Hüften drängten sich Daniels Hand entgegen. »Oh«, wimmerte sie, als seine Zärtlichkeiten heftiger und ungestümer wurden. »O Daniel . . .«

Er sagte nichts, schloß seinen Mund nur um eine ihrer Brustspitzen.

Jolie stöhnte vor Wollust und Verlangen auf, krümmte den Rücken und legte den Kopf zurück, um Daniel zu geben, was er von ihr forderte, schwelgte in ihrer Verwundbarkeit ihm gegenüber und dem Bewußtsein, daß er sie mit einer einzigen Berührung in Sphären ungeahnter Lust versetzen konnte. Sie stöhnte heiser auf, als seine Finger in sie glitten, und ihr Körper wurde von einem heftigen Erschauern erfaßt.

Aber Daniel schien sich tatsächlich nicht mit diesem einen Mal zufrieden geben zu wollen. Mit gelassener, fast unbeteiligter Ruhe führte er Jolie von einem Höhepunkt zum nächsten und forderte ihre Hingabe auf hundert, nein auf tausend verschiedene Arten.

Sie war ganz sicher, als er sich auf sie legte und in sie eindrang, daß sie nichts mehr zu geben hatte. Aber dann merkte sie, daß alles andere nur eine Art Vorbereitung gewesen war.

Im Augenblick der Vereinigung fühlte Jolie neue Kraft in sich erwachen, und eine ungestüme Leidenschaft durchflutete ihren Körper. Sie warf sich wie wild herum, umklammerte die Bettlaken und hob Daniel ihren Schoß entgegen, um sich seinen tiefen, harten Stößen anzupassen. Als sein Körper sich versteifte und erschauerte, erfaßte sie eine so überwältigende Liebe zu ihm, daß sie überzeugt war, ihr Herz müsse daran zerbrechen.

Daniel sank ermattet neben sie, seine Hand auf ihrer Brust, und sie hielt ihn in den Armen und streichelte sein Haar, bis der Schlaf sie überwältigte.

Als Jolie am Morgen erwachte, war es kalt im Zimmer. Daniel hatte die Waschschüssel mit heißem Wasser gefüllt, das inzwischen jedoch längst abgekühlt war. Jolie wusch sich hastig und zog sich an. Dann brachte sie die Schüssel hinunter, um sie auf dem Hof auszuschütten.

Ein ganzer Meter Schnee bedeckte die Erde, und die Luft war beißend kalt. Jolie summte, während sie das Frühstück vorbereitete und Kleider für Hank und Gemma herauslegte ... an Morgen wie diesem kamen sie immer gleich zum Herd gelaufen und zogen sich in der Wärme an.

Als Daniel mit einem Eimer Milch hereinkam und den Duft von kaltem Wetter und frischem Heu mitbrachte, zog sich etwas in Jolie fast schmerzhaft zusammen.

Daniel setzte den Eimer auf den Tisch, legte den Arm um Jolie und zog sie ungestüm an sich. Er lachte, als er sich bückte, um sie stürmisch zu küssen.

»Ich werde dich bald wieder haben, Mrs. Beckham«, sagte er, als sie sich schweratmend voneinander lösten. »Sobald ich meine morgendlichen Aufgaben erledigt habe.« Jolie erschauerte unter einer Hitzewelle, die durch ihren Körper lief, und ihre Augen schlossen sich wie von selbst in Erwartung eines weiteren, leidenschaftlichen Kusses.

Doch statt dessen erhielt sie einen sanften Klaps auf den Po. »Was gibt es heute zum Frühstück?« erkundigte Daniel sich, als er sich von ihr löste und zum Tisch ging.

Das Verlangen, das Daniel in ihr geweckt hatte, wollte nicht vergehen, aber sie konnte ihm nicht nachgeben, solange die Kinder noch im Haus waren. Daniels Blicke folgten ihr, wohin sie auch ging, verlangend und voller sinnlicher Versprechungen, und sie dachte, wie bemerkenswert es doch war, daß er diese andere Frau in ihr geweckt hatte, diese Frau voller Sinneslust und begehrlicher Wünsche.

Wie gewöhnlich fuhr Daniel Hank und Gemma im Wagen in die Stadt. Als er nach Hause kam, spannte er das Pferd aus und führte es in die Scheune.

Jolie schnappte sich ihren Umhang und eilte hinaus – nur um Neuigkeiten aus der Stadt zu erfahren, wie sie sich einreden wollte. Aber in Wirklichkeit hielt sie die lustvolle Erregung, die sie seit dem frühen Morgen beherrschte, einfach nicht mehr aus.

»Daniel?« Sie blieb in der Scheunentür stehen und suchte im Halbdunkel die vertrauten Umrisse seiner Gestalt. Er wirkte angespannt, stellte sie fest, und er ließ die Schultern hängen, etwas, was sie bei ihm bisher nur selten beobachtet hatte.

Irgend etwas stimmte nicht. Er zögerte einen Moment, dann drehte er sich langsam zu ihr um. »January hat meine Hypothek von der Bank gekauft«, sagte er.

Jolie war nicht ganz sicher, was er meinte, aber sie ahnte, daß es etwas Schlimmes war, und schwieg bestürzt.

Daniel schob seinen Hut in den Nacken und wischte sich mit dem Hemdsärmel über die Stirn, obwohl es sehr kalt war an diesem Tag und der grau verhangene Himmel noch mehr Schnee prophezeite. »Mein Land ist nicht verschuldet, deshalb kann er es uns nicht wegnehmen«, fuhr er hölzern fort. »Aber Enochs Farm . . .«

Jolie schloß für einen Moment die Augen, weil ihr übel wurde bei der Aussicht, daß Enoch und Mary ihr Heim verlieren könnten, nachdem sie ihre Familie verlassen und so weit gekommen waren. All ihre Hoffnungen und Träume konnten mit einem einzigen Federstrich zerstört werden.

Nachdem er lange geschwiegen hatte, fuhr Daniel fort: »Ich nehme an, daß January jetzt jeden Augenblick hier auftauchen und die volle Bezahlung für das Land verlangen wird.«

Jolie befürchtete, sich übergeben zu müssen, so erschüttert war sie. Das Schlimmste von allem war das Wissen, daß es ihre Schuld war, daß Daniel sich gezwungen gesehen hatte, seine Ersparnisse auszugeben. »Vermutlich wünschst du dir jetzt, mich nie erblickt zu haben«, murmelte sie und hielt den Kopf gesenkt.

Daniel trat zu ihr, legte eine Hand unter ihr Kinn und hob ihr Gesicht zu sich empor. »Ich möchte nicht hören, daß du dir die Schuld an dem Dilemma gibst, Jolie. Ein Mann muß Risiken im Leben eingehen, und manchmal endet er dann eben mit dem Gesicht in Schlamm und Mist.«

Unter anderen Umständen hätte Jolie über Daniels farbenfrohe Vergleiche vielleicht gelächelt. Aber so wie es war, konnte sie kaum ihre Tränen zurückhalten.

»Es tut mir leid, Daniel«, flüsterte sie. »Ich habe dir soviel Leid verursacht, obwohl ich nie etwas anderes gewollt habe als . . .« Sie war nicht fähig, den Satz zu beenden, konnte ihm nicht sagen, was sie wollte, weil sie zu verletzt gewesen wäre, wenn er sich dann von ihr abgewandt hätte. Jolie gab sich keinen Illusionen hin, daß Daniel sie ebenso sehr lieben könnte wie seine erste Frau.

Er küßte sie sanft auf die Stirn und nahm die Hand von ihrem Kinn. Dann wandte er sich ab und stützte sich mit beiden Händen auf die Ladefläche seines Wagens.

Jolie raffte ihre Röcke und eilte aus der Scheune, wobei sie den Tag verfluchte, an dem ihre Bekanntschaft mit Blake Kingston begonnen hatte. Ihr Leben war seitdem einem stetigen Abwärtskurs ausgesetzt gewesen.

Vielleicht hätte sie sich den ganzen Tag in ihrem Schlafzimmer versteckt, aber Verena und Nan kamen zu Besuch, begleitet von einem wachsamen Deuter. Nan war noch immer nicht die alte, aber ihre vorher so bleichen Wangen zeigten einen sanften roten Schimmer, und ihre Augen blickten klarer.

Nachdem sie ihre Freunde mit einem recht schwachen Lächeln begrüßt hatte, brühte Jolie Tee auf und holte Plätzchen aus der Speisekammer. Die drei Frauen saßen im Wohnzimmer, wie es sich bei einem förmlichen Besuch gehörte, und Jolie bemerkte, daß Nans Blick immer wieder zu den Rosensträuchern unter dem Fenster glitt. Zweifellos erinnerte sie sich an jenen Sommertag, als Joe zwei duftende gelbe Blüten gepflückt und sie seiner Frau und Jolie mit einer galanten Verbeugung überreicht hatte.

Jolie war sicher, daß sie richtig geraten hatte, als Nans Augen sich mit Tränen füllten. Rasch streckte sie die Hand aus und strich ihrer Freundin tröstend über den Arm.

»Nan hilft mir, eine Haube zu besticken, die ich meiner Nichte in Kansas City schicken will« verkündete Verena über den Rand ihrer Teetasse. Hinter ihr schaute Ilse Beckham von der Hochzeitsfotografie auf dem Kaminsims. Verena wandte sich an Nan. »Du besitzt ein Talent für diese Dinge. Du solltest ein Putzwarengeschäft eröffnen.«

Nan erwiderte nichts und senkte nur den Blick. Sie hatte ihren Tee nicht angerührt, ihre Hände waren im Schoß verschränkt.

Stirnrunzelnd wandte Verena sich an Jolie. »Du siehst nicht gut aus heute morgen. Ist irgend etwas nicht in Ordnung?«

Jolie wagte es nicht, über ihre Befürchtungen hinsichtlich Ira Januarys und die Bedrohung, die er für Daniel darstellte, zu sprechen. Nicht vor der armen Nan, deren Verfassung auch so schon bedauernswert genug war. Aber da Jolie Verena nicht belügen wollte, erwiderte sie schließlich leise: »Ich nehme an, daß sich alles irgendwie zum Guten wenden wird.«

In Wirklichkeit dachte sie jedoch nichts dergleichen. January hatte Daniel nie gemocht. Und jetzt, Jolies wegen, sann der mächtige Sägewerksbesitzer auf Rache.

Dabei bereute Jolie keineswegs, Nan aus seinem Haus fortgebracht zu haben. Sie bedauerte nur die unschuldigen Menschen, – Daniel, Enoch, Mary und die Kinder – die unter ihren Handlungen zu leiden haben würden.

Kaum hatten Verena und Nan das Haus verlassen und in Deuters wachsamer Begleitung den Heimweg angetreten, machte sich Jolie wieder auf die Suche nach dem Geld. Es war jetzt doppelt wichtig, daß sie es noch vor Blake und Rowdy fand.

Es war ihr nicht mehr Erfolg beschieden als zuvor, aber die Suche aufzugeben wäre ihr nie in den Sinn gekommen. Ihretwegen lief Daniel Gefahr, die Farm zu verlieren, die er von Nan Culley gekauft hatte, und das durfte nicht geschehen. Jolie mußte sich etwas einfallen lassen, um die Angelegenheit in Ordnung zu bringen. Irgendwie.

An jenem Abend erschien Ira January und ritt so zuversichtlich in den Hof, als hielte er sich für einen willkommenen Gast. Daniel ging zu ihm hinaus, und die beiden Männer unterhielten sich in der zunehmenden Dämmerung, während Jolie am Fenster stand und mit bangem Herzen zu ihnen hinausblickte.

Als Daniel kurz darauf ins Haus zurückkam, warf er einige gebündelte Dokumente auf den Tisch.

»Er will das Geld sofort«, sagte Jolie bestürzt. Bis zu diesem Augenblick hatte sie noch gehofft, daß January vernünftig sein und sich vertrösten lassen würde.

Es war, als sähe Daniel sie nicht einmal. Ohne sie auch nur eines Blickes zu würdigen oder ein Wort zu sagen, wandte er sich ab und ging hinaus. Er bewegte sich wie ein Mann in Trance.

Die Wände des Hauses schienen auf Jolie herabzustürzen, sie zu ersticken und unter sich zu begraben. Sie nahm ihren Umhang und lief hinaus, und bevor sie Zeit hatte, zu überlegen, was sie tat, befand sie sich unter dem großen alten Kastanienbaum und starrte auf Ilse Beckhams Grabstein.

»Sag mir, wie ich Daniel helfen kann«, murmelte Jolie und bückte sich, um die abgefallenen Blätter zu entfernen, die die dunkle Marmorplatte teilweise verdeckten. »Bitte. Ich liebe ihn so sehr.«

»Wie reizend«, sagte eine vertraute Stimme hinter ihr gedehnt.

Jolie richtete sich auf und drehte sich hastig um. Es war Rowdy Fleet, der hinter ihr im Schatten stand. Doch die Waffe in seiner Hand war trotz der Dunkelheit nicht zu übersehen.

»Wage nicht zu schreien«, warnte er. »Denn dann kann Beckham auch seine zweite Frau unter diesem Baum begraben.«

Jolies sämtliche Instinkte waren darauf gerichtet, das ungeborene Kind zu schützen, das sie unter dem Herzen trug, und deshalb blieb sie äußerlich ganz ruhig, obwohl wilde Panik sie erfaßte.

»Blake versprach, mir zu sagen, wo das Geld ist, wenn ich dich zu ihm brächte, und das werde ich jetzt tun.«

Jolie schluckte und hob trotzig das Kinn. »Und ich denke nicht daran, dich zu begleiten.«

Mit einer lässigen Bewegung entsicherte Rowdy den Revolver, und Jolie sah das Mondlicht auf dem polierten, blauschwarzen Lauf aufblitzen. »Ich habe dir keine Wahl gelassen«, entgegnete Rowdy und deutete auf ein Pferd, das im Schatten der großen Kastanie stand. »Los, steig auf!«

Sehnsüchtig schaute Jolie sich nach dem Haus um. Wenn sie laut genug schrie, würde Daniel sie hören und ihr mit der Waffe in der Hand zu Hilfe kommen. Aber bevor ihr Mann sie erreichte, würde Rowdy ihr Leben und das ihres Babys ausgelöscht haben. Daniel, der wegen der Dunkelheit im Nachteil war, würde zweifellos das nächste Opfer sein.

»Also gut«, flüsterte sie und ging langsam auf das tänzelnde, nervöse Pferd zu.

Nachdem Jolie aufgesessen war, stieg Rowdy hinter ihr in den Sattel. In ihrem Rücken spürte sie den Lauf des .45ers. »Ich will keinen Ton von dir hören«, sagte Rowdy, und sie spürte seinen stinkenden Atem an ihrem Hals und in ihrem Haar. Er roch, als hätte er sich seit seiner Kindheit nicht mehr gewaschen, und seine unmittelbare Nähe erfüllte Jolie mit Abscheu und Ekel.

Aber sie sagte nichts, blickte nur schweigend geradeaus.

»Du wirst Dan Beckham einen Brief schreiben«, erklärte Rowdy Fleet, während sein Pferd sie immer weiter forttrug von allen und allem, was sie liebte. Die kalte Winternacht erschien ihr ganz besonders düster und bedrohlich.

Jolie erschauerte, aber das war die einzige Reaktion, die sie sich anmerken ließ. Rowdy brauchte nicht zu wissen, wie verängstigt sie wirklich war. Seine rauhe Stimme brummte an ihrem Ohr. »Du wirst ihm mitteilen, daß das Leben auf einer Farm nichts für dich ist und du ihn deshalb verlassen hast.«

»Warum?« Es gelang Jolie nicht, die Frage zurückzuhalten, obwohl sie lieber nichts erwidert hätte. Aber eigentlich richtete sie die Frage auch an ihr Schicksal und nicht an Rowdy.

»Weil Blake dich haben will«, antwortete der Bandit gelassen, als sei damit alles erklärt. Für ihn war es vermutlich auch so. Nachdem zwischen ihm und Blake alles geklärt war, schien er keinen Grund zu sehen, warum Blake sich nicht als zukünftiger Ehemann sehen sollte.

Jolie wurde übel bei der Vorstellung, sich von einem anderen Mann als Daniel berühren zu lassen, ganz zu schweigen von dem Gedanken, sich jemandem wie Blake Kingston hinzugeben. Aber sie schluckte die Galle, die in ihre Kehle stieg, und straffte die Schultern. »Du wirst Blake doch nicht vertrauen, nach allem, was er tun wollte«, sagte sie vorsichtig, weil sie wußte, daß ihre einzige Chance darin bestand, einen Keil zwischen die beiden Männer zu treiben. »Er hätte das Geld genommen und sich davongemacht, wenn du an seiner Stelle verhaftet worden wärst. Er wollte dich um deinen Anteil betrügen, Rowdy.«

Sie spürte, wie sein kleiner, zäher Körper sich hinter ihr versteifte. »Halt den Mund«, fuhr er sie zornig an, »sonst bringe ich dich auf der Stelle um, und du siehst Blake nicht wieder!«

# 22

Rowdy ritt bis zur bewaldeten Seite von Prosperity, wo sich die dunklen Berge hinter dem Sägewerk erhoben. Fröstelnd vor Angst und Panik umklammerte Jolie das Sattelhorn, als sie sah, welchem Haus sie sich von der Gartenseite her näherten. Es war so groß und beeindruckend, daß es nur das von Ira January sein konnte.

Jolies Gedanken rasten angesichts der erschreckenden Möglichkeiten, die sich daraus ergaben, und wieder mußte sie gegen die Panik ankämpfen, die sie lähmte und ihr die Kehle zuschnürte.

Blake trat aus einer Hintertür, eine Laterne in der Hand, und stieß einen Pfiff aus, als er Jolie erblickte.

Rowdy schwang sich aus dem Sattel und zerrte Jolie mit sich. Ihr Knöchel verdrehte sich, als sie auftrat, und der Schmerz war so intensiv, daß ihr für einen Moment ganz schwarz vor Augen wurde.

Während Blake sich ihnen näherte, trat auch Ira January aus der offenen Tür und folgte Blake. Selbst im schwachen Schein der Petroleumlaterne konnte Jolie den grimmigen Ausdruck in den Gesichtern der beiden Männer sehen.

»Also gut, Kingston«, sagte Rowdy stolz und steckte seine Waffe ein. »Ich habe sie hergebracht. Jetzt wirst du mir sagen, wo das Geld ist.«

Ein teuflisches Gesicht huschte über Blakes Gesicht, und ein haßerfüllter Blick erschien in seinen Augen. »So war es abgemacht«, erwiderte er zustimmend und deutete mit der freien Hand auf das Haus. »Sobald ich mit Mrs. Beckham fertig bin, reiten wir beide hinaus und holen das Geld.«

Jolie wich zurück, als Blake die Hände nach ihr ausstreckte, aber sie stieß mit Rowdy Fleet zusammen, der ihre Oberarme umfaßte und sie in Blakes Richtung stieß.

Kingston schaute sie an; ein fanatischer, wilder Ausdruck, den Jolie einmal bei einem tollwütigen Kojoten gesehen hatte, verzerrte seine Züge. Er lachte heiser, ganz offensichtlich belustigt über die Tatsache, daß sie geglaubt hatte, ihm entkommen zu können, und hob die Hand, um sie an ihre Wange zu legen. Die Berührung, so leicht und flüchtig sie auch war, löste einen weiteren Anfall von Panik in Jolie aus. »Wer hätte gedacht, daß meine kleine Jolie in Wirklichkeit eine Delilah ist und bereit, den einzigen Mann zu verraten, der je gut zu ihr war?«

Blake bezog sich, das war ihr klar, auf ihren Besuch im Büro des Marshals.

Sie musterte ihn mit unverhohlener Verachtung. »*Gut* ist wohl kaum das Wort, das ich für dein Verhalten mir gegenüber verwenden würde«, entgegnete sie hochmütig. »Zuerst hast du dafür gesorgt, daß es so aussah, als hätte ich an dem Bankraub teilgenommen. Und dann hast du mich im Stich gelassen, damit sie mich für eine Tat hängen, die ich nicht begangen hatte.«

January unterbrach sie, indem er sich räusperte. »Könnten wir das nicht drinnen besprechen?« erklärte er gereizt. »Es wäre mir lieber, wenn niemand in Prosperity von eurem Besuch erführe.«

»Wie Sie wünschen, Boß«, antwortete Blake. Dann packte er Jolie am Haar und zerrte sie ins Haus.

Weder Rowdy noch Mister January erhoben Einwände, als

sie sahen, wie grob Blake mit Jolie umging. Und sie, trotz ihrer Angst und Panik, konnte nur einen klaren Gedanken fassen ... Boß hatte Blake January genannt, was nur bedeuten konnte, daß sie von Anfang an in seinem Auftrag gehandelt hatten. Während der Marshal, Daniel und die anderen die Gegend nach den Banditen absuchten, hatten Blake und Rowdy sich in Januarys prachtvoller Stadtresidenz versteckt gehalten!

Jolies Augen wurden unwillkürlich schmal, als sie Ira January ansah. Im Inneren seines Hauses war es dunkel, nur der Lichtschein der Laterne, die Blake in der Hand hielt, erhellte die Eingangshalle.

»Ich habe selbst auch ein Hühnchen mit Mrs. Beckham zu rupfen«, stellte der Sägewerksbesitzer lächelnd fest. »Sag mir, Jolie ... hast du meine Frau in letzter Zeit gesehen?«

Heiße Röte stieg in ihre Wangen, aber sie hob tapfer das Kinn. Es tat ihr nicht leid, Nan entführt zu haben, und selbst wenn die Vergangenheit ungeschehen gemacht werden könnte, hätte sie nicht anders gehandelt. »Nan war nie Ihre Frau«, sagte sie trotzig. »Sie war Ihr Opfer ... genau wie der arme Hamish Frazer von der Bank.«

Januarys Augen glitzerten böse, und er hob die Hand, um Jolie zu schlagen. Aber da mischte Blake sich ein.

»Sie ist meine Frau«, sagte er leise, und Jolie glaubte, ein leichtes Zittern in seiner Stimme wahrzunehmen. »Es ist meine Sache, sie zu maßregeln, falls es nötig ist.«

Erleichterung, daß January sie nicht geschlagen hatte, und Empörung darüber, daß Blake sie als seine Frau betrachtete, kämpften in Jolie. Ich gehöre nur mir und Daniel, dachte sie erbittert, aber sie war nicht so dumm, ihre Gedanken auszusprechen. Im Gegenteil, sie hatte den Eindruck, als hätte sie schon viel zuviel gesagt.

Blake lockerte seinen Griff in ihrem langem Haar, aber nur, um seine Hand grob um ihren Oberarm zu schließen.

»Bring sie in den Kellerraum und leg ihr einen Knebel an«, sagte January seufzend wie ein Befehlshaber, der ständig mit undisziplinierten, aufrührerischen Truppen zu kämpfen hatte. »Wenn der große Dan die Dame vermißt, wird er zu mir kommen. Also sorg dafür, Rowdy, daß die Pferde nicht zu sehen sind.«

»Ich will zuerst das Geld«, wandte Rowdy verärgert ein und machte keine Anstalten, sich von der Stelle zu bewegen.

Ohne ihn weiter zu beachten, zog Blake Jolie durch die dunkle Halle zu einer Kellertreppe und stieß sie grob die Stufen hinab. Modrige, feuchte Luft stieg ihr unangenehm in die Nase. Ihre Sohlen glitten auf den Steinstufen aus, und sie konnte kaum erkennen, wohin sie ihre Füße setzte, aber sie stürzte nicht, weil Blake sie fest im Griff hielt.

Im Keller sah Jolie im Vorübergehen Einmachgläser, Flaschen und Gerümpel.

Als January jedoch ein Regal zur Seite schwang – es krächzte auf unheimliche Weise in den Angeln – und Jolie ein Zeichen machte, ihm zu folgen, stockte ihr vor Schreck der Atem.

Sie unterdrückte einen Schrei, als Blake sie in den feuchten Keller stieß, in dem Ratten und alle anderen Arten von Nagetieren lauern mochten. Jolie sah nichts als Umrisse und Schatten und spürte, wie ein Spinnennetz an ihrem Mieder hängenblieb.

Mit zitternden Händen entfernte sie das ekelhafte Gebilde.

Blake folgte ihr in die Zelle und brachte das ersehnte Licht mit. Jolie schaute sich um, erblickte jedoch nur einen Stuhl und eine umgekippte Holzkiste, auf der ein leerer Blechteller stand. Wie nicht anders zu erwarten, gab es nur einen Ausgang aus diesem Loch.

»Setz dich«, befahl er und stellte mit einer gereizten Bewegung die Lampe auf der Kiste ab. Rowdy schaute sich argwöhnisch in dem unterirdischen Gewölbe um, aber keineswegs aus Sorge um Jolies Sicherheit, sondern aus der Angst heraus, um seinen Anteil an der Beute aus dem Bankraub betrogen zu werden.

Mit Würde nahm Jolie auf dem altersschwachen Stuhl Platz und strich ihre Röcke glatt, wie sie es bei einer Tee-Einladung oder einer kirchlichen Veranstaltung getan hätte. Die Tür verschwand, als ein Regal davorglitt, und Jolie hörte Rowdy und Mister January auf der anderen Seite streiten.

»Ein passendes Versteck für Ratten«, sagte sie, ohne Blake auch nur eines Blicks zu würdigen.

Seine Stimme nahm einen spöttischen und gleichzeitig drohenden Klang an. »Mister Beckham scheint deine Einstellung zu mir geändert zu haben, Jolie-Mädchen«, sagte er, während er sich vor sie hinkniete und mit einer zärtlichen Geste, die jedoch im Grunde nichts als Grausamkeit verriet, ihre Hand nahm. »Es bricht mir das Herz, mein Kind.«

Jolies Mund füllte sich wie von selbst mit Speichel, sie verspürte das unwiderstehliche Bedürfnis, ihn anzuspucken. Aber das wagte sie natürlich nicht. »Du bist verflucht, Blake Kingston«, flüsterte sie, »und das weißt du selbst. Du willst keine Frau, hast nie Frauen gewollt ... und dein Plan, mit mir irgendwo ein neues Leben zu beginnen, ist mir zuwider.« Blake umfaßte mit einer Hand ihr Kinn und ließ seinen Daumen langsam über Jolies Lippen gleiten. Wenn Daniel das tat, hatte sie das Gefühl, dahinzuschmelzen wie Wachs in der Sonne, aber Blakes Berührung löste nur Ekel in ihr aus.

»Denk einmal über deine Alternativen nach, Jolie-Mädchen ... Du hast nur eine, wenn du es recht bedenkst. Du hast heute nacht zuviel gesehen, viel zuviel – du weißt jetzt über diesen Raum Bescheid und über unsere ... geschäftlichen Beziehungen zu Mister January.«

Er machte eine Pause und rieb sich nachdenklich das Kinn. »Es wird heute nacht noch einiges geschehen, wovon weder Mister Beckham noch der Marshal etwas erfahren dürfen. Es läuft also alles nur auf eins hinaus, mein schönes Kind: Falls du nicht bereit bist, mich zu begleiten, wenn ich fortreite, werde ich dich leider töten.«

Ein Schauder lief über Jolies Rücken, aber sie hielt die Schultern gerade und das Kinn erhoben. Auch jetzt vermied sie es, Blake anzusehen, doch diesmal, weil sie verhindern wollte, daß er die Angst in ihren Augen bemerkte. Ihrem Baby wie auch sich selbst zuliebe mußte sie Haltung bewahren, um jede Möglichkeit zur Flucht nutzen zu können.

»Für dich macht es wohl keinen Unterschied, daß ich nicht deine Frau sein will«, entgegnete sie ruhig. »Ich liebe Daniel Beckham, und das wird sich nie ändern – egal, was du auch tust oder wozu du mich zwingst.«

»Genug!« zischte Blake und verschränkte seine Finger wieder in Jolies Haar. »Du gehörst mir! Ich will nichts über Daniel Beckham oder irgendeinen anderen Mann hören.«

Jolie preßte die Lippen zusammen, um nicht damit herauszuplatzen, daß sie Daniels Kind unter dem Herzen trug. Denn das waren Nachrichten, die Blake bestimmt nicht gut aufnehmen würde.

Er beugte sich plötzlich vor und küßte sie auf die Lippen, vorsichtig und wie zur Probe, und Jolie drehte sich der Magen um. Es war wie eine schmutzige, sündhafte Handlung und so ganz anders als Daniels Liebkosungen.

Als sie zurückwich und sich mit dem Ärmel über den Mund wischte, flackerte dunkler Zorn in Blakes Augen auf.

»Du Biest!« sagte er, und Jolie war sicher, daß er sie jetzt schlagen würde.

Doch Stimmen hinter der Kellertür hielten ihn davon ab.

»Ich habe getan, was ihr von mir verlangt habt«, rief Rowdy ärgerlich. »Gebt mir jetzt endlich meinen Anteil an dem Geld, und ich sehe zu, daß ich aus dieser verfluchten Gegend verschwinde!«

Blake seufzte schwer, richtete sich auf und wandte sich zur Tür. Die Lampe, die auf der Holzkiste stand, schien er vergessen zu haben. Jolie sah, wie er ein Messer aus dem Stiefelschaft zog und das Regal, das die Tür verbarg, zur Seite schob. Bevor sie noch recht begriff, was eigentlich geschah, war es schon vorbei.

Rowdy stürzte sich mit einem aufgeregten Schwall von Worten auf Blake, und dieser stieß das Messer so seelenruhig in seines Partners Kehle, als ging es darum, ein Schwein zu schlachten. Blut schoß aus Rowdys Hals, seine Augen wurden glasig, und seine Knie gaben unter ihm nach.

Ein stummer Schrei blieb in Jolies Kehle stecken, entsetzt schlug sie die Hände vor den Mund.

January fluchte verhalten, als hätte er eben festgestellt, daß er in Pferdemist getreten hatte. »Das hättest du auch irgendwo tun können, wo es nicht soviel Schmutz macht«, bemerkte er.

Jolie hatte schon Menschen sterben sehen und sogar den Mord an jenem Bankier beobachtet, aber ein solch kaltblütiges Auslöschen menschlichen Lebens hatte sie noch nie gesehen. Die Dunkelheit der kleinen Zelle hüllte sie immer bedrohlicher ein, und sie spürte, wie sie am Rande einer Ohnmacht war und zu schwanken begann.

Blake ergriff ihre Schultern und schüttelte sie grob. Sie roch Rowdys Blut auf seiner Haut und spürte es in ihr Kleid eindringen, wo Blake sie berührte. »Ich habe keine Zeit, eine hysterische Frau zu beruhigen, Jolie-Mädchen«, warnte er sie brüsk. Dann ließ er sie los, und Jolie taumelte in seine Richtung, während der Raum und die Welt dahinter sich in undurchdringliche Dunkelheit verwandelten.

Als sie erwachte, vermutlich nur Sekunden später, brannte die Lampe auf der Obstkiste, und der Raum war verschlossen. Rowdy lag ihr gegenüber, mit dem Gesicht zur Wand, und eine Ratte von der Größe einer mittleren Hauskatze krabbelte schnüffelnd auf seinem linken Arm herum.

Jolie rappelte sich auf und spürte, wie erneut ein Schrei in ihrer Kehle aufstieg, aber auch diesmal drang kein Laut über ihre Lippen. Und da merkte sie, daß ein Knebel in ihrem Mund steckte und ihre Hände auf dem Rücken gefesselt waren.

Mit einem erstickten Wimmern stand Jolie auf und versetzte der Ratte einen Tritt. Das Nagetier maß sie mit einem langen, erstaunten Blick, bevor es sich in eine Ecke des Kellers zurückzog. Jolie war klar, daß Rowdy tot war und daher nichts mehr empfinden konnte – er war in dem Moment gestorben, als Blakes Messer in seine Kehle drang –, aber nicht einmal er verdiente es, von Ratten angenagt zu werden.

Ihr nächster Impuls war, sich zu übergeben, und sie kämpfte mit all ihrer Kraft dagegen an, weil sie befürchtete, mit dem Knebel im Mund an ihrem eigenen Erbrochenen zu ersticken. *Daniel*, schrie sie in stummer Verzweiflung. *Hilf mir, finde mich!* Sie dachte an das unschuldige Kind, das in ihr heranwuchs. Hilf *uns* ... Sie wußte, daß Daniel, wenn er sie jetzt gesehen hätte, ihr raten würde, beherrscht zu sein, ganz ruhig und ihre Gedanken zu sammeln. Und tatsächlich begann Jolie tief durchzuatmen und langsam durch den kleinen Raum zu schreiten, während sie in Gedanken ein altes Wiegenlied wiederholte, bis ihre Erregung sich gelegt hatte und sie wieder klar denken konnte.

Das Geräusch von Schritten über ihrem Kopf war das erste, was sie bewußt wahrnahm.

Sie blieb stehen und wußte plötzlich, daß Daniel in der Nähe war, daß er gekommen war, um sie zu suchen, wie Ira January es prophezeit hatte. Ihn zu rufen war sinnlos, des Knebels wegen, und da ihre Hände gefesselt waren, konnte sie auch keinen Krach veranstalten, indem sie mit den Fäusten gegen das Bücherregal vor der Tür schlug.

Als Jolie ihre Zehen krümmte und schon im Begriff war, wie ein gereizter Maulesel ihre Fersen gegen das Holz zu schlagen, merkte sie zum ersten Mal, daß jemand ihr die Schuhe abgenommen hatte. Mit den Füßen gegen die Holzkiste zu treten, wagte sie nicht, da die Petroleumlampe dann vielleicht umgestürzt wäre und sie weder Dunkelheit noch Feuer riskieren wollte.

Ihre Möglichkeiten beschränkten sich also auf eine einzige – sie begann sich mit dem Rücken gegen das Regal vor der Tür zu werfen und hoffte, daß die harten Schläge ihr Baby nicht gefährdeten. *Daniel*, schrie sie stumm, *Daniel!*

Als das Regal zur Seite glitt, war es jedoch nicht Daniel, der in der Türöffnung erschien, sondern Ira January. Er grinste, als er Jolie zurückweichen sah.

»Ich fürchte, dein Ritter in glänzender Rüstung ist ohne dich über die Zugbrücke geritten, Prinzessin«, sagte er. »Mister Beckham müßte jetzt eigentlich jede Minute zu dem Schluß kommen, daß es ein Fehler war, eine Verbrecherin wie dich bei sich aufzunehmen, und einsehen, daß er ohne dich besser dran ist. Und dann wird es ihm nicht mehr schwerfallen, dich aus seinem Gedächtnis zu verbannen und sein Leben ohne dich fortzusetzen.«

Jolie spürte, wie ihr die Tränen kamen, so sehr sie es auch haßte, diesem Mann ihre Gefühle zu verraten. Aber wie hätte sie ihre Verzweiflung vor ihm verbergen sollen?

Nach einem verächtlichen Blick auf Rowdys Leiche durchquerte January den Raum und löste das Tuch, das Jolies Knebel festhielt. »Schreien wäre jetzt sinnlos«, warnte er zerstreut. »Nan hat auch wie ein Fischweib gebrüllt, als ich sie hier einsperrte, und nicht einmal mein Diener hat sie gehört.«

Ein Frösteln, das ihr bis in die Seele drang, erfaßte Jolie bei diesen Worten. Es war mehr als die Finsternis des Kellers; es war die gnadenlose Kälte des Bösen, die sie umgab. »Was haben Sie Daniel gesagt?« flüsterte sie, doch es klang eher wie ein Krächzen.

January lächelte selbstzufrieden. »Daß du Blake Kingston immer geliebt hast, von Anfang an, und nur zur Heirat mit einem Farmer bereit warst, um deine Haut zu retten. Ich habe ihm klargemacht, daß die ganze Stadt Bescheid wußte, daß du ihn nur zum Narren gehalten hast, selbst wenn er es nicht gemerkt hat.« Jolie schloß für einen Moment die Augen. Es war nur zu leicht, sich vorzustellen, wie Daniel diesen grausamen Worten Glauben schenkte, obwohl sie von einem Mann kamen, der ihm zutiefst verhaßt war. Nein, er würde es glauben, weil es etwas bestätigte, was er tief in seinem Innersten längst akzeptiert hatte.

Sie zwang sich, January anzusehen. »Sie haben die ganze Zeit mit Blake und Rowdy unter einer Decke gesteckt«, klagte sie ihn an. »Aber warum sollte ein Mann von Ihrem Vermögen und Ihrer Stellung sich mit Banditen umgeben?«

»Geld ist nicht alles, Mrs. Beckham«, entgegnete January mit einem Schulterzucken. »Ich kenne Blake schon sehr lange, und als er wenige Tage nach dem Bankraub hier auftauchte und ein Versteck suchte, kam mir der Gedanke, daß ich ihn benutzen könnte, um meine Rachegelüste zu befriedigen.«

»Rache? An wem?«

»Ich werde Daniel Beckham alles nehmen, was er besitzt«, schwor der Sägewerksbesitzer düster, und ein bitterer Ausdruck huschte über sein Gesicht. »Wenn ich mit ihm fertig bin, wird er nicht einmal das kleine Stück Land sein eigen nennen, auf dem seine Frau ... entschuldige, meine Liebe ... seine *erste* Frau begraben ist.«

Bevor Jolie etwas erwidern konnte, erschien Blake durch die Öffnung in der Wand und maß January mit einem nervösen Blick.

Der Hausherr lachte so unbeschwert, als läge kein Toter zu seinen Füßen, und da wußte Jolie, daß sie in einem Alptraum gefangen war.

»Beruhige dich, Kingston«, sagte January jovial. »Obwohl ich Mrs. Beckham ausgesprochen reizvoll finde, habe ich keine Zeit, ihr den Hof zu machen. Wir müssen Fleets Leiche aus dem Haus bringen, solange es noch dunkel ist.«

Blake nickte widerstrebend, und er und January hoben Rowdys leblosen Körper auf und trugen ihn hinaus. Jolie gab sich keinen Hoffnungen hin, daß sie vergessen würden, sie einzuschließen, aber was sie vergaßen, war, ihr den Knebel wieder anzulegen.

Sobald die beiden Männer und ihre traurige Last den Raum verlassen hatten, begann sie an den Fesseln zu zerren, die ihre Hände banden. Aber sie waren aus biegsamem Rehleder, und Jolie mußte schließlich einsehen, daß sie nicht nachgeben würden.

Nach einem Blick auf die Lampe, ihr einziger Schutz gegen die hungrigen Ratten, die den Keller bevölkerten, kam ihr eine Idee. Indem sie neben der Kiste niederkniete, gelang es ihr, mit einer Bewegung ihrer Schulter den Glasmantel der Lampe zu entfernen.

Das Glas zersplitterte klirrend auf dem Boden, aber jetzt war die nackte Flamme frei und flackerte, als würde sie jeden Augenblick ersterben. In der Hoffnung, daß sie nicht ihr Kleid anzündete, kehrte Jolie der Flamme ihren Rücken zu und hielt ihre ausgestreckten Hände über das Feuer. Ein beißender Schmerz erfaßte ihre Handgelenke, doch als sie schon glaubte, es nicht mehr auszuhalten, gab das Leder nach, und ihre Handgelenke waren frei.

Im verglimmenden Licht der Lampe bewegte sie ihre Finger, die so steif waren, daß sie sie kaum zu krümmen vermochte, und suchte den Boden nach einer Waffe ab. Aber es war nichts da außer dem Glas der Petroleumlampe; Jolie ergriff einen besonders langen und spitzen Splitter und verbarg ihn in ihrer Hand.

Nach einem tiefen, beruhigenden Atemzug kauerte sie sich in eine Ecke des Raums und begann zu warten.

Irgendwann war das letzte Öl aus der Lampe verbraucht. Ein letztes Aufflackern der Flamme, und der Kellerraum versank in Finsternis. Jolie bemühte sich, die Ratten aus ihrem Bewußtsein zu verdrängen und nicht daran zu denken, wie Rowdys Leiche ausgesehen hatte. Statt dessen richtete sie ihre Gedanken auf Daniel, Hank und Gemma und konzentrierte ihre gesamte Energie auf den Wunsch, zu ihnen zurückzukehren.

Sollte ich diese Nacht überleben, schwor sie sich, dann gehe ich zu Daniel Beckham und sage ihm ganz offen, wie sehr ich ihn liebe! Sie hatte inzwischen begriffen, wie kostbar und wie flüchtig das Leben war, und wollte nicht mehr darauf warten, daß das Schicksal ihr gab, was sie sich wünschte.

Als sich endlich Schritte näherten, hätte Jolie nicht sagen können, ob eine Stunde vergangen war oder ein ganzer Tag, aber ihr Kleid war naß vor Schweiß, und ihre Hand, die die Glasscherbe hielt, war schmerzhaft verkrampft. Mit angehaltenem Atem zog Jolie sich noch tiefer in die Ecke des Kellers zurück und hob angriffsbereit den Glassplitter.

Das Regal begann sich ächzend zu drehen, und Jolie befeuchtete ihre Lippen, die wie ausgetrocknet waren. Als ein schwacher Lichtschein in ihr Gefängnis drang, klopfte ihr Herz so laut, daß es von den Wänden des Kellers widerzuhallen schien.

»Jolie?«

Es dauerte einen Moment, bis sie erkannte, daß es die Stimme einer Frau war, die leise ihren Namen rief. Doch dann ließ sie den langen Glassplitter fallen und flüsterte verwundert: »Nan?«

Licht überflutete den Raum, als Nan mit einer Lampe in der Hand über die Schwelle trat. Sie sah noch immer müde und abgehärmt aus, aber ihr Gesichtsausdruck verriet, daß ihr Verstand wenigstens nicht mehr in irgendeinem fernen Traumland weilte. »Es ist alles in Ordnung, Jolie«, versicherte sie und erschauerte, als sie sich in der Zelle umsah, die lange Zeit ihr Gefängnis gewesen war. »Du bist in Sicherheit.«

Jolie zitterte so heftig, daß sie sich kaum auf den Beinen zu halten vermochte. Sie stürzte an Nan vorbei, hinaus aus dem Raum, der nach Ratten, Moder und Tod roch, brach an der gegenüberliegenden Wand zusammen, unterdrückte weder ihre Tränen noch die hysterischen Schreie, die in ihr aufgestiegen waren. »Daniel wußte, daß ich hier war«, sagte sie schließlich erschüttert, als ihre Gedanken endlich klarer wurden. »Er *wußte* es.«

Nan nickte, ergriff Jolies Arm und zog sie auf die Treppe zu. »Ja. Er kam zu Verena, weil er wußte, daß ich dich in diesem Haus finden würde.«

»Aber Mister January . . . und Blake . . .«

Ein goldener Lichtstrahl fiel von dem oberen Treppenabsatz auf Jolie und Nan herab. »Als Daniel mit dem Marshal und einem Trupp zurückkehrte, rannten January und Kingston durch die Hintertür zu ihren Pferden. Dein Mann und die anderen haben sie in die Berge verfolgt.«

Jolie fühlte Übelkeit in sich aufsteigen. »Im Dunkeln?« flüsterte sie gebrochen.

Nan bewegte sich hastig auf die Eingangshalle zu, weil sie es vermutlich genauso eilig hatte, dieses Haus zu verlassen wie Jolie. »Ich behaupte nicht, daß es ungefährlich wäre«, erklärte Joe Culleys Witwe ruhig. »Aber es bleibt uns nichts anderes übrig als zu hoffen, daß die Gerechtigkeit triumphieren wird.«

Jolie hatte sehr viel Unrecht in ihrem Leben gesehen, und dennoch war sie entschlossen, stark zu bleiben. Ohne etwas zu erwidern, folgte sie Nan in einen geräumigen Salon, der nach Pfeifentabak und Jamaikarum roch.

Nan erschauerte, als sie sich umsah. »Daniel sagte, wir sollten hierbleiben, aber ich glaube, das ertrage ich nicht, Jolie. Laß uns lieber einen von Mister Januarys Wagen anspannen und zu eurer Farm zurückkehren.«

Auch Jolie verspürte nicht die geringste Neigung, sich länger als unbedingt nötig in diesem Haus aufzuhalten, doch ihre Pläne sahen ganz anders aus als Nans. »Du kannst natürlich tun, was du willst«, sagte sie zu ihr. »Aber ich werde meinem Mann folgen und dafür sorgen, daß ihm nichts zustößt.«

Nan schaute Jolie aus schmalen Augen an und stützte die Hände in die Hüften. »Es gibt Momente, *Mrs. Beckham*, da verliere ich die Geduld mit dir! Ich würde sagen, jetzt ist nicht der richtige Augenblick dafür, stur und starrsinnig zu sein. Nichts wäre Mister January lieber, als dich von neuem in die Hände zu bekommen und als Waffe gegen Daniel einzusetzen!«

Es fiel Jolie nicht leicht, die Wahrheit zu akzeptieren, die in Nans Worten lag, da all ihre Instinkte sie dazu drängten, das nächstbeste Pferd zu besteigen und ihrem Mann zu folgen, aber dann tat sie es doch nicht.

Nan lenkte geschickt den Wagen, während Jolie ergeben neben ihr saß und sich ihren traurigen Überlegungen überließ. Die Nacht war finster und kalt, ein leichter Schnee fiel, aber Jolie nahm kaum etwas wahr von allem. Ihre Gedanken waren, wie ihr Herz, bei Daniel dort oben in den undurchdringlichen Wäldern der Berge.

Als die Lichter von Daniels Farm vor ihnen auftauchten,

fühlte Jolie sich auf merkwürdige Weise getröstet. Und kaum hatte sie die Schwelle überschritten, da fiel ihr eine in Tränen aufgelöste Mary in die Arme.

Auch Jolies Augen füllten sich mit Tränen, obwohl ihre Stimme seltsam schroff und rauh klang. »Was machst du hier, Mary?«

Mary legte ihre Hände auf Jolies Arme. »Die Familie muß in schwierigen Momenten zusammenhalten. Enoch hat mich und die Kinder hergebracht, damit ich mich um Hank und Gemma kümmern konnte, während die Männer ihren Angelegenheiten nachgingen.«

Mit hölzernen Bewegungen ging Jolie zu dem großen Weidenkorb, der dicht vor dem Kamin stand, und betrachtete die kleine Rachel Anne, die friedlich darin schlief.

Der Anblick des Kindes erinnerte Jolie wieder an ihr eigenes Baby, und sie legte beschützend die Hände auf ihren Bauch. Wenn Gott ihnen gnädig war, würde Daniel nicht nur diese Nacht überleben, sondern auch sein Kind zur Welt kommen sehen.

Sie ging hinauf, um nach Hank und Gemma zu sehen, küßte beide Kinder auf die Stirn und schwor sich, sie niemals aufzugeben, egal, was auch geschehen mochte. Denn auch das gehörte zu der neuen Persönlichkeit, die sie in den angstvollen Stunden in Ira Januarys Keller entwickelt hatte.

Als Jolie etwas später in die Küche zurückkehrte, wesentlich ruhiger und gesammelter als zuvor, sah sie, daß Nan und Mary ein heißes Bad für sie bereitet hatten. Sie schrubbte den Schmutz von ihrer Haut und aus ihrem Haar, zog ein warmes Nachthemd an und verbrannte das Kleid, das sie an diesem Tag getragen hatte, um sämtliche Erinnerungen aus ihrem Gedächtnis zu verbannen.

Im Laufe der Nacht zog Nan sich in eins der oberen Schlafzimmer zurück, und Mary streckte sich auf dem Sofa im Wohnzimmer aus, während Jolie, obwohl steif vor Angst und Erschöpfung, ihre einsame Wache in der Küche aufrechterhielt.

Der Tag brach an, und noch immer war Daniel nicht zurückgekehrt.

Jolie wartete unermüdlich, obwohl das Verharren in der warmen, sicheren Küche das Schwerste war, was sie je in ihrem Leben getan hatte. Für Daniel jedoch, und nur ihm zuliebe, unterdrückte sie ihr verzweifeltes Bedürfnis, ihm nachzureiten und ihn zu suchen.

Ein leises Pfeifen draußen riß Jolie schließlich aus ihrer Versunkenheit, sie sprang auf und lief zum Fenster.

Daniel, Deuter und Enoch saßen von ihren Pferden ab. Es war Deuter, der vor sich hin pfiff, während Daniel und Enoch schwiegen. Ihre Gesichter wirkten grimmig und zeigten Erschöpfung.

Jolie riß die Hoftür auf und rannte die Stufen hinunter über den Hof.

Daniel breitete die Arme aus und zog sie an sich. Jolie atmete erleichtert auf, als sie seinen kräftigen Körper unversehrt an ihrem spürte.

»Ich liebe dich, Daniel«, flüsterte sie, während sie ihre Hände um sein Gesicht legte und ihm ganz offen in die Augen schaute. »Hörst du? Ich *liebe* dich, und ich lasse mich nicht mehr aus deinem Leben ausschließen oder fortschicken. Ich bleibe hier bei dir. Für immer.«

Daniel musterte sie ernst und küßte flüchtig ihre Lippen. »Ist dir bewußt, daß du im Morgenrock auf dem Hof herumläufst?« bemerkte er ernst. »Das schickt sich nicht, Mrs. Beckham.« Dann verzog sich sein Gesicht zu einem breiten Grinsen, und er schickte sie mit einem liebevollen Klaps auf den Po zum Haus zurück.

Jolie schaute sich immer wieder nach ihm um, während sie auf die Tür zuging. Die Erleichterung, Daniel wiederzusehen, ließ sie plappern wie ein Kind. »Hast du sie erwischt? Blake und January, meine ich? Blake hat Rowdy umgebracht ... ich habe es mit eigenen Augen gesehen ...«

»Wir haben sie gefunden«, erwiderte Daniel, bevor er die

Küchentür öffnete und Jolie ins Haus schob. »January ist tot, und Kingston fing sich einen Schuß ins Knie ein – was bedeutet, daß er nicht noch einmal ausbrechen wird, bevor sie ihn hängen.«

»Dann ist es also vorbei«, stellte Jolie seufzend fest.

Daniel zog sie an sich und küßte sie. »Ja, es ist vorbei«, erwiderte er, und Jolies Herz klopfte schneller, als sie seinen harten, von der winterlichen Kälte steifen Körper an sich spürte. »Haben sie dir etwas angetan?«

Sie schüttelte den Kopf. »Nein, aber ich hatte schreckliche Angst«, gestand sie. »Ich dachte, ich würde dich nie wiedersehen und keine Gelegenheit mehr haben, dir zu sagen, was ich für dich empfinde.«

Ihr Mann küßte sie noch einmal und zog sich dann zurück, als Enoch hereinkam und grinsend den Schnee von seinen Stiefeln stampfte.

Der Rest des Morgens war sehr geschäftig.

Deuter brachte Hank und Gemma in die Schule, und Enoch und Mary fuhren Nan zu Verena, bevor sie selbst nach Hause zurückkehrten.

Daniel hielt sich im Wohnzimmer auf, als Jolie ihm sagte, daß das Mittagessen fertig sei, und sie schaute in ungläubigem Erstaunen zu, wie er die Hochzeitsfotografie von sich und Ilse vom Kaminsims nahm und sie nachdenklich betrachtete wie jemand, der sich Bilder von entfernten Verwandten oder Fremden ansieht.

Bevor Jolie fliehen konnte, drehte er sich zu ihr um.

»Sie war eine gute Frau«, sagte er ruhig.

Jolies Augen wurden feucht, ihre Kehle war wie zugeschnürt. »Ja«, stimmte sie leise zu. »Ich weiß.«

Daniel legte das Bild in einen hölzernen Kasten und schloß ihn mit einer Geste, die sehr entschieden wirkte. »Es war dumm von mir, dich fortschicken zu wollen«, erklärte er. »Ich habe dich von jenem Augenblick an geliebt, als ich dich mit der Schlinge um den Hals auf dem Heuwagen stehen sah.« Er machte eine Pause und lachte leise. »Wahrscheinlich dachte ich, ich könnte vermeiden, dich zu lieben, indem ich es mir einfach vornahm, aber das hat natürlich nicht geklappt.«

Jolie stellte sich auf die Zehenspitzen und küßte ihn aufs Kinn. »Und Hank und Gemma? Was wird aus ihnen werden?«

»Sie bleiben auch, wenn sie uns als Familie haben wollen«, antwortete Daniel rauh. »Ich hatte noch ein paar leere Ecken in meinem Herzen frei, die diese Kinder recht nett ausgefüllt haben.«

Eine merkwürdige Schüchternheit erfaßte Jolie, obwohl sie noch nie in ihrem Leben so glücklich gewesen war. »Du wirst sicher hungrig sein, Daniel«, sagte sie.

Daniel nickte nur, und Jolie rannte die Treppe hinauf, um ein einfaches Wollkleid und feste Schuhe anzuziehen, überglücklich, daß sie endlich als echte Frau und Hausfrau akzeptiert wurde. Sie lief ins Kühlhaus, um Sahne für Daniel zu holen, und dabei verfing sich ihr Rocksaum wieder in der losen Bodendiele.

Ungeduldig bückte Jolie sich, um die lockere Planke an ihren Platz zurückzuschieben, doch während sie es tat, kam ihr plötzlich eine Erleuchtung. Stirnrunzelnd schob sie die Holzdiele ganz zurück und starrte in die Vertiefung darunter.

Jemand hatte eine Satteltasche hineingestopft.

Ohne weiter an die Sahne zu denken, die sie hatte holen wollen, zerrte Jolie die Satteltasche aus dem Versteck und öffnete sie zuerst auf der einen, dann auf der anderen Seite. Zum guten Schluß hatte sie Blakes Versteck also doch gefunden ... die ledernen Taschen waren mit einem Haufen Banknoten gefüllt. Mit der einen Hand ihre Röcke raffend, um nicht zu stolpern, hastete sie zum Haus zurück.

»Ich habe das Geld aus dem Bankraub gefunden!« rief sie und ließ die Satteltasche triumphierend vor Daniel auf den Tisch fallen. Endlich, endlich war ihre unglückselige Verbindung zu Blake und Rowdy aufgehoben; das Geld war die Entschädigung für all die Probleme, die sie Daniel verursacht hatte.

Er lächelte, ohne Jolie zu fragen, wo sie das Geld gefunden hatte, und er öffnete auch nicht die Satteltaschen, um es zu zählen. Er hob Jolie einfach auf die Arme und begann auf die Treppe zuzugehen.

»Das müssen wir feiern, Mrs. Beckham«, sagte er schlicht.

# Epilog

Nan Culley benutzte nie wieder den Namen January, aber sie übernahm das Sägewerk, das sie nach dem Tod ihres zweiten Mannes erbte, zusammen mit dem Haus und einem ansehnlichen Bankkonto. Mitte März brachte sie ein wunderschönes kleines Mädchen zur Welt und nannte es Jolie Verena, nach ihren beiden besten Freundinnen.

Hank und Gemma wurden ganz offiziell in die Familie Beckham aufgenommen und adoptiert. Hank studierte Medizin, als er älter war, und wurde Prosperitys erster richtiger Arzt. Gemma heiratete einen jungen Mann, dessen Land an Daniels grenzte, und lebte ein langes, glückliches Leben.

Jolie brachte im Mai 1878 Daniel Beckham Jr. zur Welt, und fünf weitere Kinder folgten, mit Ausnahme des letzten Babys, alles Jungen, und sie alle waren kräftig und gesund.

Endlich, zum guten Schluß, hatte Jolie Beckham, die Banditenbraut, ein eigenes Heim und eine Familie bekommen . . . genauso, wie sie es sich ihr Leben lang erträumt hatte.

ENDE

**Band 18 115**

**Linda Lael Miller**

**Eine widerspenstige Geliebte**

**Deutsche Erstveröffentlichung**

Ein Sündenpfuhl ist jeder Saloon, ein abscheulicher Ort der Unmoral – daran gibt es für die schöne Laurelee nicht den geringsten Zweifel.
Kampflustig und einfallsreich führt sie also den Feldzug der Frauen gegen jene Männer an, die dort dem Laster des Alkohols – und ›schlimmerem‹ – frönen.
Und eigentlich hätte Jay McCallum ihr Erzfeind sein müssen, schließlich gehört ihm der größte Saloon der Stadt. Aber wie kann eine Frau gegen einen solchen Mann kämpfen – einen Mann, der ein geborener Verführer ist . . .

BASTEI LÜBBE

**Sie erhalten diesen Band im Buchhandel, bei Ihrem Zeitschriftenhändler sowie im Bahnhofsbuchhandel.**